Karl Emil Franzos

Ein Irrtum

und andere Novellen
von Liebe und Leid

Karl Emil Franzos: Ein Irrtum und andere Novellen von Liebe und Leid

Neuausgabe mit einer Biographie des Autors
Herausgegeben von Karl-Maria Guth
Berlin 2016

Umschlaggestaltung von Thomas Schultz-Overhage unter Verwendung des Bildes: Anders Zorn, Die Schwartz Schwestern, 1890

Gesetzt aus der Minion Pro, 11 pt

Verlag: Henricus - Edition Deutsche Klassik GmbH
Mörchinger Str. 33, 14169 Berlin, info@henricus-verlag.de
Druck: Libri Plureos GmbH, Friedensallee 273, 22763 Hamburg

ISBN 978-3-86199-882-2

Bibliografische Information der Deutschen Nationalbibliothek

Die Deutsche Nationalbibliothek verzeichnet diese Publikation in der Deutschen Nationalbibliografie; detaillierte bibliografische Daten sind im Internet über www.dnb.de abrufbar.

Inhalt

Ein Irrtum

In einem jener hohen, wenig eleganten Zinshäuser der Reisnerstraße in Wien, die dem Stadtpark zunächst liegen, aber aus ihren Fenstern keinen Ausblick mehr auf die schönen Anlagen gewähren, lebte zur Zeit, da diese erst noch aus jungen Setzlingen und fast schattenlosen Wiesen bestanden, eine tatkräftige und in ihren Kreisen wohlangesehene Dame, die verwitwete Frau Katharina Knittl, Edle von Santa Lucia. Wie schon dieser Name jedem Kundigen erzählt, war ihr Gatte ein kaiserlicher Offizier höheren Ranges gewesen, der sich seinen Adel im Kriege unter Radetzky erkämpft. Ein Pustertaler Bauernsohn, hatte sich Mathias Knittl durch Bravheit und Anstelligkeit während der langen Friedenszeit zum Hauptmann, dann durch die Geistesgegenwart, mit der er einen günstigen Zufall verwegen auszunützen verstanden, am blutigen Tage von Santa Lucia zum Adeligen und Ritter des Theresienordens, im Herbst darauf in Ungarn zum Major emporzuringen verstanden. Kurz nachher war ihm auch ein lange vergeblich ersehntes Glück zugefallen; die Tochter seines Obersten, welcher der vierzigjährige Leutnant bäuerlicher Abkunft einst kaum im stillen nachzuseufzen gewagt, hatte fünfzehn Jahre später dem adeligen Major ihre Hand gereicht. Daß das alternde Mädchen nur eben noch Spuren der einstigen Schönheit aufwies, störte ihn nicht, wie sie an seinem derben, durch die Jahre und den Kriegssturm nicht eben zarter gewordenen Tiroler Bauerngesicht keinen Anstoß nahm, und es war eine zärtliche und friedliche Ehe gewesen, der eine preußische Kugel bei Königsgrätz ein Ende gemacht. An der Spitze seines Regiments – er war inzwischen zum Obersten aufgerückt – war der Greis bei der Deckung des Rückzugs gefallen; er trug die Todeswunde vorn an der Brust, und sein Name gehörte zu jenen, welche die gut gesinnten Österreicher gerne im Munde führten, wenn sie sich in dem Elend jener Tage den Trost gönnen wollten, daß über die kaiserlichen Waffen ein unsägliches Unglück, aber keine Schmach hereingebrochen.

Frau Katharina hatte die Todesnachricht bereits am zweitnächsten Morgen, dem 5. Juli 1866, durch die Zeitung erhalten; kaum eine Stunde gönnte sich die starke Frau die Erleichterung, ihren Schmerz laut und leidenschaftlich auszuweinen, dann nahm sie ihre harte Pflicht auf sich, um fortan das Bewußtsein derselben auch nicht auf Augenblicke zu verlieren. Sie richtete sich auf, rief ihre beiden jungen, schlanken Töchter herbei, küßte sie auf die Stirne und die verweinten Augen und sagte dann kein Wort des Trostes oder der Zärtlichkeit, sondern nur: »Wir wollen die Trauerkleider herrichten!«

Drei Jahre vorher hatte sie ihren Vater verloren, ihr eigenes Gewand ließ sich also noch gebrauchen, hingegen waren die Mädchen inzwischen emporgewachsen; die ältere, Helene, zählte nun siebzehn, die jüngere, Anna, sechzehn Jahre. Aber Frau Katharina nahm die Kleider entschlossen zur Hand und begann zu trennen, zu wenden und zu schneidern; »es muß gehen«, sagte sie zuweilen vor sich hin, und die Worte mochten ebenso der Arbeit in ihrem Schoße gelten wie dem Plane ihres künftigen Lebens, den sie sich während der Beschäftigung mit Nadel und Schere ihrem Wesen gemäß scharf, bestimmt und unerschütterlich zurechtlegte.

Endlich war das Werk so weit gediehen, daß sie es den Töchtern überlassen konnte; sie selbst ging in das Kriegsministerium. Auf dem weiten Wege zur Stadt – die Familie hatte damals die Oberstenwohnung in der Gumpendorfer Kaserne inne – sah sie manche Szene des Jammers, die einem weicheren Gemüte das eigene Leid bis zur Fassungslosigkeit aufgerührt hätte, auch manchen empörenden Auftritt, der die Witwe des greisen, für sein Vaterland in den Tod gegangenen Soldaten wild erregen konnte; sie schritt scheinbar unbewegt dahin, nur daß ihr stattliches, wohlgenährtes Antlitz starr und totenbleich erschien.

Auch im Ministerium benahm sie sich gefaßt; nur als sie in jenen Wartesaal gewiesen wurde, der zum Büro des Auskunft gebenden Generals führte, und den großen Raum voll von schluchzenden, schwarzgekleideten Frauen und Mädchen sah, armen Witwen wie sie, verlassenen Waisen wie jene, welche sie daheim bei der ärmlichen Flickarbeit gelassen, zuckte es in ihrem Antlitz, aber da gab ihr eine unangenehme Begegnung rasch die Kraft zurück. Die junge Witwe eines alten Generals, in eine neue, fast kokette Trauerrobe gehüllt, eilte auf sie zu, umarmte sie und schluchzte: »Nun werden auch Sie mich verlassen, teure Freundin; Sie übersiedeln ja wohl in eine kleine Stadt!«

»Nein«, erwiderte Frau Katharina kurz, aber freundlich, »wir bleiben in Wien; das ist uns zum Glück möglich.«

Nach langem Harren endlich bei dem General vorgelassen, fragte sie, ob es möglich sein werde, die Leiche nach Wien bringen und hier bestatten zu dürfen. Der alte Herr, auch sonst nicht der Gewandteste und heute durch die unzähligen Bitten und Fragen, auf die er keinen Bescheid wußte, vollends wirr geworden, atmete auf, weil darauf leicht zu erwidern war. »Nein«, sagte er fast freudig, weil die Leiche in Feindeshand geblieben. Und dem Zwange der Gewohnheit gehorchend, wie er sie in diesen traurigen Tagen angenommen, fügte er hinzu, der Staat werde für die Hinterbliebenen sicherlich das mögliche tun.

Die Witwe blickte ihn fest an. »Das mögliche, gewiß«, erwiderte sie. »Aber der Krieg endet unglücklich, der Staat wird große Lasten auf sich nehmen müssen, und so wird eben nur weniges möglich sein.«

Der alte Herr nickt eifrig, abermals sichtlich sehr erfreut. »Natürlich nur weniges!« bestätigte er behaglich. – »Das ist einmal eine vernünftige Frau«, sagte er zu seinem Adjutanten, nachdem sich die Türe hinter ihr geschlossen, »und sie scheint auch einiges Vermögen zu haben.«

Das gleiche Urteil fällten in den nächsten Wochen und Monaten auch alle Bekannten der Witwe; sie ordnete ihre Angelegenheiten ruhig und besonnen, ersuchte niemand um guten Rat und wies niemand ab, der ihn freiwillig darbot, betonte dem Vertreter des Ärars gegenüber, als es sich um die Witwenpension und den Erziehungsbeitrag für ihre Töchter handelte, mit Würde die Verdienste des Gatten, suchte jedoch durch keine Tränen das Mitleid zu erwecken, durch keine Beschwörung die rasche Regelung der Sache zu erflehen. Natürlich fehlte es an Stimmen nicht, die ihr diese Kaltblütigkeit verübelten und meinten, daß sie den schmerzlichen Verlust gar zu leicht verwinde. Aber man tat ihr unrecht; ihr Herz war wund, ihre Seele von dumpfem, grenzenlosem Weh erfüllt, und kein anderes Unglück der Welt hätte sie so tief treffen können wie dieses. Denn wohl hatte sie ihrem Gatten einst lediglich aus Vernunftgründen die Hand gereicht, aber der alte, knorrige Haudegen war allmählich der klugen, starkwilligen Frau so teuer geworden und geblieben wie nur irgendein Romeo seiner schwärmerisch angebeteten und kühn eroberten Julia.

Verschiedene Gründe trugen dazu bei: ihre grenzenlose Achtung vor seinem braven, grundehrlichen Wesen, ihre Selbstkenntnis, die ihr sagte, daß er das einträchtige Leben nur dadurch gesichert, weil er ihr in allem, was außerhalb seiner Pflicht lag, willig gehorcht, namentlich aber ihre Dankbarkeit, daß er sie durch die Heirat einem Lose entrissen, das an sich traurig genug war, ihr jedoch nach ihrem Wesen und ihren Erfahrungen als das furchtbarste hatte erscheinen müssen. Die Tochter eines bürgerlichen Offiziers, der seiner geringen Herkunft wegen trotz seiner Verwendbarkeit langsam emporgekommen und zudem in jungen Jahren die Unvorsichtigkeit begangen, aus reiner Neigung ein Mädchen aus gleichfalls bürgerlicher Familie zu ehelichen, das kaum die nötige Heiratskaution besaß, hatte Katharina einst alle Bitternisse des Schicksals ausgekostet, eine arme Offizierstochter zu sein. Andere Mädchen durften sich sehr einfach kleiden; sie aber und ihre ältere Schwester Antonie hatten die Pflicht, die halben Nächte über der Kunststickerei zu sitzen, um sich aus dem kargen, heimlichen Erlös die standesgemäßen Fähnchen anschaffen zu können. Andere brauchten auch nicht auf jedem Ball zu erscheinen, wie es bei den Töchtern des Herrn Majors in der kleinen Provinzstadt selbstverständlich war, und während diesen Glücklicheren die Mutter vor dem Ball höchstens den Befehl gab, auf ernsthafte, wohlhabende Tänzer zu achten, unterließ es der Major, dem nach dem frühen Tode der Gattin diese Aufgabe zugefallen, niemals, auch vor der nutzlosen Torheit zu warnen, einen jungen Kaufmann oder Gewerbetreibenden liebenswürdig zu finden.

Antonie hatte dies dennoch und mit Erfolg gewagt; sie war nach hartem Kampfe mit dem Vater die glückliche Gattin eines Agramer Holzhändlers geworden; Katharina aber, die jüngere und schönere, schien tatsächlich nur passenden Männern, Offizieren und Beamten, zu gefallen; leider war keiner darunter, der es ernst hätte meinen können oder wollen. So verging ihr in vergeblichem Hoffen, in mühseligem, heimlichem Entbehren und äußerlichem Prunken Jahr um Jahr, verging die Jugend und die Schönheit und mit ihnen der Mut und die Freude am Leben. Schließlich gab es in dieser armseligen Bitternis nur noch einen Wechsel, jenen der Garnisonen, und auch dieser bedeutete allmählich nicht einmal einen Wechsel in den Tänzern, da das verblühte Mädchen nur noch von den Offizieren des Regiments, das ihr Vater kommandierte, aufgefordert wurde. Wenn Katharina, von solchen Freuden heimgekommen, halb entkleidet vor ihrem Spiegel saß und in ihre verblühten Züge starrte, hier ein Fältchen mit der Hand glattstrich, dort das spitzer gewordene Oval befühlte, dann nahm ihr Antlitz einen überaus düsteren Ausdruck an; entsetzlich müde blickten die Augen vor sich hin; sie vergaß aller Vorsicht: Die Furchen der Stirne traten immer deutlicher hervor, es mußte ein grauenhafter Gedanke sein, dem sie nachsann, bis sie ein dumpfes Geräusch aus dem Nebenzimmer emporfahren machte; der greise Vater hatte seine

Pfeife vor dem Schlafengehen zu Ende geraucht und klopfte sie nun sorglich aus. Nein, solange er lebte, wollte sie es nicht tun, gewiß nicht, aber wenn er gestorben – da war es ja das klügste, das einzige, was ihr blieb –, wie verlockend hatte der Fluß zu ihr emporgerauscht, als sie nach dem Ball, das Herz voll unsäglicher Öde, neben ihm hingeschritten …

Aus solchen Stimmungen, aus solcher Lage hatte sie die Werbung ihres alten, einst verspotteten Anbeters erlöst; der brave Mathias hatte sie aus einer verhöhnten oder bemitleideten alten Jungfer zu einer glücklichen, respektierten Gattin und Mutter gemacht – und noch mehr, er hatte ihr mit dem Glück auch die Güte des Herzens wiedergegeben, daß sie nun wieder frisch und unverbittert ins Leben schaute wie einst als Siebzehnjährige. Und so war ihr durch jene Kugel aus dem preußischen Hinterlader nicht bloß der Gatte geraubt worden, sondern auch der einzige Wohltäter ihres Lebens, dem sie mit einer Dankbarkeit anhing, die viel leidenschaftlicher war als jede andere zärtliche Empfindung, die sie ihm widmen konnte. Ach, ohne Abschied war er von ihr gegangen, und es war ihr kein Trost geblieben, nicht einmal der, sich auf seinem Grabe ausweinen zu dürfen.

Aber nicht bloß dieser Schmerz machte die Tage der Witwe grau und ihre Nächte schlaflos, sondern auch die Sorge um die Zukunft ihrer Kinder. Als sie einst, nach einjähriger Ehe, ihre Helene zur Welt gebracht, da hatte sie das Antlitz der Neugeborenen mit Tränen betaut, an welchen ein bitteres Weh weit mehr Anteil gehabt als das Mutterglück; damals war ihr noch ihr eigenes Mädchenschicksal mit furchtbarer Deutlichkeit vor der Seele gestanden, und sie hatte es wie eine Erbarmungslosigkeit des Himmels empfunden, daß ihr heißes Flehen um einen Sohn unerfüllt geblieben. Später, in dem Maße, als jene Erinnerung an Kraft verloren, ihr Herz an Frische und Glücksgefühl gewonnen, war auch diese Empfindung zurückgetreten, und als ihr bei der Geburt Annas die Wehmutter gesagt, daß es wieder ein Mädchen sei, hatte sie nur noch leise und flüchtig aufgeseufzt. Es waren freilich nur eben arme Offizierstöchter, und der Vater ein greiser Mann, aber jener gute, alte Gott, der sie aus der verhöhnten »Schönheit« der Lundenburger oder Czernowitzer Bälle zu einer der geachtetsten Damen der Wiener Gesellschaft und ihren Mathias aus einem Tiroler Bauernknecht zum kaiserlichen Obersten und adeligen Herrn gemacht, dieser starke Gott sorgte gewiß auch für ihre Töchter, indem er ihnen brave, standesgemäße Freier zuführte. Daß sie, die Mutter, ihr Teil dazu beitragen müsse, war ja selbstverständlich; sie sorgte dafür, daß die Kinder, dem Fortschritt der Zeit gemäß, eine bessere Schulbildung genossen als einst sie selbst, und zur Einfachheit, zur Sparsamkeit und jeglicher Kunst der Nadel hielt sie sie ebenso eifrig an, wie einst sie durch ihre Mutter angehalten worden – das war aber auch das einzige, was sie dazu tun konnte, ihre Zukunft zu sichern. Denn wie sie auch in den bittersten, demütigendsten Stunden ihrer Mädchenzeit niemals daran gedacht, daß es anders um sie stünde, wenn man ihr die Möglichkeit eines eigenen Berufes eröffnet, wenn man sie nicht gezwungen hätte, einzig von dem Zufall den Inhalt für ein sonst nutzloses Leben zu erhoffen, ebensowenig kam ihr jetzt dieser Gedanke bezüglich ihrer Kinder. Wohl hatte sie ähnliches zuweilen gehört, aber als Unsinn verworfen, etwa als ob es sich um das Gehen auf dem Kopfe handelte statt des gewohnten Einherwandelns auf den Füßen. Es waren eben Mädchen; ihr Glück, geheiratet zu werden, ihr Unglück, sitzenzubleiben. Auch lag es vollständig außerhalb des Kreises ihrer Vorstellung, jetzt noch irgendwie Vorsorge für diesen, doch nicht ganz unmöglichen Fall zu treffen; vielmehr schien es ihre einzige Pflicht, alles aufzubieten, daß er unmöglich werde.

Das war nicht leicht: sie wußte es. Nur Anna versprach eine Schönheit zu werden, Helene war unhübsch und konnte es im besten Falle so weit bringen, durch ihre Erscheinung nicht zu stören – und beide waren so arm –, außer den Zinsen der kleinen Heiratskaution, die einst von Mathias und dem Vater Katharinens gemeinsam aufgebracht worden, hatte die Familie nur auf die winzige Pension zu hoffen, welche die Pflicht des Staates, auf die gleichfalls unerheblichen Erziehungsbeiträge, die eine tausendfach in Anspruch genommene Gnadenstiftung zu spenden hatte. Das Ausmaß beider Beiträge ließ sich durch Bitten und Vorstellungen nur unwesentlich erhöhen; vielleicht auch gar nicht. Frau Katharina wartete, wie erzählt, ruhig ab. Das war ja auch nach den Verhältnissen vorläufig das wirksamste Mittel, den Schein der Wohlhabenheit aufrechtzuerhalten. Kein falscher Stolz bewog sie hierzu, er war ihrer Natur fremd; auch nicht der echte, sie hätte ihn aus Mutterliebe in sich geknebelt und niedergerungen; aber die Klugheit gebot ihr dies Verhalten, um den Hauptzweck ihres Lebens zu erreichen.

»Es muß gehen!« war schon früher ihr Lieblingswort gewesen; nun glitt ihr vollends den Kindern gegenüber wie im Selbstgespräch dieser Satz unzählige Male über die Lippen. Sie wollte die künftigen Freier nicht täuschen, sondern nur eben ermöglichen, daß sie sich fanden. Darum mußte sie in Wien bleiben; nicht allein ihr eigenes Geschick, das sie in der Residenz die glücklichen, in den Provinzstädtchen die traurigen Jahre ihres Lebens hatte verbringen lassen, legte ihr die Abneigung gegen die öden Nester nahe, sondern auch ihre Kenntnis von Welt und Menschen. Nur in der großen Stadt konnte eine Familie unbeaufsichtigt so arbeiten und entbehren, wie es Frau Katharinen in ihrer Lage nötig erschien. Auch gab es ja hier allein eine »Gesellschaft« in größerem Stil, einen Kreis, den sie ohnehin hatte und nur zu erhalten brauchte. Die Stellung ihres Gatten hatte ihr die höheren Militär- und Beamtenschichten geöffnet, darüber hinaus hatte sie sich durch Liebenswürdigkeit und rege Bemühung den Verkehr mit einigen Familien des Geburtsadels, der eben aufschießenden Finanzaristokratie, aber auch, weil es sich hübsch machte, der gelehrten Welt zu sichern gewußt. Sie war in diesen Kreisen beliebt und angesehen; aber sie durfte ihnen dennoch nichts Unmögliches zumuten. Und eine Oberstenwitwe, die in einem Proletarierviertel wohnte, die Leute von ihren Gnadengesuchen an den Kaiser unterhielt und niemand bei sich sah, war gesellschaftlich eine Unmöglichkeit.

Darnach handelte sie.

Schon der erste Schritt war taktisch meisterhaft. Jene Häuserzeile der Reisnerstraße, wo Frau von Knittl sich eingemietet, nachdem sie die Amtswohnung hatte räumen müssen, war nichts weniger als fashionable und die Mietzinse billig, aber sie lag zwischen zwei höchst eleganten Stadtvierteln, den Metternichgründen, wo der alte Adel sich anzusiedeln begann, und dem Stadtpark, um den auf der Ringstraße ein Börsenbaron nach dem andern sein Palais erbaute. Die Reisnerstraße mußte auf der Visitenkarte jedem Kundigen einen vortrefflichen Eindruck machen. Und die Wohnung hatte noch einen anderen Vorteil: Sie lag unfern der damals noch als Universität benützten Jesuitenhöfe; einzelne Zimmer fanden hier an den Studenten willige Mieter. Frau Katharina nahm ein ganzes zweites Stockwerk, möblierte den größten Teil in zweckmäßiger Weise und hatte ihn bald vollständig an Mann gebracht, so daß sie selbst umsonst wohnte und noch einen kleinen Überschuß erzielte. Natürlich waren die Mietsräume von den ihrigen streng geschieden; die jungen Herren wußten kaum recht, bei wem sie wohnten. Als eigene Wohnräume aber wählte Frau von Knittl ein großes saalähnliches Gemach als Salon, ein etwas dunkles, aber heimeliges Hofzimmer als Speisezimmer und zwei enge düstere Kammern als Schlafstuben für sich und ihre Töchter. Und nachdem sie all dies geordnet, auch für billige, aber anständige schwarze Straßentoiletten gesorgt, machte sie in Begleitung der Mädchen Besuche bei allen Bekannten, um für die Kondolenzvisiten und teilnahmsvollen Briefe zu danken. Sie erklärte überall, daß sie trotz der Trauer nicht darauf verzichten wolle, die Freunde in kleinerem Kreise schon im Laufe dieses Winters bei sich zu sehen.

Das hieß mit anderen Worten: »Ihr dürft uns nur zu Bällen nicht laden.«

Es mußte gehen, und es ging. Frau Katharina konnte sich im nächsten Frühling mit Befriedigung sagen, daß es ihr gelungen, die alten Beziehungen zu erhalten und neue zu knüpfen. Und wie sie mit der Welt zufrieden war, so diese mit ihr. Die Abende im Knittlschen Hause blieben den Freunden in angenehmer Erinnerung; selbst ein scharfes Auge vermochte die bittere Armut nicht zu gewahren. Mit welchen Empfindungen die Witwe den letzten Gast gehen sah, wußte niemand; selbst die Töchter ahnten kaum die Last der Schmerzen und Sorgen, die das Herz der Mutter drückten. Die starke Frau bedurfte keiner Vertrauten; sie brachte alles mit sich selbst ins reine, obwohl sie sich sogar den Trost der Tränen nur zuweilen gönnte.

Wenn sie sich in später Nacht vom Stickrahmen erhob und vergeblich auf ihrem Lager den Schlaf ersehnte, wenn vor ihr Auge das Bild des Toten trat, die kleine Sorge für den nächsten Tag, die große um die Zukunft und ihre Lider sich feuchteten im übergroßen Weh, ließ sie den Tränen doch nur dann ihren Lauf, wenn die Ablieferung der Stickerei nicht drängte. Denn eine durchwachte Nacht machte ja die Augen am nächsten Tage für die feine, mühselige und doch so kärglich bezahlte Arbeit untauglich.

So verstrich das erste, so das zweite und dritte Jahr ihres Witwenstandes. Ihre Pension hatte sie nach dem Gesetze zugemessen erhalten, die Entscheidung über den Erziehungsbeitrag erfolgte erst im Frühjahr 1869; er war ihr zum geringsten üblichen Satze gewährt worden. Frau Katharina las den Bescheid ohne Bitterkeit; es war die Folge ihres Verhaltens; aber auch ohne Reue – sie hatte nicht anders gekonnt.

Obwohl jedoch nun jede Hoffnung einer besonderen Hilfe zerronnen war, lud sie sich dennoch kurz darauf eine neue Ausgabe auf. Die Familie war, trotzdem die Mode der Sommerfrische in ihren Kreisen bereits allgemein herrschte, die Sommer zuvor in Wien geblieben; liebevolle Freundinnen, die sich darüber wunderten, hatte Frau von Knittl darauf verweisen können, daß sie ja dicht vor dem Hause den schönsten Park Wiens habe. Gleichwohl hatte sie das Befremden darüber nicht verscheuchen können, und jetzt, gerade jetzt durfte derlei nicht Platz greifen. Helene war nun zwanzig, Anna neunzehn Jahre alt – die nächste Saison konnte von entscheidender Wichtigkeit werden. Auch sahen die beiden Mädchen, die im Winter dem Vergnügen und der Arbeit gleich angestrengt hatten dienen müssen, etwas bleich aus. Frau von Knittl reiste Mitte Juli mit den Mädchen nach dem Salzkammergut; drei Tage hielt sie sich in Ischl auf und suchte dort unter Beihilfe der zahlreichen Bekannten eifrig nach einer passenden Wohnung. Es war ein Scheinmanöver, zwei Zimmer in dem billigen Traunkirchen waren längst gemietet, aber an diesen unfashionablen Ort durfte man erst denken, nachdem man in Ischl nichts Passendes gefunden, da der Ort so überfüllt war.

Traunkirchen, das uralte, ärmliche Dörflein am Gmundener See, ist noch heute, wo es längst Bahn- und Dampferstation geworden, eine der stillsten Sommerfrischen des Kammerguts, und von den Unzähligen, die zur Sommerszeit diese wildschöne und doch anmutige Berggegend überfluten, bleiben nur jene hier haften, die sich durch die Stille und die Schönheit des Ausblicks für Komfort und die lauten Freuden der Geselligkeit entschädigt fühlen können. In jenen Tagen aber war es vollends öde in dem Dörfchen, und nur einige Pensionisten aus Linz verbrachten ihre Tage gähnend auf der Terrasse des einzigen Gasthauses. Frau von Knittl empfand diesen Mangel an geselligem Verkehr keineswegs unangenehm; die Mädchen sollten sich recht erholen, und ihr eigenes, von der Sorge und dem Zwange der ewigen Verstellung zerfoltertes Gemüt dürstete nach Ruhe.

Von außen her wurde sie hier nicht gestört, aber die Gedanken im Hirn ließen sich nicht verscheuchen. Der Oberstenwitwe war, wenn sie von ihrem Altan dem Ballspiel der Mädchen im Hausgarten zusah, zumut wie etwa einem Feldherrn, der, in diplomatische Geheimnisse eingeweiht, seine Truppen inspiziert; alle Welt glaubt an den Frieden, auch seine Soldaten; er aber weiß, daß in wenigen Monaten der Krieg losbrechen wird, in welchem all die im Frieden erworbenen Fertigkeiten sich werden bewähren müssen. Die nächste Saison …! Die Brust der Mutter hob ein Seufzer, und mehr als einmal flüsterte sie vor sich hin: »Arme Helene!«

Die Besorgnis war nicht unbegründet. Die Schwestern ähnelten einander in einem Grade, wie er selbst bei dieser nächsten Blutsverwandtschaft nicht alltäglich ist, und dennoch war Anna entschieden schön, während Helene auch von wohlwollenden Beurteilern nur eben als »recht sympathische Erscheinung« bezeichnet wurde. Gemeinsam war ihnen der schlanke und doch üppige Wuchs, das prächtige Goldhaar, das wie eine Krone in schwerem Knoten auf dem Haupte lag, der Glanz der großen dunkelblauen Augen; und ihre Stimmen, tiefe, glockentönige Stimmen, wie man sie ja bei den österreichischen Frauen viel häufiger findet als bei denen eines anderen deutschen Stammes, hatten einen so durchaus gleichen Klang, daß selbst die Mutter sie kaum unterscheiden konnte und sich nur daran hielt, daß Helene etwas langsamer und leiser zu sprechen pflegte als ihre jüngere Schwester. Auch der Schnitt der Züge war eigentlich derselbe, und doch, welchen Unterschied bedeutete es für das Auge, daß die Wangen Helenens etwas schmaler, ihre Nase etwas stärker, ihr Kinn unbedeutender, ihre Stirn höher, ihre Augen tiefliegender waren als jene der Schwester; was sich dort zu einem Antlitz von sieghafter, fröhlicher Schönheit zusammenfand, gab hier ein unregelmäßiges, ja unhübsches Gesicht. Es war, als hätte ein grausamer Dämon bei der einen in Schatten gewandelt, was bei der anderen lauter Licht war, und auch die beiden einzigen großen Verschiedenheiten, die sich in ihrem Äußeren sofort aufdrängten, senkten die Waagschale zugunsten der jüngeren. Denn diese war von seltener Leichtigkeit und Anmut der Bewegung, während Helene langsamer und unsicherer war und namentlich an der Seite der Schwester ungraziös, ja schwerfällig erschien. Die zweite Verschiedenheit bestand darin, daß Helene, wie man es ja bei hellen Blondinen nicht selten findet, fast gar keine Augenbrauen hatte, was ihrem Gesicht im Verein mit der zu hohen Stirn einen etwas befremdenden, gleichsam immer erstaunten Ausdruck gab.

Ähnlich stand es um die Seelen der beiden jungen, einander in innigster Liebe verbundenen Mädchen; auch hier war bei gleichem Grundzug die Verschiedenheit groß, nur daß sich Helene an innerem Werte getrost mit der Schwester messen durfte. Beide waren ehrlichen, schlichten Wesens, fleißig, anspruchslos und wohl begabt, jede bemüht, der Mutter und Schwester Liebes zu erweisen, aber auf beide schien sich auch etwas von der bis zum selbstlosen Heldentum gesteigerten und dann zuweilen wieder bis zum Eigensinn erniedrigten Tatkraft der Mutter vererbt zu haben. Auch waren beide leicht erregbare Naturen, nur daß Helene die Wallungen des Gemüts besser zu hehlen verstand als Anna, die sich in Freude und Schmerz gleich rückhaltlos gab und in derselben Stunde überaus lustig und tief betrübt sein konnte. Im übrigen begann auch ihnen, wie jedem Weibe, ihr Äußeres schon früh zum bestimmenden Schicksal für ihr Seelenleben zu werden: Anna liebte die Geselligkeit und ward immer gewandter und weltfreudiger, Helene blieb gerne daheim und griff oft nach einem guten Buche. Die kluge Mutter sah beides nicht ungerne; es stimmte zu ihrem Feldzugsplan, wonach Anna in der nächsten Saison gegen die Finanzaristokratie, Helene gegen die Professorenkreise energisch zum Angriff geführt werden sollte; eben darum pflegte sie auch Dritten gegenüber die ältere die »kleine Gelehrte«, die jüngere das »Weltkind« zu nennen. Daß sie Helenen viel geflissentlicher lobte, hatte übrigens nicht bloß darin seinen Grund, weil Anna besser gefiel, sondern weil sie ihre Erstgeborene im tiefsten Herzensgrunde nicht allein aus Mitleid, sondern aus einer Empfindung heraus, die sie selbst vergeblich als ungerecht zu bekämpfen suchte, viel inniger und leidenschaftlicher liebte.

Angesichts der schweren Sorgen für dieses Kind empfand sie eine Begegnung, welche die Stille der Traunkirchener Tage wohltätig unterbrach, wie eine Fügung des Himmels.

Als Helene an einem heißen Augustvormittag die kühlen Gänge des alten, längst aufgehobenen Franziskanerstifts durchschritt, um Mutter und Schwester, die sie im Klostergarten wußte, aufzusuchen, trat eben aus der Türe der sonst verschlossenen Bibliothek ein junger, schlanker, elegant gekleideter Mann, in dem sie sofort einen guten Bekannten aus Wien erkannte. Daß er sie dicht an sich heranschreiten ließ, ohne zu grüßen, machte sie nicht irre. »Guten Morgen, Herr Professor«, sagte sie freundlich, »was bringt Sie hierher?«

Der Mann lüftete den Hut und trat einen Schritt näher. »Fräulein Anna«, rief er sichtlich erfreut. »Wohnen Sie hier? Die Frau Mutter wohl auch und Fräulein Helene –«

»Ja, die ist auch hier und steht vor Ihnen«, erwiderte sie gutlaunig, ohne eine Spur von Spott. »Sie verwechseln mich mit meiner Schwester, was bei dem Düster in diesem Korridore sehr begreiflich ist –«

»Entschuldigen Sie«, sagte er eifrig, aber ohne jede Verlegenheit. »Sie kennen ja meine Kurzsichtigkeit und haben immer Geduld mit mir gehabt.« Er legte eine gewisse Betonung hinein, daß das junge Mädchen errötete.

»Sie dürfen wohl noch immer keine Brille tragen?« fragte sie, empfand dies aber als ungeschickt und wurde wieder rot.

»Nein!« erwiderte er mit einem leichten Seufzer. »Die Ärzte werden es mir wohl auch nie wieder gestatten; ich liefe sonst Gefahr, die Sehkraft ganz zu verlieren!«

»Merkwürdig«, meinte sie, »man sieht es Ihren Augen gar nicht an und ebensowenig Ihren Bewegungen.« Darüber errötete sie zum drittenmal, weil Mama es wiederholt verboten hatte, jemals einem jungen Manne ein Kompliment über sein Äußeres zu machen. Dann aber tröstete sie sich damit, daß es ja kein Kompliment, sondern die Wahrheit war. In der Tat hatte der Professor – sein Fach war die Archäologie, sein Name Heinrich Klauser – so lebhafte, geistvoll blickende dunkle Augen, daß ihnen niemand ihre Schwäche angesehen hätte. Auch benahm er sich sicher und gewandt, und nur zuweilen zeigte die Art, wie er im Salon den Fuß vorsichtig vorschob oder nun auf dem Kiesweg des Gartens, als er neben dem Mädchen herschritt, mit dem Stöckchen tastete, daß er den Boden zu seinen Füßen nicht deutlich gewahren konnte.

Frau von Knittl begrüßte den Professor, der so unerwartet daherkam, mit einer Freude, die, wie wir bereits wissen, sehr ehrlich gemeint war. Klauser war freilich nur Dozent mit dem Titel eines außerordentlichen Professors, aber nicht bloß ein sehr geschätzter und zukunftsvoller Gelehrter, sondern auch der Sohn eines wohlhabenden Bergwerkbesitzers in der Steiermark. Daß er daneben ein weltfreudiger Mann, ein liebenswürdiger, heiterer Gesellschafter war, schien ihr fast der Vorzüge zuviel. Ihn vor allem hatte sie sich im vorigen Jahr als rechtes Ideal für ihre Helene ersehen und darum eifrig in ihr Haus gezogen, das er wiederholt besucht. Daß Helene keinen der jungen Herren des Kreises lieber in Traunkirchen gesehen hätte, war ihr zudem wohlbekannt. Auch Anna war recht erfreut; der Professor hatte sie, als sie einmal seine Tischnachbarin gewesen, vortrefflich unterhalten, und mindestens hier, wo man nicht tanzte, kam er ihr willkommener als die meisten anderen. Denn dieses Vergnügen war ihm, mit Rücksicht auf sein Gebrechen, versagt.

Dem Professor schien die Begegnung gleichfalls angenehm; wenigstens versicherte er dies mit einer Wärme, welche die Hoffnungen der Frau Oberstin hell anfachte. Er war aus seinem Vaterhause in den steirischen Bergen über Ischl auf eine Woche nach Traunkirchen gekommen, um ein wenig in der Klosterbibliothek zu stöbern und den uralten, bisher wenig gewürdigten Kryptenbau des Sankt-Johannis-Kirchleins näher zu untersuchen. Die Vormittage waren seinen Studien gewidmet, die Nachmittage nahm Frau von Knittl für gemeinsame Ausflüge in Beschlag, was er dankend annahm.

So ward am selben Tage eine Kahnfahrt nach Ebensee, am nächsten ein Spaziergang zu dem schön gelegenen Gasthofe »Am Stein«, am dritten abermals ein Ausflug zu Wasser, nach der Karbachmühle, unternommen. Man unterhielt sich vortrefflich und fand sichtlich immer mehr Gefallen aneinander; insbesondere waren die Damen darüber entzückt, daß sich der gelehrte und geistvolle Mann so einfach, fröhlich und anspruchslos gab. Daß die Urteile der Mädchen gleich warm klangen, beängstigte die Mutter nicht, hingegen war es ihr wenig willkommen, daß der Professor Anna zum mindesten ebenso aufmerksam behandelte wie die Schwester, ja zuweilen sogar auszuzeichnen schien.

Namentlich bei jenem Ausflug nach der Karbachmühle wollte sie dies bedünken. Während ein Traunkirchner Fährmann die kleine Gesellschaft über den spiegelglatten See zum malerischen alten Bauwerk am jenseitigen Ufer hinüberruderte, fragte Helene den Professor, ob er die Hero- und Leandersage kenne, die das Volk an diese Stelle knüpfe: Ein Müllerbursche in der Karbach habe eine Nonne im Frauenklösterlein bei Traunkirchen geliebt und sei allnächtlich, dem Scheine ihrer Zellenlampe folgend, hinübergeschwommen, bis einmal, da die Geliebte im Harren eingeschlafen, der Wind die Lampe gelöscht und er im ziellosen Schwimmen ertrunken.

»Es ist mehr als Sage«, erwiderte Klauser, »es ist Wirklichkeit und die Geschichte eigentlich viel interessanter als die Sage. Der Held war ein armer Ritter, sein Kastell lag in der Karbach; die Geliebte aber war eine Grafentochter aus dem Geschlechte der Herbersteine. Der Vater wollte nichts von dem armen Bewerber wissen und erklärte ihm höhnend: ehe er nicht hunderttausend Goldgulden aufweise, könne aus der Heirat nichts werden; gleichzeitig gab er die Tochter den Nonnen zu Traunkirchen in Verwahrung. Die Liebenden verständigten sich, er schwamm allnächtlich hinüber, nach dem Schein des Lämpchens, wie es die Sage berichtet. Nur war der Ausgang in Wirklichkeit poetischer; die Geliebte schlief nicht ein, sondern wurde von den Nonnen, die den Frevel entdeckt hatten, in Gewahrsam getan und das Lämpchen absichtlich gelöscht, so daß er ertrank. Der Chronist aus dem fünfzehnten Jahrhundert, der uns diese Begebenheit als Zeitgenosse berichtet, beschreibt die Schönheit der Herbersteinin mit vieler Begeisterung.«

»Wie sah sie denn aus?« fragte Anna.

»Wie Sie«, erwiderte der Professor.

Darauf war es eine kurze Weile still.

»Eine traurige Geschichte«, meinte dann Helene. »Aber sie sind doch wenigstens glücklich gewesen, ehe sie sterben mußten.«

Anna lachte auf. »Wäre der Karbacher klüger gewesen und hätte er sich irgendwo im Kriege die hunderttausend Goldgulden erbeutet, so hätten sie auch glücklich miteinander leben können.«

Auch der Professor lachte. »Zwei sehr verschiedene Standpunkte, die beide ihre Berechtigung haben. Ich meinesteils würde es lieber mit dem Rezept von Fräulein Anna gehalten haben!«

Frau vor Knittl biß sich auf die Lippen; sie hatte alle Mühe, ihren Mißmut zu verbergen. Aber schon auf der Heimfahrt sollte sie entschädigt werden.

Der See war etwas unruhig, Klauser erbot sich, dem Fährmann zu helfen, und regierte das andere Paar Ruder, das sich im Kahn vorfand, mit Kraft und Geschick. Als er jedoch einmal eine kurze Pause machte und nun wieder die Ruder fassen wollte, griff er in der Dämmerung daneben. Das schien Anna, da sie dicht vor ihm lagen, so komisch, daß sie, ohnehin in übermütiger Stimmung, ein kurzes Auflachen nicht unterdrücken konnte. Helene aber beugte sich rasch vor und legte ihm die Ruder in die Hände.

»Ich danke Ihnen, Fräulein Helene«, sagte er. »Sie haben immer viel Geduld mit mir; ich weiß es ja längst.«

Trotz der Dämmerung konnte Frau Katharina gewahren, wie sich das Antlitz ihrer Lieblingstochter mit dunkler Röte überzog.

Als die drei Damen nach dem Nachtessen in ihrem Gärtchen beisammen saßen, befahl Frau Katharina: »Du gehst schlafen, Anna. Mit

Helenen habe ich noch zu sprechen.« Aber als sich das Mädchen erhob und ihr zur guten Nacht die Hand küßte, besann sie sich plötzlich:

»Noch einen Augenblick! Ich –«

Sie wollte ihr die Ungezogenheit vorhalten, mit der sie den Professor seines Gebrechens wegen ausgelacht. Aber ein plötzlicher Gedanke hemmte ihr das Wort auf den Lippen, und obwohl sie es deutlich so empfand, als ob sie sich dieses Gedankens schämen müßte, konnte sie ihn doch nicht überwinden.

»Es ist nichts Wichtiges«, sagte sie. »Ich will es dir morgen sagen.« Dann aber, als Anna gegangen war, fragte sie:

»Woher weiß der Professor, daß du Geduld mit ihm hast?«

»Eine Kinderei, Mama.«

»Ich möchte es wissen.«

Nun erzählte Helene, daß Klauser einmal im vorigen Herbst zufällig einem kleinen Tanzkränzchen beigewohnt, das ganz improvisiert im Hause des Professors Brichta stattgefunden. Auf dringendes Zureden der Frau Professor habe auch er sich zu einer Tour entschlossen und sie, Helene, engagiert. Sie habe aber nach wenigen Sekunden gemerkt, wie peinlich ihm das Tanzen sei, weil er seiner Kurzsichtigkeit wegen den anderen Paaren nicht auszuweichen vermochte. Darum habe sie, nachdem sie einmal um den Salon gekommen, laut erklärt, sie fühle sich plötzlich unwohl. Er habe sie schweigend zum nächsten Sessel geführt und dann verlassen, als sie aber den ganzen Abend über kein Engagement angenommen, sei er zum Abschied noch einmal auf sie zugetreten und habe gesagt: »Das war nett von Ihnen, Fräulein Helene.«

Die Mutter nickte. »Das sage ich auch. Schlaf wohl, mein Kind!«

Sie küßte sie zärtlich auf die Stirne, blieb noch eine Weile im stillen, dunklen Garten sitzen und gab sich den schönsten Träumen hin.

Die beiden nächsten Tage brachten keine Äußerung Klausers, die Frau Katharina hätte betrüben, aber auch keine, die sie hätte erfreuen können. Eben darum fühlte sie sich beunruhigt und sagte am Abend zu Helenen:

»Ich habe die Empfindung, daß sich der Professor nachgerade mit uns langweilt. Er muß uns für Barbarinnen halten, weil wir uns so gar nicht für seine Wissenschaft interessieren. Nun verstehe ich freilich nichts von dem Zeug und Anna ebensowenig. Aber du wirst doch wohl mit ihm darüber zu reden wissen?«

»Ach nein«, sagte Helene schüchtern. »Ich weiß ja kaum einiges davon, was im kleinen Lübke steht.«

»Du sollst ihn auch nicht belehren, sondern nur dein Interesse daran erweisen. Das aber erfordert die Höflichkeit, und du wirst es morgen tun!«

Am nächsten Tage, als die vier wieder im Boot saßen, diesmal, um nach Altmünster zu fahren, entledigte sich Helene als gehorsames Kind des Auftrags.

Doch hatte das Mädchen soviel Takt, nicht eben ein gelehrtes Gespräch vom Zaun zu brechen, sondern fragte nur zaghaft, warum sich der Professor einst dieser Wissenschaft zugewendet habe.

Aber Frau Katharina bekam nichts zu hören, was sie erfreuen konnte.

»Ehrlich gestanden«, sagte er, »nicht aus wissenschaftlichem Trieb, sondern aus Freude am Schönen. Ich hatte schon als Knabe einen wahrhaft brennenden Durst darnach und konnte mich auf Stunden glücklich fühlen, wenn ich ein schönes Gesicht sah, in Wirklichkeit oder auf der Leinwand oder in Marmor. So verliebte ich mich zunächst in einen Atlas klassischer Skulpturen, und da mich auch die gelehrten Kommentare dazu nicht gerade langweilten und ich ferner keinerlei schöpferisches Talent in den bildenden Künsten zeigte, so geriet ich schon auf dem Gymnasium halb und halb in diese Liebhaberei, und dann wurde sie fast naturgemäß mein ernstes Studium. Das klingt seltsam, da sich ein Mann meiner Wissenschaft wahrlich nicht bloß mit Schönem abgeben darf; aber es ist so – mein unglückseliger Schönheitssinn ist daran schuldig … Noch heute«, fügte er arglos zu, »juble ich über jedes schöne Gesicht, während mir ein häßliches Pein macht und mir ein unregelmäßiges zum mindesten nicht angenehm ist.«

Anna hörte harmlos zu, Helene ward einen Schatten blässer, Frau Katharina aber war so ärgerlich, daß sie sich nicht enthalten konnte zu sagen:

»Da sollten Sie Ihren Augen nur dankbar sein; sie ersparen Ihnen viel Pein und bringen Sie nicht um allzuviel Freude – denn gar so viele vollendet schöne Gesichter gibt es nicht.«

Er sah gleichmütig auf.

»Es ist doch wohl nicht ganz so«, erwiderte er, »und ich empfinde mein Gebrechen um so peinlicher, als ich ja erst seit fünf Jahren damit behaftet bin. Ich hatte von Natur recht gute Augen; wie hätte sich sonst der Schönheitssinn in mir entwickelt, wie hätte ich daran denken dürfen, meiner Wissenschaft ein Diener zu werden! Wollte ich pathetisch werden, so könnte ich sagen, daß diese Wissenschaft die Schuld daran trägt.«

»Wieso?« fragte Anna teilnahmsvoll.

»Vor fünf Jahren«, erzählte er, »ging ich nach Unterägypten, um dort einige bisher wenig beachtete Tempelreste genau zu durchforschen, auszumessen und aufzuzeichnen. Bei der Arbeit im grellen Sonnenbrand fühlte ich bald meine Augen ermatten, dann schmerzte mich die ewige gleißende Helle; wie ein Dürstender nach einem Trunk sehnte ich mich nach Dunkelheit und Schatten, aber um mich war immer nur der erbarmungslose Glanz der Wüste und des hellen Gesteins. Meine Araber warnten; auch ich fühlte, daß meine Sehkraft schwand, und strengte sie eben darum doppelt an, um baldmöglichst zu Ende zu kommen. Ich konnte es nicht mehr; blind, mit höllischen Schmerzen in den Augen und im Hirn, mußte ich mich von meinen Begleitern zur nächsten Dampferstation tragen lassen; sie lieferten auch mich und meine Mappen treulich ab, alles andere freilich stahlen sie. Der Schiffsarzt gab schlechten Trost, ein so bedenklicher Fall von Augenentzündung war ihm noch nicht vorgekommen; in der Tat dauerte es ein Jahr, bis ich meine Augen überhaupt brauchen konnte; sie waren und blieben geschwächt, und ich kann auch heute nur wenige Stunden täglich arbeiten. Mein Buch über jene Tempelbauten ist erst vor zwei Jahren erschienen; es hat einigen Anklang gefunden und mir die Ernennung zum Professor eingebracht – ich habe einen teuren Preis dafür gezahlt ...«

Er sagte es schlicht, ohne jeden Nachdruck, um so herzlicher fühlten sich die Hörerinnen bewegt.

»Sie Ärmster!« rief Anna. »Wie mögen Sie täglich, stündlich entbehren! Und so unverdient!«

»Ja«, erwiderte er, »ich entbehre viel. Aber zuweilen« – er stockte und beugte sich dann wie unwillkürlich vor und zu ihr hin –, »zuweilen können sich auch meine armen Augen am Schönen laben!«

Helene saß stumm da; wohl fühlte sie instinktiv, durch die gesenkten Lider den mahnenden Blick der Mutter auf sich haften, aber sie konnte nichts sagen, die Kehle war ihr wie zugeschnürt.

Als Frau Katharina an diesem Abend heimkehrte, war sie übelster Laune; wer hätte daran denken mögen, daß just dieser Mann auf Schönheit besonderes Gewicht lege – ›und das will ein Gelehrter sein‹, dachte sie in komischem Ingrimm, ›so kurzsichtig ist er noch obendrein!‹ Aber morgen war ja auch noch ein Tag – freilich der letzte seines Traunkirchner Aufenthaltes –, dann sah man sich in Wien wieder; sie gab die Sache noch lange nicht verloren.

Freilich war es unbedingt notwendig, Anna sofort aufzuklären. Darum war es ihr lieb, als Helene sich bald zurückzog; sie wollte noch einen Brief an ihre Freundin, Lina Brichta, die Tochter des Professors schreiben.

»Das war ein hübscher Tag«, sagte die Mutter zu Anna, als sie allein waren. »Der Professor ist genau der Mann, wie ich ihn mir für Helene wünsche. Darum freut es mich, daß er sich so merklich für sie interessiert. Du hast es doch auch bemerkt?«

Anna schwieg.

Frau Katharina hielt es für unnötig, auf eine Antwort zu dringen. »Es ist sonnenklar«, fuhr sie fort. »Ich hoffe, er gefällt auch ihr, wenn sie ihn näher kennenlernt. Du darfst ihr aber nichts darüber sagen, es könnte ihre Unbefangenheit stören.«

Auch darauf erwiderte Anna nichts und folgte bald der Schwester auf das Zimmer. Helene schrieb eben an die Freundin, ob sie ihr nicht das Buch des Professors Klauser über die ägyptischen Tempelbauten schicken könne; sie wisse wohl, daß es ein gelehrtes Werk sei, wolle aber doch versuchen, es zu lesen.

Der nächste Nachmittag war regnerisch; man konnte zum Abschied keinen Ausflug unternehmen; so führte denn der Professor die Damen nach der Krypta des Felskirchleins Sankt Johannis und erläuterte ihnen die bauliche Einrichtung des Gotteshauses, der ältesten kirchlichen Siedelung im Traungau.

»Aber Gmunden ist als Wohnstätte älter?« fragte Helene. »Da haben ja die Römer gehaust.«

Er bestätigte es.

»Woher hast du das wieder, du Gelehrte?« fragte die Mutter.

»Aus der Zeitung«, gestand das Mädchen. »Da stand im Mai die Notiz, daß man in Gmunden Römersteine gefunden hat; sie interessierte mich, weil wir ja schon damals an den See zu gehen gedachten.«

Frau Katharina biß sich auf die Lippen; das Mädchen war zu ungeschickt. Es zerstörte sich selbst den Nimbus und gab noch obendrein das Geheimnis preis, zu dessen sorglicher Maskierung die Oberstin das Opfer des dreitägigen Aufenthalts im teuern Ischl gebracht. Und das Unglück wollte es, daß nun der Professor wirklich sagte:

»Ich dachte, Sie hätten ursprünglich vorgehabt, in Ischl zu bleiben. So erzählte wenigstens ein junger Herr, mit dem ich dort zufällig auf meiner Durchreise bei Frau von Bartenegg zusammentraf. Seinen Namen habe ich bei der Vorstellung überhört; aber Sie werden ihn ohne Zweifel nach seiner Vorliebe für zwei seltsame Worte leicht erkennen: er findet alles babylonisch oder aztekenhaft ...«

»Hötzinger!« rief Anna lachend. »Der Gustel Hötzinger! Er ist ein babylonisch guter Mensch, aber aztekenhaft dumm!«

»Anna!« verwies die Mutter scharf. Dem Professor erläuterte sie:

»Ein liebenswürdiger junger Mann, der einzige Sohn meiner Freund...« – sie stockte und verbesserte sich hastig – »einer Bekannten, Frau von Hötzinger … Den Namen dürften Sie schon gehört haben?«

Er nickte.

»Welcher Österreicher kennt ihn nicht!« sagte er etwas bittern Tones. Dann aber gab er dem Gespräch rasch eine neue Wendung.

Da sich das Wetter gegen Abend aufklärte, so setzte Frau Katharina doch noch einen Spaziergang durch und wählte das Ziel so, daß man einen engen Pfad gehen mußte, der nur für zwei Raum gab; sie stützte sich auf Annas Arm, Helene ging neben dem Professor.

Diesmal hätte die Mutter Freude an dem Gespräch gehabt, wenn sie ihm hätte lauschen können. Er erzählte von seinen Reisen, insbesondere jenem Aufenthalt in der Wüste, und Helene tat so anteilsvolle und vernünftige Fragen, daß er ordentlich warm wurde. »Sie haben das seltene Talent, vortrefflich zuzuhören«, sagte er, »das kann man in der Jugend nur, wenn man gut und klug zugleich ist.« Auch noch ein anderes freundliches Wort, das nicht minder aufrichtig gemeint war, verdiente sie sich in derselben Stunde von ihm. Als sie das Ziel; einen Aussichtshügel, erreicht und die tiefgrüne Seefläche, das herrliche Anland im roten Schein der Abendsonne vor ihnen lag, sagte er:

»Ich habe fast nur den Eindruck, wie sanft und schön die Farben ineinanderfließen, und auch das ist herrlich genug! Wie müssen Sie erst genießen, da Sie auch die Umrisse der Landschaft genau sehen können!«

»Nein, nein!« erwiderte sie rasch. »Das Farbenspiel ist eigentlich das Schönste daran, und die Umrisse sehe auch ich nicht scharf.«

Er lächelte nicht darüber, wie unlogisch sie der Eifer des Mitleids machte, sondern sagte fast gerührt:

»Es bleibt dabei, Fräulein Helene, Sie sind gut. Ich wußte das freilich schon seit jenem Abend bei Brichtas.«

»Sie beschämen mich«, sagte sie ernst und fügte dann wieder heiteren Tones hinzu: »Das lasse ich mir nicht gefallen und will Ihnen sofort Gleiches mit Gleichem vergelten! Wissen Sie, was Professor Brichta einmal von Ihnen sagte? ›Er ist der zartfühlendste Mensch und würde lieber sein Lebensglück opfern, als einem anderen wehe tun. Sein Zartgefühl grenzt an Schwäche!‹ So, da haben Sie's!«

Der herzliche Ton zitterte noch zwischen den beiden nach, als Frau von Knittl endlich mit Anna auf dem Hügel anlangte, und sie gewahrte es mit Entzücken. Aber wie grausam enttäuscht wäre sie gewesen, wenn sie in seinen Gedanken hätte lesen können, als er in der Dämmerung, wieder in herzlichem Geplauder, an Helenens Seite zu Tale schritt.

›Das gemütvolle, arme, unhübsche Mädchen!‹ dachte er. ›Wird sie den Mann finden, den sie verdient? Ich muß Vollmer im Herbste bei Knittls einführen, er mag wollen oder nicht.‹ Vollmer war der Sanskritist der Universität und sein bester Freund, ein trefflicher, aber weltscheuer und wortkarger Mann, hoch in den Vierzigern, der nie vom Heiraten hören wollte. »Warte nur«, hatte ihm Klauser einmal gedroht, »ich korrigiere die Natur, die uns nicht als Brüder geboren werden ließ, indem ich dich zu meinem Schwager mache!« Er mußte jetzt an den Scherz denken …

Am nächsten Tage – Klauser war bereits in der ersten Frühe abgereist – waren Mutter und Töchter merkwürdig schweigsam. Erst beim Abendessen brach die Mutter den Bann, indem sie den Abgereisten zu loben anfing. Daß Helene schwieg, fand sie ganz begreiflich; als jedoch auch Anna nicht einstimmte und sie aufblickend gewahrte, wie das schöne Mädchen mit glühendem Antlitz und feuchten Augen vor sich hin blickte, erschrak sie heftig. »Da muß etwas geschehen«, dachte sie, und eine Stunde später wußte sie auch, was zu geschehen habe.

»Bertha Hötzinger hat dir ja neulich geschrieben«, begann sie »Sie amüsiert sich prächtig in Ischl und lädt dich ein. Nicht wahr?«

»Ja«, erwiderte Anna kurz.

»Hast du den Brief zur Hand?«

Das Mädchen brachte ihn herbei.

»Bertha ist ein liebenswürdiges Mädchen«, sagte die Mutter, nachdem sie gelesen, »und die Leute kommen uns sehr freundlich entgegen. Sie schreibt, ihre Mama wolle die Equipage um dich schicken. Ich denke, du antwortest ihr morgen, daß du bereit bist.«

Sie erhob sich und ging auf ihr Zimmer. Ob Anna einverstanden sei, hatte sie nicht gefragt; das war im Hause nicht Brauch.

Am zweitnächsten Tage hielt die Equipage vor dem Häuschen in Traunkirchen; Frau von Hötzinger war sogar so zartfühlend gewesen, ihre Gesellschafterin mitzuschicken, damit das junge Mädchen die kurze, kaum dreistündige Reise nicht allein mache.

Als der Wagen mit Anna auf der Chaussee gegen Ebensee, eine Staubwolke hinter sich aufwirbelnd, dahinrollte, blickte ihm Frau Katharina lange nach.

Sie war seit langer Zeit, vielleicht seit ihrem Verlobungstag zum ersten Male wieder nicht ganz mit sich zufrieden und wußte nicht genau, ob sie recht gehandelt. Denn um den Verkehr mit jener Familie, deren Name jedem Österreicher bekannt war, hatte es ihre eigene Bewandtnis.

Georg Hötzinger, ein reicher Tuchfabrikant aus Brünn, hatte in den ersten Monaten von 1859, als Österreich fieberhaft rüstete, einen Teil der Monturenlieferung für die Armee übernommen, war kurz vor Beginn des Krieges zur Belohnung seiner Promptheit in den Adelsstand erhoben und kurz nach dem Kriege wegen Betrugs angeklagt und in Untersuchungshaft genommen worden. Der Prozeß zog sich lange hin und endete mit der Freisprechung Hötzingers: Die schlechte Beschaffenheit des Materials war ihm nicht genügend nachgewiesen worden, und der Unterschleif, von dem alle Welt sprach, gar nicht; ein Hauptzeuge, ein hoher Militär, der mit ihm im Einverständnisse gewesen, hatte sich während des Prozesses selbst entleibt. Hötzinger durfte seine Millionen, auch den Adel behalten, aber die allgemeine Verachtung mußte er mit in Kauf nehmen. Nachdem er, schon nach zwei Jahren, gestorben war, übersiedelte die Witwe nach Wien, und hier gelang es ihr allmählich, durch ihr Geld wie durch ihre Klugheit, sich gewisse höhere Gesellschaftsschichten zu öffnen, in erster Linie jene der Finanzwelt. Gustel Hötzinger, der einige Jahre an der juridischen Fakultät inskribiert gewesen und nun Volontär in einem großen

Bankhause war, fand Freunde genug, die von seinem Champagner tranken, seine Schwester Bertha, ein hübsches und gutmütiges Mädchen, Tänzer und Hofmacher in Fülle, auch die Soireen bei Hötzingers waren gut besucht; aber wer hinging, pflegte nicht zu erzählen, daß er dort gewesen.

Auch Frau Katharina hatte es ähnlich gehalten, und unter allen gesellschaftlichen Kunststücken, die sie hatte lösen müssen, war ihr keines schwerer erschienen, als in jedem Winter einmal jene Gesellschaft zusammenzustellen, zu der auch Hötzingers geladen werden mußten. Und nun hatte sie sich zu einem so ostensiblen Schritt entschlossen, der ja nur als Beweis höchster Vertraulichkeit gedeutet werden konnte.

Es war nicht deshalb geschehen, um Gustel Gelegenheit zu bieten, seine nie verhehlte Bewunderung für Anna ausgiebig betätigen zu können. Daran dachte Frau von Knittl nur nebenbei und mit gemischten Gefühlen; er war allerdings der Erbe von Millionen, aber doch auch ein einfältiger Müßiggänger mit anrüchigem Namen. Hauptsächlich war es ihr darum zu tun gewesen, Anna auf andere Gedanken zu bringen und die Schwestern zu trennen; eine offene Aussprache zwischen beiden konnte jetzt für ihre Pläne gefährlich werden. Aber gab es dazu kein anderes Mittel als jenes erste, das ihr beigefallen …? Gleichviel, nun war es geschehen und wenn Frau von Bartenegg, die Gattin eines Geheimrats, eine Exzellenz, mit Hötzingers verkehrte – freilich nur in Ischl –, so konnte man ihr dies selbst für Wien nicht übelnehmen.

In den nächsten Wochen wichen ihr vollends alle Zweifel. Anna schrieb die heitersten Briefe, in denen sie sehr viel von Ausflügen und Tanzkränzchen sprach und kein einziges Mal von Professor Klauser. Von dem Bruder ihrer Freundin war oft die Rede, aber nur einmal fand sich das Urteil: »Gustel ist wirklich ein guter Junge, auch nicht so dumm, wie er aussieht, sondern noch viel dümmer.«

Erst Ende Oktober fand sich die kleine Familie wieder vollzählig in Wien zusammen; Frau Katharina war bereits einen Monat vorher heimgekehrt, um ihre Stuben bei Beginn des Semesters an die Studenten zu vermieten; dann kam Helene von einem Besuch bei Tante Antonie in Graz, die nun dort als Witwe in gesicherten Verhältnissen lebte; zuletzt Anna, die mit Hötzingers von Ischl aus auf einige Wochen nach Venedig gegangen war. Die Mutter hatte dies nur auf ihre dringende briefliche Bitte gestattet und bereute es nun nicht; Frau von

Hötzinger schwärmte von dem Mädchen in kaum mißzuverstehender Weise, und das war auf alle Fälle gut; wies Anna später einmal den guten Gustel ab – und gezwungen sollte sie keinesfalls werden –, so bedeutete es doch die beste Reklame für ein armes Mädchen, die Werbung eines Millionärs abgelehnt zu haben.

Auch mit dem fröhlichen, liebenswürdigen, wenngleich nun etwas lauten Wesen ihrer schönen Tochter war Frau von Knittl sehr zufrieden; wie sich ein Mädchen benahm, das geheimes Sehnen hegte, konnte sie ja an Helenen sehen. Anna jedoch sprach nur von den bevorstehenden Freuden der Saison und meinte, wenn die Rede auf Traunkirchen kam, es sei dort hübsch, aber langweilig gewesen; Klausers Namen nannte sie dabei mit vollster Unbefangenheit. Rechnete Frau Katharina hinzu, daß ihr die gütige, wohlwollende Frau Professor Brichta auf eine diskrete Andeutung hin nicht bloß die beste Auskunft über Klausers Charakter, insbesondere sein seltenes Zartgefühl gegeben, sondern auch ihren Beistand zugesichert, indem sie, plötzlich von Helenen sprechend, die Vorzüge des Mädchens hervorgehoben, so konnte sie dem Kommenden mit einiger Ruhe entgegensehen.

Peinlich war es der starkwilligen Frau nur, vorläufig tatenlos harren zu müssen. Der Professor war noch nicht in Wien eingetroffen und hatte den Beginn seines Kollegs von Woche zu Woche verschoben. Ein trauriger Grund hielt ihn in der Heimat fest, sein hochbetagter Vater lag schwer krank darnieder. Eines Tages brachte Frau Brichta die Nachricht, Klauser habe ihrem Mann eine erfreuliche Besserung gemeldet, doch war dies wohl nur das letzte Aufflackern einer verlöschenden Lebensflamme gewesen; denn als Helene eines Morgens am Frühstückstisch die Zeitung durchsah, rief sie plötzlich erblassend, mit halberstickter Stimme aus: »Klausers Vater ist tot!« Auch Anna wechselte die Farbe; Frau Katharina aber sagte nach einigen Worten aufrichtiger Teilnahme:

»Er war ein sehr alter Mann! Natürlich werde ich Klauser sofort, auch in eurem Namen schreiben. Wir haben seit diesem Sommer ein Recht dazu, nicht erst seine Anzeige abzuwarten.«

Es war etwa zwei Monate später, Ende Januar, und ein heller, klarer Wintertag. Anna saß in einer Fensternische des Salons, über eine Stickarbeit gebeugt, Mutter und Schwester waren zum Jour bei Frau von Bartenegg gegangen; sie hatte über heftiges Kopfweh geklagt, um daheim zu bleiben. Der wahre Grund war, weil sie Gustel Hötzinger dort wußte; die Bewerbung des beschränkten Menschen war ihr nachgerade peinlich geworden, und kaum wußte sie noch, wie sie ihm abwehren sollte, da seine Liebe nun fast denselben Gral erreicht hatte wie seine Dummheit und er jedes Spottwort aus ihrem Munde wie eine Gunst aufnahm. Mama hatte sie ihres Übermuts wegen schon zuweilen strafend angeblickt, auch heute bei ihrer Weigerung ungeduldig das Haupt geschüttelt; offenbar war sie deshalb darüber ungehalten, weil sie Gustels Bewerbung begünstigte. Natürlich, er war ja reich, und wenn nur Helene glücklich wurde, was galt *ihre* Zukunft!

Sie fühlte die Bitterkeit in ihrem Herzen aufsteigen und kämpfte dagegen an – gewiß, Mama meinte es mit ihren beiden Kindern gleich gut, und wenn sie Klauser Helene zugedacht, so war es nur in der Überzeugung geschehen, daß er diese bevorzuge und sie auch besser für ihn tauge. Das war wohl auch richtig – Helene hatte ja weit mehr gelernt, war auch sanfter als sie – oh! Die hätte gewiß nicht mit so häßlichen Empfindungen zu kämpfen gehabt, wie sie nun zuweilen über ihr Herz kamen, wenn Mama hinwarf, Klauser sei nun seit Neujahr wieder in Wien, verkehre zwar vorläufig nur bei Brichtas, habe sich aber schon oft nach Helenen erkundigt … War dies richtig? Gewiß! Und doch! Sie dachte an die Traunkirchner Tage, an dieses Wort, an jene kleine Szene – immer süßer und bitterer zugleich wurde ihr zumute, bis ihr die Tränen aus den Augen stürzten und die widerstreitenden Gedanken in wirren Worten auf die Lippen traten …

Während das holde, junge Geschöpf so fassungslos vor sich hin schluchzte, überhörte es, daß die Magd eingetreten war, und fuhr erst beim Klange ihrer Stimme empor.

»Oh!« murmelte die Treue bestürzt. »Nun weinen Sie auch noch, und der Herr läßt sich nicht abweisen!«

»Wer?« rief Anna und fuhr sich hastig mit dem Tüchlein über Augen und Wangen.

»Der Herr Professor Klauser. Ich habe ihm schon gesagt, daß es nicht unser Jour ist, daß Sie allein sind und Kopfweh haben, aber er sagte darauf: ›Vielleicht empfängt sie mich doch!‹ Was soll ich sagen?«

Anna war sehr bleich geworden.

»Nein!« stieß sie mühsam hervor. Aber als sich die Magd zur Türe wandte, widerrief sie den Befehl. »Ich lasse bitten«, murmelte sie. Es fiel der braven Marie, die sich sonst nicht gern überflüssige Gedanken machte, auf, wie seltsam das Fräulein dabei aussah und nun wie von Flammen überhaucht dastand.

Er trat ein; nicht bloß der Flor um den Hut, auch sein Antlitz verriet, daß in letzter Zeit Schweres über ihn gekommen. Aber seine Augen leuchteten dem Mädchen in einem Glänze entgegen, der ihr ungewohnt war und sie noch verlegener machte.

»Es ist gütig von Ihnen«, begann er, »daß Sie mich dennoch empfangen. Zu Ihrem Jour mochte ich nicht kommen, ich vertrage die vielen Leute noch nicht ...«

»Es ist eine Auszeichnung, die Sie uns erweisen«, erwiderte sie mit zitternder Stimme und lud ihn zum Sitzen. Sie hatte ihm nicht wie sonst, die Hand gereicht; nun fiel es ihr bei, aber sie wagte nicht, es nachzuholen. »Mama und Helene werden aufrichtig bedauern ... Wir haben so oft von Ihnen gesprochen und warmen Anteil an Ihrem Schmerze genommen. Helene sagte –«

Sie stockte. Sie hatte sich fest vorgenommen, edelmütig zu sein, ja in dem Wirrsal der Empfindungen, welche sie vorhin bei der plötzlichen Meldung überflutet, sich selbst überredet, daß sie ihn zu diesem Zwecke empfangen müsse, aber nun wollte es ihr beim besten Willen nicht einfallen, was Helene besonders darüber geäußert.

»Ich danke Ihnen«, sagte er. »Mit meinem Vater ist mir zugleich der herzlichste Freund gestorben. Der weise, milde Greis war auch frisch und teilnahmsvoll wie ein Jüngling.«

»Ja, das sagte uns meine Schwester«, fiel sie ein. »Sie haben ihr einmal erzählt, wie tapfer und edelmütig er ihren Entschluß aufgenommen hat, sich Ihrer Wissenschaft zu widmen, obwohl ihm dadurch sein Lieblingsplan zertrümmert wurde und das Bergwerk nun an Ihre Herren Schwäger fällt.«

Er sah befremdet auf.

»Sie irren!« sagte er lächelnd, aber es war ein schmerzliches Lächeln. »Ich habe für unsere Traunkirchner Tage ein besseres Gedächtnis – Sie waren's, der ich dies erzählte ...«

»Ganz richtig – uns beiden.«

»Ihnen allein; Fräulein Helene war zufällig nicht dabei.«

»Verzeihen Sie!« murmelte sie ganz zerknirscht. In welches Licht hatte sie nun ihre edelmütige Lüge gesetzt! Dann jedoch biß sie die Lippen aufeinander; ›es ist wohl so am besten!‹ dachte sie. Aber lügen wollte sie ferner nicht mehr, es war ja auch nicht nötig. Und darum begann sie nun nach einer Pause verlegenen Schweigens:

»Wir haben uns in der Zwischenzeit auch anderweitig mit Ihnen beschäftigt. Helene hat sich von Brichtas Ihr Tempelwerk geliehen und es ganz durchstudiert.« Und sie erzählte ausführlich, wie die Schwester alle andere Lektüre beiseite gelegt und sich ausschließlich seinem Werke gewidmet, obwohl es ihr anfangs natürlich rechte Mühe gemacht, es ganz zu verstehen.

»Und ist es ihr gelungen?« fragte er.

»Gewiß! – Oh, Sie wissen kaum, wie ernst und gebildet meine Schwester ist.« Und wieder erzählte sie ihm in hastiger Rede und eingehender, als ihm lieb war, was Helene seit ihrer Kindheit alles gelesen und studiert habe.

Er hörte ihr mit schmerzlicher Empfindung zu. Das schöne Mädchen war in Traunkirchen seinem Herzen wahrhaft teuer geworden; er hatte sich all die harten Tage seither sehr nach ihr gesehnt, mühsam in den Wochen seit seiner Rückkunft den Drang bezwungen, zu ihr zu eilen, und es dann wie eine Fügung des Schicksals begrüßt, als er sie allein sprechen konnte. Daß sie nun die Schwester so geflissentlich vorschob, war nicht etwa Koketterie – dieser Zug war ihrem Wesen fremd –, sondern eine milde Form der Abweisung. Sie liebte ihn nicht, im Gegenteil, er erschien ihr seiner Kurzsichtigkeit wegen lächerlich, darum rühmte sie ihre Schwester, hatte sich sogar zugunsten Helenens allzu vergeßlich gestellt, nur um ihn von einem warmen Wort abzuhalten, vielleicht auch weil sie wußte, daß Helene die passable Partie nicht ausschlagen würde. Und dann fiel ihm bei, was ihm Frau Brichta jüngst von Gustels Bewerbung erzählt. Eine herbe Enttäuschung krampfte ihm das Herz zusammen, mit jeder Sekunde Zuhörens wurde er ungeduldiger.

»Das ist ja sehr schön«, fiel er ihr endlich möglichst gleichmütig ins Wort. »Wie ernsthaft Fräulein Helene ist, wußte ich längst. Sie ist überhaupt ein vortreffliches Mädchen.«

»Das ist sie!« rief Anna. »Viel« – die zurückgehaltenen Tränen drohten ihre Stimme zu ersticken, aber sie brachte es doch hervor – »viel edler und bescheidener als ich!«

Er horchte hoch auf. Ihr Antlitz konnte er nicht sehen, obwohl er ihr nicht ferne saß, weil bereits die frühe Dämmerung des Wintertags in das Zimmer brach, aber der Ton der Stimme befremdete ihn. Ein neuer Gedanke blitzte in ihm auf, er konnte wieder lächeln.

»Ihr Bekenntnis deutet gleichfalls nicht gerade auf Unbescheidenheit!« bemerkte er. »Nun müssen Sie mir aber auch erzählen, was Sie getrieben haben. Sie waren mit Hötzingers in Venedig?«

»Ja«, erwiderte sie kurz und fügte erst nach einer Weile hinzu: »Es war sehr schön!«

»Babylonisch schön?!« fragte er lachend, obwohl sein Herz ungestüm zu pochen begann.

Sie wurde purpurrot. Nein! Dies eine sollte und durfte er nicht von ihr glauben, nur dies nicht!

»Ja«, sagte sie und suchte sich gleichfalls zu einem scherzhaften Ton zu zwingen, »aber zuweilen auch aztekenhaft langweilig. Der gute Gustel hat sich weniger gut amüsiert als wir Damen; alte Kirchen und Paläste sind nun einmal nicht seine Spezialität!«

»Und worin wäre die zu suchen?«

»Interessiert Sie das?« fragte sie etwas scharf zurück. »Mich nicht, Herr Professor! Mir ist der ganze Mensch gleichgültig, sehr gleichgültig!«

»Aber Sie ihm nicht!«

»Das ist nicht meine Schuld! … Ich bin ihm immer abweisend begegnet …« Sie war in höchster Erregung. »Wenn man Ihnen das Gegenteil gesagt hat, so hat man gelogen! Und wenigstens in diesem einen will ich in Ihren Augen nicht schlechter erscheinen, als ich bin!«

Er erhob sich und faßte ihre Hand; beide bebten.

»In diesem einen nicht?« fragte er fast murmelnd, weil ihn ein ungestümes Glücksgefühl zu übermannen drohte. »Und in andern Dingen wollten Sie mir schlechter erscheinen? Ja, Sie wollten es … Warum?« fragte er sanft.

Sie erwiderte nichts.

»Sie sind ein edles Mädchen, wie Ihre Schwester«, sagte er. »Gewiß, ich schätze Fräulein Helene und gönne ihr das beste Glück der Erde. Ich aber, Fräulein Anna – erinnern Sie sich noch, aus welchem Grunde ich mich einst meiner Wissenschaft –«

»Guten Abend!«

Eine scharfe, laute Stimme schnitt ihm das Wort ab: in der geöffneten Türe stand Frau von Knittl. »Sehr erfreut, Sie zu sehen, Herr Professor.« Sie trat auf ihn zu und begrüßte ihn herzlich. »Sorge für Licht, Anna!«

In der nächsten Minute, wo er in der Dämmerung der energischen Frau gegenübersaß und die Flut ihrer teilnehmenden Worte über sich ergehen ließ, fühlte sich Klauser wenig behaglich, und seine Stimmung besserte sich auch nicht, als die Magd mit der Lampe erschien, hinter ihr die beiden Schwestern. Im Gegenteil, als ihm Helene errötend, in sichtlicher Befangenheit die Hand reichte, ward ihm erst vollends klar, was er bisher nur geahnt, und schwer drückte ihn der Gedanke, daß er sein Glück durch die Kränkung eines anderen, wahrhaft guten Herzens werde erkaufen müssen.

Er wollte sich empfehlen, sobald es die Höflichkeit irgend gestattete.

»Ich will Sie jetzt nicht zurückhalten«, sagte Frau Katharina, als er sich erhob, »es könnte Ihnen sonst für heute unserer Gesellschaft zuviel werden. Wir verbringen auch den Abend gemeinsam bei Brichtas – die Frau Professor lud uns ein, sans façon zu kommen, als wir bei Barteneggs zusammentrafen!«

Der Professor verbeugte sich, murmelte etwas von unverhoffter Freude und ging.

In Wahrheit war seine Empfindung eine recht gemischte. Die Aussicht, Anna so bald wiederzusehen, lockte ihn, und doch fühlte er das Bedürfnis, in aller Stille zu überlegen, wie der entscheidende Schritt zu machen sei. Auch hatte ihm Brichta versichert, daß er nur Vollmer finden werde. Aber das war nun nicht zu ändern, und dann tauchte ihm, wie zum Troste, jener Einfall wieder auf, der ihn einmal in Traunkirchen an Helenens Seite überkommen: Wie, wenn Vollmer an ihr Gefallen fand?! In ungewohnter Erregung verbrachte er die Stunden auf seinem Zimmer, bis es Zeit war, zu Brichtas zu gehen. –

Anna hatte sich, nachdem der Professor gegangen, sofort auf ihr Zimmer zurückgezogen; es schien ihr unmöglich, jetzt mit Mutter und Schwester ein gleichgültiges Gespräch zu führen oder gar eines, das ihn betraf.

Doch trat die Mutter nach einer Weile bei ihr ein, erkundigte sich nach ihrem Befinden und fragte dann wie ganz beiläufig:

»Worüber hast du mit dem Professor gesprochen?«

»Hauptsächlich über Helene.«

»Wie hat er über sie geurteilt?«

»Wir haben sie beide nach Verdienst gelobt.«

»Was hat er zuletzt von seiner Wissenschaft gesagt, als ich hinzukam?«

»Ich weiß nicht, wo er hinauswollte, Mama, du hast ihn mitten im Satz unterbrochen.«

»Es wird nichts Bedeutendes gewesen sein … Du wirst wohl früh schlafen gehen, Kind? Frau Brichta hat sehr bedauert, daß du nicht mitkommen kannst.«

Sie strich dem Mädchen leicht über das Haar und ging in den Salon zurück. Dort saß Helene, in einen Lehnstuhl geschmiegt, und blickte sinnend in die Lampe.

»Was träumst du da zusammen, Kind?« fragte Frau Katharina weich und zärtlich.

»Nichts, Mama!« Das Mädchen seufzte tief auf.

»Helene«, sagte die Mutter fast feierlich. »Du wirst mir die Frage, die ich dir stellen werde, ehrlich beantworten – so ehrlich, als ob du vor Gott dem Herrn stündest! … Du liebst den Professor?!«

Helene errötete tief, aber ihre Stimme zitterte nicht.

»Ja, Mama«, erwiderte sie, »aus ganzem Herzen liebe ich ihn. Ich wäre die Glücklichste, wenn er mich erwählen würde, und könnte niemals eines anderen Weib werden.«

Frau Katharina fühlte sich durch die Leidenschaft und Heftigkeit, die aus jeder Silbe sprach, fast erschreckt.

»So spricht in deinem Alter jede!« sagte sie lächelnd.

»Ich werde es immer so empfinden«, erwiderte Helene. »Überleben könnte ich es wohl, wenn er eine andere heiraten würde, aber ich wäre unglücklich bis an mein Ende!«

»Und glaubst du, daß er dich liebt?«

»Nein, Mama. Aber ich glaube, er ist mir gut gesinnt und keiner andern besser. In Traunkirchen fürchtete ich dies und litt deshalb viel, aber noch mehr, weil ich meinte, daß auch Anna ihn liebe. Das ist aber nicht richtig, sie könnte sonst jene Zeit unmöglich langweilig finden, und damit ist auch meine Besorgnis seinetwegen geschwunden; er ist nicht der Mann, ein Mädchen zu lieben, dem er gleichgültig ist.«

Die Mutter nickte. »Wir wollen das Beste hoffen, Kind.«

Von da ab sprachen sie kein Wort mehr über ihn, auch nicht auf dem Wege zu Brichtas.

Dort gestaltete sich der Abend recht unerquicklich. Vollmer sprach kein Wort, auch Klauser war einsilbig; daß Anna nicht erschienen, deutete er so, daß Frau von Knittl seine Wahl geflissentlich auf Helene leiten wollte, und das bekümmerte ihn tief, und zwar um so mehr, weil sein weiches Gemüt ihre Handlungsweise recht wohl verstehen und entschuldigen konnte.

Jedenfalls war diese Situation eine unhaltbare; er durfte die Mutter und Helenen nicht täuschen, aber er mußte auch sich selbst Gewißheit gewinnen, ob Anna seine Werbung annehme. Diesen Gedanken vermochte er sich erst nach Tische allmählich zu entwinden, als Frau Brichta ihn und das Mädchen in ein lebhaftes Gespräch über ein Buch verwickelte, das eben viel von sich reden machte. Helene sprach ebenso vernünftig wie bescheiden, aber Klauser hörte ihr nicht bloß deshalb gerne zu, sondern auch, weil ihre Stimme so merkwürdig jener glich, die ihm wie die schönste Musik dieser Erde ins Ohr tönte.

Darum blieb er auch gerne an ihrer Seite sitzen, nachdem sich Frau Bricha erhoben, und beantwortete die Fragen, die das Mädchen bezüglich seines eigenen Buches an ihn richtete. Dann aber tauchte sein Unbehagen wieder auf; es schien ihm unwürdig, das arme, brave, unhübsche Kind auch nur durch eine lebhafte Unterhaltung in seinem traurigen Irrtum zu bestärken. Allmählich verstummte er, Helene sprach noch eine Weile fort, dann stockte das Gespräch.

Frau von Knittl, die das Paar nicht aus den Augen gelassen, trat hinzu. ›Lieber abbrechen, als daß er sich langweilt‹, dachte sie. Laut aber sagte sie:

»Du wirst mir zürnen, Kind, daß ich dich einer so anregenden Unterhaltung entziehe, aber es muß sein! Elf Uhr! Wir wollen gehen ...«

Davon wollte aber die Hausfrau nichts hören und zwang die Gesellschaft noch einmal zum Sitzen. Nur Klauser trat in eine Fensternische, preßte die heiße Stirn an die Scheiben und blickte in die schneelichte Nacht hinaus. So ging es nicht länger, er wollte morgen Gewißheit und sich schon heute die Möglichkeit hiezu sichern.

Darum trat er, als die Gesellschaft aufbrach, zum Abschied an die Oberstin heran.

»Gnädigste Frau«, sagte er mit bewegter Stimme, »Sie haben heute eine Unterredung unterbrochen, welche von meiner Wissenschaft ausging und mein Lebensglück betraf. Gestatten Sie mir, diese Unterredung morgen in Ihrem Hause zu Ende zu führen?«

Sie hatte ihn verstanden, das bewies die Blässe, die plötzlich ihr breites Antlitz überflog. Die starke Frau zitterte und schloß die Augen, als fühlte sie sich einer Ohnmacht nahe. Endlich, nach einer Pause, die ihm eine Ewigkeit dünkte, stieß sie mühsam, mit halberstickter Stimme hervor:

»Ich werde Ihnen morgen brieflich antworten.«

Bestürzt, ja in verzweifelter Stimmung trat Klauser an Vollmers Seite den Heimweg an. Seine plötzliche Ansprache mochte die Oberstin überrascht haben; daß jedoch sie, eine Dame von allbekannter Geistesgegenwart, so fassungslos, fast entsetzt gewesen, konnte er nur als schlimmstes Zeichen für seine Werbung deuten. Diese kam ihr offenbar sehr ungelegen, weil sie bereits über Annas Hand für Hötzinger verfügt und nun von seinem Dazwischentreten eine Störung für ihre Pläne befürchtete.

Mehrere Stunden lang schritt er in trübsten Gedanken auf und nieder und fand spät den Schlaf.

Um so fröhlicher sollte sein nächster Morgen sein.

Schon gegen zehn Uhr kam ihm das verheißene Schreiben zu, er überflog es und jubelte auf – das war ein unzweifelhaftes »Ja!«. In ihren eckigen, großen, energischen Schriftzügen hatte die Oberstin geschrieben: »Lieber Freund! Sie werden uns heute um fünf Uhr herzlich willkommen sein!« Am liebsten wäre er sofort hingeeilt, hätte die Einladung nicht so präzis gelautet.

In demselben Augenblick, da er ihre Zeilen las, stand Frau Katharina in ihrer Schlafstube vor dem Bilde ihres Gatten, das über ihrem Bette hing. Sie war sehr bleich; ihr Antlitz wies denselben Ausdruck düsterer Starrheit wie vor Jahren bei jenem Martergang ins Ministerium.

»Verzeih mir, Mathias!« brach es endlich in leidenschaftlichem, dumpfem Flüstern aus ihrem Munde. »Verzeih mir, du Redlicher, du Guter! Ich mußte es wagen, ich mußte – sie ist ja auch dein Kind!«

Mit dem Schlag der fünften Stunde stieg der Professor die Treppe des Hauses in der Reisnerstraße empor. Das letzte Sonnengold wich eben vom Winterhimmel, und als er leise an die Tür des Salons pochte und auf ein lautes, aber zitterndes: »Herein!« der lieben, wohlbekannten Stimme eintrat, füllte bereits die Dämmerung das tiefe Gemach.

Gleichwohl konnte er die Gestalt der Geliebten deutlich unterscheiden, sie stand neben einem Fauteuil, die Hand auf der Lehne desselben aufgestützt; der letzte Rest des Lichts umwob ihr Goldhaar.

Rasch trat er auf sie zu.

»Sie wissen, weshalb ich komme?« begann er.

»Ich weiß es!« erwiderte sie leise, wie jubelnd und trat einen Schritt vor.

Im nächsten Augenblicke lagen sie einander in den Armen, Wange an Wange, dann Mund auf Mund gepreßt.

Nur wenige Sekunden lang. Die Mutter war plötzlich an ihrer Seite, er wußte nicht, ob sie im Zimmer gewesen oder nur eben so rasch eingetreten. Sie küßte ihr Kind auf die Stirne und faßte die Hand des neugewonnenen Sohnes.

»Alles Gute mit euch!« sagte sie mit zitternder, halb erstickter Stimme. »Werdet so glücklich, wie ihr es verdient. Du bist mir eine gute Tochter gewesen, Helene, und wirst ihm ein gutes Weib sein!«

»Helene?«

Er wollte es entsetze rufen und brachte keinen Laut über die Lippen. Die Oberstin fühlte nur, wie seine Hand, die in der ihrigen lag, zuckte, sich losringen wollte, dann kalt wurde und wie gelähmt in der ihren blieb.

Sie selbst fühlte sich dem Umsinken nahe, aber sie fuhr fort:

»Sie sind edel und zartfühlend, Ihnen vertraue ich mein Kind gerne an! Helene liebt Sie aufrichtig. Vor Gott dem Herrn kann ich bezeugen, daß sie mir gestern sagte: ›Wählt er eine andere, so bin ich unglücklich bis an mein Ende!‹ Sie werden diese Liebe zu lohnen wissen!«

Helene weinte still und heftig vor sich hin – er aber, wortlos, regungslos stand er da, erdrückt von der Wucht dieses entsetzlichen Augenblicks. Wild zuckten die Gedanken durch sein Hirn, die Empfindungen durch sein Gemüt.

»Sprich!« rief es in ihm. »Jede Sekunde Schweigens ist ein Verbrechen an dir und Anna!« Aber was sollte er sagen, wie das Unerhörte aufklären, ohne das arme Mädchen da tödlich zu verwunden?! Als Frau von Knittl die Lampe entzündete und er das tränenüberströmte Antlitz Helenens mit dem Ausdruck rührendster Hingebung sich zugewendet sah, wichen die Empfindungen, die ihn bisher durchstürmt, die Erregung, die Verzweiflung, die grenzenlose Befangenheit vor der einen: dem Mitleid. Er durfte es nur brieflich tun.

Jetzt freilich fand er zunächst auch kein anderes Wort. Statt seiner sprach Frau Katharina; sie erzählte von ihrem Gatten, ihrer Familie. Dabei las sie in der Seele des schweigenden Mannes wie in einem offenen Buche. ›Jetzt stilisiert er den Brief an mich!‹ dachte sie schaudernd.

Und als draußen ein Schritt ging und er zusammenfuhr, deutete sie auch dies richtig. ›Und nun muß ich auch noch einen neuen Betrug auf meine Seele nehmen‹, dachte sie verzweiflungsvoll … »Wie wird sich Anna freuen, wenn sie heimkommt!« sagte sie dann laut. »Sie hat neben der Liebe zu Helenen auch noch ihren besonderen Grund dazu. Jetzt, wo Sie zur Familie gehören, darf ich's sagen: Ein trefflicher Mann liebt sie und wird von ihr geliebt. Den Namen sollen Sie später erfahren; der dumme Gustel, von dem die Leute schwatzen, ist's natürlich nicht. Und sie wußte wohl, daß ich die Verlobung der Jüngeren vor der der Älteren nicht zugeben würde!«

Helene konnte einen Ausruf freudigster Überraschung nicht unterdrücken; er überhörte es, so sehr schmetterte ihn dieser neue Schlag nieder. ›Fort‹, dachte er, ›ich ersticke‹.

Aber da ging die Klingel, ein Besuch trat ins Zimmer; es war Lina Brichta. Befremdet gewahrte sie Helenens Tränen, Klausers erregtes Antlitz. Frau Katharina erhob sich:

»Sie dürfen uns beglückwünschen, liebes Kind! Klauser hat sich eben mit Helene verlobt. Vor Ihnen und Ihren Eltern wollen wir kein Geheimnis haben; die offizielle Nachricht wird Klausers Trauer wegen erst in einigen Wochen folgen; ich denke, bis das erste Vierteljahr um ist.«

Dann aber, nachdem Lina ihre Glückwünsche ausgesprochen, wandte sie sich an den Professor: »Verzeihen Sie, daß ich Sie nun fortschicke, lieber Sohn, aber Helene bedarf der Ruhe. Natürlich erwarten wir Sie morgen zum Speisen.« –

»Er war so seltsam, fast verstört«, klagte Helene der Mutter, nachdem auch Lina gegangen war. Aber diese tröstete:

»Nicht verstört, sondern von seinem Glück überwältigt …! Meine Mitteilung über Minna«, fuhr sie fort, »hat auch dich überrascht. Ich durfte es dir nicht früher sagen, auch jetzt muß ich den Namen verhehlen. Du weißt, sie ist so eigen, und ich habe ihr mein Schweigen feierlich zusichern müssen. Sag auch du ihr nichts darüber!« Anna hatte mit Barteneggs eine Schlittenpartie nach deren Villa in Sankt Veit unternommen; draußen sollte soupiert, dann getanzt werden. »Sie kommt wohl erst gegen Mitternacht heim«, fuhr sie fort. »Du wirst früh zu Bette gehn, sonst findet dein Heinrich morgen ein allzu blasses Bräutchen. Ich will aufbleiben und sie erwarten.«

So tat sie.

»Eine freudige Nachricht«, sagte sie der Heimkehrenden, die erstaunt war, Mama noch wach zu finden. Sie zog sie in den Salon und erzählte. »Denke dir die Überraschung!« schloß sie.

Anna wurde totenbleich und taumelte einen Schritt zurück.

»Unmöglich!« rief sie wild. »Nachdem, was er mir gestern – Wie ist es zugegangen? Ich muß alles wissen!«

Frau Katharina hatte Mühe, ihre Fassung zu behaupten, und doch bedurfte sie ihrer. Möglichst gelassen erwiderte sie, daß Klauser gestern von ihr eine Unterredung mit Helenen erbeten, heute seine Werbung vorgebracht.

Anna hörte mit gesenktem Haupte, schwer atmend zu.

»Was hast du?« fragte die Mutter. »Anna, du liebst ihn doch nicht? Du hast ja seiner nie erwähnt und häufig geäußert, wie sehr du dich in seiner Gesellschaft gelangweilt hast?«

»Ja, ja!« rief das Mädchen leidenschaftlich. »Bisher war er mir gleichgültig, nun aber verachte ich ihn!«

Sie warf sich in einen Fauteuil und schlug die Hände vors Antlitz.

Es war eine lange Stille zwischen den beiden.

Dann trat die Mutter auf sie zu.

»Und das willst du«, fragte sie fast flehentlich, »deiner Schwester sagen, die deiner harrt, um ihre Freude mit dir zu teilen?«

»Sei unbesorgt, Mutter«, war die Antwort. »Helene ist gut; möge sie glücklich werden!« Und dasselbe sagte sie der Schwester einige Minuten später in ihrer gemeinsamen Schlafstube unter heißen Küssen und Tränen. Lange, lange hielten sich die beiden innig umfangen.

Im nächsten Gemach aber saß die Mutter, lauschte ihrem leisen Schluchzen und sehnte sich umsonst nach lindernden Tränen. »Anna liebt ihn«, murmelte sie. »Das wenigstens habe ich nicht gewußt; das darfst du mir nicht in das Schuldbuch schreiben, mein Gott und Herr!«

Dann aber richtete sie sich wieder auf. »Ich habe nicht anders gekonnt, und alles wird, nein, muß gut werden!«

Sie dachte an den Mann, der wohl eben mit sich kämpfte. Gäbe es eine Wirkung in die Ferne, er hätte ihr erliegen müssen, so ehern umklammerten ihn alle ihre Gedanken.

Aber es bedurfte solchen Wunders nicht; sein eigenes weiches, zartfühlendes Wesen zwang ihn in dieselbe Bahn. Brütend saß er am Schreibtisch, schritt dann auf und ab und setzte sich wieder. Stunde um Stunde verrann; an die hundert Briefe mochte er in Gedanken geschrieben haben, aber auf dem Bogen vor ihm stand nur die Anrede, und dabei blieb es auch.

Was gab ihm das Recht, das edle, gute Mädchen ins Herz zu treffen? Vielleicht war er einem listig ausgeheckten Betrug der Mutter ins Garn gegangen; ihre ungezähmte, kein Mittel scheuende Energie, die ungewöhnliche Stunde machten es denkbar; aber dieselbe Stunde hatte er selbst tags zuvor für seinen Besuch gewählt, und gegen den Verdacht sprach ja auch das Unerhörte des Wagnisses! Wahrscheinlicher als ein Betrug schien ihm ein Irrtum der Dame; sie wußte um Helenens Liebe, wünschte, daß sich seine Wahl auf diese lenke, glaubte nach Menschenart gern, was sie so heiß wünschte, und hatte ein Recht dazu; hatte sich nicht auch sein Gespräch mit Helene, das sie gleichfalls unterbrochen, auf seine Wissenschaft bezogen?! Ein Zufall, dann seine Schwachsichtigkeit hatte die unselige Werbung bewirkt – warum sollte Helene dafür büßen? Sie, die doch sicherlich an jedem Betrug unschuldig war?! Und Anna war ihm ja jedenfalls verloren, sie liebte einen andern! Das war keine Lüge der Oberstin gewesen! – Unmöglich! Auch er hatte sich bei der Unterredung mit Anna getäuscht, indem er aus der nun doppelt begreiflichen Erregtheit, mit der sie den Gedanken an den Laffen abgewiesen, ein wärmeres Gefühl für sich herausgehört.

Aber wie sollte er Helene zu seinem Weibe machen, mit der Liebe zu ihrer Schwester im Herzen? Er wurde dann unglücklich – und könnte sie glücklich werden? Wieder trieb es ihn empor; schon war es heller Morgen, und noch schritt er ratlos, verzweifelt auf und nieder.

Um die achte Stunde trat sein Diener ein; bestürzt blickte er seinem Herrn ins blasse, überwachte Antlitz, dann nach dem unberührten Lager hin, wagte jedoch keine Frage; stumm legte er die Briefe, welche die Frühpost gebracht, vor ihn hin.

Klauser griff nach dem ersten; er enthielt die Karte eines befreundeten Kollegen: »Vivat Frau Helene Klauser!« stand darauf.

»Auch das noch!« murmelte er. »Daran habe ich nicht gedacht!« Ähnlichen Inhalts waren einige andere Briefe; der letzte, von Brichtas Hand, enthielt auch die Erklärung, wie die Nachricht schon am selben Abend den Herren bekannt geworden: seine Tochter habe ihm die frohe Kunde auf der Treppe erzählt, als er eben zum allwöchentlichen Professorenabend ausgegangen.

›Und heute weiß es ganz Wien!‹ dachte Klauser. ›Trete ich nun zurück, so bleibt der Makel auf dem Mädchen haften. Und sage ich den

Leuten die Wahrheit, so bleibt ein Makel doch, der der Lächerlichkeit, auf ihr und – auf mir!‹ Er hatte bisher nicht daran gedacht, daß sich ein Zug, der die Lachlust reizen könne, in die Tragik dieser Verlobung mische – nun empfand er dies als neues und schärfstes Weh. Es war ein unreines Element, das seinen Schmerz auch in seinen Augen erniedrigte.

»Nein! Nein!« knirschte er. »Sie sollen mich und das arme Mädchen nicht belächeln noch bedauern dürfen!«

Was geschehen, war nicht mehr zu ändern; er wollte es tragen.

Als er sich am nächsten Tage gegen die Mittagsstunde in der Reisnerstraße einfand, gewann er es über sich, Helenen freundlich zuzulächeln, ihre Stirne mit einem Kuß zu streifen; auch die Glückwünsche zahlreicher Besucher – es war ein Sonntag – ertrug er mit guter Miene.

Aber seine Stirne umwölkte sich, als sie sich nur zu dreien zu Tisch setzten. Anna habe sich gestern erkältet, erklärte die Mutter; sie dürfe das Bett nicht verlassen – natürlich ein Unwohlsein ohne Bedeutung. Das machte ihn unruhig und argwöhnisch; auch Helene war schweigsam und gedrückt; um so liebenswürdiger gab sich die Mutter, was wahrlich keine Heuchelei war; sie wäre ihm, als er gekommen, gerne um den Hals geflogen.

Noch düsterer ward seine Stimmung am Abend; neben vielen anderen Besuchern fanden sich Hötzingers ein, und kaum, daß sie in den Salon getreten, erschien auch Anna, recht blaß, aber anscheinend in fröhlichster Laune. »Meinen Glückwunsch!« sagte sie lachend zu Klauser und schüttelte ihm kräftig die Hand. »Ich war aber gar nicht überrascht!«

Das war alles, was sie an ihn wendete; von da ab sprach sie fast ausschließlich mit Hötzingers. Als diese erzählten, sie reisten am nächsten Morgen auf ihr Gut bei Brünn, um dort die ländlichen Winterfreuden eine Woche lang auszukosten, fragte sie sofort:

»Darf ich mit?«

Sie stimmten mit Vergnügen zu, Gustel versicherte ein dutzendmal, ein so babylonisch reizender Einfall sei ihm noch nie vorgekommen, und auch Frau Katharina gab anscheinend freudig ihre Zustimmung.

Als die letzten Besucher gegangen waren, empfahl sich auch Klauser; er habe die Nacht schlaflos zugebracht, entschuldigte er sich.

Wieder mußte Frau Katharina die bekümmerte Braut trösten; sie tat es diesmal mit ungleich größerer Zuversicht.

»Er wird morgen zärtlich sein!« schloß sie mit einer Bestimmtheit, als sicherte sie ihr für den nächsten Tag einen neuen Hut zu.

Sie irrte; Klauser ward auch in der Folge nicht zärtlicher.

Er fand sich täglich mit den besten Vorsätzen ein und gab sich auch ehrliche Mühe, seiner Braut liebreich zu begegnen, aber ein kosendes Wort wollte ihm nicht über die Lippen, und ihren Mund berührte er seit der Verlobungsstunde nicht mehr.

Das arme Mädchen litt viel darunter und weinte heimlich die bittersten Tränen. Vergeblich tröstete die Mutter: »Jeder Mann muß sich an den Brautstand gewöhnen; der zärtlichste Bräutigam hat anfangs Stunden, wo er seufzend an die verlorene Freiheit denkt – und was willst du, er ist eben ein schüchterner Mensch!« – Helene fühlte doch, daß es da an etwas fehle; vielleicht an dem Besten, an der Liebe, dachte sie in tiefem Gram.

So war eine Woche vergangen.

Als Klauser am nächsten Sonntag gegen die elfte Vormittagsstunde zu seiner Braut kam, empfing ihn die gute Marie, die ihn seines gesetzten Wesens wegen sehr ins Herz geschlossen, mit geheimnisvollem Lächeln.

»Eine Neuigkeit, Herr Professor«, flüsterte sie ihm vertraulich zu. »Wir haben nun zwei Bräute im Haus! Fräulein Anna ist gestern abend heimgekommen, sie hat sich auf dem Gut mit dem Herrn von Hötzinger verlobt!«

Er taumelte einen Schritt zurück.

»Unmöglich!« rief er.

»Aber, wenn ich's Ihnen sage!« beteuerte Marie fast gekränkt. »Es fehlt nur noch das Jawort der Frau Oberstin, und der Herr Gustel wird um ein Uhr im schwarzen Frack kommen, es sich zu holen … Fräulein Helene und die gnädige Frau sind ausgegangen, kommen aber bald zurück. Auch können Sie ja Fräulein Anna selbst fragen … Aber was ist Ihnen, Herr Professor, Sie sehen ja zum Erschrecken aus …«

»Es ist nichts … Ist Fräulein Anna im Salon?«

»Nein, in ihrem Zimmer. Soll ich sie in den Salon bitten?«

»Ja – sofort!«

Nach wenigen Sekunden kehrte die Magd zurück.

»Das Fräulein ist unwohl«, meldete sie mit verlegener Miene.

Er stand einen Moment unschlüssig, im nächsten war er bereits im Vorzimmer, klopfte an die Türe der Stube der Schwestern und trat, ohne Antwort abzuwarten, ein.

Es war ein kleines Gemach, das außer den Betten der beiden Mädchen nur wenigen, dürftigen Hausrat enthielt. Eine Türe, die nur angelehnt war, führte in das Schlafzimmer der Oberstin. An einem Schreibtischchen neben dieser Türe war Anna gesessen, bei seinem Eintritt richtete sie sich hastig empor.

»Sie entschuldigen!« sagte er fliegenden Atems. »Aber ich muß Sie sprechen! Sie wollen sich mit Herrn von Hötzinger verloben?«

Sie trat ihm einen Schritt entgegen.

»Ja!« erwiderte sie kurz. »Ich habe es eigentlich sogar bereits getan.« Ihr Ton wurde immer schärfer. »Entschuldigen Sie, daß ich Sie nicht vorher um Ihre gütige Erlaubnis gebeten habe!«

»Es darf nicht sein!« rief er und faßte ihre Hand. »Sie machen sich für Lebenszeit unglücklich, Anna! Dieser Laffe –«

Sie riß ihre Hand aus der seinen und wich zurück; ihre Augen blitzten.

»Schweigen Sie!« rief sie. »Wer gibt Ihnen das Recht, meinen künftigen Gatten zu beschimpfen?«

»Sie selbst haben den Mann nicht höher taxiert! Noch bei unserer letzten Unterredung! – Erinnern Sie sich doch –«

Sie richtete sich hoch auf. »Und an diese Unterredung wagen Sie mich zu mahnen …?« Aber das Wort reute sie, kaum daß es ihr entfahren war. »Ich danke für Ihre gütige Teilnahme!« fuhr sie rasch fort. »Jedoch Besuche in diesem Zimmer –«

Er hatte seine Fassung wiedergewonnen.

»Man kümmert sich um solche Lappalien nicht, wo ein Lebensglück auf dem Spiel steht. Es ist unmöglich, daß Ihnen dieser Mensch teuer sein kann. Auch lieben Sie ja einen anderen, einen Würdigeren! Jetzt, wo Helene versorgt ist, steht Ihrer Neigung kein Hindernis mehr im Wege!«

»Einen andern? Sie sprechen im Fieber! Wen?«

»Den Namen kenne ich nicht. Ihre Mutter nannte ihn nicht. Aber die Tatsache selbst wird sie ja wohl nicht erfunden haben!«

Sie horchte auf.

»Also meine Mutter erzählte Ihnen das! Wann? War –«

Sie stockte und fuhr dann mit fast erstickter Stimme fort:

»War meine Schwester bereits Ihre Braut?«

»Ja!«

»Dann verstehe ich es nicht. Denn es war eine Unwahrheit.«

»Aber ich verstehe es!« sagte er langsam, dumpf, jedes Wort betonend. »Alles verstehe ich nun! Oh, es ist furchtbar!«

»Was?«

Er blickte zu Boden.

»Es würde nichts nützen!« murmelte er. »Nur eines habe ich Ihnen noch zu sagen, von Ihnen zu erflehen, weisen Sie die Werbung dieses Menschen ab! Lassen Sie sich nicht von dem Glanz dieses Reichtums blenden, dessen schmählichen Ursprung alle Welt kennt … Ich flehe sie um Ihretwillen an … ich habe ja nichts mehr zu hoffen …«

»Sie führen seltsame Reden, Herr Professor«, sagte sie mit wieder aufflammendem Hohn. »Darf ich Sie daran erinnern, daß Sie der Bräutigam meiner Schwester sind? Es war lange nicht zu entscheiden, welche von uns beiden Sie mit Ihrer Neigung beglückten, und Sie hatten dies recht geschickt zu verbergen gewußt. Aber nun sollte das erbärmliche Spiel sein Ende haben. Es ist auch nutzlos, Herr Professor. Diese letzte, sentimentale Redensart zum Beispiel war ja recht geschickt hingeseufzt und hat auf mich doch nur den Eindruck einer Infamie –«

»Halt!« rief er außer sich. »Auch meine Kraft hat ein Ende. Ich habe Sie verloren, Ihre Achtung will ich behalten! Ich habe kein erbärmliches Spiel getrieben. Ich habe Sie geliebt, Sie zu werben kam ich her und drückte Ihrer Schwester den Verlobungskuß auf die Lippen, in der Meinung, daß Sie es wären!«

Ein leiser, dumpfer Schrei, ein Aufschrei des tiefsten Wehs folgte diesen Worten; er glaubte, daß er von ihren Lippen gekommen.

Sie aber stand stumm, regungslos da.

Endlich murmelte sie: »Erzählen Sie alles!«

Er berichtete es in kurzen Worten.

»Wir wollen nicht fragen, wie sich das Unheil gefügt hat«, fuhr er fort. »Ich bin nun der Verlobte Ihrer edlen, trefflichen Schwester. Sie liebt mich, ich weiß es. Daß mein Herz Ihnen gehörte – nein! ich mag nicht lügen! –, daß es Ihnen gehört und gehören wird, soll sie durch meine Schuld nie erfahren. Für uns alle wäre es nicht gut, wenn wir in einer Stadt blieben. Ich habe bisher jeden Ruf an eine auswärtige Hochschule ausgeschlagen, den nächsten, der mir nach meiner Verheiratung zukommt, nehme ich an. Sie aber – Ihnen ist sicherlich jenes schöne Glück vorbestimmt, dessen Sie würdig sind! Ketten Sie sich nicht an diesen Menschen, aus Erbarmen für sich und mich! Ich trage mein Leid, aber der Gedanke, daß die Ereignisse der letzten Tage an Ihrer Entschließung schuldig sind, würde mich erdrücken. Noch einmal, Anna, erbarmen Sie sich meiner – ich bin auch ohnehin unglücklich genug!«

Sie hörte ihn stumm, gesenkten Hauptes an. Dann zuckte es in ihren Zügen, jähe Tränen überquollen ihre Wangen, zitternd streckte sie ihm die Hand entgegen.

»Ich will ...«, murmelte sie. »Es wäre wohl auch ohnehin über meine Kraft gegangen ...«

»Ich danke Ihnen!«

Er wollte ihre Hand fassen. Im nächsten Augenblicke aber –

»Oh, daß es so hat kommen müssen!« schluchzte sie wild auf, und er fühlte ihre Arme um seinen Nacken geschlungen, ihren Mund auf dem seinen.

Nur eine Sekunde lang. Im nächsten Augenblicke stand er wieder im Vorzimmer und trat dann, sich mühsam sammelnd, in den Salon zurück.

Kurz darauf trat die Oberstin ein: sie war eben heimgekommen und hatte noch den Hut nicht abgelegt.

»Sie sind allein?« fragte sie erstaunt. »Ist Helene noch nicht da? Sie trennte sich vor einer Viertelstunde von mir, um rascher nach Hause zu kommen, weil sie Sie erwartete. Dann wird sie wohl noch in ihrem Zimmer sein und nicht wissen, daß Sie da sind.«

Rasch trat sie auf die Türe ihres eigenen Schlafzimmers zu, durch das man aus dem Salon in jenes der Mädchen gelangte. Die Türe war verriegelt.

»Was soll das nun wieder?« rief sie ungeduldig und klopfte heftig. »Bist du drin, Helene?«

Es kam keine Antwort, erst auf nochmaliges Klopfen ein leises »Ja!«

»Nun, so öffne doch! Heinrich ist hier ... Kleidest du dich um?«

»Ja – ich komme bald!«

»Was ist das für eine kuriose Stimme? Weinst du? – Bist du nicht wohl?«

»Ganz wohl, Mama!«

Kopfschüttelnd trat Frau Katharina zurück und wandte sich wieder zu Klauser. Er hatte das Gespräch nur wie im Traum gehört; einen Augenblick dachte er daran: ›Um Himmels willen! Wenn Helene unser Gespräch gehört hat!‹ – dann nahm ihn der Gedanke an Anna wieder in Bann. Denn Frau Katharina erzählte ihm eben des langen und breiten die Geschichte von der neuen Verlobung und schloß:

»Mir paßt's nicht recht; auch hatten ja Anna und ich, wie ich ihnen bereits einmal angedeutet habe, eigentlich ganz andere Absichten, aber was will ich nun mit dem eigensinnigen Mädel anfangen? Es bleibt mir eben nichts übrig, als heute dem Gustel in Gottes Namen ja und amen zu sagen!«

Er erwiderte nichts, es fiel der Oberstin nicht auf, und sie begann nun auch die Lichtseiten der neuen Verbindung zu schildern.

Da trat die Magd ein. »Das Fräulein Anna läßt die gnädige Frau bitten, sofort zu ihr zu kommen!« Und flüsternd, aber so, daß es der Professor deutlich hören konnte, fügte sie hinzu: »Das Fräulein ist so aufgeregt und weint sehr. Soeben ist auch Fräulein Helene zu ihr eingetreten, und nun weinen beide, daß es einen Stein erbarmen könnte!«

»Was das nun wieder ist!« murmelte die Oberstin unmutig und erhob sich. »Sie entschuldigen, lieber Sohn!«

Diesmal blieb er wohl eine halbe Stunde allein.

Endlich erschien Frau Katharina wieder. »Da haben wir die Bescherung!« sagte sie mit hochgerötetem Antlitz. »Nun will sie plötzlich wieder den Gustel partout nicht, und Helene unterstützt sie noch dabei. ›Anna muß den Mann heiraten, der ihrer würdig ist‹, wiederholt sie immer. An wen sie dabei nur denken mag? … Das heißt« unterbrach sie sich hastig, »wahrscheinlich meint sie denselben, von dem ich Ihnen vorhin sprach! Nun, so muß denn ich in den sauren Apfel beißen und es übernehmen, den Gustel aufzuklären …«

Sie warf einen Blick auf die Uhr. »Bald eins! Er muß ja gleich dasein! Verzeihen Sie, lieber Heinrich, daß ich Sie nun fortschicken muß und nicht einlade, mit uns zu frühstücken. Helene mag sich jetzt vor Ihnen nicht blicken lassen – sie ist so verweint! Natürlich treffen wir uns um fünf Uhr bei Brichtas zum Diner. Ihr werdet scharf angetoastet werden!«

Er ging.

Als er aus dem Hause trat, fuhr eben Hötzingers Wagen vor …

Als Klauser um die angesagte Stunde zu Brichtas kam, traf er seine Braut nicht; außer einigen Freunden waren nur Anna und die Mutter zugegen.

»Da kann man wieder Helenens Gemüt erkennen!« sagte ihm Frau von Knittl. »Sie hat sich die Szenen von heute vormittag so zu Herzen genommen, daß sie nun tatsächlich zu Hause bleiben mußte. Auch ich bin recht angegriffen; der Gustel tut mir aufrichtig leid; helfen konnte ich ihm nicht. Am gefaßtesten ist eigentlich Anna, die es doch am nächsten angeht.«

Die Mutter irrte; das Mädchen war nur deshalb mitgekommen, weil Helene dies mit rätselhafter Heftigkeit von ihr erfleht. Als sie Klauser sah, überzog ein Glutstrom ihre Wangen.

Das Diner – ein Brautdiner ohne Braut – verlief recht still; die Toaste waren auf Klausers Bitte unterblieben.

Unmittelbar nachdem die Tafel aufgehoben war – es ging gegen sieben Uhr –, stahl sich Frau Katharina hinweg, ohne daß die andern es gewahrten. »Ich muß nach Helenen sehen«, flüsterte sie ihrer jüngeren Tochter zu, »mir scheint, sie hat etwas Fieber. Du mußt vorläufig hierbleiben und mich dann entschuldigen!«

Als sie die Treppe zu ihrer Wohnung emporstieg, kam ihr Marie entgegen.

»Gottlob, daß Sie da sind!« rief sie ihrer Herrin entgegen. »Soeben wollte ich Sie holen, obwohl es das Fräulein streng verboten hat. Aber ich konnte es nicht auf mein Gewissen nehmen, länger zuzusehen ...«

Die Oberstin mußte sich an das Geländer halten.

»Sie ist krank?« rief sie.

»Nein! – Oder doch vielleicht, sie ist so totenblaß! Aber denken Sie nur, kaum daß Sie fort waren, habe ich ihren Koffer vom Hausboden holen müssen. Und für acht Uhr hat sie sich einen Wagen zur Südbahn bestellen lassen!«

Frau Katharina starrte die Magd entsetzt an. »Herr im Himmel«, dachte sie, »sollte sie plötzlich wahnsinnig geworden sein?!«

Im nächsten Augenblicke war sie in ihrer Wohnung, im Zimmer des Mädchens.

Helene schloß eben ihren Koffer. »Was soll das heißen?« schrie die Mutter schrill auf.

Helene war bei ihrem Eintritt zusammengezuckt, nun richtete sie sich langsam auf.

»Ich reise nach Graz, zu Tante Antonie«, sagte sie leise, aber fest. »Der Zug geht um neun … Es tut mir leid, Mama, daß du gekommen bist, ich hätte die Unterredung gern vermieden; das Notwendige sollte dir dieser Brief sagen.« Sie wies auf ein Schreiben, das geschlossen auf dem Tische lag. »Und ändern wirst du meinen Entschluß nicht!«

»Was sprichst du da?« murmelte die Mutter heiser und wiederholte dann dieselben Worte mit gellender Stimme. »Nach Graz …? Wozu …? Was soll dein Verlobter davon denken?!«

»Das ist Klauser nicht mehr!« sagte Helene. »Ein Brief, den er heute abend bei seiner Heimkunft von mir vorfindet, gibt ihn frei!«

»Aber, mein Gott! – Liebst du ihn nicht mehr?«

»Ja!« rief Helene. »Ja! Ich liebe ihn, wie nur je ein Mädchen einen Mann geliebt hat – wie ihn keine andere liebt!« Es war ein Ton unsäglicher Leidenschaftlichkeit in ihrer Stimme. »Und ich werde ihn lieben, bis ich sterbe! Und eben darum gab ich ihn frei! Er soll durch mich nicht unglücklich werden!«

»Unglücklich! Was du dir nur einbildest! Weil er dir nicht zärtlich und heiter genug scheint? Ich sagte dir schon, das wird sich geben. Wärest du ihm nicht teuer, hätte er dann um dich angehalten?«

Helene richtete sich auf.

»Mutter«, sagte sie dumpf und drohend. »Sprich davon nicht! Ich könnte vergessen, daß du aus Liebe zu mir gefrevelt hast!«

»Du faselst …«

»Ich weiß alles!« Kurz, hart, warf sie ihr die Tatsachen ins Gesicht. »Ich weiß es aus seinem eigenen Munde.«

Sie erzählte von der Unterredung, die sie heute belauscht. »Gott ist mein Zeuge – ich war ahnungslos heimgekommen und hatte nicht horchen wollen. Und was ich in jenen Minuten litt – Mama, mehr kann noch nie ein armes Herz auf Erden gelitten haben … Vielleicht bin ich nicht ganz schuldlos, vielleicht war es schon Sünde, wenn ich, ein unhübsches, unbedeutendes Mädchen, einen Mann wie ihn zu lieben wagte, vielleicht auch hätte ich Anna fragen müssen, wie es zwischen ihnen beiden stehe … Aber ist eine Schuld an mir, so habe ich sie hundertfach gebüßt. Und was deine Schuld daran war, Mama, verzeihe ich dir!«

Frau Katharina saß eine Minute wie betäubt da. Dann richtete sie sich trotzig auf. »Das sind Sentimentalitäten, die nicht schwer wiegen …«

»Mama!«

»Jedenfalls leichter als dein Lebensglück … Übrigens hätte ich von Klauser höher gedacht! Ein braver Mann trägt die Folgen seines eigenen Irrtums und macht deshalb nicht andere unglücklich. Was sprichst du da von meiner Schuld?! Seine Kurzsichtigkeit war's. Und wie hätte ich ahnen sollen, daß er die Unterredung mit Anna wünschte und nicht mir dir?«

»Du wußtest es! Das beweist die Wahl der Stunde und die Anweisung, die du mir vorher gabst: ›Er ist so schüchtern und liebt dich so heiß! Sage ihm sofort, daß du ihn liebst …!‹ Oh, wie ich mich schäme – schäme!« schrie sie wild auf. »Wie mir dieser Kuß, der einer andern galt, auf den Lippen brennt!«

Darauf war es lange still.

»Du armes Kind!« murmelte Frau Katharina endlich. »Und ich unglückliche Mutter … Du hast den Brief an ihn schon abgesendet?! Da läßt sich nichts mehr tun …! Was wird die Welt sagen?«

»Die Welt – und immer wieder die Welt!« rief Helene bitter. »Der Welt zuliebe haben wir uns heimlich die Finger wund gearbeitet und uns kaum das trockene Brot gegönnt, nur um bei anderen Braten essen zu können! Der Welt zuliebe hast du uns bettelarme Mädchen nicht Nützliches lernen lassen, außer den Künsten, die etwa einen reichen Werber anziehen konnten. Der Welt zuliebe hast du, ein redliches Weib, das den Namen des redlichsten Mannes trägt –«

Sie verstummte.

»Verzeih!« schluchzte sie dann auf und umschlang die Mutter. »Auch du büßtest ja in dieser Stunde, was du gefehlt, aus Liebe gefehlt hast!«

Frau Katharina erwiderte nichts, schweigend fuhr sie mit der Hand über Haar und Wangen ihres Lieblings.

»Ich will dir nicht widersprechen«, sagte sie endlich fest. »Es war eine Sünde, aber ich mußte sie auf meine Seele nehmen. Verdamme mich nicht, Kind! Jeder Mensch handelt wie ihm sein Wesen und die Erfahrungen seines Lebens gebieten; ich habe sehr mit mir gekämpft und doch nicht anders gekonnt! O wenn du wüßtest, wie ich jene Nacht verbracht habe, wo ich den Entschluß gefaßt! Aber ich sagte mir immer: ›Die Gelegenheit, sie glücklich zu versorgen, bietet sich vielleicht nie wieder, sie soll nicht werden, was ich durch lange, entsetzliche Jahre war: eine einsame, verhöhnte, verbitterte alte Jungfer!‹ Ich erinnerte mich, wie mir zumute war, wenn ich damals aus einer

Gesellschaft heimkam, und woran ich dachte als an die einzige Erlösung aus diesem grenzenlosen, kleinlichen Jammer … ›Ihr‹, gelobte ich mir, ›soll dieser Gedanke erspart bleiben!‹ Und nun war alles vergeblich, du wirst nicht heiraten, Kind, und unglücklich werden!«

Nun erst kamen der harten Frau die Tränen, sie weinte lange und hielt dabei ihr Lieblingskind fest an sich gedrückt.

»Sei getrost«, bat Helene. »Ob ich je heiraten werde, weiß ich nicht – doch nein, keine Lüge! –, ich weiß es, es wird nicht geschehen. Aber unglücklich und verbittert werde ich nie werden. Ich werde es versuchen, anderen nützlich zu sein, zunächst der guten Tante, die jetzt so einsam ist, dann anderen – es wird schon gehen, Mama! Du selbst wirst es mir erleichtern: Meinem Leben wird nicht das Licht fehlen, daß ich das Glück zweier anderer Menschen ermöglicht habe. Der Professor wird sicherlich um Anna werben – du wirst sie ihm nicht verweigern, Mama! Ich verlange kein Versprechen, ich weiß, du wirst es tun! Und nun leb wohl, der Wagen wartet!«

Das hatte sich an einem Februartage von 1870 begeben. Ein Jahr später vermählte sich Klauser, der inzwischen eine Professur an einer norddeutschen Hochschule angetreten, mit Anna. Die Hochzeit weckte ebenso großes Aufsehen in der Wiener Gesellschaft wie ein Jahr vorher die Ereignisse jenes Sonntags. Das Glück des jungen Paares konnte das Gerede nicht stören. Es hat bis heute gewährt und ist ein so schönes, reiches Glück geworden, wie es wenigen Menschen hienieden gegönnt ist.

Die beiden Schwestern sahen sich erst wieder, als Frau Katharina zum Sterben kam. Das war vor drei Jahren, in Graz, in der besten Stube jenes Mädchenpensionats, dem Helene vorsteht. Die Mutter hatte die letzten Jahre bei ihr verlebt, sie war Zeugin ihrer Tätigkeit gewesen und der Art, wie sie diese übte, und darum verschönte es die letzten Stunden der alten Frau, daß sie sich kaum zu sagen wußte, welche ihrer beiden Töchter sie friedvolleren Herzens auf Erden zurücklasse.

Romeo und Julia

Als ich das letzte Mal mit meinem Freunde Matthias in seinem bescheidenen, aber sehr behaglichen Arbeitszimmer bei einer ganz erträglichen Zigarre beisammensaß, gestand er mir, daß er seit seinen Schülerjahren nur noch die Zeitung und seine philologischen Handbücher gelesen habe. Da bin ich denn leidlich sicher, daß ihm auch diese Erzählung seiner eignen Schicksale unbekannt bleiben wird, und ich mag nicht leugnen: das ist mir ganz recht. Keineswegs aus dem Grunde, weil ich etwas daran entstellen oder auch nur ausschmücken möchte, sondern im Gegenteil, eben weil ich alles der Wirklichkeit nachschreiben will. Matthias jedoch würde sagen: »Nur am Anfang und am Ende ist alles wahr, aber in der Mitte vieles ganz und gar erfunden«, und er würde dies nicht bloß seiner guten, rundlichen Frau sagen, sondern auch sich selber. Kurz, er würde aussprechen, was er nun selbst seltsamerweise für richtig hält, und weil er eine grundehrliche Seele ist, so ist mir diese Selbsttäuschung eigentlich das Merkwürdigste an seiner Geschichte.

Eine grundehrliche Seele – wer wüßte das besser als ich?! Denn der Zeit, wo ich meinen Matthias noch nicht gekannt habe, kann ich mich nicht leicht mehr entsinnen. Wir haben auf derselben Schulbank lesen und schreiben gelernt, und zwar bei seinem Vater, Herrn Wenzel Purscht. Das war ein kleiner, sanfter Mann mit einem großen, scharfen Lineal, von dem ich bis in meine Jünglingsjahre hinein bisweilen geträumt habe, weil es so unheimlich war. Nämlich kein totes, viereckiges Stück Holz, an den Rändern mit Messing beschlagen, sondern ein lebendiges, sehr boshaftes Wesen, das sich von selber gegen uns schwang und den dürftigen Arm, der daran hing, regierte.

So sah es wirklich aus, wenn Herr Purscht es handhabte, denn er war ein schwächliches Männchen mit einem gefurchten, betrübten Kindergesicht, das uns immer gleich zaghaft, sanft und traurig ansah; und auch die Stimme klang weich und mild, was immer er sagen mochte. Am sonderbarsten aber sah es aus, wenn das erbarmungslose Lineal auf den kleinen Matthias losschlug. Da standen sich die beiden Menschen gegenüber, die sich durch nichts unterschieden, als daß der eine um einige Zoll größer war als der andre. Dasselbe struppige, fahlblonde Haar, dieselben kleinen, grauen Augen, dieselbe Stumpfnase, dieselben dünnen Lippen mit den trübselig nach unten gesenkten Winkeln, die langen Arme schlaff herabhängend, daß sie an den kurzen Beinchen fast bis an die Knie reichten. Es konnte einem ordentlich bange dabei werden. Nicht Vater und Sohn standen da Aug in Aug, sondern derselbe alte, sorgenvolle Mensch in zwei Exemplaren. Nun trugen sie obendrein ganz gleich geschnittene Anzüge von verschossenem, ursprünglich schwarzem, nun grau schimmerndem Tuch, was sich daraus erklärte, daß Mutter Purscht die feierlichen Amtskleider des Gatten, wenn sie aus Altersschwäche den Dienst versagten, durch rätselhafte Mittel für den einzigen Sohn verjüngte und zurechtschnitt. Aber mindestens die Mienen der beiden, sollte man denken, müßten in solchen Schicksalsmomenten verschieden gewesen sein, und sie glichen sich aufs Haar! Es war kaum zu entscheiden, ob Vater oder Sohn betrübter und zerknirschter aussah, und wenn Matthias schluchzend hervorstieß: »Verzeih mir, morgen werd' ich's können!«, flehte die sanfte Knabenstimme des Vaters: »Oh, du Lump! Dir will ich die Faulheit austreiben!« Noch ein kurzer Kampf mit dem Lineal, und dann hatte das bösartige Ding gesiegt und begann sein Werk.

Indes, solche Freuden erlebte das unheimliche Lineal an jedem von uns öfter als an Matthias, und zwar nach Recht und Gebühr, denn er war der Fleißigste in der Klasse, eine kleine, brave, gehetzte Lernmaschine, die rastlos hinter der etwas größeren Lehrmaschine einherkeuchte und ihr alles nachtat, sogar das trübselige Knarren. Matthias sprach wie der Vater und dachte und benahm sich wie dieser, und da Herr Wenzel in der ganzen Stadt »Vater Purscht« hieß, so tauften wir unseren Mitschüler »Großvater Purscht«, und er ist den Spitznamen lange nicht losgeworden. Jedoch böse gemeint war das nicht, denn wir hatten ihn lieb trotz seiner Tugendhaftigkeit. Er war eben ein so harmloser, gutherziger, treuer Junge, daß wir ihm alles verziehen: seinen Fleiß, sein musterhaftes Stillsitzen, seine seltsamen Schulröcke und seine altklugen Reden. Nur ganz im Anfang bekam er zuweilen einen Puff, dann aber entwaffnete uns, so grausam wir nach Knabenart waren, seine Schwächlichkeit, und daß er keinen beim Vater verklagte. Wenn wir Indianer spielten und einen bestimmen mußten, der »tabu«, das heißt unverletzlich sein sollte, so gab es darüber niemals Streit, natürlich war »Großvater« »tabu«. Und da stand nun der blasse, schüchterne Junge inmitten der beiden Heerhaufen und sah blinzelnd zu, wie wir die hölzernen Tomahawks gegeneinander schwangen. Aber für das

Schicksal ist niemand »tabu«, das sollte auch unser armer Matthias erfahren. An einem Sonntag im Juli hatte Vater Purscht die Zeugnisse verteilt, die uns die Pforten des Gymnasiums erschlossen, und mit nassen Augen Abschied von uns genommen. Einige Wochen darauf mußte er der ganzen Welt ade sagen. Das aber tat er mit lächelnder Miene, so wunderbar hatte ihn ein Gespräch, das er vorher mit zweien seiner einstigen Schüler, einem Anwalt und einem Arzt, gehabt hatte, getröstet. Ihnen gestand das demütige Männchen die heimliche Sünde seines Lebens: seine, wie er's nannte, wahnwitzige Hoffart. Er war nämlich immer der Meinung gewesen, daß er es bei seinen Fähigkeiten mit etwas mehr Glück sogar zum Gymnasiallehrer hätte bringen kön-nen. Und als sie dies milde aufnahmen, offenbarte er ihnen seinen letzten Wunsch: daß es seinem Matthias gelingen möge, die Höhe zu erklimmen, nach der er sich vergeblich abgehärmt hatte. Die beiden sicherten ihm zu, daß der Junge studieren werde, und weil Vater Purscht sie kannte, sahen wir Schüler sein Antlitz zum erstenmal heiter und verklärt, als er vor uns im Sarge lag. Wenn ich in das Dämmer meiner Kindheit zurückblicke und die Punkte zähle, von denen Licht ausgeht, gehört das Antlitz des armen toten Schulmeisters zu den hellsten, die mir entgegenschimmern. Und es mag immerhin sein, daß für mich all die Jahre auch etwas von dem Licht auf den Sohn gefallen ist.

Einige Wochen nach dem Begräbnis trat Matthias mit uns andern in die lateinische Schule, und wie es ihm da erging, ist bald gesagt. Er blieb all die Jahre, was er unter seines Vaters Lineal gewesen: eine rastlose Lernmaschine, der man das leise Knarren anhörte, auch wenn sie schwieg. Auf dem blassen, gespannten Gesicht stand deutlich zu lesen, daß er eigentlich immer still und beharrlich die für die kaiserlich-königlichen österreichischen Gymnasien vorgeschriebene Wissenschaft in sich hineinstopfte, und bald auch in andre, denn er begann schon sehr früh mit Stundengeben. Das war ja alles notwendig, wenn sich der ehrgeizige Wunsch des Vaters erfüllen sollte, auch die Lektionen, denn die Gesellschaft, die sich gebildet hatte, um Matthias Purscht zu einem Gymnasiallehrer zu machen, wurde mit den Jahren durch Tod und Wegzug immer kleiner. Das bißchen Gotteslohn als Dividende konnte neue Zeichner nicht locken. Aber wenn auch notwendig, ach-tungswert war dieser eiserne Fleiß doch, nur daß unsere Lehrer mehr Sinn dafür hatten als wir Jungen in den Flegeljahren. »Großvater«

wurde auf dem Gymnasium viel gehänselt, auch ein neuer, minder harmloser Spitzname: »Ruminans«, zu deutsch »der Wiederkäuer«, tauchte auf. Aber das hätte schon ein böser Bube sein müssen, um dies arme, beladene Menschenkind ernstlich zu kränken. Und versuchte es einer, so leuchteten wir andern ihm gründlich heim.

Kurz, »Großvater« blieb auch auf dem Gymnasium »tabu«. Soll ich mein Verhältnis zu ihm und das stärkste Band, das uns neben der Erinnerung an das unheimliche Lineal verband, bezeichnen, so muß ich sagen: es war unser aufrichtiges Mitleid füreinander. Ich fand es immer ein Jammer, daß er nicht rauchte, und er ein dunkles Verhängnis, das mich zwang, mir im Tabakladen immer wieder Üblichkeiten für mich oder doch bösen Dunst für mein Stübchen einzuhandeln. Mir schien ein Jüngling, der nicht tanzte, ein Unding, ein Widerspruch in sich, und er sah mich schaudernd eine Stätte betreten, wo man sich im Kreise drehen mußte, bis einem der Atem ausging. »Und dann«, murmelte er entsetzt, und die kleinen, grauen Augen wurden starr, »dann sind ja auch *Mädchen* auf Bällen! … Und wenn – wenn du dich in eine verliebst?!« Als nun dies Furchtbare wirklich eintrat, kannte sein Mitleid keine Grenzen. Unglücklich aber, denn wir hatten uns wirklich gern, geradezu unglücklich machte ihn die Entdeckung, daß ich Verse machte. Er blieb eine Weile stumm und rief dann schmerzvoll: »Um Gottes willen, ein Mensch wie du, der im griechischen Pensum ›befriedigend‹ hat …«

Das war kurz vor dem Abiturientenexamen. Dann bezogen wir verschiedene Universitäten, und als wir sechs Jahre später in Wien zusammentrafen, war alles schlimmer gekommen, als er selbst in seinen bösesten Ahnungen befürchtet hatte: ich war nun wirklich Schriftsteller geworden. So durfte ich mich mit Fug und Recht nennen, weil ich Sachen schrieb, die für den Druck bestimmt waren. Daß sich niemand fand, der sie dieser Bestimmung zuführte, war doch eigentlich ein unwesentlicher Umstand. Anders Matthias. Das einzige, was er verfaßt hatte, eine Abhandlung über ein vierzeiliges Hymnenfragment, das einige dem Stesichoros aus Himera zuschrieben, während er es mit der Mehrzahl der Beurteiler für den Ibykos aus Rhegion in Anspruch nahm, wurde eben als Programm des Leopoldstädter Gymnasiums gedruckt, an dem er nun als Supplent wirkte. Der Traum des Wenzel Purscht hatte sich voll erfüllt. Pünktlich und brav hatte Matthias alle Prüfungen bestanden, zuletzt auch das Lehrerexamen, im Herbst durfte er auf eine feste Anstellung in der Provinz rechnen. »Aber du?!« fügte er zögernd bei und sah mich mitleidvoll an.

»Großvater«, sagte ich, »mach dir keine Sorgen um mich, ich tu's auch nicht.« Und da log ich nicht einmal, denn einige Stunden vorher hatte mir ein bekanntes Stuttgarter Blatt ein Manuskript mit dem Ausdruck des Bedauerns zurückgeschickt, es wegen Raummangels nicht verwenden zu können, und dies Bedauern eines großen Blattes war doch immerhin ein Erfolg. Die Annahme wäre mir ja lieber gewesen, aber ein Erfolg war's doch. Und wenn auch nicht, meinen guten Matthias wollte ich nicht beneiden. Im Gegenteil, ein Jahr darüber brüten, welcher von den beiden alten Herren vor dritthalbtausend Jahren die vier Zeilen geschrieben hatte, und zur Belohnung in Horn oder Leitomischl den Buben das »mensa, mensae« beibringen – mich überflog ein Schauder. Freilich, für Matthias paßte es, und daß er sein Ziel pünktlich erreicht hatte, wunderte mich nicht; er war eben in allem derselbe geblieben, sogar im Äußern. Zwar so klein wie in der Linealzeit war er nun nicht, aber das Haar war nicht dunkler noch weicher, die Stumpfnase nicht spitzer geworden, und auch das trübselige Karpfenmündchen hatte sich nicht viel gerundet. Ein braver Mensch, mein guter Matthias, aber nicht schön, und was man so kurzweilig nennt, auch nicht. Und während wir in meinem Stammcafé, in das ich ihn gezogen hatte, als ich ihm zufällig auf der Straße begegnet war, einander gegenübersaßen und unsre Ansichten austauschten, da ergab es sich, daß es in dieser Riesenstadt schwerlich zwei Menschen gab, die sich in allen großen und kleinen Dingen so wenig verstanden. Und nachdem wir dies erkannt hatten, beschlossen wir, mindestens zweimal wöchentlich zusammenzukommen, am Mittwoch und Sonnabend nachmittags, wo er frei war. Denn Jugendfreundschaft hält wie Eisen, und alles andre ist Werg dagegen.

An diesen Nachmittagen also saßen wir im Frühling 1873 in jenem Café – »Café Troidl« hieß es und lag in der Wollzeile, dicht an der alten Universität – zusammen, und wenn er redete, so schüttelte ich den Kopf, und redete ich, so tat er das gleiche. Zu dieser Bewegung hatte er aber noch weit öfter Anlaß als ich, weil auch meine Freunde regelmäßig kamen: der kleine Albin mit dem guten, hageren Gesicht, der ein Dramatiker werden wollte, es auch wirklich unter tausend Kämpfen geworden ist, aber nun seit langen, langen Jahren auf einem Berliner Friedhof von allen Mühen seines Lebens ausruht, und der hübsche, feine Max mit dem Mädchengesicht. Da er aber noch lebt und noch immer ein Mädchengesicht hat, so kann ich hier nicht mehr über ihn sagen. Damals aber waren die beiden zunächst Schriftsteller von derselben Geltung wie ich, und so fand denn der gute Matthias gleich drei Menschen beisammen, die er bemitleiden und über deren Ansichten er sich entsetzen konnte. Einen Bundesgenossen aber hatte er nicht, denn der fünfte Mann der Runde begnügte sich in der Regel, zu allem »Hm, hm!« zu sagen.

Es war dies ein Herr in mittleren Jahren mit einem breiten, biederen, klugen Gesicht und einem stattlichen Bäuchlein, mit dem wir zufällig – er bot sich Purscht zu einer Schachpartie an – bekannt geworden waren. Wir wußten von ihm nur, was auf seiner Karte stand: »Karl Roithner, Privatier«, aber das genügte uns, da er anständig gekleidet war, sehr vertrauenerweckend aussah und immer nur »Hm, hm!« sagte. Den lieben langen Tag im »Café Troidl« zu sitzen und diese Laute von sich zu geben, schien uns lange seine einzige Beschäftigung, aber dies stimmte uns weiter nicht bedenklich, denn ein Privatier kann sich dies erlauben. Dann aber wurden wir gewahr, daß er sich mit den andern Stammgästen des Lokals, jungen Ärzten und Anwälten, doch minder lakonisch zu unterhalten pflegte. Er schien lange, ernsthafte Konferenzen mit ihnen zu haben, bei denen er fast immer das Wort führte, während der andere andächtig lauschte. Denn es waren in der Regel Unterredungen unter vier Augen, in einem Winkel des Cafés, wohin kein Lauscherohr reichte. Unser Freund Max war der erste, dem dies auffiel, was freilich kein Wunder war, da er fast ebensolang im Café zu verweilen pflegte wie Roithner, nämlich acht bis zehn Stunden täglich. »Der Mensch ist unheimlich«, sagte er, »am Ende gar ein Geldverleiher.«

Mein andrer Kollege, Albin, horchte hoch auf, ihm waren solche Menschen nicht unheimlich. Der Privatier begann ihn zu interessieren. »He, Anton!« Er winkte den Zahlmarqueur herbei und fragte nach Roithners Beruf.

Der stattliche Mann strich sich lächelnd die Bartkoteletten. »Ein sehr ein feiner Herr«, versicherte er in seinem schönsten Hochdeutsch. »Sehr solid, sehr vorsichtig!«

»Aha!« rief Albin freudig und machte die Gebärde des Halsabschneidens.

»Bedaure, Sie enttäuschen zu müssen, Herr Doktor«, erwiderte Anton. »Der Herr von Roithner hat ein ganz andres Geschäft! Er macht die Leut' glücklich, nicht unglücklich ...«

»Das könnte er aber auch bei uns versuchen«, meinte Max. »Wir könnten's brauchen. Und uns sagt er immer nur ›Hm! hm!‹ und sonst nichts ...«

»Da müssen sich der Herr Doktor gefälligst gedulden«, erwiderte der Marqueur. »An dem Tag, wo in dem Blatt da« – er schwenkte eine große Zeitung, die er in der Hand hielt – »ein Feuilleton über Ihr neuestes Werk steht, spricht der Herr von Roithner auch mit Ihnen unter vier Augen ...«

Sprach's und verschwand. Unsre Vermutungen auszutauschen, war zunächst nicht möglich, denn Roithner setzte sich eben zu uns, höflich, liebenswürdig, schweigsam wie immer. Einige Minuten darauf – es war Sonnabend – erschien auch Purscht, diesmal sehr feierlich angetan, in Bratenrock und Zylinder. Er komme von einer Kindtaufe, erklärte er, bei seinem Kollegen, Doktor Müller.

»Das freut mich!« rief Roithner lebhaft. »Wieder ein Kinderl! Das dritte in vier Jahren! Ein glückliches Paar, der Herr Professor Müller und seine Frau. Eine geborene Schwingenschlögl, der Vater ist Hausbesitzer auf der Wieden. Eine liebe, hübsche, scharmante Frau!«

Erstaunt blickten wir ihn an; er glühte ordentlich vor freudiger Begeisterung. »Großvater« aber sagte bedächtig wie immer: »Gewiß, mein geehrter Herr Roithner, man hört allseitig das Beste über die Ehe meines Herrn Kollegen. Aber hübsch ist die Frau Doktor Müller vielleicht doch nicht so ganz, mindestens nicht im üblichen Sinn des Wortes –«

»Verzeihung, Herr Professor«, sagte der Privatier bescheiden, aber fest. »Mir gefällt sie. Und ihrem Manne auch. Und wenn sie nicht hübsch wäre, was kommt's darauf an?! Für das Glück der Ehe entscheiden andre Eigenschaften der Frau: Gemüt, Bildung, Gesundheit, gute Familie, Geld.« Diese fünf guten Dinge zählte der Privatier an den fünf dicken, ringgeschmückten Fingern seiner Rechten ab und ließ sie dann geballt auf den Tisch fallen. »So ist's, meine Herren!«

»Haben Sie keinen sechsten Finger?« fragte Albin. »Ich meine: die Liebe. Denn wie der Dichter sagt: ›Die Liebe ist der Inbegriff, und auf das andre pfeif' ich!‹«

»Sehr richtig!« rief Roithner und hob die geballte Faust. »Das ist die Liebe! Die Liebe ist einbegriffen. Denn wo die fünf Dinge vorhanden sind, da kommt die Liebe.« – »Immer?!« fragte Albin spöttisch. »Fast immer! Wo sie trotzdem nicht kommt, kann freilich von Heirat keine Rede sein. Ehe ohne Liebe –« er schüttelte sich ordentlich. »Aber das sind Ausnahmen, in der Regel kommt sie!« Da zog Albin die Brauen hoch und trat mir unter dem Tisch auf den Fuß, daß ich fast aufgeschrieen hätte. Der Tritt war sehr fühlbar, aber was er bedeuten sollte, wußte ich noch nicht. Das wurde mir erst klar, als sich Purscht Schlag fünf, wie immer, erhob und Roithner gleichzeitig nach seinem Hut griff. »Gestatten Herr Professor, daß ich Sie begleite«, sagte er sehr höflich. »Ich will auch in die Leopoldstadt.« – »Es ist empörend«, rief Albin, nachdem die beiden gegangen waren. »Der pure Menschenhandel!« – »Nun«, meinte Max, »das eine muß man ihm lassen, daß er ein Menschenkenner ist. Uns dreien wagt er mit solchen Dingen nicht zu kommen.« – »Auch ›Großvater‹ wird ihn abfallen lassen«, sagte ich. »›Großvater‹ ist in seiner Art auch ein Idealist. Er verdankt alles sich selber, da wird er doch wahrlich seine Frau nicht dem Vermittler danken wollen!« Am nächsten, dem Sonntagmorgen, brachte mir schon die erste Post einen Brief in Purschts seltsam verschnörkelten und doch knabenhaften Zügen. Er bat mich, ihn nachmittags fünf Uhr zu erwarten und auch für den Abend keine andre Verabredung einzugehen. »Der Freund meiner Kindheit und Jugend«, fuhr er fort, »wird mir diese Bitte nicht weigern«, und schloß mit dem Wort des Ennius: »Amicus certus in re incerta cernitur.« (Den sicheren Freund erkennt man in unsicherer Sache.) ›O Freund meiner Kindheit und Jugend‹, dachte ich in der ersten Aufwallung, ›dich hab' ich überschätzt! Statt den Menschenhändler sofort selbst zum Teufel zu schicken, willst du erst mit mir beraten, ob du es tun sollst. Indes, mein Rat soll dir werden.‹ Ich ging ins Café Troidl und frühstückte. Noch keine Viertelstunde war ich dort, da trat der Privatier auf mich zu und ließ sich trotz meiner abweisenden Miene an demselben Tisch nieder. »Sie erlauben«, sagte er unbefangen. »An Ihrem Gesicht seh' ich, daß Ihnen Herr Purscht schon geschrieben hat. Vielleicht stimmt es Sie aber freundlicher, wenn ich Ihnen versichere, daß der Herr Professor Sie auf meine Bitte beizieht.« – »Er hätte es auch sonst getan!« – »Ganz meine Meinung!« Er nickte mit liebenswürdigem Lächeln. »Eben darum hielt ich es für richtig, ihn selbst darum zu bitten … Und nun hören Sie mich gefälligst ruhig an. Ich kann mir denken, wie ihr jungen Schriftsteller über mein Geschäft urteilt. Aber das ist nicht gerecht. Es ist ein nützliches Geschäft, und nur ein ehrlicher Mann bringt's da zu etwas. Schon in der Auswahl der Herren, die man in Auftrag nimmt, kann man nicht ängstlich genug sein. Die Schlechten – nicht in die Hand! Niemals! Denn erstens –« – »Bringt man sie schwer an!« – »Sehr wahr! Und bringt man sie an, so wird doch die arme Frau unglücklich, das bedrückt einem das Gewissen.« – »Und schadet dem Ruf der Firma.« – »Ganz richtig! Und auf den Ruf kommt alles an. Darum bin ich heute gottlob in meiner Spezialbranche, den akademisch gebildeten Herren, der erste Mann am Wiener Platze ...« – »Wie sind Sie darauf gekommen?«

»Durch persönliche Beziehungen. Adel, Militär, Kaufmannsstand sind ja allerdings lukrativer, weil die Mitgift höher ist. Aber leben kann unsereins auch.«

»Das tut mir herzlich leid«, sagte ich. »Nun, hoffentlich gibt es doch Eltern genug, die sagen: ›Lieber mag unser Kind einsam bleiben, ehe wir es auf diesem Wege verheiraten‹, und noch öfter finden sich wohl Herren, die sich schämen, Sie zu beauftragen, oder Sie kurz abweisen, wenn Sie an sie herantreten.«

»Kommt vor. Gottlob seltener, als Sie glauben, aber es kommt vor. Und dagegen ist nichts zu tun. Selbst Rothschild kann nicht jedes Geschäft machen, das er beabsichtigt.«

»Also die Besten schließen sich selbst aus?«

»Die Besten?! Nun ja, mit Menschen, die an Geist, Gemüt, Schönheit und Besitz gleich erlesen sind, habe ich es kaum zu tun, die brauchen mich nicht. Aber diese wenigen abgerechnet – ist jemand deshalb edel, weil er selber sucht, und deshalb gemein, weil er sich an mich wendet?! Es ist keine Frage des Charakters, sondern der Vernunft!«

»Nicht des Charakters?!«

»Bewahre! Und eigentlich ist sogar ›Vernunft‹ da nicht das rechte Wort. Es ist eine Frage des Bedarfs! Wer's braucht, soll's tun, wer's nicht braucht, soll's lassen. Fehlt es Ihrer Tochter an Freiern nicht, oder können Sie als junger Mann junge Damen genug kennenlernen, so werden Sie den Roithner nicht rufen. Aber können Sie dies nicht, so tun sie klüger, ihn zu betrauen, als auf Bälle zu laufen. Niemand kann Ihnen Ihr künftiges Glück verbürgen, aber eine größere Gewähr bietet Ihnen meine Arbeit als der Zufall einer Ballbekanntschaft.« –

»Und doch«, wendete ich ein, »hat einer der klügsten Menschen gesagt, daß nichts auf Erden unvernünftiger ist als eine Vernunftheirat.«

»Ganz richtig, wenn man darunter eine Heirat versteht, wo nur Geld oder Rang stimmt und alles andre nicht. Bei einer richtigen Vernunftheirat aber muß alles Wesentliche so stimmen, daß sich die beiden Leute ineinander verlieben können ...«

»Das überrascht mich nicht«, sagte ich. »Schon im Meidinger steht die Geschichte von dem Vermittler, der einem Herrn auf den abweisenden Bescheid, er heirate nur aus Neigung, erwiderte: ›Neigung? – solche Partien habe ich auch!‹«

»Ganz richtig! Alle guten Geschichten stehen schon im Meidinger. Aber es ist mehr als ein Witz: jeder richtige Vermittler muß im Ernst so antworten können.«

»Schön«, sagte ich, »das ist so die Theorie Ihres Geschäfts, Herr Roithner. Aber wie gestaltet sich die Praxis? Gehen wir vom Nächstliegenden aus. Sie tragen da einen Ehering am Finger, haben Sie durch den Vermittler geheiratet?«

»Ich?!« erwiderte er langgedehnt, und das behäbige Antlitz wurde verlegen. »Nein. Aber wer sagt Ihnen, daß ich glücklich bin?! Gerade meine eigne Geschichte ...« Er seufzte tief auf.

»... hat Sie zum Ehevermittler gemacht?« ergänzte ich. »Bitte, erzählen Sie! Ich mache Sie aber aufmerksam: Geschichten erfinden ist *mein* Geschäft.«

Er lachte fröhlich. »Dann fang' ich lieber gar nicht an. Aber wir wollen ja nicht von mir sprechen, sondern von Ihrem Freunde. Ist Großvater Pursch der Elitemensch, der mich nicht braucht? Hat er anderwärts Gelegenheit, sich unter den Töchtern des Landes umzusehen? Hätte er, selbst wenn die Gelegenheiten nur so auf ihn niederregnen würden, auch nur die Courage, sich eine recht anzusehen? Hindert ihn sein Feingefühl, sich unter meine Fittiche zu begeben? Können Sie dies alles bejahen, so dürfen Sie ihm abraten. Sonst nicht!«

»Mir genügt's, daß ich die letzte Frage bejahen kann!«

»Oh, welcher Irrtum! Ihm war mein Vorschlag dreimal recht! Wie auch nicht? Ein braver, nüchterner Philister, der sich endlich bis ans Ziel durchgequält hat, nur noch eben eine Frau braucht, aber beim bloßen Gedanken an ein Mädchen in Todesangst ist. Und nun sagt ihm einer: ›Ich schaffe dir die Gattin, die für dich paßt, ein braves, gutes, gebildetes Fräulein mit stattlicher Mitgift.‹ Er war vergnügt, sag' ich Ihnen, sehr vergnügt, und will auch gar nicht Ihren Rat, sondern Ihren Rockschoß, um sich daran zu halten, wenn sie naht ...«

»Vederemo. Schön ist die Dame wohl nicht?«

»Nein! Sonst –« er blinzelte mich schelmisch an. »Aber seit den Masern ist das Mädchen nie krank gewesen – auf Ehre!«

Ich erhob mich. »Ich bedaure dennoch, Ihnen nicht dienen zu können, Herr Roithner. Will Purscht meine Ansicht wissen, so werde ich sie ihm ehrlich mitteilen.«

Er zuckte die Achseln und machte mir lächelnd eine sehr tiefe Verbeugung.

Nachmittags fünf Uhr trat Purscht in mein Zimmer, festlich angetan wie gestern, nur daß ein Veilchensträußchen im Knopfloch des Bratenrocks das Feierliche der Erscheinung lieblich milderte. Schon dieser Strauß erschreckte mich, noch mehr der Rosenduft, der ihn umwitterte.

»Großvater«, sagte ich schnuppernd, »wie kann ein humaner Mensch nur so duften ...?! Du hast doch um Himmels willen nicht schon heute dein erstes Rendezvous?!«

Er errötete und strich sich verlegen über den Scheitel. Und wie ich mit den Augen seiner Bewegung folgte, sah ich ein neues Anzeichen, das auf das Äußerste schließen ließ. Ich sah nämlich, was weder ich noch sonst ein Sterblicher je vorher gesehen, was auch niemand für möglich gehalten hätte: die fahlblonden Borsten waren mit Pomade an den Kopf glatt geklebt, daß er nun im Sonnenschein fettig glänzte. Nur am Schopf stand ein Büschel aufrecht, da war alle Mühe des Frisörs vergeblich gewesen. So glich sein Haupt einem der lebensmüden Igel, wie man sie zuweilen in Menagerien findet: nur am Rücken können sie die Stacheln noch sträuben.

Das Gleichnis paßte immer mehr, denn er senkte unter meinen prüfenden Blicken den Kopf tiefer und tiefer. »Also wirklich!« rief ich. »Wirklich ein Rendezvous?!«

»Nein ...«, erwiderte er endlich unsicher und suchte den Blick zu heben, mußte ihn aber in seinem Schuldbewußtsein sofort wieder senken. »Wir ... wir gehen heute abend ins Burgtheater ... ich habe die Sitze gleich mitgebracht ... Parkett, achte Reihe rechts ... Dagegen läßt sich doch nichts sagen!«

»Nein! Aber vor uns oder hinter uns oder neben uns oder in einer Loge wird *sie* sitzen, mit Vater und Mutter, mit Brüdern und Schwestern, das heißt, wenn diese Schwestern ihr gleichen. Sind sie hübscher, so bleiben sie heute zu Hause.«

»Sie – sie hat gar keine Schwestern!«

»Du gestehst also! Aber damit ist's noch nicht genug. Nach dem Theater gehen wir soupieren in irgendein feines Restaurant, zum ›Alten Stroblkopf‹ oder gar zum Sacher. Und sie sind auch da. Und Roithner stellt uns vor. Und wir setzen uns an ihren Tisch. Und beim Abschied laden sie uns ein, sie zu besuchen ...«

Er hatte sich wieder gefaßt. »Das hat dir wohl Roithner gesagt? Zum ›Alten Stroblkopf‹ gehen wir.«

»Nein, nichts hat er mir gesagt, sonst hättest du mich nicht zu Hause getroffen. Ich weiß es, weil diese Menschenhändler ihre jämmerliche Komödie immer nach demselben Programm in Szene setzen. Nur hätte ich nun und nimmer gedacht, daß du dich wirst verhandeln lassen! Noch gestern sagte ich's meinen Freunden: mein Matthias tut's nicht. Und nun!«

»Aber wenn wir ins Burgtheater gehen.«

»*Wir* nicht! Du und der Makler deiner Reize, aber ich nicht. Nein, nein, nein!« Ich wollte es in feierlicher Entrüstung rufen, aber da mußte ich niesen. Trotz des offenen Fensters wurde der Rosenduft immer stärker. »Mensch, tue wenigstens das Parfüm von dir!«

»Aber wie?!« fragte er weinerlich. »Der Frisör hat mich damit besprengt und den Rest des Flakons in die Taschentücher gegossen. Schon in der Pferdebahn habe ich bemerkt, daß es wohl zuviel ist. Die Leute rückten alle von mir ab, aber was nun?«

»Dann tu wenigstens die Taschentücher weg!« Ich klingelte dem Dienstmädchen, und er langte, als sie eintrat, die Tücher gehorsam hervor; er hatte ihrer nicht weniger als drei zu sich gesteckt. »Du hast dich wohl schon heute zu einer großen Rührszene gerüstet«, sagte ich grimmig, und zu dem Mädchen: »Hängen Sie die Tücher an einen Ort, wo sie niemand stören. Dem Herrn geben Sie drei von mir.«

Ich stopfte mir mittlerweile meine Pfeife und setzte sie in Brand. »So«, sagte ich und begann mich in schützende Wolken zu hüllen, »Und nun höre!« Es war eine kräftige Rede. »Also«, schloß ich, »ich gehe keinesfalls hin, aber du auch nicht! Denn du bist auch ein Idealist, eine Individualität, und darum kannst du dich nicht um schnöden Mammon verkaufen wie ein Herdenmensch!«

Er räusperte sich. »Ein Idealist bin ich«, erwiderte er dann bescheiden, aber fest. »Ich will immer meine Pflicht tun, bald den Titel Professor verdienen und in fünfzehn oder zwanzig Jahren Direktor werden. Auch will ich nur ein braves, gebildetes Mädchen heiraten. Ideale also habe ich auch ... Aber eine Individualität, ich verstehe nicht recht ... Ich glaube, ich bin keine Individualität ...«

Ich sah ihn an, wie er so dasaß, die dürftige Gestalt vom Bratenrock umwallt, das hagere Gesichtchen ängstlich und selbstbewußt zugleich ... ›Hm‹, dachte ich, ›da hat mein Matthias doch eigentlich nicht unrecht‹.

»Dann genügt's, daß du ein Idealist bist«, sagte ich. »Ich will gar nicht davon sprechen, daß dein Vorhaben geradezu gegen die Religion geht. Ehen werden im Himmel geschlossen und nicht im Café Troidl. Aber es geht gegen die Ehre. Aus eines solchen Menschen Hand gegen drei Prozent der Mitgift sein Lebensglück empfangen?!«

»Da übertreibst du«, erwiderte er sanft. »Er verlangt nur zwei Prozent. Aber auch sonst übertreibst du. Das haben sehr ehrenhafte Männer getan. Mein Kollege Müller, mein Kollege Waisnix, ich glaube auch Schuppner, obwohl seine Frau hübsch ist. Und ich wüßte auch gar nicht, wie ich's sonst anfangen sollte ...«

»Wie?!« rief ich entrüstet. »Die Augen auftun! Eine wählen! Sich rasend verlieben! Ihre Gegenliebe im Sturm erringen ...«

Er sah betrübt vor sich nieder. »Das ist leicht gesagt ... Eine wählen, sich verlieben, so weit hab' ich's auch gebracht. Sogar rasend«, fuhr er seufzend fort und strich seinen Zylinder glatt, »denn vor zwei Jahren habe ich ein Gedicht zu ihrem Geburtstag gemacht. Sie war die Schwester eines meiner Schüler. Ein bescheidenes, geziemendes Gedicht – und was war die Folge? Sie hat mir ins Gesicht gelacht, und mein Schüler hat den Respekt vor mir verloren. Im Sturm also, wie damals, versuche ich es nie wieder. Und überhaupt nicht, auch ohne Sturm nicht. Ich kann mit jungen Damen nicht reden, ich bin zu ernst dazu. Auch zu ...«

»Furchtsam«, ergänzte ich. »So fahre denn hin, du Idealist! Aber was soll ich bei der Geschichte? Du schriebst von einer ›res incerta‹, aber nun bist du ganz entschlossen.«

»Im Prinzip allerdings«, erwiderte er fest. »Ich habe wenig Verkehr in Familien, bin nicht sehr gewandt und muß im September aufs Land. Als Junggeselle in einer Kleinstadt hausen, ist bitter; man nimmt dann in der Verzweiflung die erste beste, auch wenn sie häßlich ist und kein Geld hat. Da ist es doch viel klüger, ich benutze hier die Gelegenheit. Roithner sagt, sie passe für mich. Da sehe ich sie mir eben an. Aber es ist halb sieben. In einer halben Stunde beginnt die Vorstellung!«

»So geh. Gute Verrichtung!«

»Du kommst mit!« rief er flehend und faßte meine Hand. »Bei der alten Freundschaft beschwör' ich dich! Was fang' ich ohne dich an! Es ist ja im Grunde doch noch eine ›res incerta‹ – und von welcher Wichtigkeit für mich! Über das Äußere traue ich mir ja auch ein Urteil zu, aber nicht über die Toilette, das Benehmen, die Familie. Und dann – im Restaurant, was fang' ich unter den wildfremden Menschen an?!«

»Gut«, sagt' ich. »Aber du versprichst mir: Sieht sie nicht menschen-ähnlich aus, so ersparen wir uns die angenehme Bekanntschaft und gehen nicht zum ›Stroblkopf‹, sondern in unser Stammbeisl.«

Das versprach er, strich sich vor dem Spiegel noch einmal das Haar glatt, und wir gingen.

Auf dem Wege erzählte er mir alles Nähere. »Eine gute, solide Be-amtenfamilie, der Vater ist Polizeikommissär in Pension, stammt aus Prag.«

»Und heißt Kratochwil«, ergänzte ich.

»Du kennst ihn?!«

»Nein! Aber solche Menschen heißen Kratochwil. Hab' ich's getrof-fen?«

»Ja. Das Mädchen soll recht gebildet sein und sehr, sehr häuslich. Die Mutter stammt aus einer wohlhabenden Wiener Bürgerfamilie. Sie haben außer der Tochter, Pauline – der Name ist doch hübsch, nicht wahr? –, nur einen Sohn. Darum wollen sie ihr auch zwanzigtausend Gulden mitgeben.«

»Das ist auch hübsch«, sagte ich. ›Zu hübsch!‹ fügte ich in Gedanken bei, ›die Geschichte hat einen Haken.‹ Laut aber fragte ich: »Was wird denn heute im Burgtheater gegeben?«

»Ich habe gar nicht nachgesehen. Roithner sagte: ein passendes Stück.«

Es war »Romeo und Julia«.

Aus der Bank, in der wir unsere Plätze aufsuchten, grüßte uns bereits Roithners behagliches Gesicht. »Liebenswürdig, daß Sie Wort halten!« rief er mir herzlich entgegen und schüttelte mir die Hand. Und zu Matthias: »Famos! Aber ...« Er schnupperte. Es war ja nun allerdings eine merkwürdige Mischung: Rosenduft und Knaster. Dann ließ er ihn in der Mitte Platz nehmen. »Bitte, zu meiner Rechten. Sonst gibt's Verwechslungen!«

Die andern waren also schon im Theater, und wir wurden beobachtet. Auf Purscht übte dies zunächst die Wirkung, daß er sich durchaus auf seinen Zylinder setzen wollte und dann, als Roithner dies mit sanfter Gewalt verhütet hatte, mit geschlossenen Augen dasaß.

Ich ließ meinen Blick über die Logen schweifen. Da mußten sie sitzen, und ich dachte: ›Kratochwils wirst du doch erkennen.‹ Richtig, da waren sie in der Loge rechts, wenige Schritte von unsern Sitzen.

Ein Kunststück war's nicht, sie herauszufinden. Der tschechische Polizeibeamte ist ein Typus: das stumpfe Amtsgesicht mit den breiten Backenknochen, den runden, von buschigen Brauen umschatteten Augen, dem kurzen, borstigen Schnurr- und Backenbart, der nach aufwärts gereckten Knollennase, dem plumpen Kinn, das in der hohen schwarzen Binde zwischen den Vatermördern verschwindet – man trifft's zwischen Elbe und Adria wirklich nicht bloß in den Witzblättern, sondern auf allen Wegen. Der eine ist dick, der andre dünn, der eine blond, der andre schwarz, der eine lustig, der andre trüb, aber sie gleichen sich doch wie Brüder, was vielleicht der Gesichtsausdruck bewirkt, der allen gemein ist, der Ausdruck einer gewissen feierlichen Borniertheit. So würdevoll freilich wie Herr Kratochwil nun auf seinem Logenplatz dasaß, in schwarzem Rock und weißer Weste, unter der sich ein Spitzbäuchlein mächtig wölbte, sehen selbst unter seinen Amtsgenossen nicht viele aus. Und auch diese nur in dem Augenblicke, wo ihnen ein recht armer Sünder vorgeführt wird. Möglich, daß er diese Empfindung hatte, als er nun meinen armen Matthias anstarrte.

Das tat auch die dicke Frau an seiner Seite, sie hielt sogar die Lorgnette vors Auge, aber sie gefiel mir doch weit besser, trotz des überbreiten Gesichts mit der niedrigen Stirn und dem in drei Etagen abfallenden Unterkinn, trotz des Juwelenladens auf dem Seidenkleid und den ringbedeckten, fetten Fingern. Es war etwas Gutes, Gemütliches in dem Gesicht – so sehen die Wiener Fleischerfrauen aus. ›Auch du bist‹, dacht' ich, ›sicherlich zwischen Würstchen und Karbonaden erblüht.‹

Aber im nächsten Augenblick wandelten sich meine Empfindungen für die Dicke. Enttäuscht, ja zornig ließ sie die Lorgnette fallen, fächelte sich dann mit dem Fächer heftig Kühlung zu, und der Blick, den sie

Roithner zuwarf, war ein Dolchstoß: Was? So an schiechen Traumich-nöt für meine Paulin?

›Gemach‹, dachte ich, ›wie sieht denn dein Fräulein Tochter aus?‹ Im Sitzen konnte ich zwischen den beiden nur eine blaue Schleife im schwarzen Haar erkennen, so erhob ich mich von meinem Eckplatz und sah hin.

Eine Sekunde genügte – oh! oh! Und dann wandte ich mich zu Roithner und warf ihm einen Blick zu, der ihn hinschmettern mußte, wenn er nicht von Eisen war. Er schien aber von Eisen, denn er lächelte nur. »Ein netter, kleiner Käfer, was? Gefällt Ihnen wohl selber?«

»Herr«, schnarrte ich, aber da hob sich der Vorhang. Das Gesinde der Montecchi und Capuletti hänselte und raufte sich. Romeo klagte dem Benvolio seine Liebesnot, die alte Gräfin bereitete Julia auf die Werbung des Paris vor, mir aber war schon beim ersten Akt der Tra-gödie zumute wie sonst erst beim fünften. Mitleid und Entsetzen erfüll-ten mein Herz. Mein ahnungsloser Freund aber kam im Halbdunkel langsam wieder zu sich, öffnete die Augen und blickte auf die Bühne, dann jedoch verstohlen auf die Logen hin und fragte endlich flüsternd: »Wo sind sie?« – »Matthias«, erwiderte ich ebenso leise, »begehre nimmer und nimmer zu schauen.«

»Ist sie … schlecht gewachsen?«

»Wenn's nur das wäre! Aber sie ist überhaupt nicht gewachsen!«

Er fuhr zusammen. »Nicht ge-«

Aber da brachten uns die Nachbarn durch ein energisches »Pst!« zum Schweigen. Romeo tauschte eben mit Julia seinen ersten Kuß.

Als der Vorhang gefallen war und das Haus sich erhellte, machte mein Matthias flugs die Augen wieder zu. Da aber faßte ich seine Hand. »Blick hin, Matthias!« Ich bezeichnete ihm die Loge. »Und das soll deine Strafe sein.« Er blieb aber sitzen und blinzelte nur scheu nach rechts.

Herr Roithner musterte uns lächelnden Blickes. »Ihr Freund hat recht«, sagte er wohlwollend. »Dazu sind Sie ja hier. Auch kann sich die junge Dame wirklich sehen lassen.«

›Allerdings‹, dachte ich, ›sogar gegen Eintrittsgeld.‹ Laut aber wieder-holte ich nur: »Auf, Matthias!« Es blieb vergeblich, er wurde nur immer röter und röter, wie wir so von rechts und links auf ihn einsprachen, bis der zweite Akt begann.

Erst das Dunkel machte ihn wieder mutiger. Während Romeo mit Julia im Garten koste, reckte er den Hals und spähte nach der Loge. Plötzlich seufzte er tief auf, wandte sich ab und folgte nun der Vorstellung.

Nachdem der gute Frater Lorenzo die Liebenden zusammengegeben hatte und der Vorhang gefallen war, drängte alles in die Korridore hinaus; nach dem zweiten Akt war die große Pause. Auch Kratochwils waren aus ihrer Loge verschwunden. Mein Matthias hingegen schien kein Bedürfnis nach frischer Luft zu haben. Aber da faßte ich seine Hand und zog ihn sachte hinaus; wehren konnte er sich nicht, da Roithner von hinten nachdrängte. Diese Bundesgenossenschaft kam mir unerwartet. Mir lag daran, daß Matthias die junge Dame schon jetzt aus der Nähe sehe, aber warum half mir Roithner?

Gleichviel, er half. Denn draußen übernahm er die Führung und lenkte uns so, daß wir dicht an Kratochwils vorbei mußten. Beide Häuflein kamen im Gänsemarsch gezogen: Roithner, »Großvater« und ich, und uns entgegen Frau Kratochwil, Fräulein Pauline und endlich der Polizeikommissär. Es sah aus, als hätten ein mächtiger Dampfer und ein dräuendes Kriegsschiff eine winzige Schaluppe in die Mitte genommen. Während der breite Dampfer schnaubend vorbeizog, litt ich, daß Matthias die Lider geschlossen hielt, dann aber kniff ich ihn in den Arm, daß er sie weit aufriß und die Schaluppe sehen mußte, die mit gesenkten Wimpeln vorbeiglitt.

»Nun?« fragte Roithner triumphierend. »Aber – später, Herr Professor, Sie sollen mir Ihr Entzücken später sagen.« Und er eilte Kratochwils nach.

»Nun?« fragte auch ich, als wir wieder allein waren, und zog Matthias in eine Ecke. Er trocknete sich mit einem meiner drei Taschentücher den Schweiß von der Stirn. »Ich … ich glaube, sie ist nicht groß.«

»Nur zu wahr!« erwiderte ich. »Du erinnerst dich wohl noch an Amanda, die schöne Zwergin, die wir am letzten Sonntag im Wurstelprater gesehen haben?«

»Oh, die war viel kleiner!«

»Schön«, sagte ich, »ein paar Millimeter sollen alte Freunde nicht trennen. Amanda war wirklich noch kleiner, aber dafür im Vergleich zu deiner Zukünftigen von einer wahrhaft berauschenden Üppigkeit der Formen.« Er seufzte tief auf. »Auch recht brünett ist sie.«

»Wieder nur zu richtig. Ich habe in meinem ganzen Leben nichts Schwärzlicheres gesehen.«

Die Klingel ertönte, wir kehrten auf unsere Plätze zurück. Roithner aber kam während des ganzen Akts nicht wieder, er blieb bei Kratochwils in der Loge. Freilich ward er nicht sichtbar, weil er im Hintergrunde oder im Korridor abwechselnd mit dem Kommissär oder dessen Frau verhandelte.

Eine ganze Weile saß sogar Paulinchen allein da. Sie starrte nach der Bühne, aber viel hörte sie wohl von dem unsterblichen Streit nicht, ob es die Nachtigall oder die Lerche gewesen. Und folgte sie der Handlung, wie mochte dies Hohelied der Liebe in diesem Augenblick auf sie wirken?! Sie wußte, was vorging, man sah es ihrer gedrückten Miene, der befangenen Haltung an. Und vielleicht war's nicht das erste, vielleicht das zehnte Mal in ihrem Leben, daß sie so in der Loge saß, während die Eltern und Roithner über ihr Schicksal verhandelten. Mich faßte plötzlich ein Mitleid mit dem armen Geschöpf, das ja schließlich nichts für sein Äußeres konnte. Freilich, eine Augenweide war sie nicht. Zug um Zug glich sie dem Vater, nur daß sich bei ihr Brauen und Mundwinkel ebenso auffallend nach oben bogen wie bei ihm nach unten. Das gab dem kleinen, hageren Gesicht den Ausdruck ewigen lächelnden Staunens, der sich doppelt seltsam ausnahm, wenn sie, wie offenbar jetzt, recht betrübt war. Auch meinem Matthias war nicht wohl zumute. Es geschah schwerlich aus Mitgefühl mit Juliens Los, wenn er während der Strafrede des alten Capulet gegen die Tochter immer wieder tief aufseufzte. »So stöhne doch nicht so!« flüsterte ich ihm endlich zu. »Natürlich gehen wir nicht zum ›Alten Stroblkopf‹.« – »Nein!« erwiderte er. »Aber es ist schade. Alles andere hätte so gut gepaßt!«

Knapp ehe der Vorhang fiel, kehrte Frau Kratochwil wieder auf ihren Platz zurück, hochrot im Gesicht und sichtlich nicht in angenehmster Stimmung. Dann flüsterte sie der Tochter etwas zu, worüber auch diese nicht eben glücklich schien. Endlich nahm auch der Herr Kommissär seinen Platz wieder ein, beantwortete einen vorwurfsvollen Blick seiner Gattin mit einem Achselzucken und sah dann starr vor sich nieder.

Was da vorging, war nicht allzuschwer zu erraten. Dieselbe Empfindung, die den guten Purscht beim Anblick des Mädchens ergriffen hatte, erfüllte offenbar auch Frau und Fräulein Kratochwil.

»Zwei Seelen und ein Gedanke.

Zwei Herzen und ein Schlag!«

– das Dichterwort hatte sich erfüllt. Sie wollten auch nicht zum ›Alten Stroblkopf‹. Aber da hatte Roithner mit Kratochwils Hilfe gesiegt – sie mußten hin.

Als Roithner sichtbar wurde, stand ihm der Ärger noch deutlich auf dem Gesicht zu lesen. Freilich verzog er es flugs ins Strahlende, als er wieder neben uns Platz nahm. »Ich gratuliere«, sagte er herzlich und faßte Matthias' Hand. »Ich sage Ihnen offen, ich habe mir von Ihrer Unterhaltung, Ihrem Charakter Eindruck versprochen, aber von Ihrem Äußeren eigentlich« – er räusperte sich – »eigentlich auch, aber weniger! Und nun schwärmen die Damen von Ihnen, wirklich – sie schwärmen. ›Man sieht ihm gleich den geistvollen Gelehrten an‹, sagte Fräulein Pauline, und Frau Kratochwil meinte, sie sähen so solid, so vertrauenerweckend aus. Nun, ich konnte den Damen ja zum Glück ähnliches von Ihrem Enthusiasmus –«

»Das konnten Sie freilich«, fiel ich ihm ins Wort. »Warum auch nicht? Es war ebenso wahr wie alles, was Sie uns von drüben erzählen.«

Herr Roithner lächelte. »Pardon! Doch nicht! Hier kann ich die volle Wahrheit sagen, drüben mußte ich ein wenig aufschneiden. Nur ein wenig! Denn die junge Dame gefällt Ihnen ja wirklich.«

»Hm!« Matthias räusperte sich verlegen.

»Bitte, sprechen Sie nicht! Wozu auch! Ich weiß ohnehin alles!«

»Alles?« fragte ich. »Auch daß mein Freund nicht zum ›Alten Stroblkopf‹ kommt?«

Herrn Roithners Lächeln ward zum Lachen, zum herzlichen, harmlosen Lachen. »Gut! Sehr gut! Was die Herren von der Feder für Einfälle haben! Eine solche Mitgift, eine solche Familie, ein so gebildetes, häusliches Fräulein – da müßte der Herr Professor ja rein ver... Pardon! Hahaha! So lachen Sie doch auch, Herr Professor!«

Aber Matthias lachte nicht. »Herr Roithner«, begann er. »Nämlich – allerdings – bei näherer Überlegung –«

»Ah so?!« rief Roithner lachend. »Sie wünschen mich noch unter vier Augen zu sprechen? Bitte!« Der Vorhang zum vierten Akt hob sich eben. »Aus der Komödie machen wir uns ja beide nichts!« Und flugs hatte er Matthias zur Bank hinausgedrängt und war mit ihm im Korridor verschwunden.

Erst kurz vor Beginn des letzten Aktes traten die beiden wieder ein. Ein Blick auf ihre Miene, und ich sah, daß Roithner gesiegt hatte, denn Matthias schlug die Augen nieder, und der Privatier nickte mir mit seinem liebenswürdigsten Lächeln zu. ›Lächle nur‹, dachte ich. ›Wenn die dicke Frau da meinem Matthias den Standpunkt klarmacht, nützen dir all deine Lügen nichts mehr.‹ In der Tat, wie sie nun mit purpurrotem Gesicht dasaß und hinter dem Fächer auf den Gatten einsprach, sah sie ganz danach aus, als ob sie das gründlich könnte. Plötzlich erhellte sich ihr Gesicht, und sie winkte mit dem Fächer Roithner herbei. Sie hatte gesiegt!

Auch dem Privatier war dies anzusehen. Er wurde blaß und biß sich auf die Lippen. Schon während der Schlußworte des Prinzen erhob er sich. »Auf Wiedersehen! Ich komme nach!« Und er stürzte in die Loge.

Als ich mit Matthias auf dem Michaelerplatz vor dem Theater stand, begann ich: »Nun, Großvater?«

»Zum … zum ›Alten Stroblkopf‹«, sagte er stotternd.

»Dann brichst du aber dein Wort!«

»Doch nicht!« verteidigte er sich zaghaft und betrübt. »Du sagtest – hm! – ›menschenähnlich‹, sagtest du. Und das wirst du doch – hm! – gelten lassen.«

Ich mußte laut auflachen. Dann aber redete ich ihm ernst ab, wenn auch jetzt nur noch deshalb, um ihm die Demütigung des vergeblichen Harrens zu ersparen. Es nützte nichts. Er wurde nur ungehalten. »Wenn du wüßtest«, sagte er, »wer sich um sie bewirbt. Zwei Advokaten, ein Privatdozent der Medizin.«

»Wenn er Anatom ist, so mag's wahr sein. Aber im Ernst: glaubst du Roithner alles?«

»Dann müßte er ja lügen wie ein …« Er suchte nach dem passendsten Vergleich.

»Wie ein Vermittler«, sagte ich.

»Aber es ist doch nicht alles Lüge. Die gute Familie – Kratochwil hat den Franz-Josephs-Orden – und die Bildung und so weiter. Auch hat Roithner recht, sie hat auch äußere Vorzüge, hübsche Augen, sehr reiches Haar –«

»Das ist wahr«, sagte ich. »Um ihr Schnurrbärtchen hätte ich sie noch als Fuchs sehr beneidet.« Und den Ton hielt ich fest, obwohl er ihn verdroß. ›Er wird's mir danken‹, dachte ich, ›wenn's erst Mitternacht ist und wir noch immer allein dasitzen.‹

Es schien so zu kommen. Wir hatten im Restaurant auf Purschts Wunsch an einem großen Tisch im letzten Zimmer Platz genommen, wo es wenig Gäste gab. Unser Abendessen war verzehrt, es ging auf elf, und niemand kam. Immer unruhiger rückte Matthias hin und her. »Es wird doch kein Mißverständnis sein!« murmelte er und wischte sich den Schweiß von der Stirn.

»Wärst du denn wirklich unglücklich«, fragte ich, »wenn sie nicht kämen?«

»Nein«, gestand er. »Eigentlich im Gegenteil – im Gegenteil. Von allem andern abgesehen – mir ist so bang davor. Aber der Aufschub nützt ja nichts. Dann muß es eben nächsten Sonntag ...« Da zuckte er zusammen, und die kleinen Augen wurden starr.

Ich wandte mich um. Roithner hatte den Kopf ins Zimmer gesteckt und blieb wie vor Staunen gebannt stehen, als er uns erblickte. »Was, Teufel!« rief er. »Da sitzen Sie? Und wir im Extrazimmer! Seit einer Stunde! Aber ich sagte Ihnen doch, lieber Herr Professor: Ex-tra-zim-mer!« Er betonte jede Silbe.

»Pardon«, erwiderte Matthias fest. »Im letzten Zimmer geradeaus, sagten Sie!«

»Sie irren!«

Da zog mein ehrlicher Matthias sein Notizbuch hervor. »Wichtige Dinge pflege ich mir immer aufzuschreiben. Sehen Sie her: das habe ich mir gestern nach Ihrem Diktat notiert!«

»Wirklich?!« rief Roithner und schlug sich dann auf die Stirn. »Aber bitte, meine Herren, kommen Sie nun, kommen Sie, die Herrschaften sind schon ganz mißvergnügt vor Ungeduld.«

Das schien allerdings der Fall. Als wir in das Extrazimmer traten, erwiderte nur Kratochwil unsern Gruß, würdevoll und gemessen, jeder Zoll ein kaiserlich-königlicher Polizeikommissär, aber es war doch ein sichtbares Neigen des Hauptes. Für die Dicke zu seiner Rechten, das Töchterchen zu seiner Linken waren wir Luft. Purscht bemerkte es freilich nicht. Er war als der letzte in das kleine Zimmer gestolpert, in dem die drei als einzige Gäste saßen, und stand nun dunkelrot und schwer atmend da, das mitgebrachte halbgeleerte Bierglas fest an die Brust gepreßt.

»Die Herrschaften gestatten«, rief Roithner und stellte uns vor. »Wie der Zufall spielt! Da treffe ich meine jungen Freunde hier wieder, die

Herren waren nämlich auch im Burgtheater! Und da habe ich sie gleich mitgebracht. Bitte, nehmen Sie Platz!«

Ich setzte mich auf seinen Wink neben die Dicke, er selbst nahm seinen Platz Kratochwil gegenüber ein, so blieb für »Großvater« nur der Stuhl neben dem Fräulein. »Bitte, Herr Professor!« Aber es währte lange, bis Matthias endlich dasaß. Dem armen Kerl schwamm es offenbar vor den Augen, denn er setzte sein Bierglas auf ein Salzfaß, daß es überschlug und die braune Flut auf sein Beinkleid floß. »Tut nix!« rief Roithner fröhlich. »Das bedeutet Kindstauf' – Hochzeit!« verbesserte er sich hastig. Und er reichte dem Ärmsten seine Serviette.

Frau Kratochwil war bisher schweigsam, wenn auch nicht geräuschlos dagesessen, denn sie atmete recht hörbar. Nun aber tat sie den Mund auf:

»Meinen S', Herr von Roithner? Manchmal bedeutet's auch nur Ungeschicklichkeit!« – »Allerdings«, stimmte der Privatier liebenswürdig zu. »Aber – was wollt' ich nur sagen? Richtig, wir sprachen vorhin über das Stück. Wie hat's denn Ihnen gefallen, Herr Professor?«

Matthias hatte noch mit seinem Beinkleid zu tun, war aber wohl auch sonst nicht in der Verfassung, seine Ansichten über »Romeo und Julia« eingehend darzulegen. Er fuhr bei Roithners Frage zusammen, schnappte nach Luft und sagte dann stockend: »Es ist … eine Tragödie … von Shakespeare …«

»Was Sie nöt sagen?!« rief die Dicke. »Und wir haben gedacht, es ist eine Posse von Nestroy.«

Da fühlte ich mich verpflichtet, einzugreifen. »Das war dann ein Irrtum, meine Gnädige«, erwiderte ich. »Es ist wirklich eine Tragödie von Shakespeare. Und kein gebildeter Mensch wird auf Herrn Roithners Frage eine andere Antwort geben als die ironische meines Freundes. Denn Gebildete unterhalten sich nicht darüber, ob ›Romeo und Julia‹ ein gutes Stück ist … Meinen Sie nicht auch, mein Fräulein?«

Pauline wurde rot. »Ja … Ein großer Dichter!« Sie hatte ein Quiekstimmchen, dessen Dünne zu allem andern an ihr paßte.

»Die kennt sich aus!« sagte Frau Kratochwil voll mütterlichen Stolzes. »Sie kann ja aber auch diesen Schöcksbier auf französisch lesen.«

»Englisch, Mama!«

»Aber doch auf französisch auch? Warst ja fünf Jahre bei die Sakrekör (Filles du Sacré-Cœur, ein klösterliches Erziehungsinstitut in Wien). Und mit 'n Schöcksbier hat sie's besonders. Vor zwei Monat' hab'n mir die schreckliche G'schicht von ihm anhören müssen – wie heißt's nur – wo der Baumeister als Bauer so rabiat wird?« – »Der Richter von Zalamea«, half ich höflich ein. Jetzt gefiel mir die Frau ganz gut.

»Na also, und jetzt hat sie wieder gepenzt und gepenzt: ›Romeo und Julia‹ – sie muß, sie muß! Der Krastel soll so gut sein und die Bognar – und überhaupt so a Stuck hat selbst der Schöcksbier nöt mehr g'schrieben, sagt sie, er hat's als junger Mensch g'schrieben, sagt sie, es is voller – was hast du gesagt, daß es voller is?«

»Voll Lyrik, Mama«, sagte Pauline.

»Richtig! Und jetzt grad hast ja noch was g'sagt. Wirklich was Hübsches. Sag's doch, Mädel, genier dich nöt.«

»Aber Mama!«

»Ich schaff' dir's aber!« rief Frau Kratochwil energisch. »Geh, Mann«, wandte sie sich an den Gatten, »schaff du's ihr. Na, wird's?!«

»Ich meinte«, quiekte Fräulein Pauline mit niedergeschlagenen Augen, »– aber ich traue mich wirklich nicht, es ist mir ja nur so durch den Kopf gegangen, ich meinte: ›Romeo und Julia‹ ist das glühendste, süßeste und leidenschaftlichste von Shakespeares Werken.«

»Na, was sagt man dazu?« rief Frau Kratochwil und legte mir die Hand auf den Arm. »Wie kommt sie nur auf so was? Woher hat sie das? Können S' mir sagen, woher?«

Wie gesagt, die dicke Frau gefiel mir nun sehr, und weil ich ihre Frage zufällig wirklich beantworten konnte, so hielt ich mich verpflichtet, dies zu tun. »Das hat Ihr Fräulein Tochter«, erwiderte ich also, »aus Meyers Konversationslexikon.«

Undank ist der Welt Lohn. Frau Kratochwil wandte sich zornig ab, und Fräulein Pauline war gleichfalls ungehalten.

»Na, jetzt haben wir aber genug vom ›Hecheren‹ (Höheren) geredet!« rief Herr Roithner in dies Schweigen hinein. »Darf ich Ihnen was Lustig's erzählen? Mein Barbier hat jetzt den persischen Sonnen- und Löwenorden gekriegt! Und wissen S', warum?!«

Herr Kratochwil war bisher schweigend und würdevoll dagesessen, nun aber nahm er eine geradezu imponierende Haltung an. »Ich muß ich serr bitten«, sagte er in seinem harten Tschechisch-Deutsch. »Solche Geschichten passen für Damakraten, nicht hirr. Hirr sitzen zwei gaiseliche Staatsbiamte, ich und der Herr Professor. Über Orden macht man kaine Witz', isse zu hailige Gegenstand ...«

»Ganz richtig. Aber ein persischer.«

»Isse sich gleich! Orden isse Orden, Majestät hat gegeben. Und ich hab' ich selbst Sonnen- und Lebenorden, sehrr scheene Orden. So isse heutige Zeit! Über Orden macht man Witz', über Staat, sogar über Pulizei! Und was isse Welt ohne Pulizei! Ich bitt' ich Ihne, was? Das hamme hait auf Theater gesehen! Was war in Verona ganze Unglück?! Keine Pulizei!«

»Oh, wie wahr!« rief ich begeistert. Auch mein Matthias benutzte die Gelegenheit, endlich einen Laut von sich zu geben. »So ist es!« sagte er etwas unsicher, aber doch ganz vernehmlich.

»Natürlich!« fuhr Herr Kratochwil geschmeichelt fort. »Muß ja Kind einsehen. Da raufens sich die Bediente von die Grafen immerzu – wu is Pulizei?! Da laufens Romeo und Freunde vermaskiert auf Gassen herum, schleichens sich in fremde Haus – wu is Pulizei? Da klettert Romeo über Mauer – Pulizei sieht nix, hört nix! Romeo hat Schwert, Tybalt hat Schwert, Julia hat Dolich – isse das eine Ordnung?«

»Und von einem Waffenpaß«, fügte ich bei, »ist sogar nirgendwo auch nur die Rede! Kein Mensch denkt daran, und geschieht dann ein Totschlag, so wird der Schuldige verbannt, statt daß ihn die Polizei einsperrt.«

»Sie scheinen S' vernünftige Mann«, sagte der Polizeikommissär außer Dienst wohlwollend. »Aber was war in Verona allergrößte Malhör?! Ungenügende Überwachung des Medikamentenhandels! ›Meine Herren‹, hat mein seliger Chef, der Hofrat Pawlitschek, immer g'sagt, ›ich bitt' ich Sie, schaun S' den Drogisten auf die Finger und den Aputhekern.‹ Dasse hamme auch getan. Aber dort? Lorenzo gibt Schlaftrunk, Aputhekker verkauft Gift! Isse Skandal!«

»Wie wahr!« jauchzte ich wieder. »Und wie neu! Das hat ja noch kein Mensch vor Ihnen herausgefunden!«

Herrn Kratochwils dramaturgische Lorbeeren ließen seine Gattin nicht ruhen. »Daran is ja was!« sagte sie. »Aber ich hab' mir immer gedacht: Das größte Unglück is doch der schlechte Dienstbot' im Haus! Nein, diese Amme! Wie die red't, und was die tut! Statt zu der Gräfin zu gehen und ihr zu sagen: ›Geben S' acht auf das Fräulein!‹ lauft sie hin und kuppelt. So a nixnutzige alte Gredl! – No ja, mit schlechte Dienstboten kann man was erleben, das sag' ich immer. Und –«

Fräulein Pauline war schon seit einigen Minuten unruhig hin und her gerückt. »Mama!« sagte sie nun sehr bestimmt, »es geht auf zwölf!«

Die Familie erhob sich und rief nach dem Zahlkellner. Während der Herr Kommissär die Zeche berichtigte, trat Roithner auf die Dicke zu. Aber sie wies ihn kurz ab. »Sie gehn ja mit«, erwiderte sie, »da können wir uns aussprechen.«

›Gottlob‹, dachte ich, ›eingeladen werden wir also nicht!‹ Und so war es auch. Noch mehr, nur der Herr Kommissär versicherte uns, es sei ihm »ein Vergnügen« gewesen. Stumm blieben Matthias und ich noch eine Weile sitzen, tranken unsre Gläser leer und wandelten dann ebenso schweigsam ins Café Troidl. Auch da wollte sich lange kein Gespräch finden. Endlich fragte er: »Wie – hm! – wie erklärst du dir das?«

»Daß sie uns nicht eingeladen haben?« Ich dachte nach. Nein, ich wollte es ihm nicht sagen, er war ja ohnehin verschüchtert genug. »Das ist ja ganz gleichgültig!« sagte ich dann: »Die Hauptsache ist doch, wie du denkst! Würdest du sie nehmen – ja oder nein?«

Er blickte lange schweigend vor sich nieder. »Nein!« sagte er dann. »Ich weiß, ich bin auch kein Adonis … Aber die … Nein! Und wenn sie eine Million hätte, nein!« Und mit einer Entschiedenheit, die ich wahrlich nicht an ihm gewohnt war, hieb er auf das Marmortischchen, daß Tassen und Gläser aneinanderklirrten.

Als ich am nächsten Morgen an demselben Tischchen frühstückte, war der fleißige Privatier bereits im Lokal. Er erledigte einige ausgiebige Unterredungen mit jungen Advokaturskandidaten, ehe sie ihre Kanzleien aufsuchten, und setzte sich dann zu mir. »Nach der Arbeit das Vergnügen«, sagte er sehr liebenswürdig. »Hoffentlich sind auch Sie nun mit meinem Versuch ausgesöhnt. Denn erstens danken Sie ihm viel Spaß, und zweitens ist er ja gescheitert, was Sie auch nicht kränkt!«

»Nein!« erwiderte ich. »Also Sie geben's auf? Es ist ja auch nichts zu machen. Beide wollen eben nicht. Und eine Ehe ohne Neigung ist ja gegen Ihr Prinzip!«

»Ganz richtig! Aber es ist schade. Ein großer Verlust!«

»Vierhundert Gulden von Purscht. Und was hätte Ihnen der Kommissär gegeben?«

»Ebensoviel. Achthundert Gulden – viel Geld! Gewiß, auch darum tut's mir leid. Mein Gott, man ist Familienvater …« Er seufzte tief auf. »Auch hätten ja beide vortrefflich zueinander gepaßt.«

»Na, na«, sagte ich, »nach beiden Richtungen werden Sie Ersatz wissen!«

»Hm!« Er schüttelte den Kopf. »Mit ihr versuch' ich's noch – aber mit Purscht ist nichts zu machen! Ja, wenn er wenig Geld wollte, aber er will viel Geld! Offen gesagt, ich habe ihn nur für Kratochwils herangezogen, und da dies nicht ging – Schwamm drüber!«

Er seufzte nochmals tief auf und empfahl sich.

Als ich meinen Freunden Max und Albin am Nachmittag meine Sonntagsfreuden schilderte, wäre fast ein Buch daraus entstanden. Wir beschlossen, eine Dramaturgie vom Standpunkt der Polizei zu schreiben, aber dann lockte uns wieder die Dienstbotenfrage in der tragischen Dichtung. Und so wurde doch nichts daraus, weil für jeden der beiden Pläne der Stoff zu reichlich floß.

Mit einiger Spannung sahen wir Purschts Erscheinen am nächsten Mittwoch entgegen. Aber er blieb aus und ließ sich auch in nächster Zeit nicht blicken. Und als nun vierzehn Tage seit jenem Theaterabend verstrichen waren, da dachte ich: ›Der arme Kerl würgt an seiner Blamage und vermeidet dich darum. Das darf nicht sein!‹ Ich beschloß, ihn am nächsten Sonntagmorgen in seiner Wohnung aufzusuchen.

Da brachte am selben Morgen die erste Post einen Brief von ihm. Ohne sonderliche Neugierde entfaltete ich das Blatt und – prallte zurück. Denn der Brief lautete kurz und bündig:

»Lieber Freund!
Ich habe mich gestern abend mit Fräulein Pauline Kratochwil verlobt. Sie und ihre Eltern bitten Dich, heute nachmittag drei Uhr bei ihnen zu speisen. Rasumowskijgasse 5, I. Stock links. Sonst nur Familie, aber Du bist ja mein ältester Freund.
                                        Dein Matthias.
Ich bin sehr zufrieden. Wenn das meine Eltern erlebt hätten!«

Ich las zum zweiten, zum dritten Male, aber von den steifen, verschnörkelten Buchstaben rückte keiner von seinem Platze. Es war wirklich so, »Großvater« hatte sich mit Fräulein Kratochwil verlobt, und »Großvater« war sehr zufrieden. Er war's, sonst hätte er's nicht geschrieben.

In einem seltsamen Zwiespalt der Empfindungen ging ich ins Café. Auf dem Wege dorthin kam mir's erst zum Bewußtsein, wie geflissentlich mich Roithner in den beiden letzten Wochen vermieden hatte.

Jetzt aber trat er, kaum daß ich Platz genommen hatte, freudestrahlend auf mich zu.

»Ich gratuliere«, sagte ich. »Achthundert Gulden .. Ist aber auch dem armen Matthias zu gratulieren?!«

»Und ob! Die beiden sind ja wie füreinander geschaffen!«

»Aber wie in aller Welt ist es Ihnen schließlich doch gelungen? Sie hatten's ja schon aufgegeben!«

»Bewahre! Etwas aufgeben, was so vernünftig, so in jeder Beziehung passend war?! Da kennen Sie den Roithner schlecht! Ich sagte das Ihnen, weil ich –« Er lachte. »Nun ja! Unbequem ist ja in derlei Sachen jeder Unbeteiligte, und nun gar einer, der – verzeihen Sie – die Dinge nicht so sieht, wie sie sind … Was stand denn zwischen den beiden? Sie fanden ihr Äußeres gegenseitig nicht bezaubernd, und weil sie darin beide nicht unrecht hatten, so sprach eben dies für die Sache!«

»So?! Aber die ›Neigung‹?!«

»Eben darum! Wäre Aussicht auf Neigung vorhanden, wenn ich Fräulein Kratochwil einen Adonis zugeführt hätte und Herrn Purscht eine Venus?! So ist sie vorhanden! Noch mehr, schon jetzt gefallen sie einander recht gut. Sie werden ja sehen!«

Natürlich fuhr ich sofort zu Matthias, um ihm Glück zu wünschen. Er war noch zu Hause und vollendete eben seine Toilette, indem er eine weiße Krawatte von unerhörten Dimensionen umlegte. Bei meinem Anblick wurde er ein wenig verlegen, schüttelte mir dann aber freudestrahlend die Hand. »Du – du warst wohl etwas erstaunt?« fragte er dann. »Denn vor heut vierzehn Tagen war ich ja zuletzt noch unentschieden ...«

»Ja–a!« sagte ich langgedehnt und nicht wenig verblüfft. Mein Matthias sagte sonst immer die Wahrheit.

Aber er log auch diesmal nicht bewußt. »Das heißt«, sagte er, »im Innern war ich unentschieden. Dir sagte ich wohl in meinem Ärger noch ganz andres. Denn ich ärgerte mich wirklich, als sie gingen, ohne uns zu einem Besuch aufzufordern. Das sah ja wie eine Ablehnung aus, war's aber wahrhaftig nicht. Roithner klärte mich schon am nächsten Tage auf. Der Grund – aber das darfst du nicht übelnehmen –«

»War ich!« ergänzte ich. »Aber darf ich dann heute.«

»Wie du nur so reden kannst! Meine liebe Paulitschka – mein Schwiegervater, der Herr Kommissär, nennt sie so, und ich will mir's auch angewöhnen, weil ich den Namen so herzig finde –, meine Braut also sagte mir gestern: ›Dein Freund ist unser Freund! Ich war mir nicht sicher ... wäre aber wohl am sinnvollsten! Und‹, sagte sie, ›jemand muß doch den Toast auf meine Eltern sprechen.‹ Du siehst, du bist herzlich willkommen ... Du wirst doch sprechen?«

»Unter einer Bedingung«, sagte ich. »Du erzählst mir haarklein, wie sich eure Herzen gefunden haben!«

»Gern, aber du wirst enttäuscht sein, denn es ist alles so verständig und ordentlich zugegangen. Am Montag also lud mich Roithner ein, des Abends mit ihm ins dritte Kaffeehaus im Prater zu gehen. Kratochwils waren da, ich unterhielt mich fast nur mit dem Herrn Kommissär. Er war sehr liebenswürdig und fragte mich nach meinen verstorbenen Eltern, meinem Beruf, meinen Aussichten für die Zukunft. Meine Braut tat, als interessiere sie dies nicht, und Frau Kratochwil meinte sogar, sie sei nur auf Befehl ihres Mannes in den Prater gegangen, auch lud mich der Herr Kommissär diesmal noch nicht ein, aber Roithner klärte mich dann auf. Die Damen wollten mir eben nicht zeigen, daß ich Eindruck gemacht hatte. Auch mußt du bedenken, daß Frau Kratochwil eine geborene Weißkappel ist. Ich weiß nicht, ob dir klar ist, was das bedeutet.«

»Gewiß! Erste Wiener Fleischhackeraristokratie!«

»Ja. Die Einladung aber hatte er vergessen.«

»Und deine Braut gefiel dir nun?«

»Nein, damals noch nicht. Erst so allmählich. Es ist ein Gesicht, das sehr gewinnt, wenn man es öfter sieht. Paulitschka meint, ich hätte auch ein solches Gesicht. Nun, am Dienstag waren Roithner und ich im Zirkus Renz und Kratochwils auch. Da wurde ich eingeladen, machte auch schon am nächsten Tage meinen Antrittsbesuch, und von da ab sahen wir uns fast täglich.«

»Und nun sprachst du natürlich auch mit den Damen?!«

»Ja, das heißt mit Frau Kratochwil, Paulitschka war sehr schweigsam, und du weißt, ich bin leider nicht sehr gewandt. Aber schon am vorigen Sonntag wagte ich eine Anspielung – und mit Erfolg. Ja wirklich! Wir sprachen über Familiennamen, und der Herr Kommissär meinte: ›Kratochwil ist häufig, aber Kratochwil ist schön.‹ Und darauf ich zu ihr gewendet: ›Purscht ist selten, aber leider nicht schön!‹ – Weiß Gott, woher ich den Mut dazu nahm, aber ich sagte es. – Und darauf sie: ›Ja!‹ und wurde rot und ging aus dem Zimmer.«

»Das war alles?« fragte ich.

»Aber, mein Gott, was noch?! Bin ich ein Romeo und sie eine Julia?! Nun, und so sprachen wir auch in den nächsten Tagen über verschiedenes, und gestern ging ich auf Roithners Rat hin und hielt um sie an.«

»Wie nahm sie dein Geständnis auf?«

Er räusperte sich. »Offen gesagt, ich habe ihr eigentlich nichts gestanden. Ich kam um zwölf hin, und da war sie zufällig allein im Salon. Als ich eintrat, wurde sie, soviel ich sehen konnte, sehr verlegen und fragte dann: ›Warum im Frack, Herr Professor?‹ Darauf wollte ich etwas sagen, konnte aber nicht, und wie wir so dastanden, traten ihre Eltern ein und segneten uns.«

»Und du bist zufrieden?«

»Ja!« sagte er. »Denn es ist eine für mich durchaus passende Partie. In fast allen Beziehungen sind meine Wünsche erfüllt, in einer sogar übertroffen.«

Damit schieden wir. Er ging in die Rasumowskijgasse und ich heim, mich umzukleiden. Allzugern tat ich's nicht; in der Komödie mitzuspielen, machte mir geringes Vergnügen. Denn es schien mir auch jetzt eine recht, recht traurige Komödie … Ich mußte immer – kaum wußte ich selbst warum – an meinen alten Lehrer Wenzel Purscht denken, und wie ich zuletzt sein Antlitz verklärt im Sarge gesehen. ›Was deine Züge leuchtend gemacht, armer alter Schulmeister‹, dachte ich, ›war der Gedanke an das Glück deines Sohnes, aber du hast dabei an ein andres Glück gedacht, als ihm nun wird, das stille, echte Glück, das uns nur dann zufällt, wenn wir allzeit redlich tun, was unser Herz uns gebietet. Wer weiß, ob es gar so zu bedauern ist, daß du die Verlobung deines Matthias nicht erlebt hast. In fast allen Beziehungen sind seine Wünsche erfüllt und in einer sogar übertroffen, aber du, armer alter Schulmeister, wärest darüber vielleicht doch nicht entzückt gewesen.‹

Als ich um drei Uhr vor dem Hause der Rasumowskijgasse aus dem Wagen stieg, empfingen mich freundliche Zurufe einer ebenso stattlichen als erlesenen Gesellschaft, die sich vor dem Haustor versammelt hatte. »Der is noch nöt recht ausg'füttert!« riefen die einen. »San S' auch a Fleischhacker?« fragten die andern. »Aber na, er hat ja Glasaugen (Brille), der is nur a Lehrer!« riefen die dritten. Es war die liebenswürdige Jugend der Gasse, die ihrer Teilnahme an dem Kratochwilschen

Feste Ausdruck gab. »Nur a Lehrer« schien auch der Lohndiener im Vorzimmer zu denken, denn er musterte mich fast mitleidigen Blicks. Dieser Blick und die Zurufe des freiwilligen Empfangskomitees wurden mir verständlich, als ich den Salon betrat. Verblüfft, verschüchtert blieb ich stehen. Alle Wetter, eine so wohlgenährte Festgesellschaft hatte ich noch nie beisammen gesehen. Etwa zwanzig ältere Damen und Herren, von denen keiner unter drei Zentner wog, daneben einige junge Herrschaften beiderlei Geschlechts, die eine mindestens ebenso gedeihliche Entwicklung für die Zukunft verbürgten. Kein Wunder, daß der Raum eng war und ich nicht hätte vorwärts kommen können, selbst wenn ich nicht durch die Ehrfurcht vor solchen Massen von Frauenschönheit und Manneswürde an der Tür festgebannt geblieben wäre.

Da gewahrte mich ein etwa sechzehnjähriger Jüngling, der gleichfalls wie ein überfütterter junger Bacchus aussah, und drängte sich zu mir durch. »San Sö der Herr«, fragte er, »der die Red' halten soll? Der Freund von mein' Schwagern?« Also der Sohn des Hauses. »Schieben S' nur mir nach!« Und er geleitete mich zu Herrn und Frau Kratochwil. »Muatta, der Schurnalist!«

Sie empfingen mich herablassend, aber nicht ohne Wohlwollen. »Ja, ja!« erwiderte der Herr Kommissär mit liebenswürdigem Humor auf meinen Glückwunsch. »Das hätte mir bei ›Alte Stroblkopf‹ nicht gedacht. Aber solche Malhör is bald g'schehn. Denn warum? Wo Zucker is, seins auch gleich Fliegen da. Kummte da fremde Mensch, nimmte mir meine Paulitschka weg!« Frau Kratochwil aber sagte: »Zu gratulieren is eigentlich mehr Ihrem Freund als wie uns! Aber wann sich a Madel verliebt, was will man machen?! Was lachst, du Mistbub?« fuhr sie den Sohn an.

»Verliebt?!« grinste der Jüngling. »Was hab'n der Vater und der Roithner in sie hineing'redt, bis sie –«

»Halt's Maul!« rief sie heftig, »sonst –« Sie erhob die beringte Hand. »So a freche Lug'! Wissen S', die andern kennen unsern Schurschl schon, aber Ihnen muß ich's sagen: halt a kecker Schnabel!«

»Natürlich! Der junge Herr ist noch Gymnasiast?«

»Nein! An Kopf fehlt's nöt, aber er hat halt nöt g'wollt. Jetzt ist er bei mein'n Bruder Weißkappel in der Lehr'.«

»Oh«, sagte ich, »das ist ein sehr nahrhafter Beruf. Aber wo ist das Brautpaar?«

Sie blickte sich um. »Richtig! Da sind s' wieder ausg'rückt und schmatzen sich irgendwo ab. Wahrscheinlich da.«

Sie deutete auf das Nebenzimmer und schob mich, als ich zögernd stehenblieb, mit kräftigem Ruck in die Richtung. »Stören Sie sie nur! Und essen gehn mir noch lang nöt! Wir erwarten noch die Herren Kollegen von meinem Mann, den Herrn Hofrat Nawratil und den Herrn Oberkommissär Pritschkowski.«

»Oh!« murmelte ich ehrfürchtig und trat dann in das nächste Zimmer. Es war aber nicht ganz so, wie sie vermutet hatte, das junge Paar hielt nur Blick in Blick versenkt, saß aber auf fünf Schritte Distanz voneinander. Gleichwohl schnellten beide bei meinem Eintritt errötend auf. Er blieb auch verlegen, während sie mich unbefangen begrüßte. So glückte es denn, ein gleichgültiges Gespräch in Gang zu bringen.

Da riß Frau Kratochwil die Tür auf. »Kinder!« rief sie befehlend. Die beiden Würdenträger waren eingetroffen, und das junge Paar wurde ihnen vorgestellt. Herr Nawratil war klein und grau, Herr Pritschkowski war groß und blond, trotzdem sahen beide Herren Kratochwil ähnlich. Unmittelbar darauf ergriff die Hausfrau den Arm des Hofrats, auch die andern Paare formierten sich.

Auf mich trat eine schlanke, nicht mehr ganz junge Dame mit klugem, angenehmem Gesicht zu. »Gestatten Sie, daß ich mich Ihnen vorstelle«, sagte sie lächelnd. »Marie Kratochwil, städtische Lehrerin. Ich bin eine Cousine der Braut, ich weiß zufällig, daß Sie mein Tischherr sind.«

Die Tafel war überreich mit schwerem Silbergerät geschmückt. »Der Hausschatz der Weißkappels«, sagte meine Nachbarin. In derselben Tonart nannte sie mir auf meine Bitte – ich war ja niemand vorgestellt worden – die Gäste: »Fünf Weißkappel mit Gemahlinnen, neun junge Weißkappel, ferner vier geborene Weißkappel mit ihren Gatten. Aber Schriftsteller sind immer auf Studien aus – wünschen Sie auch Vornamen und Adressen?«

Ich dankte. »Von Ihrer Familie?« sagte ich dann zögernd.

»Bin nur ich geladen«, erwiderte sie lächelnd. »Meine Eltern nicht. Mein Vater, der Bruder des Hausherrn, ist Schustermeister in der Alservorstadt, meine Mutter war Köchin. So etwas darf man einer Runde von Weißkappels nicht bieten!«

»Aber sie haben ja sonst gleichfalls mit Fellen zu tun«, wandte ich ein, »und mit –«

»Mit Köchinnen auch«, ergänzte sie lachend. »Aber eben darum.« Dann wurde sie ernst. »Sie wundern sich wohl, warum dann ich gekommen bin? Es fiel mir nicht leicht, aber Pauline bat mich darum, und ich bin nicht bloß ihre Cousine, sondern auch ihre beste Freundin. Derlei muß man eben tun, wenn es gewünscht wird. Sie sind ja in gleicher Lage.«

»Ich?!« rief ich verlegen und wollte abwehren. Aber diesen klugen, klaren Augen war nicht standzuhalten. »Sie haben recht«, sagte ich ernst.

Sie nickte. »Das ist ja auch so natürlich. Herr Purscht ist Ihr Jugendfreund, und darum freut es Sie nicht, daß er nach einigem Zögern einzig um der Mitgift willen ein unhübsches Mädchen nimmt. Und mich freut's nicht, daß sich meine brave, kluge Pauline schließlich doch zu der ›Versorgung‹ hat überreden lassen. Nun, unser Trost ist nur: das Unsre haben wir getan, es zu hindern ...«

Ich mußte lächeln. »Wir führen da ein seltsames Gespräch für ein Brautdiner.« – »Lieber seltsam als unehrlich«, erwiderte sie. »Und wollen Sie mir nun ebenso ehrlich sagen, was Sie von Herrn Purscht wissen?«

Ich tat es und bat dann um das gleiche bezüglich der Braut.

»Wie gesagt«, war die Antwort, »ein braves, kluges Mädchen. Auch ist es in keiner Weise ihre Schuld, daß es nun so gekommen ist. Ich bin neunundzwanzig, sie zwei Jahre jünger. Als ich vor zehn Jahren beschloß, Lehrerin zu werden, bestürmte sie ihre Eltern, mir darin folgen zu dürfen, und aus den gleichen Gründen. Ich wählte einen Lebensberuf, um des entsetzlichen Wartens auf einen Mann überhoben zu sein, und weil ich mir sagte, daß ich vermutlich umsonst warten würde. Ein gebildeter Mann nimmt eine arme Schusterstochter nur aus aufrichtiger Liebe, und wie sollte ich in meinen Kreisen einen solchen Mann kennenlernen?! Für einen Handwerker taugte aber leider ich nicht mehr, dazu hatte ich schon zu viel gelernt. Pauline aber sagte sich: ›Auch ich will selbst was sein. Ich bin zu unhübsch, um eine Neigung einzuflößen, und um meines Geldes willen mag ich nicht genommen werden.‹ Es war umsonst. Der Vater war dagegen, und nun gar die Mutter! Sie sehen, sie kann nichts dafür. Übrigens, wir wollen das Beste hoffen. Es kann ja auch gut ausgehen. Aber gegen die Verwerflichkeit solcher Vernunftehen spräche dies wahrlich nicht! Warum sollte ein Mädchen wie Pauline nicht einen Mann finden, dem sie sympathisch ist und er ihr? Warum Ihr Freund nicht ein solches Mädchen?! Hier aber ist die Grundlage des Glücks die Zungenfertigkeit eines Agenten. Eine schwankende Grundlage!«

Ich füllte unsre Gläser. »Da stimmen Sie gewiß einem kleinen Privattoast zu: Pereat die Roithnerei!« – »Pereat!« stimmte sie lachend ein.

Gleich darauf erhob sich Herr Hofrat Nawratil zu seinem Toast auf das Brautpaar. Er würdigte zuerst die Verdienste, die sich sein alter Freund Kratochwil in vierzigjähriger Dienstzeit namentlich auf dem Gebiet der Fleischbeschau und des Markthallenverkehrs um Österreich erworben. Schon dieser historische Teil der Rede fand vielen Beifall, noch mehr die Würdigung des Brautpaares. »Wie ich höre«, schloß er, »hat ein Zufall, die Begegnung bei dem Stück eines Dichters, den berufene Literaten einen unsterblichen Briten genannt haben, den Bund geknüpft. Liebe und Poesie haben seine Wiege gekrönt, dies ist leider heutzutage eine Seltenheit, um so lauter wollen wir rufen: Hoch das Brautpaar!«

Stürmisch fiel das Geschlecht der Weißkappel ein, nach seiner Auffassung war also eine Liebesheirat äußerst selten. Doch vernahm ich auch einen scharfen Tadel gegen die Rede. »A alter Hofrat«, sagte die dicke Frau zu meiner Linken, »sollt' besser wissen, was sich g'hört. Bei einer Hochzeit darf man von einer Wiegen reden, aber bei einer Verlobung noch lang nöt.«

Diese Kritik, noch mehr das ernste Gespräch mit meiner Nachbarin lähmten meine Schwingen. Ich hatte vorgehabt, die Geschlechter der Kratochwil und Weißkappel mit Enthusiasmus zu feiern, aber das durfte ich nun der armen Braut nicht antun. Ich begnügte mich mit einigen kurzen Sätzen und machte geringen Effekt. »A Schurnalist«, sagte die Kritikerin von vorhin, »sollt' schon schöner reden. Dem kann's ja auf a Lug' mehr oder weniger nöt ankommen!«

Im übrigen verlief das Mittagessen glänzend. Die Fleischberge verschwanden im Nu, der Vöslauer, dann der Champagner flossen in Strömen. Die Unterhaltung wurde immer geräuschvoller und schließlich sehr laut. Das einzige Paar, das schweigend dasaß, waren die Brautleute. Es dunkelte schon, als man sich erhob. Ich drückte mich, so bald ich konnte.

In der nächsten Zeit ließ Matthias nichts von sich hören. Bei dem Dankbesuch, den ich am Sonntag darauf bei Kratochwils machte, waren weder er noch die Braut sichtbar. Wohl aber erfuhr ich bei der Gelegenheit des genaueren, wie sich die Verlobung eigentlich gefügt hatte. Gleichzeitig mit mir war auch eine Dame aus der Nachbarschaft mit ihrer Tochter zur Gratulation erschienen. Auf ihre Frage erzählte meine dicke Gönnerin mit liebenswürdiger Offenheit:

»Das kann ich Ihnen sagen, das darf a jeder wissen! Wir sitzen im Burgtheater bei ›Romeo und Julia‹, Sie wissen, Frau von Kreutinger, das traurige Stuck, wo die Bognar so gut is, und da fallt uns ein junger Mann im Parkett auf, der meine Paulin' immer anschaut, als wollt er sie fressen. Wie wir aus'n Theater gehn zum ›Alten Stroblkopf‹, merken wir, er geht mit noch einem Herrn hinter uns her. Mir war das unangenehm, obwohl's ja nöt das erste Mal war, aber was laßt sich dagegen machen?! Wir setzen uns beim ›Stroblkopf‹ hin, und richtig – in fünf Minuten sind die zwei da, setzen sich zu uns, stellen sich vor. Ein Wort gibt's andere, drei Tag darauf läßt er sich bei uns einführen, acht Tag drauf hält er um die Paulin an. Ordentlich romantisch – daß so was heutzutag noch passiert!«

Frau Kreutinger lächelte süß-säuerlich. »Das muß ich aber gleich der Frau von Hinterpfoitner erzählen – wissen S', was die sagt?!«

»Da bin ich neugierig! Bitte – was?!«

»Aber Sie werden sich ärgern, Frau von Kratochwil!« – »Ich ärger' mich nöt so leicht – also bitte!«

»Sie sagt – aber das is wirklich nicht recht von der Frau von Hinterpfoitner, sonst keine üble Frau, aber das ist nicht recht. Na, sie wird's halt g'hört haben!«

»Na, also – bitte!«

»Sie sagt – aber wie gesagt, 's is gewiß nöt bös gemeint: das hätt' der Roithner gemacht!«

Frau Kratochwil saß starr vor Staunen. »Der Roithner – wer und was is das? Wir kennen kein Roithner!«

»Der Vermittler.«

»Ein Vermittler!« rief Frau Kratochwil. »Ein Mädchen wie meine Paulin und ein Vermittler! Das is unerhört von der Hinterpfoitner! Nein, was die Welt bös is! Aber gottlob, da hab' ich einen Zeugen! Das is von unserm Matthi der Freund, der damals mit war. Bitte, bestätigen Sie's mir. Waren Sie an jenem Abend mit ihm im Burgtheater?«

»Ja!«

»Und dann beim ›Alten Stroblkopf‹?«

»Ja!«

»Na, also! Nein, was die Leut' schlecht sind!«

Die einzigen Nachrichten, die mir seither vom Bräutigam zukamen, erhielt ich durch Roithner. An unseren Tisch setzte er sich nun nicht mehr – es hatte ja nun keinen Zweck – doch flüsterte er mir zuweilen zu: »Es geht alles famos!« Und einmal sagte er mir geradezu: »Sie lieben sich schon! Wenn Sie diese Zärtlichkeit sehen könnten!«

»Danke«, sagte ich. »Ich muß nicht von allem haben. Wann ist die Hochzeit?«

»Sobald er zum Gymnasiallehrer ernannt ist, also hoffentlich Ende Juli. Das arme junge Paar – sie zählen schon die Tage.« Endlich stand die Ernennung in den Zeitungen, Purscht kam an ein mährisches Gymnasium. Aus diesem freudigen Anlaß gaben Kratochwils ein Abendfest und luden auch mich ein. Ich lehnte unter einem Vorwand ab, machte ihnen aber wieder einen Dankbesuch.

Ganz wie bei dem Verlobungsfest wies mich Frau Kratochwil auch nun ins Nebenzimmer: »Sie tun mir nur einen Gefallen, wenn Sie die ewige Schmatzerei unterbrechen!« Aber diesmal lag Julia wirklich in Romeos Armen, und als sie sich ihnen entwand, geschah es ohne allzu große Hast. Auch »Großvater« war gefaßter, als ich dies in solcher Situation bei ihm je für möglich gehalten hätte.

Kein Zweifel, sie waren das Gestörtwerden gewohnt. Ich glaube, ich war verlegener als die beiden und empfahl mich rasch wieder. Nur soviel bemerkte ich in den wenigen Augenblicken: eine verschönernde Wirkung übte die Liebe nicht auf sie, nein, wahrhaftig nicht!

Einige Wochen darauf war die Hochzeit. Ich war nicht in Wien und erfuhr nur durch Roithner, wie schön das Fest gewesen. Aber auch er wußte es nur von den alten Kratochwils. »Ich war nicht geladen«, sagte er mit elegischem Lächeln. »Nicht einmal in die Kirche durfte ich kommen und mich an dem Glück erfreuen. Wie der alte Ovid sagt: ›Sic vos, non vobis.‹«

»Es ist Vergil«, berichtigte ich. »Aber woher haben Sie den Brocken?«

»Erlauben Sie«, sagte er liebenswürdig wie immer, »ich bin ja ein verdorbener Jurist! Nach einigen Semestern habe ich mich verbummelt. Lange hat's mich gereut, jetzt bin ich froh darüber. Was ist ein schönerer Beruf: als Richter Ehen zu scheiden oder sie als Vermittler zu stiften?! Notabene: so glückliche Ehen, wie *ich* sie zu stiften pflege! Fragen Sie, wenn Sie mir nicht glauben wollen, Kratochwils, wie glücklich die beiden sind. Nur jetzt noch etwas zu zärtlich, zu stürmisch, aber das wird sich ja geben … Nun, mein Herr«, er steckte die Hand in den Westenausschnitt und sah mich triumphierend an, »wie denken Sie heute über mein Geschäft?«

»Nicht anders als früher«, erwiderte ich. »Was gegen die Menschenwürde geht, kann nicht gut sein und ist es auch nicht. Sie stiften mehr Unheil als Heil, das sagt die Vernunft. Und wenn auch der Handel einmal glücklich ausgeht, schön ist es doch nicht … Mit welchen Empfindungen mag Purscht Ihre Quittung über die vierhundert Gulden österreichischer Währung betrachten?!«

Er lachte. »Da können Sie ruhig sein! Er hat keine solche Quittung! Er gab mir das Geld und ich ihm seinen Provisionsbrief. Den hat er natürlich zerrissen, und damit ist die Geschichte aus. Ganz aus! Wenn Sie wüßten, wie rasch die Menschen mich vergessen!«

Kurz darauf ging ich nach Italien und habe Roithner nie wieder gesehen. Nur einmal noch las ich seinen Namen in den Zeitungen, anläßlich eines argen Prozesses. Er hatte einen Aristokraten, der den Provisionsbrief nicht eingelöst hatte, auf Zahlung verklagt. Der antwortete mit einer Betrugsanzeige, und die Untersuchung brachte unschöne Dinge an den Tag. Der Mann, der nach seiner Versicherung so viele glücklich gemacht hatte, endete recht schlimm.

Was aber Purscht betrifft, so kam er mir ganz aus den Augen, freilich nicht ganz aus dem Sinn. Wie wäre dies auch möglich gewesen?! Der eignen Jugend gedenkt man ja immer wieder. Aber irgendeine Kunde kam mir nicht zu.

Da erhielt ich im vorigen Jahr neben anderen Einladungen zu Vorlesungen in Österreich auch eine aus einer Mittelstadt, der ich sonst – der Ort lag etwas abseits vom Wege – schwerlich entsprochen hätte. Aber unter dem Brief stand im Namen der »Ressource«: »Matthias Purscht, Kaiserlich Königlicher Gymnasial-Direktor.« Und auf eine Visitenkarte hatte er in den wohlbekannten Zügen, die in dem Vierteljahrhundert noch knabenhafter und noch verschnörkelter geworden waren, geschrieben: »Hoffentlich kannst Du mir und meiner Gattin die Freude des Wiedersehens bereiten. Oft erinnern wir uns des alten Freundes, der einst meinen Liebesklagen ein geduldiges Ohr geliehen und dann den endlich Vereinigten den ersten Gruß dargebracht hat.« Ich las es staunend, aber so stand es auf der Karte geschrieben.

Ich sagte zu, und da Purscht nun darum bat, richtete ich es so ein, daß ich schon mit dem Mittagszug eintraf. Auf dem Perron stand ein kleiner, sehr runder Herr mit langem, graublondem Haar, und um ihn, wie der Sterne Chor um die Sonne sich stellt, drei Buben mit Stumpfnasen und Karpfenmündchen und langen Armen. Den Herrn hätte ich kaum erkannt – aber die Buben! Mir wurde ordentlich traumhaft zumute, als wären die vierzig Jahre ein Tag gewesen und ich säße wieder auf der Schulbank und sähe das unheimliche Lineal die Hand Wenzel Purschts regieren, wie ihm beliebte.

Dann fuhren wir ins Hotel und von da ins Gymnasium, wo mein glücklicher Freund seine Amtswohnung innehatte. Auf dem Wege grüßte alt und jung, und Matthias erwiderte gemessen, aber huldvoll. »Ja«, sagte er auf eine Bemerkung, die ich darüber machte, »ich habe mir allerdings das Vertrauen meiner Mitbürger erworben, aber auch das meiner Vorgesetzten. Auch haben mir Seine Majestät den Franz-Josephs-Orden verliehen. Aber das beste Glück meines Lebens ist doch das häusliche.« Dann streckte er sanft und traurig, wie es seines Vaters Art gewesen, die Hand aus und gab dem jüngsten seiner Buben eine ungeheure Maulschelle. »Du hast dem Schusterjungen die Zunge entgegengestreckt, und dies schickt sich nicht. Meine Paulitschka nun, du wirst ja sehen.«

Im Wohnzimmer begrüßte mich eine andere alte Bekannte, deren ich mich freilich erst entsann, als sie mir ihren Namen nannte: »Marie Kratochwil«. Sie war Direktorin der höheren Töchterschule des Orts. »Noch immer Fräulein!« sagte die muntere Dame lachend, als ich in der Anrede stockte. »Selbst Paulinens Beispiel«, fügte sie bei, als sich Matthias empfahl, um noch vor Tische einige Amtsgeschäfte zu erledigen, »hat mich nicht verlockt, mich unter Roithners Schutz zu stellen.«

»Also die Ehe ist gut geworden?«

»Vortrefflich! Freilich war hier die Frau sehr klug und der Mann sehr gutmütig. Auch haben sie äußerlich erreicht, was sie anstrebten, haben Kinder, die ihnen Freude machen, das wiegt sehr schwer.«

Da trat Frau Pauline ein. Auch an ihr war nichts dünn geblieben, etwa die Stimme ausgenommen, und der Ausdruck heiteren Staunens paßte nun zu den runden Wangen.

Wir gingen zu Tische, und welche Gespräche wir dabei führten, soll hier nicht verzeichnet sein, da ja ohnehin niemand daran zweifeln wird, daß mein Matthias ein guter Pädagoge und ein begeisterter Patriot ist. Aber was er dann beim schwarzen Kaffee sagte, wo die Kinder nicht mehr dabei waren, muß ich hierher setzen: »Du hast eben ›Großvater‹ zu mir gesagt – du darfst es sagen! Denn du warst es auch, der mir damals, am Abend nach der Vorstellung von ›Romeo und Julia‹, wo ich meine Paulitschka zuerst gesehen hatte, den Rat gab, daß wir ihr eben nachgehen sollten: ›Warum sollten wir nicht im selben Wirtshaus zu Abend essen!‹ Haha! Und du warst es, der sich zuerst an ihren Tisch setzte, und du warst es, der mir dann im Café Troidl Mut einsprach. Du weißt doch noch, was ich damals sagte?!«

Ich traute meinen Ohren nicht. »Ja«, sagte ich dann doppelt eifrig.

»Nun, dann wiederhole es! Meine Paulitschka soll es auch einmal von dir selbst hören.«

Ich war arg verlegen. »Du sagtest«, begann ich unsicher, »daß dir das Fräulein einen guten Eindruck –«

»Was nicht noch!« rief mein Matthias mit behaglichem Lachen. »So zahm habe ich mich damals nicht ausgedrückt. ›Die oder keine!‹, sagte ich. Du mußt dich ja noch erinnern.«

»Ja, allerdings!«

Frau Pauline lächelte liebenswürdig, gutmütig, aber es war doch ein eigentümliches Lächeln. Dann zog sie sich einen Augenblick zurück, um das Abdecken der Tafel zu überwachen, auch mein Matthias stahl sich ins nächste Zimmer zum Mittagsschläfchen. So blieb ich mit meiner Tischdame von einst allein. Wir sprachen über allerlei Gleichgültiges, bis sie scheinbar ohne jede Beziehung sagte: »Glücklich ist, wer Unangenehmes vergessen kann. Glücklich, wer eine Notlüge, nachdem er sie hundertmal gebraucht hat, schließlich felsenfest selber glaubt. Ich kenne sehr ehrliche Menschen, denen dies Glück gegönnt ist.«

»Sie haben recht, aber –«

»Kein aber!« fiel mir die liebenswürdige alte Dame ins Wort. »Ich habe immer recht, und nun muß ich obendrein zu meinen Mädeln! Meine Zeit reicht nur noch knapp zu einem kleinen Toast. Natürlich etwas Unlogisches – wär' ich sonst ein Frauenzimmer? Also, bitte, ergreifen Sie Ihr Glas« – sie schwenkte ihre Kaffeetasse und hielt sie mir entgegen –, »und stimmen Sie mit mir ein in den Ruf: Vivat das Glück unsrer Freunde!«

»Vivat!«

»Und pereat die Roithnerei!«

»Pereat!« rief ich lachend und ließ meine Kaffeetasse an der ihrigen anklingen.

Die Stärkeren

Der Innsbrucker Privatdozent Fritz Stockmar hatte eben Schlag zwölf auf seiner Stube das bescheidene Mittagessen aus der Wirtschaft »Zum Bierwastl« verzehrt, als er das Telegramm seiner Mutter erhielt: »Georg wird Deiner bedürfen. Bitte sofort nach Wien reisen, ihn abzuhalten, der Unwürdigen wegen sein Leben aufs Spiel zu setzen.«

Er war einen Augenblick wie betäubt, dann sehr erregt. Was war seinem Bruder, dem Advokaten, widerfahren?! Sie hatten zuletzt die üblichen Neujahrsgrüße getauscht, und nun war's Ende Mai – du lieber Gott, sie waren nie recht brüderlich zueinander gestanden, hatten sich in den letzten Jahren vollends nichts mehr zu sagen gehabt. Was konnte es nur sein?! Seine Schwägerin Gertrud?! Unmöglich! Die edle keusche Dulderin! Aber das Telegramm ließ ja kaum eine andere Deutung zu.

Eben griff er zu Hut und Stock, aufs Telegrafenamt zu gehen, als sein Freund Adolf Nürnberger eintrat, die Krawatte schief, auf dem Hemde einen großen Fleck, derangiert wie immer, nur diesmal noch etwas erhitzter als sonst. Ein größerer Gegensatz war kaum denkbar, als zwischen diesem schwarzen, dicken, redseligen Männchen und dem blonden, hageren, wortkargen Fritz, dem er kaum an die Achsel reichte, aber Freunde waren sie doch; Kastor und Jonathan, wie sie der Witzkopf der Innsbrucker Universität, der Physiker, mit feiner Anspielung auf Nürnbergers Konfession genannt hatte. Sie waren unzertrennlich, als Schulfreunde vom Nikolsburger Gymnasium her, und weil beide ganz unmoderne Menschen waren. Darum klebten sie auch nun schon zwölf Semester als Privatdozenten in Innsbruck und konnten dies voraussichtlich ihr Leben lang bleiben. Stockmar, weil er von entschieden deutscher Gesinnung und zudem Protestant war, was keinem österreichischen Privatdozenten gut ansteht, am wenigsten einem für neuere Geschichte, und Nürnberger, der Physiolog, weil er die närrische Ansicht hatte, das Taufen um der Karriere willen sei unanständig.

»Guten Tag, Fritz! Verdammt heiß heute!« Er war in sichtlicher Verlegenheit. »Wollte nur sehen ...« Und da gewahrte er die Verstörung in den Zügen des Freundes und änderte flugs den Ton. »Du weißt es schon?! Nun, dann also ohne Brimborien. Tapfer! Ist noch lange kein Unglück! Kommt in den besten Familien vor, in solchen erst recht!«

»Nichts weiß ich«, stieß Stockmar hervor, »nichts als dies.« Und er reichte ihm das Telegramm.

»Nun«, sagte Nürnberger, nachdem er gelesen, »eben eine alte Dame, die in Nikolsburg lebt. In Nikolsburg ist man noch sentimental, romantisch. Und dort ist auch so was noch ein Gegenstand. Aber nicht in Wien! Dort –«

»Was ist geschehen?!« rief Stockmar und faßte ihn am Arm. »Meine Schwägerin Gertrud? Unmöglich!«

»Doch! Da lies!« Er zog einen Brief aus der Tasche. »Von meiner Schwester Helene. Eben gekommen, darum bin ich hier. Die Nachschrift!« Er reichte ihm das Blatt hin, und Stockmar las:

»Gerade war Clotilde hier, Du weißt doch, Clotilde von Reyher, der Du einmal bei uns die Hummernsoße aufs Kleid geschüttet hast – wie Du das zustande gebracht hast, ist mir noch immer ein Rätsel, aber Deiner gaucherie, caro mio, ist nun einmal nichts unmöglich –, also besagte Clotilde erzählte mir eben mit züchtigem Erröten, dann aber doch recht verständlich – wie es ihr ansteht, denn einerseits ist sie noch vierge oder demi-vierge oder quart-vierge oder jedenfalls unverheiratet, und andererseits doch schon eine etwas späte Jungfrau – also eine Geschichte, die ich Dir sofort erzählen muß, erstens, weil sie hochmoralisch ist, und zweitens, weil sie einen Nikolsburger betrifft, home, sweet home! – Georg Stockmar, den Bruder Deines Fritz. (Apropos, habt Ihr schon herausgebracht, wer von Euch beiden der größte Schlemihl unter Österreichs Privatdozenten ist?) Also kurz! Als der Advokat gestern nachmittags in der Dämmerung unvermutet in das Zimmer seiner Frau tritt, findet er, daß es sich in das bekannte italienische Dörfchen Flagranti verwandelt hat, in dem er sie mit einem jungen Laffen – aber das ›L‹ ist eigentlich ganz überflüssig –, der sich Dichter schimpfen läßt, einem Herrn Häufle aus Heilbronn, ertappt. Tableau! – aber diesmal ein kurzes. Der Mann schreit in rasendem Schmerz auf, faßt sich dann aber sofort, wirft zuerst den Liebhaber hinaus und dann die Frau, und reicht heute die Scheidungsklage ein.

Großartig, was? Der Mensch ist ja vor einigen Jahren urplötzlich Katholik und Halbtscheche geworden, sitzt jetzt unter den Klerikalen im Reichsrat und hat auch mehr Liebschaften gehabt, als sein prächtiger, blonder Bart Haare hat – aber großartig ist es doch. Und Meyer, der eben heimkommt, sagt, die ganze Börse ist derselben Meinung, und Clotilde, die heute mit ihrer Neuigkeit auf der ganzen Ringstraße, soweit sie christlich ist, herumkutschiert zu sein scheint (nämlich zu mir kommt sie, weil ihr Vater, der Baurat, unser Haus in der Nibelungengasse gebaut hat und jetzt die Villa in Hietzing, aber sonst hält sie sich in neuester Zeit streng unkatholisch, als wollte sie die Tugendrose haben) – also Clotilderl erzählt auch: es ist nur eine Stimme der Bewunderung für Stockmar und der Verachtung für sie. Natürlich, die spröde, magere Preußin – oder wo liegt das glückliche Wismar, das sie geboren hat? Meyer sagt gar: in Mecklenburg, aber der übertreibt immer! Die Schulmeisterin a. D. – kein Mensch hat sie gemocht. Höchstens daß sie sich nie dekolletiert hat, war ein schöner Zug von ihr, ein Zug des Mitleids und Erbarmens. Und so was findet einen Anbeter, freilich nur einen, der entsetzliche fünfaktige Trauerspiele in Versen schreibt, also an alle horreurs gewöhnt ist. Übrigens, einen sauberen Schwager hast Du: ›Meyer‹, sag' ich, ›was tätest du in einem solchen Falle?‹ – und er darauf: ›Liebe Helene, wenn man in seiner einzigen Frau hundert Kilo Liebreiz beisammen hat, kann man ruhig schlafen!‹ Unverschämt – es sind nicht einmal fünfundneunzig, mit den Kleidern!

Aber nun die Moral! Adolf, mein Bruder, danke Gott täglich auf den Knien (am liebsten in der Kirche, da würdest Du endlich auch Professor!), daß er Dir eine solche Schwester beschert hat. Als Du vor sechs Jahren die Klavierlehrerin, oder was sie war, heiraten wolltest, wer hat Dich davon abgehalten? Moi, je! ›Adolf‹ sag' ich, ›so was heiratet man nicht! Im besten Fall wird das Ding doch den Armeleutegeruch aus den Kleidern nie los, und der Vater Schuster und der Vetter Kutscher sind eine unangenehme Zuwaage. Und im schlimmeren Fall behält es noch dazu seine eignen Moralbegriffe – von da unten.‹ Darauf Du: ›Ihr Protzen, mit Eurem Vorurteil etc.‹ – ›Trotz aller Versuchung tugendhaft etc.‹ – ›Tausendmal achtungswerter als Ihr etc.‹ – ›Selbst Georg Stockmar, der Streber, hat die Erzieherin von Bessels geheiratet, weil er sie geliebt hat.‹ Und darauf ich: ›Und wann scheiden sie sich wieder?!‹ Prophetisch, – was? Daß es mit Dir nicht soweit gekommen ist, hast Du übrigens auch nur mir zu danken – ich habe ja die Klavierstunden ohne Klavier entdeckt, die Deine Holde zuweilen auf der Wieden gegeben hat. Also Respekt! Und in dieser Gesinnung bitte ich

Dich das Glas zu ergreifen und mit mir einzustimmen in den Ruf: Hoch lebe Deine Lebensretterin und treue Schwester

Helene.«

Fritz starrte wie betäubt auf das Blatt nieder und wollte es nun nochmals zu lesen beginnen. Aber Nürnberger entwand es ihm. »Nein, alter Junge, zwischen den Zeilen steht da wahrhaftig nichts. Schreibt einen sehr deutlichen Stil, meine Schwester Lene, kein Wunder, wenn man zehn Jahre mit Meyer verheiratet ist, so was färbt ab. Also – du siehst: All right! Bewunderung der Welt, Scheidungsklage, auch keine Spur von einem Duell. Natürlich bleibst du hier!«

Fritz ging erregt im Zimmer auf und nieder. Endlich blieb er vor dem Freunde stehen. »Nein, ich reise, wann geht der nächste Zug?«

»Erst in einer Stunde. Also Extrazug. Unsinn, Fritz, wenn er dich brauchen würde, so hätt' er dich gerufen. Und was willst du in Wien? Ihn bewundern helfen?!«

»Es scheint mir Pflicht. Und dann: Es ist ja unmöglich! Es muß ein Mißverständnis sein! Gertrud ist unschuldig!«

»Ah so!« sagte Nürnberger lächelnd und langgedehnt. Und als Fritz auffahren wollte: »Friß mich auf – aber dann wär's doppelt Unsinn, wenn du hingingest! Kennst du deinen Bruder nicht?! Den willst du beeinflussen – der harte, rücksichtslose Fritz Stockmar seinen weichen, verträumten Bruder Georg?! Übrigens«, er wurde sehr ernst, »du irrst, derlei ist ihm nicht zuzutrauen. Sei gerecht, Fritz. Ein Streber – ja, aber kein Schurke!«

Stockmar wurde sehr bleich; seine Lippen bebten. »Es ist mir bitter, darüber zu reden«, stieß er fast unverständlich hervor. »Selbst mit dir. Aber – aber die plötzliche Erleuchtung, die ihn vor drei Jahren zum Katholiken machte?!«

»Nun«, entgegnete Nürnberger, »wie ich darüber denke, weißt du. Natürlich vermag derlei aus äußeren Gründen nur ein erzfrivoler Bursche über sich. Aber selbst einem solchen Herrn ist eine Tat, wie du sie ihm nun ansinnst, nicht zuzutrauen. Zudem, bedenke doch, was kann sie ihm nützen?! Eben weil er nun Katholik ist, kann er ja doch keine andere heiraten!«

Fritz blickte ihn betreten an; der Grund schien auf ihn zu wirken. »Aber«, sagte er unsicher, »vielleicht ein Mißverständnis.«

»Bah! Glaubst du ja selber nicht! Georg Stockmar ist ein klarer Kopf, ein verdammt klarer. Nein, nein! Wozu erst grübeln, wo alles ohnehin so klar ist! Scheint's dir denn wirklich ein so großes Wunder, daß diese Ehe schließlich auch ihr ebenso heilig wurde, wie es ihm längst war?!«

Unschlüssig ging Fritz auf und nieder. Dann trat er dicht an den Freund heran. »Du kennst sie nicht!« sagte er hastig. »Übrigens – ich weiß ja nichts. Nur eins weiß ich: Ich muß nach Wien!« Er zog die Uhr. »In einer Stunde, sagst du? Dann verzeih!«

»Bitte, tu, als ob du zu Hause wärest!« Und Nürnberger half den Koffer herbeischaffen und packen, obwohl er dem Freunde in seiner Ungeschicklichkeit mehr eine Last als eine Hilfe war. Auch ließ er es sich nicht nehmen, ihn zum Bahnhof zu bringen.

Über den Zweck der Reise fiel kein Wort mehr. Nur ehe Fritz ins Coupé stieg, sagte der andere fast flehend: »Bleib vernünftig, Fritz! Vergiß nicht, etwas Neid deinerseits war doch immer dabei. Und namentlich in den letzten Jahren. Ich weiß, du hast es Gertrud nie gestanden, dir selber nicht – aber wahr ist's doch. Und Georg ist dein Bruder, und eure alte Mutter lebt noch« – dem dicken Manne wurden in seiner Herzensangst die Augen feucht – »in Nikolsburg, wo man noch sentimental ist … Leb wohl, Fritz!«

Pfeilschnell jagte der Zug nach Nordosten, das Inntal entlang. Den Dozenten litt es nicht auf seinem Platze; er trat in den Korridor, öffnete ein Fenster und ließ die Frühlingsluft um seine heiße Stirn wehen. »Sei gerecht, Fritz!« Das Wort hallte in ihm nach.

Aber war er's nicht?! Und wenn er noch so tief in das Dämmer seiner Kindheit zurückblickte, von Georg war jenen, die ihn liebten, nie Gutes geworden. Das dürftige und doch so heimelige Elternhaus im kleinen, schmutzigen mährischen Städtchen – Kostl hieß das Nest –, wo der Vater Bezirksrichter war, es kannte keine anderen Stürme, als wenn wieder einmal ein Brief vom Nikolsburger Onkel, dem Armenarzt, kam: Georg sei so roh und träge und zeige mit seinen fünfzehn Jahren schon recht bedenkliche Sitten. Dann weinte die Mutter, und der Vater, der weiche, stille Mann, seufzte bekümmert auf: »Wie kommen wir zu solchem Sohn!« Freilich, kehrte er dann zu den Ferien heim, so waren die beiden wieder selig: wie hübsch und kräftig der Junge war, wie liebenswürdig und gewandt, und wie wußte er, ohne daß sie es ahnten, ihre kleinen Schwächen auszunützen! Und mit ihnen war ganz Kostl entzückt. Nur einer nicht, der stille, scheue Fritz, der doch damals ein kaum zehnjähriger Knirps war …

»Was hat mir so früh den Blick geschärft?« dachte er nun. »Der Instinkt oder – der Neid?!«

Nein, nein, damals beneidete er den Bruder noch nicht. Aber später, nach des Vaters Tode, als er mit der Mutter in Nikolsburg saß und sich mühselig durchs Gymnasium darbte und schulmeisterte, während Georg in Wien, in Heidelberg, in Graz, wo's eben jeweilig am schönsten war, den flotten Korpsstudenten spielte, da hätte er ja kein Mensch sein müssen, um nicht manchmal zu denken: »Die alte Frau entbehrt, und ich muß schon als Schüler andere unterrichten, was weder ihnen noch mir frommt, nur damit Georg prassen kann – warum?!« Und was er im stillen dachte, wetterte der Onkel Doktor laut hinaus. Aber auch der knurrte nur noch leise, wenn sich Georg herbeiließ, des Sommers auf Wochen oder doch auf Tage nach Nikolsburg zu kommen. Im tiefsten Herzen war auch er stolz auf den schönen, eleganten, fröhlichen Menschen mit dem kühnen, von Terzen und Quarten durchfurchten Gesicht, so stolz, daß er sich zuweilen selbst das Nötigste versagte, um Schulden für ihn zu bezahlen. Ins Gesicht hinein warf er ihm dann freilich harte Worte: »Was hast du, deines Vaters Sohn, im Korps zu suchen, in der klerikalen, adeligen Sippe?! Dein Vater war stolz darauf, der Sohn eines braven protestantischen Bäckergesellen aus Hessen zu sein, der sich in Brünn aus eigener Kraft zum geachteten Bürger emporgearbeitet hatte! Und dein Vater war immer gut deutsch und hat lieber seine Karriere geopfert als seine Überzeugung. Wolltest du dir schon durchaus deine Visage zerhauen lassen, so war in der Burschenschaft dein Platz, unter den Deutschen, den Bürgerlichen!« Worauf Georg fröhlich: »Unter den Hochverrätern, den Bismarckknechten? Lieber Onkel, da hätt' ich dir noch weniger Freude gemacht! Ich will ja in den Staatsdienst treten, vorwärtskommen, da nützt mir vielleicht eine Beziehung aus dem Korps mehr als die beste Staatsprüfung!« – »Nun, so sei zum mindesten im Dreiteufelsnamen etwas sparsamer!« donnerte der Alte. »Schäme dich doch!« Aber hinter Georgs Rücken meinte er nur: »Eben ein anderer Mensch! Schlau, kalt, genußsüchtig, aber das liegt jetzt in der Luft. Im übrigen ein schöner, patenter Kerl, der es gewiß weit bringt. Und in seiner Art gutmütig ist er auch.« Gewiß, in seiner Art – er ließ die eckigsten Dinge rund sein, wenn sie ihn nichts angingen, aber was ihn zu stören drohte, trat er nieder.

Darum war er aufs äußerste dagegen, daß Fritz Geschichte studierte, die akademische Laufbahn erstrebte, denn das ging wohl ohne Zuschüsse vom Hause nicht, und die brauchte er auch als Rechtspraktikant noch für sich. Erst als Fritz auf alles verzichtete und sich aus eigener Kraft durchbrachte, gab er sich drein.

Kein Wunder, daß die beiden auch in Wien einander nicht näherkamen. Das armselige Stübchen des Studenten in Währing und die hübsche Junggesellenwohnung des jungen Richters in der Praterstraße lagen eine Viertelmeile auseinander. Georg legte den Weg nie, Fritz kaum alle Monate einmal zurück, weil es die Mutter so wünschte. Fand er die Türe verschlossen, so kehrte er leichten Herzens heim. Verschiedene Menschen, die in verschiedenen Welten lebten – was hatten sie einander zu sagen?! Das änderte sich auch nicht, als Georg die Beamtenlaufbahn aufgab und Advokat wurde – weil er die Abhängigkeit nicht ertrage, wie er versicherte, weil er so mehr verdiente, wie sich Fritz sagte. Erstaunter war er schon, als ihm Georg als Dank für sein erstes Buch, eine Studie über Metternichs deutsche Politik, einen begeisterten Brief schrieb. Er sei stolz auf seinen ebenso gelehrten als charaktervollen Bruder, der in Zeiten, wie sie nun über Österreich gekommen, den einzig wahren und berechtigten Standpunkt, den nationalen, zu vertreten wisse. Was bedeutet dies Wort in Georgs Munde? Eine ehrliche, nach hartem Selbstkampf vollzogene Wandlung, wie dieser ihm bei der nächsten Begegnung versicherte. Fritz schwieg und dachte im stillen: ›Für einen Wiener Advokaten, der seine Klienten in bürgerlichen Kreisen sucht, ist es allerdings so besser!‹ Da aber trat ein drittes Ereignis ein, das seine Ansicht über den Charakter des Bruders über den Haufen warf: Georgs Verlobung mit Gertrud Scheibe …

Der Zug hatte brausend und sausend die Täler Tirols, dann die Tauern durchstürmt und hielt nun in einem großen Bahnhof, wo viele Menschen hastig durcheinanderdrängten. »Salzburg!« Da entdeckte Stockmar auch einen Bekannten, es war ein Fachkollege von der Münchener Hochschule, gleichfalls noch Dozent. Sie waren bei einer Historikerversammlung einen Abend nebeneinander gesessen, immerhin lange genug, um zu erkennen, daß sie in allem gründlich verschiedener Überzeugung waren. Darum rief er ihn nun auch nicht an, doch stieg der beleibte Mann zufällig in denselben Waggon. Sein rotes Gesicht wurde jählings blaß, als er Stockmar erkannte. Zaudernd blieb er stehen, eilte dann aber mit erhobenen Armen auf ihn zu, als wollte er ihn umarmen. »Sie – Kollege! Und auch nach Wien? Hoffentlich angenehme Veranlassung?«

»Ich will meinen Bruder besuchen.«

Der andere blickte ihn mißtrauisch an. »So mitten im Semester?!« Er räusperte sich. »Pardon, belege mir nur einen Platz.« Noch ein lauernder Blick, und er war verschwunden.

Fritz dachte nicht weiter an ihn. Vor seinen Augen stand die Stunde, da er Gertrud zuerst gesehen. Ein grauer Herbsttag. Am Morgen hatte er das Billett Georgs erhalten: »Bin seit gestern abend verlobt. Komm, daß ich Dich meiner Braut vorstellen kann.« Ohne sonderliche Erregung bürstete er seinen Bratenrock und Zylinder und fuhr zu Georg. »Irgendein Goldfisch von der Ringstraße«, dachte er. »Nun, ich gönn's ihm.« Um so verblüffter war er, als ihm der Bruder sagte: »Ein armes Mädchen, eine Norddeutsche, der Vater war Schreiber in Wismar, sie ist Erzieherin – ich lade mir schwere Sorgen auf –, und doch, wie glücklich bin ich zu preisen!«

Noch während sie im Wagen saßen, wirbelte Fritz das Hirn. »Was steckt dahinter?« dachte er. »Hat der Schlaue seine Meisterin gefunden? Muß er's tun?« Aber wie schämte er sich dieses Gedankens, als sie ihm im Wohnzimmer der Familie, deren Töchter sie erzog, entgegentrat: ein schlankes, stilles Mädchen, die Züge nicht eigentlich schön, und doch soviel Seele und Anmut im Blick, im Lächeln, im schüchternen, herzlichen Wort, mit dem sie ihn begrüßte – er glaubte nie Holderes gesehen zu haben. Und wie gut, wie tüchtig sie sein mußte, um sich soviel Liebe erworben zu haben! Der Herr des Hauses, der echte alte Wiener guten Schlages, seine derbe, kluge Frau, die Kinder, alle hingen an ihr und strahlten vor Glück, sie glücklich zu sehen. »Natürlich bleiben Sie zum Essen da!« sagte ihm Herr Bessel. Und wie er so dasaß unter den bisher fremden Menschen, wurde es ihm wohl und leicht und immer wärmer ums Herz. Es kam ihm aus tiefster Seele, als er Georg zum Abschied sagte: »Ja, du bist glücklich! Und ich habe dir viel abzubitten!« Aber dieser: »Nein, ich dir, Fritz. Nun, jetzt wirst du besser mit mir zufrieden sein. Ich muß ja *sie* verdienen.«

Die Worte klangen ihm noch im Ohr, er hörte sie durch das Gedröhne der Räder. War das nur Komödie gewesen?! Nein, nein! So wenig wie das ganze erste Glück dieser jungen Ehe. Wenn er so an die Sonntage dachte, wo er ihr Tischgast war, die Fahrten nach Weidlingau oder auf die Hohe Warte … »Etwas Neid war doch immer dabei«, hatte Nürnberger gemeint. Aber da tat er ihm unrecht, von jener Zeit galt dies nicht. Da hatte er nur eine Empfindung gehabt: die Freude an ihrem Glück, die Freude, nun auch seinen Bruder liebhaben zu dürfen, so wie er sie selbst liebte, eben wie ein Bruder … Immer tiefer wühlte er sich in die Erinnerung an jene Tage hinein und umklammerte dann die Stäbe des Fensters und stöhnte leise auf. Nein, es tat zu weh, daran zu denken. Nun, wo alles dahin war und im Schlamm der Straße lag, im Schlamm, wo er am tiefsten ist.

»Attnang!« Reisende stiegen ein und aus. Er mühte sich ordentlich, es zu sehen. Interesse daran zu haben, nur um seine Gedanken von dem loszureißen, was so unfaßbar und seinem Empfinden qualvoll war. Darum kaufte er sich auch einen Haufen Wiener Blätter und ging in sein Coupé zurück. Auf dem Sitz ihm gegenüber hatte der Münchener Platz genommen. Bei seinem Eintritt zuckte er zusammen. »Ah, da sind Sie ja! Also, hm! Sie reisen zu Ihrem Bruder?« Seine Züge spannten sich. »Ich wußte gar nicht, daß Sie einen Bruder in Wien haben? Was ist er denn?«

»Advokat.«

»Ein Stockmar sitzt im Reichsrat.«

»Eben mein Bruder.« Aber nun fiel ihm das kuriose Mienenspiel des Mannes doch auf. »Sie zweifeln doch nicht daran?!«

»Bewahre!« Das rote Gesicht wurde noch röter als sonst. »Darf ich vielleicht eine Ihrer Zeitungen …«

»Bitte!« Auch Fritz entfaltete ein Blatt. »Die Affäre Dreyfus.« Er zwang sich, den Artikel zu lesen, Zeile für Zeile. Aber dann lasen nur noch seine Augen, seine Gedanken schweiften in die Vergangenheit zurück, die kampf- und schmerzvollsten Tage seines Lebens.

Ruhigen Herzens war er vor sechs Jahren nach Innsbruck gegangen. Die beiden schienen beglückt und zufrieden. Selbstlos und rücksichtsvoll freilich war Georg nicht – aber wann hätte je ein Mensch im Handumdrehen seine innerste Natur gewandelt? Er klagte zuweilen über Geldsorgen, erzählte scheinbar spaßhaft kleine, lustige Geschichten von Millionärstöchtern, die sich ihm an den Hals geworfen, aber das war nicht schwer zu nehmen, um so weniger, als ihm der alte Christoph Bessel die glänzende Stelle eines Rechtskonsulenten an einer Bank, in deren Aufsichtsrat er saß, verschafft hatte. Und Gertrud wußte ihn so gut zu nehmen, und in der Wiege lag ein rosiger Friedensbürger. Aber schon im nächsten Jahr, als er mit den beiden einige Wochen in

Gmunden verbrachte, kamen ihm schwere Sorgen. Jene kleinen Geschichten wurden immer länger und klangen gar nicht mehr spaßhaft. Dazu die ewige Mahnung, sich zu benehmen wie andere Menschen, die »Hungerleiderei« zu vergessen: »Liebes Trudchen, es gibt nun mal Frauen, deren Vater Hofrat oder Großindustrieller war und nicht Adressenschreiber!« Sie erwiderte selten und dann immer begütigend, aber die blauen Augen glänzten wie von verhaltenen Tränen, und um den weichen Mund lagen herbe Falten; wie viele schlaflose Stunden voll Qual mochten sie dem jungen Antlitz so tief eingekerbt haben!

Damals in jenen schmerzvollen Stunden, da er sie leiden sah, ohne helfen zu können, war in ihm wach geworden, was Nürnberger seinen »Neid« genannt hatte: das leidenschaftliche Mitleid mit der Guten, Edlen, der Gedanke: »Warum ist sie nicht an einen gekommen, der ihrer wert ist?!« An sich dachte er kaum und rang den Gedanken nieder, wenn er ihn übermannen wollte. Und darum war es Brutalität und Unrecht zugleich, als ihm Georg einmal, da er ihm Vorstellungen zu machen wagte, höhnisch sagte: »Nun ja, du liebst sie. Und für dich hätte sie auch besser gepaßt. Aber was tun? Sie dir abtreten?!« Noch selben Tags war er abgereist mit dem festen Vorsatz, nie wiederzukommen.

Aber anderthalb Jahre später, auf dem Rückweg aus Nikolsburg, wo er bei der Mutter die Weihnachtstage verlebt, betrat er doch wieder die Wohnung in der Weihburggasse. Die alte Frau hatte es ihm auf die Seele gebunden: »Helene Meyer schreibt ihren Eltern so sonderbare Dinge. Georg soll sich – denke nur! – mit einer anderen eingelassen haben, und Trude, meint sie, ist so unbeliebt und hindert ihn gesellschaftlich sehr.« Nun, es gehörte kein besonderer Scharfsinn dazu, um klarzustellen, daß Helene nicht gelogen hatte. Nur welche »andere« sie gemeint haben mochte, blieb im dunklen. Man hatte zwischen einem halben Dutzend die Wahl, Damen und Dirnen, und das richtigste war's wohl, es von ihnen allen zugleich gelten zu lassen. Auch war Gertrud wirklich nicht beliebt, eben eine »langweilige« Frau, die weder witzig noch boshaft war und nicht lachte, selbst wenn man ihr die saftigste Zote erzählte. Kurz, es war alles so schlimm geworden, wie Fritz nur je befürchtet, eigentlich noch schlimmer, weil Bessel, um dessentwillen Georg immer noch gewisse Rücksichten geübt, inzwischen falliert hatte. Weder die Bank noch seine eigne Stellung waren dadurch erschüttert, gleichwohl gebärdete er sich, als wäre ihm durch Gertruds

Verschulden der größte Schimpf widerfahren. Fritz hatte damals Szenen mitangesehen – auch heute schlug ihm Zornröte ins Gesicht, da er daran dachte, und er zerknitterte das Blatt in seiner Hand. »Ich hätt's nicht dulden sollen!« dachte er. Aber freilich, was konnte, was durfte er tun?! Und sie selbst hatte ihn fortgeschickt.

Ein Abend im Januar. In Innsbruck hatten die Kollegien bereits begonnen, er zögerte noch immer, kam jeden Abend, obwohl es Qual war, zuzuhören, wenn Georg zu Hause war, doppelte Qual, wenn er sie allein traf und gleichgültige Gespräche mit ihr führen mußte. An diesem Abend aber fand er sie fassungslos, das Antlitz von Tränen überströmt, und da hielt er sich nicht mehr. »Das muß ein Ende nehmen!« rief er. »Du erträgst es nicht länger.« – »Welches Ende?« fragte sie. »Es gibt keins als den Tod. Und ich werd' es tragen, schon um Gretchens willen. Du aber geh, Fritz!« – »Gertrud«, rief er, »wenn du wüßtest.« Und darauf sie, so leise, daß er es kaum vernehmen konnte, und doch festen Tons: »Ich weiß alles – aber eben darum, geh! Du machst es mir nicht leichter.« Und das war das letzte Mal gewesen, wo er sie gesehen hatte.

Wieder hielt der Zug. »Ist das schon St. Valentin?« rief der Münchener erregt und stürzte in den Korridor, ans offene Fenster. Und dort wiederholte er mit bebender Stimme die Frage an den Kondukteur.

»Nein!« war die Antwort. »Erst Enns! Aber in zehn Minuten san mer in St. Valentin. Da sag' ich's Ihnen schon!«

»Nicht nötig!« murmelte der dicke Mann und kehrte hochrot vor Erregung auf seinen Platz zurück.

Stockmar sah ihn erstaunt an. »Ich dachte, Sie fahren auch nach Wien?!«

»Allerdings! Aber St. Valentin ist ja trotzdem von großer Wichtigkeit für uns. Das müssen Sie ja auch wissen, wenn Sie, wie ich wohl voraussetzen darf, gut orientiert sind.« Und als ihn Stockmar immer befremdeter anblickte: »Aber, lieber Kollege, in St. Valentin muß es sich ja entscheiden, ob Bergler morgen früh auch in Wien ist.«

»Bergler?! Wer ist das?«

Der Münchener lachte etwas gezwungen. »Oh, Sie Schlauer! Aber ich will Ihnen den Gefallen tun! Dr. Cölestin Bergler, der Privatdozent für neuere Geschichte in Graz. Er ist ja für dies Semester beurlaubt und arbeitet im Admonter Stift an seiner Geschichte der Gegenreformation in Innerösterreich. In Admont, sag' ich. Da muß er also« – er hielt das Kursbuch empor – »in St. Valentin in unseren Zug steigen, wenn er rechtzeitig da sein soll.«

Stockmar schwieg. ›Ist der Mann betrunken?‹ dachte er. ›Erhitzt genug sieht er aus.‹ Aber die Erregung seines Gegenübers wuchs zudem immer mehr, und als der Zug in St. Valentin einfuhr, stürzte er wieder in den Korridor hinaus. »Kommen Sie, Kollege«, rief er mit zitternder Stimme.

So dringlich war der Ton, daß ihm Stockmar unwillkürlich folgte. Aber kaum hatte der andere einen Blick auf den Perron geworfen, als er totenblaß zurückfuhr. »Bergler!« rief er fast jammernd und deutete auf einen kleinen, bebrillten Herrn, der eben mit seinem Köfferchen in den nächsten Waggon kletterte. »Bergler!« wiederholte er verstört.

»Möglich«, sagte Stockmar verblüfft, »ich kenne ihn nicht persönlich. Aber wie kann er Sie so erschrecken?«

»Keine Komödie mehr, Kollege!« rief der Münchener verzweiflungsvoll. »Wir haben es gegenseitig nicht mehr nötig. Mit Ihnen konnte ich es aufnehmen. Sie dozieren sechs Semester länger als ich, haben mehr geschrieben, sind ein geborener Österreicher, aber Sie sind Protestant und deutschnational. Bergler aber ist katholisch wie ich, zudem Österreicher, und darum kommt er nach Prag und nicht Sie, nicht ich!«

»Nach Prag?«

»Nochmals, wozu die Verstellung? Wir sind alle drei für morgen telegrafisch zum Minister beordert – wegen des Extraordinariats in Prag. Und es war wieder einmal nichts!«

»Ich weiß von nichts«, erwiderte Stockmar. »Ich komme derzeit für eine österreichische Universität ganz gewiß nicht in Betracht. Und für eine andere auch schwerlich!« Er hatte sich längst darein gefunden, aber nun, in dieser Stimmung, übermannte ihn die Erbitterung. ›Nichts bin ich‹, dachte er, ›nichts als ein gelehrter Proletarier, und das bleib' ich mein Leben lang. Mich selbst kann ich noch so mühselig durchbringen, aber ich kann nie daran denken, jemand anderem zu helfen.‹ Dann aber riß er seine Gedanken gewaltsam davon los. ›Wahnsinn‹, dachte er, ›Nürnberger hat recht!‹ Und er mühte sich, den Worten des Müncheners zu folgen, der ihm weitläufig sein Leid vorklagte.

Es währte lange, bis der Mann das Thema erschöpft hatte. Endlich griffen beide zu den Zeitungen und lasen ohne rechte Aufmerksamkeit, jeder mit seinen trüben Gedanken beschäftigt. Da plötzlich schien der

Münchener etwas gefunden zu haben, was ihn lebhaft interessierte. Er zog die Brauen hoch, schielte zu Stockmar hinüber, las nochmals und rückte dann unruhig hin und her. Aber da war auch Stockmars Auge auf die Notiz gefallen, die gleichlautend in fast allen Blättern stand. Sie berichtete in saftigem Reporterstil von der häuslichen Katastrophe, die »einen unserer bekanntesten Advokaten und Parlamentarier, der wegen seines lauteren Charakters auch von seinen politischen Gegnern aufs höchste geachtet wird«, betroffen habe. Gertruds niedere Abkunft, Georgs selbstlose Liebe, die Szene der Entdeckung wurde kräftig ausgemalt. Häufle figurierte darin als »läppischer Dilettant, dem es gelungen ist, sich binnen wenigen Monaten in unseren literarischen Kreisen unmöglich zu machen.« Die Notiz schloß mit der Nachricht, daß der Anwalt sofort die Scheidungsklage eingereicht habe. »Selten war das Urteil unserer Gesellschaft ein so einstimmiges: Möge der gekränkte Ehrenmann in der Teilnahme und Verehrung der weitesten Kreise, im segensreichen Wirken für die Gesamtheit bald seinen Trost finden.«

Noch einmal und zum dritten- und viertenmale las Fritz diese Zeilen. Und als er dem spähenden Blick des anderen begegnete, verstand er ihn sofort. »Nur nicht darüber sprechen«, dachte er, erhob sich hastig und ging in den nächsten Waggon. Dort fand er ein leeres Coupé und ließ sich nieder. Stunde um Stunde saß er allein und starrte vor sich hin, ohne Laut, ohne Bewegung. Es waren wirre, wüste, streitende Stimmen, die in ihm riefen.

Die Nacht war längst hereingebrochen, und durch die Fenster schimmerten bereits die Lichter der Villenorte des Wiener Waldes, als er sich erhob. »Ich werde ja sehen«, sagte er laut, »mich wird er nicht täuschen!«

Endlich war der Wiener Westbahnhof erreicht. Er nahm ein Zimmer im kleinen Hotel gegenüber, trat wieder auf die Straße und winkte einen Einspänner herbei. Es war kaum elf, er wollte zum mindesten versuchen, den Bruder noch heute zu sprechen.

Im ersten Stockwerk des Hauses in der Weihburggasse, vor dem der Wagen hielt, schimmerte noch Licht. Auch öffnete sich auf sein Klingeln das Tor sofort. »G'wiß zum Herrn Doktor?« fragte der Hausmeister. »Kommt der andere Herr nit nach?«

Fritz zuckte die Achseln und stieg rasch die Treppe empor. ›Ich weiß, wie er mich empfangen wird‹, dachte er, ›er wird sie schmähen, sich selbst beweihräuchern.‹

Auch oben ward ihm sofort aufgetan. Die alte Christine, die ihn empfing, war schon in jenem Gmundener Sommer im Hause gewesen. »Grüß Gott, Tini!« Auch sie erkannte ihn, und das gutmütige, gefurchte Gesicht verzog sich zum Weinen. »Der junge Herr Doktor ... ach!«

Aber da erschien schon Georg in der geöffneten Tür seines Arbeitszimmers. Er war sehr bleich, wirr hingen Haar und Bart um das verwüstete Antlitz.

»Fritz!« Es klang wie ein Wehruf. Im nächsten Augenblick hatte er den Bruder ins Zimmer gezogen, die Türe hinter ihm geschlossen und umklammerte ihn nun wie der Ertrinkende den Retter. Der Jüngere fühlte, wie der starke Mann bebte und schluchzte. »Fritz!« Die zitternden Lippen fanden keinen anderen Laut ...

Endlich gab er den Bruder frei, nur seine Hand hielt er fest. »Du bist also doch gekommen?« Er hielt die Augen gesenkt, die Worte rangen sich mühsam aus der gepreßten Kehle. »Vermutlich hat dich die Mutter –? Sie weiß es seit heut morgen, nicht durch mich. Ich wagte es nicht, dich zu rufen. Erst morgen früh sollte, wenn es sein mußte, das Telegramm an dich abgehen.«

»Morgen früh?« murmelte Fritz.

»Im Notfall! Dann wärest du am Abend hier gewesen. Wer anders soll sich des Kindes annehmen, die alte Frau trösten? Häufle hat voraussichtlich den ersten Schuß.« – »Also doch ein Duell?«

»Hast du daran gezweifelt? Wie könnt' ich anders? Den Leuten hab ich's freilich nicht erzählt – mein Gott, soll ich die Polizei aufmerksam machen? Morgen früh fünf Uhr, vermutlich in den Donauauen, ich weiß noch nicht, die Sekundanten beraten eben noch. Die Verhandlungen haben sich verzögert, durch Häufle, wohl auch durch mich. Ich war wie betäubt. Bin's auch jetzt.«

Ja, so sah er aus, wie ein Mann, der einen Schlag aufs Haupt erhalten und davon zu Boden getaumelt war. Der Dozent preßte die Hand auf die Stirn, als müßte er sich auf sich selbst besinnen. Wie anders war dieser Empfang, als er sich ihn ausgemalt hatte. Aber er fand kein Wort, und Georg schien es auch nicht zu erwarten.

»Unfaßlich!« stöhnte er. »Wie ein wüster Traum. War's dir nicht auch so, Fritz?! Aber Ruhe, Ruhe!« Er biß die Zähne zusammen. »Ich hab' mich zu keinem darüber ausgesprochen, zu keinem, und nun sollt' es doch sein – morgen ist's vielleicht zu spät.«

»Sieh, Fritz«, fuhr er dann fester fort, »ich will nicht heucheln, in einer Stunde wie dieser tut man derlei nicht. Ich bin mitschuldig, wenn unsere Ehe unglücklich wurde, bin viel schuldiger als sie. Schon daß ich um sie warb, war ein Unheil für uns beide. Freilich, dafür kann ich mich nicht anklagen. Es war im Grunde tragisch: ein schwacher, makelvoller Mensch sehnt sich danach, stark und rein zu werden, und kämpft gegen seine Natur und unterliegt ihr doch, weil er ihr unterliegen muß, weil sie die Stärkere ist. Warum warb ich um Gertrud? Gewiß, ihre Anmut entzückte, ihre stille, sichere Art fesselte mich, eben weil sie mir neu war. Aber der Hauptgrund war doch jenes Sehnen nach Läuterung. Gerade weil sie arm und fremd und eine Schreiberstochter war – ich war bis dahin eitel, hochfahrend, berechnend, selbstsüchtig gewesen, das sollte nun alles mit einem Schlage anders sein. Auch nur eine Art Eitelkeit, denkst du? Möglich, aber eine verzeihliche. Und daß ich dann doch urplötzlich kein anderer Mensch wurde, ist das Schuld im gemeinen Sinne?! Richte, Fritz, ja oder nein?«

»Nein. Aber ob du ernstlich genug mit dir rangst.«

Georg nickte düster vor sich hin. »Da hast du recht, das tat ich nicht! Und darum nehme ich für jene Zeit die Hauptschuld auf mich. Aber eins darfst du nicht länger glauben: daß es nur an mir lag. Was uns auseinandertrieb, war der Widerstreit unserer Naturen, wir konnten gegenseitig unsere Fehler nicht ertragen. Sie war gegen die meinen unendlich geduldiger als ich gegen die ihren, das ist wahr, aber Fehler hatte sie auch. Sie war kleinlich, prüde, vorurteilsvoll, unfähig, sich in andere zu schicken, mit einem Wort: keine Dame. Das klingt wie eine federleichte Phrase und wiegt doch für einen Menschen meiner Art und Stellung zentnerschwer. Aber trotz alledem hätte sich vielleicht alles noch leidlich gestaltet, wenn sie nicht eine Fremde gewesen und geblieben wäre, anders als ich und jeder um sie her, in Dialekt, Gesinnung, Empfindung, Formen, ja in tiefster Seele anders. Wismar und Wien, das kann sich nicht verstehen, weit weniger als Wien und Paris oder Wien und Budapest. Ja, Fritz, so ist es! Aber wir sind ja auch Deutsche, sagt man. Ja, scheinbar, in Wahrheit sind wir's nicht oder – jene nicht! Aber das ist doch nicht Gertruds Schuld, meinst du? Nein, aber auch die meine nicht. So ward's von Jahr zu Jahr schlimmer und trostloser zwischen uns, und vollends seit ich Katholik wurde. In ihren Augen war das ein Verbrechen, ich hoffe, du urteilst verständiger. Um des Erwerbs willen tat ich's nicht, meine Kanzlei war schon damals eine der größten in Wien, und kenntest du meine adeligen Klienten, so würdest du mir glauben: die scheren sich den Teufel was um die Konfession ihres Advokaten. Oder aus politischem Ehrgeiz?! Glaubst du, ich hätte nicht auch deutsch-nationaler Abgeordneter werden können? Gehört zu dem Programm: ›Wir warten, bis uns die Preußen holen!‹ wirklich mehr Geist, als ich habe?! Aber gegen meine Überzeugung wäre es gegangen! Ich liebe dies alte Österreich, will es erhalten wissen, halte es darum für eine Pflicht unser aller, uns miteinander zu vertragen, und bin von der Wichtigkeit der Religion für unser Volk tief überzeugt. Ich halte es für keinen Zufall, daß wir päpstlich blieben, während der Norden lutherisch wurde. Wir sind weicher, mystischer, sinnlicher; der Katholizismus paßt für uns und wir für ihn. Und weil ich durch meine Geburt, meine Art, meine Überzeugungen ein Österreicher bin, so wollte ich nach keiner Hinsicht anders sein als meine Volksgenossen, am wenigsten in der wichtigsten! Eine andere Frau hätte sich gemüht, dies zu begreifen, ihrem Manne auch auf diesem Wege zu folgen, oder sie wäre doch zum mindesten ebenso duldsam gewesen wie er. Sie blieb Protestantin, noch mehr, auch das Kind blieb's, als sie widerstrebte. Konnte ich mehr tun?! Aber als der Riß trotzdem tiefer und tiefer wurde, da sah ich ein: es gab nur noch eine Rettung für uns beide, die Scheidung. Jedoch davon wollte sie nichts wissen ...«

»Des Kindes wegen?«

»So sagte sie, aber ich glaubte ihr schon damals nicht. Ich wollte ihr ja das Kind lassen, beider Zukunft sichern, wie sie es nur immer wünschen konnte. Und daß es für die Seele des Kindes besser war, wenn es bei ihr aufwuchs als in der Luft dieser Ehe, mußte sie ja einsehen. Und so sagte ich mir schon damals: Rache ist's. Sie glaubt, daß du wieder heiraten willst, und will dich daran hindern. Freilich ist das eine unsinnige Furcht: ein Katholik darf ja bei Lebzeiten seiner geschiedenen Frau nicht wieder heiraten ... Nun, das war's auch nicht. Etwas anderes war's, etwas Schlimmeres, aber das ahnt' ich damals noch nicht!«

Sein Gesicht wurde jählings dunkelrot. »Und wenn mir's jemand gesagt hätte, ich hätte ihn niedergeschlagen wie einen tollen Hund: ›Du lügst, Schurke!‹ Aber meinen eigenen Augen –«

Die Stimme brach sich, er schlug die Hände vors Gesicht.

»Oh, wie schmählich das war«, knirschte er, »wie gemein! Ein blutjunger Laffe. Die Mädchen und das Kind hatte sie fortgeschickt. Ich war bei einer Sitzung, kam zufällig früher heim. Wenn statt meiner die alte Tini eingetreten wäre oder – mein Gretchen!« Und er begann herzzerreißend zu schluchzen.

Fritz aber lehnte lautlos an der Wand, sein Gesicht war weiß wie das Thorwaldsen-Medaillon, an dem sein Kopf ruhte. Nun wußte er die Wahrheit, und Gertrud war tot. Was immer einst zwischen ihr und Georg vorgegangen, sie war nun tot.

In die Stille klang der kurze, schrille Schlag der Wanduhr. Ein Viertel nach zwölf. Und gleich darauf klingelte es am Telefon.

Georg fuhr empor. »Endlich! Sie sind in der Wohnung meines Sekundanten Baron Balkenhayn – du weißt, mein Fraktionsgenosse. Darum hab' ich mich für die Nacht telefonisch mit ihm verbinden lassen. Hier Stockmar. Guten Abend, Baron. Seid ihr nun fertig?!«

»Ja!« klang von drüben eine sonore Stimme, »aber vor fünf Minuten haben's erst das Protokoll unterschrieben. So a Glumpert! Nach drei Stunden Rederei!«

»Was wollten sie denn noch?!«

»Kneifen wollten sie halt! Wie die beiden Jünglinge um neun angerückt kamen, waren sie glücklich wieder im ersten Stadium, wie gestern mittags. Herr Balthasar Häufle hat der Dame nur aus seinem neuesten Trauerspiel vorgelesen, Sie haben ihn hinausgeworfen, er also ist der Beleidigte, nicht Sie. Auch ist er gegen das Duell, gegen den Krieg, kurz gegen alles Gesundheitsschädliche, eben ein Ethiker, dieser Balthasar.«

»Unglaublich! Nun und?«

»Und darauf selbstverständlich der Rittmeister von Pochwalski und ich sehr höflich: Dann müßten auch wir unsere Antwort von gestern abend wiederholen, nur etwas deutlicher. Sie würden also diesen Ethiker mit den guten Augen, die im Dunkeln lesen können, mit der Reitpeitsche begrüßen, wo immer Sie ihn träfen. Da gaben sie nach, weil Balthasar nämlich Reserveoffizier ist, wenn auch nur beim württembergischen Train, und einen Vater hat, der seine Ausstoßung aus der Armee nicht überleben würde. Aber eine Erklärung über die ganze Sachlage müßte ins Protokoll. Schönes Schriftstück, sie hatten es gleich mitgebracht, etwas lang, aber schwungvoll. ›Bon‹, sagt das Trauerspiel, ›ist uns ganz gleichgültig!‹ – Da hatt' ich doch recht?!«

»Natürlich! Aber die Bedingungen?«

»Ja, darüber ging nun das Handeln los wie unter Pferdejuden. Endlich konzedierten sie die fünfzehn Schritte Distanz, und wir ließen das Avancieren fallen – 's ging eben nicht anders. Auch das à tempo-Schießen war nicht durchzudrücken. Der Geforderte hätte den ersten Schuß, und zudem wär' er zugleich der Beleidigte – Trauerspiel etc. Was tun? Wir konnten uns doch unmöglich mit den beiden Jünglingen in nähere Details über die Situation von vorgestern abend einlassen, gaben also nach. Und es liegt ja auch nichts dran! Aber schon rein nix, Doktor! Der zitternde Ethiker schießt zuerst ein Loch in die Luft, und dann knallen Sie ihn con amore nieder.«

»Hoffentlich! Am guten Willen fehlt's nicht. – Aber wo?«

»Rendezvous Schlag fünf im Meierhof in der Krieau. Pochwalski weiß eine Wiese in der Richtung gegen die Donau, wo sich derlei ungeniert abmachen läßt. Als Unparteiischen haben wir den alten Obersten Haberl gebeten, den Pferde-Haberl, Sie kennen ihn doch? Er kommt ganz gern, so was macht ihm immer Jux, und sonst hat er ja nix mehr zu tun. Natürlich stellt er auch seine Pistolen.«

»Und ein Arzt?!«

»Menschenfreund! Sie brauchen ja morgen keinen! Aber weil Sie um den Häufle so besorgt sind – haha! –, der Pochwalski bringt seinen Regimentsarzt mit. Soll ich Sie in meinem Coupé abholen, so gegen vier?«

»Schönsten Dank! Aber, bitte, einen Augenblick.« Er wandte sich an Fritz. »Willst du dabeisein?«

»Selbstverständlich!«

Georg nickte ihm zu und sprach dann wieder in den Apparat: »Besten Dank, aber mein Bruder kommt mit.«

»Schön! Dann fahre ich mit Pochwalski und den anderen und schicke Ihnen mein Coupé. Vor vier! Servus, Doktor! Auf Wiedersehen!«

Georg trat auf den Bruder zu. »Nur noch drei Stunden, Fritz, und ich werde Mühe haben, fertig zu werden.« Er wies auf den Schreibtisch. »Die Vormundschaft mußt du dir schon gefallen lassen … Du bist müde, die Alte dürfte noch auf sein« – er drückte auf die Klingel – »sie soll dich ins Fremdenzimmer bringen.«

»Laß mich hier«, bat Fritz. »Schlafen werd' ich ohnehin nicht.«

»Vielleicht doch, nach der langen Reise. Und dann, du verzeihst, aber wenn ein Mensch darangeht, die Summe seines Lebens nachzuzählen. Gute Nacht, Fritz!«

So folgte der Dozent der Dienerin, die ihn den Korridor entlangführte. »Ach, Herr Doktor«, begann sie wie beim Empfang, kaum daß sie allein waren, aber sein abwehrendes Gesicht ließ sie wieder verstummen. Nur ehe sie an einer der Türen vorbeischritten, mahnte sie: »Still, junger Herr! Da schlaft unser armes Greterl! Mit Müh und Not hab' ich sie in Schlaf gebracht. Jesses nein, Herr Doktor, was das arme Hascherl jetzt weint! Immerzu weint's und ruft: ›Mama!‹ ruft's, ›ich will zur Mama!‹ ruft's, ›wo bleibt die Mama?!‹ Und unsere arme Gnädige, Herr Doktor.«

Da waren sie am Fremdenzimmer. »Gute Nacht, Tini«, sagte er kurz und nahm ihr den Leuchter aus der Hand. Mit den Dienstleuten das Unglück seines Bruders zu bereden, war er nicht gewillt.

Er trat ans Fenster und starrte lange in den Hofraum hinab und begann dann auf und nieder zu gehen. Ihm war weh, sehr weh zumut und doch, als müßte er dem Schicksal danken, das ihn hergeführt. ›Sonst hätte ich wohl noch den Toten mit solchem Verdacht beladen‹, dachte er. ›Und was immer er gefehlt hat, Stunden, wie er sie jetzt da drüben durchmacht, sühnen vieles.‹

Langsam verrann die Nacht. Einmal, als er auf dem Sofa sitzend eingenickt war, weckte ihn das Weinen eines Kindes. ›Das arme Gretchen‹, dachte er. ›Natürlich muß nun die Mutter hierher übersiedeln, nach dem Rechten sehen. Aber es wird der alten Frau sauer werden – und ob das Kind dabei recht gedeiht.‹ Und die Sorge darüber verscheuchte trotz aller Müdigkeit den Schlaf von seinen Lidern, auch nachdem das leise Weinen längst wieder verstummt war.

So fand das graue Licht des kühlen, regnerischen Frühlingsmorgens, als es die Fenster seines Zimmers erreichte, den jungen Gelehrten noch immer wach. Georg hatte nicht lange zu warten, als er kurz nach drei, auf dem Weg aus dem Badezimmer, an seine Türe pochte. Das Frühstück stand bereit, hastig schlürften sie den heißen Trank.

Als Fritz im Vorzimmer seinen Überrock anzog, trat die alte Dienerin auf ihn zu. »Herr Doktor, ein Duell?« flüsterte sie angstvoll. »Der Hausmeister hat's eh' g'sagt, aber ich hätt's nimmer geglaubt! Denn – warum denn, Jesus, Maria und Josef, warum denn?!«

Er tat, als hätte er es nicht gehört, und folgte dem Bruder die Treppe hinab in den Wagen. Ein feiner Regen strömte auf die Straßen nieder, wie ausgestorben lag die Stadt im kalten, fahlen Licht. Die wenigen Nachtschwärmer, die ihnen begegneten, eilten fröstelnd ihrem Ziele zu, Arbeiter waren noch nicht zu sehen. Erst als sie die ewig lange Landstraßer Hauptstraße hinabfuhren, begegnete ihnen ein Wagen der Pferdebahn, der einen Haufen Maurer zur Stadt brachte. Dann die ärmlichen Häuser von Erdberg, die Kaiser-Josef-Brücke, unter welcher der Strom die grauen, mächtigen Wogen langsam dahinwälzte, bis sie die Donauauen erreichten, den »unteren Prater«: triefende Bäume, geschlossene Biergärten, endlich der Wald, in dem sich nichts regte als das stöhnende Laub, das der Wind peitschte. Nur einmal tauchten einige Strolche aus dem Gebüsch auf, riefen ihnen freche Worte zu und verschwanden dann wieder im Dickicht. Das waren auf lange hinaus die letzten Menschen, die sie sahen. Ein häßlicher Morgen, als wär's Spätherbst, und eine traurige, stumme Fahrt.

Zu einigen Worten unter den Brüdern kam es nur einmal, als sie, kurz vor der Brücke, die häßliche, von armen Leuten bewohnte Dietrichgasse durchfuhren. In der offenen Türe eines der Häuschen stand ein kleines, blondes, schwarz gekleidetes Mädchen und schaute sie mit stillen, traurigen Augen an. Da mochten sie beide dasselbe denken, denn ihre Blicke fanden sich und dann ihre Hände. »Unsere Mutter und du«, sagte Georg gepreßt, »ihr müßt mir das Kind fröhlich machen.«

Fritz drückte seine Hand. »Sprich nicht so!« bat er. Aber der Anwalt: »Chi lo sa! Und Häufle hat den ersten Schuß.«

Vor der hübschen »Meierei« in der Krieau, die in Wahrheit ein vielbesuchtes Restaurant ist, in dem nicht eben viel Milch getrunken wird, trafen sie als die ersten ein. Im Gastzimmer sah's noch wüst aus, ein verschlafener Kellnerjunge fegte es eben aus.

So mußten sie trotz der Nässe und Kälte auf der Veranda auf und nieder gehen, bis der Landauer heranrollte, der Georgs Sekundanten, den Unparteiischen und den Arzt brachte.

»Piccolo, Kognak! Kellner, Kognak! Wirtschaft, Kognak!« rief Baron Balkenhayn, ein Riese mit lachendem Vollmondgesicht, so lange mit Löwenstimme, bis der Wirt herbeieilte, die Fenster des Gastzimmers schloß und das Gewünschte schaffte. Über den frühen Besuch schien er gar nicht erstaunt, musterte vielmehr den Verbandkasten des Arztes mit verständnisvollem Lächeln. »Entschuldigen Herr Baron«, sagte er, »aber wir haben halt gestern Konzert gehabt, bis gegen eins. Auch die Wachleute aus dem Prater waren dabei. Na, die können ja heut' bis Mittag ausschlafen. Aber wir –«

Die Minuten verrannen, die Uhr zeigte ein Viertel nach fünf, von der Gegenpartei war noch nichts zu sehen.

»Geben S' acht, Doktor«, sagte Balkenhayn lachend, »mit dem Ethiker erleben wir noch was!« Und nach weiteren zehn Minuten: »Ihre Reitpeitsche is doch in gutem Stand, Doktor?!«

Endlich – die Uhr der Gaststube schlug eben halb sechs – kam ein Fiaker langsam herangetrabt, Gäule und Wagen waren schlammbedeckt.

»Sixt es! Also doch!« sagte Balkenhayn und trat neben Fritz ans Fenster. »Und nicht etwa ein Komfortabel, sondern ein Fiaker mit zwei Pferden! Hätt's nimmer gedacht!«

Die Türe öffnete sich, ein junger Mensch in verschossenem Überzieher und weichem Zylinder, mit glatt rasiertem, etwas verlebtem Gesicht, kletterte zuerst hinaus.

»Hier Theodorich Steinmann«, sagte der Baron, »der große Rezitator – leert den großen Musikvereinssaal binnen zwei Minuten. Und hier« – er deutete auf einen starken, sehr spießbürgerlich aussehenden Mann in mittleren Jahren, der als zweiter ausstieg – »Herr Franz Xaver Scholz, hiesiger Vertreter der Bijouteriewarenfabrik Christian Häufle & Co. in Heilbronn, übrigens Landwehrhauptmann und soweit ein anständiger Mensch. Nun aber – aufgepaßt, Herr Doktor. Ja, das ist der Dichter Balthasar!«

Der Dozent traute seinen Augen nicht. Der da mühsam und ungeschickt aus dem Wagen tapste, war ein kleiner, dünner, fast knabenhaft aussehender Mensch mit einer Stulpnase im plattgedrückten Gesicht, um das ein Urwald von struppigen, fahlblonden Locken starrte. Die Kleidung genial: Radmantel, Kalabreser, eine rote Krawatte, deren Riesenflügel über das Sammetjackett gebreitet waren, das unter dem Mantel sichtbar wurde. Wie die »Fliegenden Blätter« den »Dichter« zeichnen. Und um dieses Menschen willen hatte sich eine Frau, wie Gertrud einst gewesen, selbst getötet. Viel hatte er um ihretwillen gelitten, der herbste Schmerz traf ihn erst jetzt.

Die drei traten ein, Häufle auch hier zuletzt. Fast wäre er über die Schwelle gestolpert, er war offenbar sehr kurzsichtig. Der Rezitator trat auf den Baron zu und entschuldigte sich weitläufig, sie hätten erst am

Nordbahnhof einen Fiaker gefunden, auch seien die Pferde einmal gestürzt. Daß er dabei die Haltung und den dröhnenden Ton des anderen nachzuahmen versuchte, machte seine Rede nicht imponierender.

Man trat ins Freie und schlug den Weg zur Wiese ein, voran Pochwalski mit dem Unparteiischen, dann der Baron mit Stockmar, hierauf die Herren der Gegenpartei mit Häufle in der Mitte, der sich auf Scholz' Arm stützte, endlich Fritz mit dem Arzte. Balkenhayns Kutscher mit den Waffen und dem Verbandkasten schloß den Zug. Der Regen hatte aufgehört, aber der Wind wühlte im nassen Laub und warf die Tropfen nieder.

»Abscheuliches Wetter«, knurrte der Arzt und wickelte sich fester in den Mantel. »Aber was schneiden Sie für eine Miene, Herr Doktor?! Sie fürchten doch nicht ernstlich für Ihren Herrn Bruder?«

»Nein«, erwiderte Fritz gequält. »Allerdings hat Herr Häufle den ersten Schuß.«

Der Arzt lachte. »Und wenn schon! Nein, nein, Herr Doktor, mit Ihrem Bruder ist Gott!« Und als ihn Fritz befremdet anblickte, setzte er mit seltsamem Lächeln hinzu: »Gott ist immer mit den Stärkeren.«

Die Wiese war erreicht. Pochwalski und Scholz luden die Pistolen, der Unparteiische maß die Distanz ab. Inzwischen flüsterten Steinmann und Häufle hastig miteinander, bis der Rezitator vortrat: »Herr Häufle macht zur Bedingung, daß vorher seine Erklärung verlesen wird.«

Und er griff in die Brusttasche. Da aber rief Baron Balkenhayn donnernd: »Hier wird nichts mehr bedungen und nichts mehr rezitiert, hier wird geschossen!« Und auch der Unparteiische, ein kleiner, weißhaariger, beweglicher Mann mit freundlicher Miene, zwang sich zum Ernst und erklärte mit erhobener Stimme, das gehe gegen allen Komment.

Da aber trat Häufle vor. Er war totenbleich, die erhobenen Hände zitterten. »Dann will ich's sage!« schrie er stammelnd. »Die Dame ischt unschuldig – und ich auch – 's ischt ein Komplott!«

Einen Augenblick war es still, dann aber rief der Baron: »Bitt' schön, meine Herrschaften, auch Rezitationen im Dialekt gehen gegen den Komment!« Und darüber mußte selbst der Unparteiische lachen.

»Auf die Mensur!« befahl er dann. Häufle und Georg nahmen die angewiesenen Plätze ein. »Ich zähle«, fuhr er fort, »in Zwischenräumen von fünf zu fünf Sekunden von eins bis zehn. Bis spätestens fünf hat

Herr Häufle zu schießen, bis zehn steht Herrn Doktor Stockmar die Abgabe seines Schusses frei.« Und er begann: »Eins ...«

Fritz heftete seinen Blick auf den Bruder, der seitlings, erhobenen Hauptes, wie in Erz gegossen dastand, dann auf den Schwaben, der wankend, mit zitternder Hand die Pistole vors Gesicht hielt. Das Blut drängte ihm zu Kopfe, vor Mitleid, vor Widerwillen. »Zwei ...«

Wie entsetzlich lang waren diese Pausen! Und das sollten fünf Sekunden sein?!

Da – ein Blitz, ein Knall. Häufle hatte geschossen. Georg blieb stehen, ein Lächeln fuhr über sein Gesicht, drei Schritte von ihm entfernt war die Kugel ins Gebüsch gegangen. Und nun erhob er die Pistole und zielte.

»Drei ... vier ... fünf ...«

»Entsetzlich!« stöhnte Fritz. Und in der Tat, es war ein kaum ertragbarer Anblick, wie der knabenhafte Mensch in wachsender Todesangst immer fahler wurde, immer sichtlicher wankte.

»Sechs ... sieben ...«

Der Rezitator trat auf Herrn Scholz zu. »Um Gottes willen«, rief er und deutete auf den Arzt. Aber der dicke Mann schüttelte betrübt den Kopf ... Dem Dozenten drängte das Blut so wild gegen das Hirn, daß ihn ein Schwindel überkam, er mußte die Hand um den nächsten Baumstamm legen.

»Acht ... neun!«

Ein gurgelnder Schrei, wie aus der Kehle eines Ertrinkenden ... wild griffen die Hände des Schwaben in der Luft umher, dann brach er ohnmächtig zusammen.

Georgs Augen blitzten, sein Antlitz färbte sich dunkelrot vor Wut, er stampfte auf, und den bebenden Lippen entfuhr ein böses Schimpfwort. Doch hatte es wohl nur Fritz gehört, Scholz und Steinmann waren zu dem Ohnmächtigen geeilt, der Arzt folgte ihnen, Balkenhayn und Pochwalski sprachen mit dem Unparteiischen laut und erregt über den kaum erhörten Fall. Es währte eine Minute, bis sich der Oberst soweit gefaßt hatte, um, wie üblich, das Ergebnis des Duells auszusprechen. Natürlich war Häufle der Besiegte.

»Und nun geben Sie mir meine Pistole wieder«, wandte sich der alte Herr dann lächelnd an Stockmar, der noch immer fassungslos vor Zorn dastand, nahm ihm sanft die Waffe aus der Hand und entlud sie in die Luft. »Warum so deprimiert?« fragte er. »Haben Sie wirklich so sehr nach dem Blut dieses – Herrn gedürstet?!«

»Nein«, erwiderte Georg. »Aber solche Erbärmlichkeit ...«

»Eben darum können Sie zufrieden sein«, sagte der Oberst behaglich. »Der Mensch hat sich selber moralisch umgebracht, das ist auch für Sie viel angenehmer, als wenn Sie ihn totgeschossen hätten. Einige Wochen Festung hätt's Ihnen doch eingetragen, sagen wir, in Josefstadt, und das ist wirklich keine nette Sommerfrische ... Kommen Sie, meine Herren!«

Sie gingen. »Halt – unser Doktor!« sagte Pochwalski, wandte sich nach dem Arzte um, der noch immer um Häufle beschäftigt war, und rief ihn an. Er kam denn auch herbei, aber nur um sich zu verabschieden. Die Ohnmacht werde bald behoben sein, aber er wolle doch noch bei dem »armen Teufel« bleiben.

»Und die Wunden verbinden?« fragte Pochwalski lachend.

»Pflicht, Herr Rittmeister«, sagte der Arzt leichthin. Und dann immer ernster, bis er schließlich jede Silbe wuchtig betonte: »Vierzig Sekunden auf einen Menschen zielen, dazu gehören starke Nerven, und um es zu ertragen, ebenso starke. Alles Nervensache, meine Herren. Derlei hat eigentlich verdammt wenig mit der sogenannten Ehrenhaftigkeit zu tun.« Er griff grüßend an seine Kappe und ging.

»Herr Doktor!« rief ihm Stockmar erregt nach. Da legte ihm Balkenhayn begütigend die Hand auf die Schulter.

»Ein Arzt!« sagte er verächtlich. »Eben auch so ein Ethiker!« Und sie gingen lachend dem Restaurant zu, wo sie sich abermals eine kleine Herzstärkung gönnten. Nur Georg schwieg finster, und auch Fritz fand kein Wort; wieder einmal fühlte sich der sonst so klare Mann zu seiner Pein von den widerstreitendsten Empfindungen erfüllt.

Er atmete erst auf, als nun Balkenhayn, um rascher zu Hause zu sein, selbst mit Georg sein Coupé bestieg, während er mit den beiden anderen Herren im Landauer Platz nahm, und hätte doch kaum zu sagen gewußt, warum ihm nun das Alleinsein mit dem Bruder so peinlich gewesen wäre.

»Natürlich fährst du zu mir«, sagte Georg beim Abschied. »Deine Sachen sind inzwischen aus dem Hotel geholt worden.« Und als Fritz eine abwehrende Bewegung machte: »Aber das war ja selbstverständlich.«

Sie traten die Heimfahrt an, zunächst hielten sich noch beide Wagen dicht hintereinander. Der Regen hatte nun aufgehört, aber schwere graue Wolken jagten am Himmel, gepeitscht vom kalten, scharfen Wind. So lag die Allee von der Krieau zum Lusthaus, die sonst zu dieser Stunde viele Reiter sieht, ganz verödet. Nur als sie, am Lusthaus vorbei, in die große Praterallee einbogen, trabte eine Dame, von einem Reitknecht gefolgt, an ihnen vorbei. Als sie das Coupé passierte, neigte sie freundlich das Haupt, die Herren, die darin saßen, hatten offenbar gegrüßt. Das gleiche tat Pochwalski, als sie am Landauer vorüberkam. Eine prächtig gewachsene Brünette mit kühn geschnittenen, nur etwas zu fleischigen Zügen, die ihren Rappen mit lässiger Eleganz regierte.

»Wer war das nur?« fragte der Oberst. »Das Gesicht muß ich kennen.«

»Natürlich, von den Rennen her«, erwiderte der Rittmeister. »Reyher heißt sie, Clotilde von Reyher. Der Vater ist Baurat, hat bei der Stadterweiterung Millionen verdient.« – »Richtig! Ein Prachtmädel, obwohl nicht mehr ganz jung. Übrigens eine komische Passion, bei dem Hundewetter auszureiten. Und nun gar bis in die Krieau!«

»Oh, das hat seine guten Gründe!« erwiderte der Rittmeister mit listigem Lächeln und suchte mit Fritz einen Blick des Einverständnisses zu tauschen. Als ihn dieser jedoch befremdet anblickte, wurde er etwas verlegen und verwickelte dann den »Pferde-Haberl« rasch in ein Sportgespräch.

Der Dozent nahm keinen Teil daran. Also diese Dame, dachte er, hat, obwohl alles erst nach Mitternacht vereinbart war, doch schon heute im Morgengrauen gewußt, wann und wo das Duell stattfinden würde, dieselbe Clotilde, die auch rechtzeitig »der ganzen Ringstraße, soweit sie christlich ist«, Georgs herrliches Betragen rühmen konnte. Und da hörte er plötzlich die heiseren, stammelnden Worte wieder: »'s ischt ein Komplott.«

»Unsinn«, dachte er dann und fuhr sich über die Stirne. »Unsinn!« Und er zwang sich, dem Gespräch der anderen zu folgen, so gleichgültig es ihm war.

Aber da nahm dieses plötzlich eine Wendung, die ihn nur allzu sehr interessierte.

»Also der kleine Stojkovics ist nun auch ruiniert?« fragte der Oberst. »Apropos, hat man sich nicht vor einigen Jahren erzählt, daß seine Frau unsern Teufelskerl, den Doktor, gern gesehen hat?! Freilich, von wie vielen erzählt man das! Wenn er nun die alle heiraten müßte! Es ist vielleicht ein Glück für ihn, daß er überhaupt nicht heiraten kann, auch wenn seine Ehe geschieden ist – als Katholik.«

»Pardon, Herr Oberst«, sagte der Rittmeister eifrig, »das ist ein Irrtum. Darüber bin ich ganz genau orientiert. Eine geschiedene Ehe mit einer Protestantin, die nur protestantisch eingesegnet war – da bekäme wohl auch ein anderer den Dispens nicht allzu schwer. Und nun gar erst Stockmar mit seinen Verbindungen!«

Er wandte sich an Fritz. »Nicht wahr, Herr Doktor?!«

Der Dozent war sehr bleich geworden. »Ich, ich weiß nicht ...« murmelte er.

Der Offizier blickte ihn erstaunt an. »Sind Sie nicht wohl?«

»Doch! Danke!«

Eine halbe Stunde später stieg er mit mühsam gewonnener Fassung die Treppe des Hauses in der Weihburggasse empor.

Der Anwalt war bereits in voller Tätigkeit. Auf dem Tische lag ein Haufen geöffneter Briefe, er selbst stand am Telefon und in ein so lebhaftes Gespräch vertieft, daß er das Eintreten des Bruders überhörte.

»Ich dachte sofort, daß Sie die Sache führen«, sprach er in den Apparat. »Natürlich, als Freund von Christian Bessel! Was ist der Alte nun? So, Buchhalter? Und hat sie bei sich aufgenommen? Nein, Kollege, ich hab's gar nicht anders erwartet! Nun, wie gesagt, ich möchte die Sache mit Ihnen besprechen. Vielleicht läßt sich der schlimmste Skandal doch noch verhüten. Der könnte ohnehin nicht schlimmer werden? O doch, verlassen Sie sich darauf. Kein Mandat zum Ausgleich? So schaffen Sie sich's oder hören Sie mich zunächst ohne Mandat an! Es fällt mir wahrhaftig nicht leicht, aber was tut man nicht als Vater – das arme Hascherl weint sich ja tot. In einer Viertelstunde schon? Mir auch recht. Auf Wiedersehen, Kollege.«

Als er sich umwandte und den Bruder gewahrte, schien er einen Augenblick verlegen. »Nun, endlich da?« fragte er dann und streckte ihm die Hand entgegen. »Der Baron hat mich schon vor einer halben Stunde heimgebracht. Und das war gut. Sieh her« – und er wies auf den Haufen Briefe –, »das will beantwortet sein! Beteuerungen der Freundschaft, der Teilnahme, sogar richtige Gratulationen! Und auf zwölf hat sich eine Abordnung meines Klubs angemeldet, die Herren wollen mich in ihren Vorstand wählen. Und es ist der angesehendste Klub der Stadt! Kurz, ich werde behandelt, als ob mir ein Glück, eine

Ehre widerfahren wäre, und ich weiß doch: es ist Schmach und Unglück, freilich unverdiente Schmach, schuldloses Unglück. Aber mir ist deshalb doch bitter zumut, und ich weiß mir kaum mehr zu helfen.« Er legte die Hand auf die Stirne. »Rate du mir«, sagte er dann fast flehend und ergriff wieder die Hand des Bruders. »Denke du für mich! Da bestürmt mich eben der Vertreter meiner – der Gegenpartei um einen Ausgleich. Was soll ich tun?«

Der Dozent zog unwillkürlich seine Hand zurück. Die Wahrheit darüber hatte er ja eben selbst gehört. Dann zwang er sich zur Ruhe. »Ein Ausgleich? Zu welchen Bedingungen?«

»Natürlich baldigste Scheidung ohne Prozeß, aus gegenseitiger Abneigung, wie ich es schon im vorigen Jahre vorschlug. Zur Bedingung würde ich nur machen, daß sie meinen Namen ablegt. Kannst du mir dazu raten?« Und als der andere nicht sogleich eine Antwort fand, fuhr er fort: »Es spricht ja vieles dagegen. Nicht etwa meine Rachsucht, das liegt nicht in mir, aber auf die Genugtuung, die Ehebrecherin durch das Urteil nach Gebühr gezüchtigt zu sehen, würde ich schwer verzichten. Indes – um des Kindes willen würde ich mich darein finden. Wie beurteilt die Welt ein Mädchen? Nach der Mutter! Und Gretchen ist in zehn, zwölf Jahren heiratsfähig. Wer weiß, welcher entsetzliche Skandal da noch aufgerührt wird, wenn das Gericht erst die Dienstboten eidlich vernimmt. Ich war ja im eignen Hause verraten und verkauft.«

Fritz zuckte die Achseln. »Nun«, erwiderte er scheinbar ruhig, doch zitterte die Stimme unmerklich, »noch Schlimmeres als gestern in den Zeitungen stand, kann unmöglich herauskommen. Und Gretchen ist ja erst sechs Jahre alt. Aber weiterer Skandal wäre allerdings lieber zu vermeiden. Und ich meine: auch du hast es mit dem sechsten Gebot nicht allzu schwer genommen.«

»Da irrst du!« wehrte der Anwalt scharf ab. »Das heißt«, fügte er fast im selben Atemzuge lächelnd hinzu, »ich spreche mit meinem Bruder, und ein Heuchler bin ich ja überhaupt nicht – ich meine: nachweisen werden sie mir nichts können, nicht das geringste. Aber davon abgesehen: auch du rätst mir also zu einem Ausgleich?«

Der Dozent nickte. »Aber das Kind?« fragte er dann. »Ich denke, es bleibt nichts anderes übrig, als daß die Mutter zu dir zieht. Es wird ja der alten Frau schwerfallen, aber fremden Händen wirst du es doch nicht ganz anvertrauen wollen.«

Georg seufzte tief auf. »Da bin ich vollends ratlos!« rief er. »Die Mutter, eine fast siebzigjährige Frau, wo denkst du hin?! Die Großstadt, eine neue Zeit. Selbst wenn sie mir das Opfer bringen wollte, ich dürfte es um Gretchens willen nicht tun. Und eine Fremde« – er rang die Hände –, »mein einziges Kind in fremden Händen!«

»Aber zu einem von beiden wirst du dich doch entschließen müssen.«

»Es ist beides unmöglich!« rief Georg verzweiflungsvoll. »Wenn du das arme Kind gesehen hättest – aber du mußt es sehen –, es hat sich ja in den wenigen Tagen zum Schatten abgehärmt. Es ißt nicht mehr, schläft nicht mehr, weint nur immer und antwortet auf jede Frage: ›Wo bleibt die Mama! Ich will zur Mama!‹ Es ist herzzerreißend, Fritz, und ich gestehe dir offen, auch dieser Jammer macht mich einem Ausgleich geneigt. Ein schlechtes Weib, der Fluch meines Lebens, aber als Mutter war sie immer tadellos und wird es hoffentlich bleiben.«

»Georg!« Bleich, mit entsetzten Augen starrte der Dozent den Bruder an. »Du willst dein Kind, ein Mädchen, der Frau überlassen, von der du mir gestern erzähltest.« Die Stimme brach sich, dann aber stieß er fast schreiend hervor: »Da stimmt etwas nicht! Entweder ist dies Weib nicht schlecht, oder du selbst bist gewissenlos!«

Auch der Anwalt wechselte die Farbe, die Brauen zogen sich drohend zusammen. »Unsinn!« rief er rauh, aber dann wandelte sich jählings wieder Stimme und Ausdruck. »Nein, Fritz, nicht gewissenlos, nur ein hilfloser Mann, ein *Vater*. Du hast ja recht, es geht nicht. Aber was.«

Da trat der Bürodiener ein und meldete den Advokaten Dr. Sterzinger.

»Die Sache will reiflich erwogen sein«, sagte Georg zum Bruder. »Ich hoffe, du ruhst dich jetzt einige Stunden auf deinem Zimmer aus. Jedenfalls tue ich nichts ohne deinen Rat! Guten Morgen, Kollege!« Ein kleiner, schwarzbärtiger Herr mit klugen, scharfgeschnittenen Zügen trat eben ein.

Fritz ging auf sein Zimmer. Seine Pulse hämmerten schmerzhaft. »Ruhe! Schlafen!« murmelte er. Er streckte sich auf das Sofa hin und schloß die Augen, aber der Schlaf wollte lange nicht kommen, und dann breitete er sich auch nur wie ein Spinngewebe über das fiebernde Hirn. Als er aus dem quälenden Halbschlaf auffuhr, war's kaum halb zehn. Einmal, zweimal durchmaß er das Zimmer, dann war ihm die Ruhe eines Entschlusses wiedergekommen. Hastig kleidete er sich um, brachte seinen Koffer in Ordnung und ging die Treppe hinab. Im nächsten Café sah er das Adreßbuch ein und nahm dann einen Wagen. »Uhlandgasse 3.« Der Fiaker sah ihn mit einem verlegenen Lächeln an. »Wo is denn dös?« Aber auch der Dozent wußte es nicht, und so mußte der nächste Wachmann aus seinem Büchlein Bescheid geben. Es war ein Gäßchen im Stadtbezirk Favoriten, nahe dem Güterbahnhof der Staatsbahn. »Uhlandgasse«, murmelte der Fiaker, indem er seine Rosse in Trab brachte. »Da is g'wiß noch kein Mensch im Fiaker hing'fahren!«

Als der Wagen im Rollen war, schienen dem Dozenten wieder Bedenken zu kommen; er hob die Hand nach der Gummipfeife. Dann ließ er sie wieder sinken. »Nein«, murmelte er, »ich muß volle Gewißheit haben.«

Im schärfsten Trabe jagte der Fiaker dahin. Es war eine Fahrt von kaum zwanzig Minuten. Ihm dünkte sie unerträglich lang. Endlich hielt der Wagen in der armseligen Straße. Das Haus war zweistöckig, offenbar eine Mietskaserne. Im Torweg hing eine Reihe von Zetteln, die möblierte Zimmer, auch Schlafstellen ankündigten. Offenbar ein Haus, dessen Bewohner tatsächlich nicht viele Besuche im Zweispänner empfingen, aber daß der Fiaker unrecht gehabt, war sofort ersichtlich, denn vor dem Hause hielt bereits ein anderes solches Gefährt. Der Hausmeister, ein Schuster, stand im Torweg und sah den neuen Ankömmling mit forschendem Lächeln an. »Auch zum Herrn Bessel?« nahm er die Frage vorweg. Und als der Dozent erstaunt bejahte: »Zweiter Stock links, Tür II.« Und hinter sich her hörte Fritz den Mann brummen: »Was da wieder los is?!«

Langsam stieg er die halbdunkle Treppe empor, das Herz pochte ihm ungestüm. Auf dem Treppenabsatz des zweiten Stockwerkes kam ihm der kleine bärtige Mann entgegen, den er vorhin bei seinem Bruder gesehen hatte, stutzte sichtlich bei seinem Anblick und ging dann zögernd weiter. Der Anwalt hatte also nicht versäumt, seiner Klientin zu berichten. Vielleicht war die Sache bereits geordnet.

Oben stand der Dozent vor der Wohnungstür still und holte tief Atem, noch immer wollte sich sein Herzschlag nicht beruhigen. Ein breites Schild aus schwarzem Marmor wies in prunkenden Goldbuchstaben den Namen des Mieters: »Christoph Bessel«. Das Schild erinnerte ihn an jene Stunde, wo er Gertrud kennengelernt. Es hatte schon an der geschnitzten Eichentüre in der Kantgasse geprangt. Dort war es an seiner Stelle gewesen, zu dieser armseligen Umgebung, dem Eisenstab, der als Glockenzug diente, paßte es schlecht.

Eben wollte er die Glocke ziehen, als sich die Tür auftat, und ein weißhaariger Mann heraustrat. Es war Christoph Bessel. An anderer Stelle hätte ihn Fritz vielleicht nicht erkannt, obwohl er ihn vor kaum vier Jahren zuletzt gesehen hatte, so sehr war er inzwischen gealtert. Bessel aber erkannte ihn sofort, fuhr zusammen und sah ihn finster, ja feindselig an. »Sie wünschen?«

»Ich wollte«, begann Fritz und stockte wieder, es kam ihm nun erst, wo er es aussprechen sollte, ganz klar zum Bewußtsein, wie seltsam sein Vorhaben war, eine Frau zu befragen, ob sie sich selbst entehrt habe. »Meine Schwägerin«, fuhr er fast stammelnd fort. »Ich höre, sie ist in Ihrem Hause.«

Der alte Mann nickte. »Sie kommen im Auftrag Ihres Bruders?«

»Nein«, sagte Fritz. »Im Gegenteil.« Und als ihn Bessel fragend ansah, fuhr er nun fest fort: »Ich wünsche meine Schwägerin eben deshalb zu sprechen, weil ich immer die höchste Achtung für sie empfunden habe.«

Noch stand Bessel unschlüssig, dann öffnete er die Tür mit dem Drücker und ließ Fritz in den kleinen, dunklen Korridor treten. »Einen Augenblick.« Er verschwand, es währte einige Minuten, bis er in einer geöffneten Zimmertür wieder auftauchte. »Bitte, Herr Doktor!«

Fritz trat in die peinlich saubere, aber dürftig eingerichtete Stube, offenbar das Speise- und Wohnzimmer der verarmten Familie. »Entschuldigen Sie, wenn nur ich Sie empfange«, sagte Bessel, rückte einen der Stühle vom Speisetisch ab, blieb aber selbst stehen. »Gertrud ist sehr erschüttert. Es ist meine Pflicht, ihr jede weitere Aufregung, soweit möglich, fernzuhalten. Und darum bitte ich, mir kurz zu sagen, was Sie von ihr wünschen. Verzeihen Sie, wenn ich auch um Kürze bitte. Aber ich stehe nun in fremden Diensten und sollte längst im Kontor sein.«

Der Dozent wurde wieder verlegen. »In wenigen Worten läßt sich's kaum sagen. Ich war wie betäubt, als ich es gestern zufällig erfuhr, und eilte hierher, weil ich ein Mißverständnis vermute. Und das kann es ja auch nur sein!«

»Natürlich!« sagte der alte Mann bitter. »Mißverständnis – gut, sehr gut!« Er lachte auf. Dann fuhr er ruhiger fort: »Nein, Herr Doktor, es war kein Mißverständnis. Ihr Bruder hatte eine Ehe aus Spekulation geschlossen und wollte nun wieder frei sein, um durch eine zweite Ehe ein noch besseres Geschäft zu machen. Wenigstens glaubt er das. Und da Gertrud nichts von einer Scheidung wissen wollte, so half er sich eben auf andere Weise. Es war nicht sein Wille, daß er dabei nur blieb, was er immer war: ein Schurke, und nicht auch zum Mörder wurde. Nicht sein Wille, Herr Doktor.«

Fritz war sehr bleich geworden. Ähnliches hatte er ja zu hören befürchtet, nun traf es ihn doch mit zermalmender Wucht.

»Ist das nicht zu hart?« fragte er murmelnd.

»Nein«, sagte der alte Mann. »Wort für Wort ist es wahr und gerecht. Warum warb er um Gertrud? Gewiß gefiel sie ihm auch, kein Wunder! Ein solches Mädchen. Aber er hielt doch erst um sie an, als ich ihm sagte: ›Dann mache ich Sie zum Rechtskonsulenten der Wienerbank.‹ Sechstausend Gulden jährlich Fixum, Gelegenheit zu größerer Klientel, eine schöne, gute, bescheidene Frau, dazu der Ruhm der Selbstlosigkeit; sagen Sie selbst, war das für einen jungen Advokaten in einer Stadt, wo es fünfhundert Advokaten gibt und davon ein Drittel ohne Brot, nicht ein gutes Geschäft?! Aber Sie fragen vielleicht, warum ich es getan habe? Weil er ein Blender ist, und weil Gertrud ihn liebte. Dann, als ich sah, was hinter der Pose steckte, war es eben zu spät. Übrigens habe auch ich seine volle Niedertracht erst dann erkannt, als ich durch den Zusammenbruch meines Cousins Hinterstoißner – ›Hinterstoißner & Mayr‹, Sie werden davon gehört haben, Herr Doktor – selbst ein ruinierter Mann wurde. Wie er sich damals gegen mich und die Meinen benahm – aber wozu auch noch darüber reden?! Und was Gertrud litt, haben Sie ja selbst mitangesehen. Dennoch ließ sie nicht von ihm. Und da Fräulein von Reyher nicht länger warten wollte – oder konnte, was weiß ich?! –, so setzte er eben das Mißverständnis in Szene.«

Dem alten Manne versagte die Stimme, seine Fäuste ballten sich. Und als er fortfuhr, rangen sich die Worte mühsam von seinen Lippen. »Geschickt gemacht war's, das muß man ihm lassen. Der Häufle – natürlich hatte er ihn selbst ins Haus gezogen –, allerdings ist er ja als Verführer etwas unwahrscheinlich, aber dafür ein lächerlicher, verschüchterter Mensch. Dabei Reserveoffizier, der sich stellen muß, und doch ohne jede Gefahr niederzuknallen. Und Tote können vor Gericht nicht zeugen. Ein Mord, ein Meineid, und man kann endlich Hochzeit halten.«

Totenfahl, schwer atmend stand Fritz da. »Aber Häufle lebt ja ...«, stieß er endlich hervor.

»Freilich, das ist eben das bißchen Unglück in dem vielen Glück. Kostet aber doch nur Geld. Die Hauptsache ist trotzdem erreicht. Dann schlägt man eben einen Ausgleich vor und tut es als geschickter Mensch sofort, ehe die dummen Proleten, die Bessels und die unglückliche Frau, vom Ausgange des ›Ehrenhandels‹ etwas wissen können. Freilich ahnte unser Doktor, der Sterzinger, als er ihm jede Auskunft über das Duell verweigerte, sofort die Wahrheit, erklärte, nur unter sehr günstigen Bedingungen vermitteln zu können, und fuhr darauf zuerst zu Häufle, dann hierher. Aber das sind ja bloß Geldfragen!«

»Der Ausgleich ist angenommen?«

»Ja. Gertrud hat es so gewollt, auch unser Doktor war nicht dagegen. Bessere materielle Bedingungen kann sie allerdings auch im Prozeß nicht ersiegen. Stockmar begibt sich jeden Rechtes auf das Kind, sichert ihm ein anständiges Vermögen, Gertrud eine standesgemäße Rente.

Was er sich ausbedingt: daß sie seinen Namen ablege, ihren Wohnort außerhalb Wiens nehme, ist ja selbstverständlich. Natürlich geht sie nach Deutschland. Das täte sie schon um ihretwillen auf alle Fälle!«

»Und Sie, Herr Bessel?« rief Fritz. »Sie dulden das? Mein Gott, dann bleibt ja die Schmach auf ihr haften! Es darf nicht sein!«

Der alte Mann blickte ihn durchdringend an.

»Und das sagen Sie, Herr Doktor?!«

»Ja, ich!« rief der Dozent. »Soll ich mich in dieser Sache als Georgs Bruder fühlen?! Dann wäre ich seiner wert! Ich wiederhole: Es darf nicht sein!«

Bessel war sehr erregt. »Darf nit sein!« rief er, plötzlich in den Dialekt fallend, als hätte er das Hochdeutsche nur wie eine Fessel getragen. »Sie hab'n gut reden! Die Weiber woll'n ja nix hören! Die Kehl' hab' ich mir heiser g'redt!« Unschlüssig durchmaß er das Zimmer.

»Es wird doch gut sein«, sagte er endlich ruhiger, indem er stehenblieb, »wenn Sie mit Gertrud sprechen. Ich weiß, sie hat immer viel von Ihnen gehalten. Bitte, einen Augenblick.«

Er ging. Wieder währte es lange, bis er zurückkam. Hinter ihm trat Gertrud ein. Dem Gelehrten krampfte sich das Herz zusammen, als er in die hageren, verhärmten Züge blickte. Was mußte sie in diesem Jahre, was in den letzten Tagen gelitten haben!

Sie trat auf ihn zu und bot ihm die Hand. Eine feine Röte breitete sich über ihr Antlitz. »Ich danke dir, Fritz, daß du gekommen bist«, sagte sie, wies auf einen Stuhl und ließ sich ihm gegenüber nieder. »Ich weiß es nach seinem vollen Wert zu schätzen. Freilich, deinen und Herrn Bessels Rat kann ich nicht befolgen.«

Sein Herz hämmerte, als wollte es zerspringen. War ihm je unklar gewesen, was ihm diese Frau war, jetzt wußte er es. Alle Kraft seines Willens mußte er aufbieten, um äußerlich gelassen zu bleiben. »Warum?« fragte er. »Für wen willst du das furchtbare Opfer bringen?«

»Für mein Kind«, erwiderte sie. »Auch Dr. Sterzinger meint: der Prozeß kann lange Monate, im schlimmsten Falle Jahre dauern. Und während dieser Zeit verkommt mir mein Kind. So aber habe ich es binnen einer Stunde hier. Frau Bessel macht sich eben bereit, es zu holen.«

»Die alte Tini ist ja bei ihm«, sagte Bessel, »und die gibt er schon aus Bequemlichkeit nicht fort. Eine treue Seele, sie tut, was sie kann.«

»Das ist's eben«, fiel sie ein, »was sie kann; die Mutter wird sie Gretchen nicht ersetzen. Übrigens, dieser Grund wäre ja genügend, aber es ist nicht mein einziger. Ich bin müde, so sehr müde und muß gesund bleiben. Unter den Aufregungen dieses Prozesses würde ich wohl zusammenbrechen. Ich kenne ihn, er ist furchtbar, wenn ihm jemand im Wege steht.«

»Liebes Kind«, sagte Bessel, »das weißt du längst, und es hat dich nicht gehindert, seinem Vorschlag im vorigen Jahr dein Nein entgegenzusetzen. Gegen meinen Rat, aber du bliebst immer dabei: ›Das geht vorbei, an mir liegt nichts, ich will dem Kinde den Vater, das Vermögen erhalten.‹ Nun wohl, wie stehen die Dinge heute? Diesen Vater kannst du ihm gottlob nicht mehr erhalten, aber den unbefleckten Namen seiner Mutter!«

»So denke auch ich«, fiel Fritz ein. »Was soll deine Tochter einst denken.«

Wieder schlugen ihr die Flammen ins verhärmte Antlitz. »Auch dies ist erwogen«, erwiderte sie dann fest. »Meine Tochter wird nie schlecht von mir denken. Dafür werde ich sorgen, nicht durch Reden über diese Dinge, sondern durch mein Leben. Auch irrst du, wenn du dem Prozeß gar so viel Einfluß auf das Urteil der Welt beimißt. Dies Urteil steht fest, und nichts kann es ändern. Er und jene Dame haben die Gesellschaft für sich, die Zeitungen, alles. Und Volkes Stimme ist ja

Gottes Stimme, sagt man, die beiden haben gesiegt, kein Wunder – sie sind die Stärkeren.«

Da hörte Fritz heute zum zweiten Male denselben Gedanken, und wieder rüttelte er ihm das Innerste auf, obwohl er ihm, dem Historiker, wahrlich nicht neu war. Aber wie dem Arzte, wußte er auch ihr nichts darauf zu entgegnen. Denn was er sich als Trost dafür errungen hatte, gehörte zu jenen innersten Überzeugungen der Seele, von denen eine keusche Natur anderen nicht sprechen kann.

»Und nun genug von mir«, sagte sie. »Wie ist es dir in all den Jahren ergangen? Hoffentlich gut, denn du hast viel gearbeitet. Nur eine Freude hast du mir noch nicht gemacht.« Ein leises Lächeln stahl sich um ihre Mundwinkel und verschönte wundersam das blasse Antlitz. »Und ich habe dich vor sechs Jahren schon so darum gebeten!«

Er errötete bis ans Stirnhaar und schüttelte dann leise den Kopf.

»Warum nicht?« fragte sie. »Wer so liebevoll ist wie du, Fritz, ist auch liebebedürftig. Und wie würde sich deine alte Mutter darüber freuen.«

Dann erhob sie sich und bot ihm die Hand. »Leb wohl, und tausend Dank, ich vergesse es dir niemals. Jetzt aber, verzeih, ich habe heute noch soviel zu ordnen, morgen reisen wir, Gretchen und ich. Wann willst du nach Innsbruck zurück?«

»Mit dem nächsten Zug, halb eins. Wo willst du dich niederlassen?«

»In einer kleinen Stadt«, erwiderte sie, »wo mich nichts von der einzigen Aufgabe meines Lebens ablenkt, der Erziehung meines Kindes.«

Voll und klar blickte sie ihm ins Auge, und er verstand diese Antwort. So standen sie einen Atemzug lang Hand in Hand und Aug in Auge einander gegenüber und wußten beide: es war ein Abschied fürs Leben.

»Leb wohl, Fritz.« Und sie ging.

Als der Dozent eine halbe Stunde später wieder den Torweg in der Weihburggasse betrat, blieb er einen Augenblick nachsinnend stehen. »Nein«, murmelte er dann vor sich hin, »kein Wort mehr an den Menschen – kein Wort.«

Im Vorzimmer traf er drei sehr elegant gekleidete Herren, die eben ihre Überzieher ablegten. Offenbar die Abordnung des Klubs, von der Georg gesprochen hatte. Rasch ging er an ihnen vorbei, den Korridor entlang, seinen Koffer zu holen.

Als er eine Minute später wieder das Vorzimmer passierte, hatte der Sprecher der Deputation drinnen bereits seine Rede begonnen. Ein Herr mit kräftiger Stimme. Trotz der verschlossenen Türe vernahm Fritz Stockmar einzelne Worte:

»Ehrenmann ... gerade in *diesem* Augenblicke ... allgemeine Hochachtung ...«

Die Schlechteste und die Beste

Wir saßen im Klub, unser fünf, lauter reife, zwei von uns alte Männer, und sprachen doch, was sonst nur die ganz Grünen tun, über die Frauen im allgemeinen. Weiß der Himmel, wie wir in diese Geschmacklosigkeit geraten waren, aber nun hatten wir uns darein verrannt. Die Scherze, gut und schlecht, meist schlecht, die Aphorismen, eigene und fremde, meist fremde, flogen nur so durch die dicke Luft des Rauchzimmers.

Nur einer schwieg, gerade der berufenste Mann; freilich sah man ihm den Fachmann in solchen Fragen eigentlich nicht an. Mit seinem ernsten, scharf geschnittenen Gesichte, dem klaren, raschen Blick der dunklen Augen, der schlanken, beweglichen Gestalt freilich ein schöner, aber dabei doch, wie seine Freunde von der Börse sagten, ein sehr gediegener Mann. So nennt man dort nur die Zielbewußten und Erfolgreichen; wirklich hatte auch er immer dem Einen nachgestrebt, auf reinlichen Wegen reich und berühmt zu werden, bis es ihm gelungen war. Er war nun Direktor und Alleinherrscher der größten Bank im Staat, Abgeordneter, Volkswirt und in allem ein Erster.

Wie er trotzdem die Zeit fand, immer und auch heute noch seine Studien über die Frauen zu machen, war eigentlich ein Rätsel, aber es glückte ihm. Jeden Winter hörte man von ihm mindestens eine große Geschichte; auch in dieser Saison hatte er bereits durch seine Tatkraft nicht bloß die Stadt mit billiger Kohle, sondern auch die Klatschmäuler mit einem Leckerbissen versorgt: eine junge, schöne Frau ließ sich seinetwegen scheiden; zu welchem Zweck, verstanden die Leute nicht, denn der Gatte schien duldsam, und der Direktor heiratete sie gewiß nicht. Sie nicht und keine andere; er war auch nun zu alt dazu, Ende der vierzig.

Wer ihn so sah, tüchtig und rastlos, gütig und gewissenhaft, hätte an diesen Teil seiner Lebensarbeit gar nicht glauben mögen. Auch sah er für seine Jahre frisch genug aus; selbst das braune Haar war noch voll. Nur der weiche Mund und ein jähes Licht, das in seinen braunen Augen aufblitzte und erlosch wie Wetterleuchten, verriet dem Kundigen, daß er auch hier wie in allem Ernste nur tat, was ihm der Zwang seiner Natur gebot. Gewissenlos war er trotzdem auch darin eigentlich nicht; er nickte nur eben ja, wenn ihn Frauenaugen um Antwort fragten.

Schlimmeres wurde ihm nur von Leuten nachgesagt, die nie eine solche Frage in schönen Augen lesen durften.

Dieser Mann also war's, der unserem Disput als einziger schweigend mit einem leisen Lächeln um die Lippen folgte. Ob einer den Frauen Schlimmes oder Gutes nachsagte, ob er klug oder minder klug redete – und namentlich einer, ein schönbärtiger Anwalt, dozierte wirklich minder klug –, unser Fachmann hörte nur immer zu.

Aber gerade dieser Demosthenes sollte ihm endlich ein Wort entlocken, sogar eines der Zustimmung. Mit einer Wichtigkeit, als hätte er eben das erlösende Wort gefunden, zitierte der Anwalt den Gemeinplatz: »So schlecht wie ein schlechtes Weib kann kein Mann sein, aber so gut wie ein gutes auch keiner! Hab' ich nicht recht, meine Herren?« Und er sah sich triumphierend um. »Das ist noch die Frage«, erwiderte ihm der alte, sarkastische Sanitätsrat, »obwohl man's seit einigen Jahrhunderten sagt.« Und da war's, wo der Direktor einfiel: »Nein! Neu ist's nicht, aber wahr. Das ethische Empfinden geht bei den Frauen ins Extrem. Und dies gehört zugleich zu dem wenigen, was von allen gilt und sich in Worten ausdrücken läßt!«

»Nun«, meinte der Arzt, »wir – nicht alle, aber zum Beispiel Sie – wissen doch recht viel von den Frauen, und was homo sapiens weiß, kann er doch auch sagen.«

Der Direktor schüttelte den Kopf.

»Die Sache liegt, glaub' ich, nicht so einfach«, meinte er. »Seit es Menschen auf Erden gibt, treiben sie, Männer und Frauen, Psychologie des anderen Geschlechts, in der Jugend Einzel-, mit kühlerem Blut Massenpsychologie. Das muß ja so sein! Mann und Frau fühlen: ›Das ist ein Mensch wie ich und doch anders als ich, auch seelisch anders.‹ Aber wo steckt nun diese seelische Verschiedenheit? In allem. Aber fassen können wir sie nicht, eben weil sie so ungeheuer ist, und – weil wir nicht aus unserer Haut heraus können. Nur was man ganz versteht, kann man gerecht beurteilen. Wir sind ja eben – ich ein Mann und die da ein Weib, und weil wir's sind, sind wir so verschieden, im Tiefsten, im Geheimsten dem anderen rätselhaft. Und eben weil es sich um Tiefstes, um Geheimstes handelt, läßt uns nur selten, nur auf Augenblicke der Instinkt hellsehend werden; wo gibt's dafür Worte?! So helfen sich Männer und Frauen in ihrer Massenpsychologie mit der Zusammenfassung von Beobachtungen über das, was sich eben beobachten läßt! Und das gibt nur ein ganz grobes, äußerliches Bild, das in wenigem wahr ist. Nur eben im Allergröbsten. Das starke, das schwache Geschlecht, beides vom Körper gemeint, das ist wahr. Aber das schöne Geschlecht? Schon das ist nur vom Standpunkt des Mannes richtig und gilt nur deshalb seit Jahrtausenden, weil die Frauen aus Eitelkeit zustimmen; in Wahrheit sind wir in ihren Augen das schönere Geschlecht; die Natur gebietet's ihnen so. Eitel, erbarmend, kleinlich, geduldig, schlau, schwatzhaft?! Das sind die Männer auch, nur zum Teil in anderen Formen. Kurz, was wir von den Frauen wissen, können wir nicht sagen, und was wir sagen können, ist zumeist so schief, daß es nicht der Mühe wert ist, gesagt zu werden. Da ist Ihr Zitat« – er wandte sich an den Anwalt – »noch ein weißer Rabe. Das Wort schöpft das Tiefste nicht aus, aber es rührt doch ans Tiefste ...«

»Aber ob es wahr ist?« meinte der Arzt.

»Ja, das ist wahr«, erwiderte er sehr ernst. »Weiß der Himmel, ja! Machen Sie doch nur die Augen auf, und Sie müssen es sehen, natürlich nicht immer grell, im großen, aber wahrlich deutlich genug – alles im Übermaß, das Gute, das Schlechte. Welches mehr?! Ich weiß es nicht, ich hab' beides erfahren. Schon als junger Mann beides.«

Und seine Stimme klang fast bewegt, als er fortfuhr: »Leider auch das Schlechte ... weniges, was mir widerfahren ist, beklage ich so, als daß mir eben das Schlechteste so früh ins Leben eingriff. Freilich danke ich meinem Schicksal, daß dann auch in einigen Jahren das Beste folgte! Das eine wurde mir zum Fluch und das andere zum mindesten so weit zum Segen, als mir überhaupt noch etwas Rettung sein konnte. Ganz bin ich nicht mehr zu retten gewesen.«

Das klang so ernst, daß niemand etwas sagte. Und vollends fiel keinem bei, zu drängen: »Erzählen Sie!« Wir wußten alle, das tat er nicht. Niemals hatte jemand auch nur das harmloseste Abenteuer von ihm selbst gehört. Und nun gar heute – so bewegt hatten wir ihn kaum je gesehen.

Aber eben daran lag es wohl, daß er jetzt plötzlich in die Stille hinein sagte: »Nun, ich will's Ihnen erzählen, es spricht eigentlich nichts dagegen. Zu rühmen habe ich mich beider Geschichten nicht – das wäre ein Hinderungsgrund. Aber zu schämen eigentlich auch nicht, denn das wäre auch einer. Ich bin in beiden nur eben das Objekt gewesen. In der ersten nun gar, da wollte und handelte ich wirklich nicht viel.

An Geschichten, wie diese erste, denkt man nicht gern zurück; ich will's so kurz machen wie möglich.

Ich bin der Sohn eines Weimarer Anwalts; ich habe keine Erinnerung an ihn; er starb, als ich zwei Jahre alt war. Um so deutlicher steht mir das Bild meiner Mutter vor Augen; eine tüchtige Frau, brav und tapfer, freilich nicht eben mild; Not macht hart. Sie hatte sich und ihre drei Kinder – ich hatte zwei ältere Schwestern – in Ehren durchzubringen, durch Musikunterricht, Kostschüler, Häkelarbeit, und faßte mich weichen, verträumten Jungen etwas rauh an.

Gleichviel – ihr danke ich's, daß ich glatt, sogar als Musterschüler durchs Gymnasium kam; mein Brot hab' ich mir durch Stundengeben früh selbst verdient. Kein Wunder, daß ich in dem düsteren Licht, in der dünnen, scharfen Luft einer solchen Jugend ein reiner Knabe blieb, noch als Achtzehnjähriger, als ich zur Universität abging, von keinem unkeuschen Gedanken berührt.

Ich sollte nach Jena. Da erklärte sich – meine Mutter hatte ihm geschrieben – ein Jugendfreund meines Vaters bereit, mich als Lehrer für seinen Knaben ins Haus zu nehmen; er war Anwalt in einer anderen, bedeutenderen Universitätsstadt. Ein großes Glück; meine Mutter ließ mich freudig ziehen.

Ein Glück schien's mir auch, als ich dort war. Ein reiches, behagliches Haus, treffliche Menschen. Den Herrn des Hauses sah ich, wenn überhaupt, nur bei den Mahlzeiten, er war sehr überlastet, zudem oft in Geschäften verreist. Ein stattlicher Mann von etwa fünfzig Jahren, wortkarg, aber freundlich, die verkörperte Ehrbarkeit. Nach dem Tode seiner ersten Frau hatte er vor vier Jahren ein Mädchen geheiratet, das dem Alter nach seine Tochter hätte sein können. Das wunderte niemand; sie war jung und schön, aber auch sehr ernst und gefestet, keine Frömmlerin, aber gleich ihrem Vater, einem Superintendenten, sehr fromm.

Auch durfte nun alle Welt mit Grund überzeugt sein, daß die Ehe glücklich war; Frau – sagen wir – Klara lebte nur für ihren Gatten, ihr Haus; der Anwalt kannte nur ein Glück, sie zufrieden zu sehen; gleich innig liebte er wohl nur das Kind, das sie ihm geschenkt hatte, ein holdes dreijähriges Mädchen. Aber auch seinen beiden Söhnen erster Ehe – der eine, Martin, mein Alters- und Studiengenosse, der jüngere, der elfjährige Fritz, mein Schüler – war der Justizrat ein Vater, wie er sein soll. Und Frau Klara war ihnen vollends die beste Stiefmutter der Welt. Aber wie vergalten sie ihr das auch!

Kurz, ein ideales Familienleben. Gleich reine Luft hatte auch bei mir daheim geweht; nur so weiche Güte war dort nicht zu finden gewesen. Täglich von neuem pries ich mich glücklich, hergekommen zu sein, denn auch mir begegneten alle freundlich, Frau Klara wahrhaft mütterlich, trotz ihrer neunundzwanzig Jahre. Sie machte zwischen Martin und mir keinen Unterschied, duzte mich sogar von Anbeginn – und ich war ja doch nur der Hauslehrer. Erwägen Sie, wie diese tausend Beweise von Zartgefühl und Wohlwollen auf mich wirken mußten. Zudem war sie schön; herrliches aschblondes Haar, ein feines, belebtes Antlitz, die Gestalt schlank und doch weich.

Ich blickte zu ihr auf wie etwa ein junger schwärmerischer Sizilianer zur Madonna; sie ist ihm eine Heilige, der Inbegriff aller Reinheit und doch zugleich die Verkörperung holdester Weiblichkeit. Für sie wär' ich mit Freuden durchs Feuer gegangen, dazu bot sich keine Gelegenheit, wohl aber konnt' ich ihr bald – im Mai schon, zu Ostern war ich ins Haus gekommen – zum mindesten einen kleinen Dienst erweisen.

Er betraf ihren Sohn Martin. Ein nervöser, linkischer, unbegabter, aber guter Junge; er hatte sich seit dem ersten Tage innig an mich geschlossen; mir allein zeigte er seine Gedichte, in denen er Bismarck, Luther und drei junge Damen – mehr kannte er nicht – in schauerlichen Reimen besang. Dann besang er auch mich, zumeist als Apoll, denn Verse machte auch ich, und ihm wenigstens gefiel ich. Das heißt – es gehört ja zu meiner Geschichte, daß ich's sage – nicht ihm allein. Damals zuerst, in der großen Stadt, merkte ich, daß ich auf die Frauen wirkte; es war mir nicht unangenehm und machte mir doch bange; das war alles. Mein Blut schlummerte noch.

Mit Martin schien's anders. So wenigstens deutete ich's, als ich ihn eines Abends in furchtbarer Verstörung traf: ›Geh!‹ schrie er auf, als ich in sein Zimmer trat, ›ich muß allein sein!‹ Auch in den nächsten Tagen erschien er nur zu den Mahlzeiten, ein scheuer, jählings verdüsterter Mensch. Am schlimmsten war's, wenn ihn die Stiefmutter ansprach; er zuckte zusammen, wurde noch fahler, als er ohnehin war, und gab mühsam Antwort.

Sie zog, ihr Gatte war auf Wochen verreist, mich ins Vertrauen. Was Martin fehlte? Es bedrückte ihr Gemüt. Purpurrot wagte ich meine Vermutung zu stammeln, er sei wohl sehr verliebt. Sie lächelte mild und ruhig: das sei es nicht, ich möge die Wahrheit herausbringen.

Aber er wies mich finster ab oder sagte weich: ›Laß mich, Heinz, das sagt man niemand!‹

Dabei verfiel er zusehends; des Nachts sah ich Licht in seiner Stube brennen und hörte ihn auf und nieder gehen, die Kollegien besuchte er nicht mehr. Da fand ich eines Tages, als ich in seiner Abwesenheit sein Zimmer betrat, die Lösung des Rätsels auf seinem Tische liegen: ein Manuskript, mit zitternder, kaum lesbarer Hand geschrieben, ein Drama. Rasch überflog ich die wenigen Blätter. Ein junger Florentiner des Cinquecento entdeckt, daß seine Mutter den angebeteten Vater schmählich hintergeht; das Ganze war eigentlich nur ein Monolog, in dem der Held verzweiflungsvoll erwägt, ob und wie er dem Vater das Furchtbare offenbaren solle.

Ich atmete auf, also nur furor poeticus war's, und beeilte mich, es Frau Klara mitzuteilen. Sie wandte sich ab; ich sah, wie ihr die dunkle Röte ins Gesicht schlug und dann fahler Blässe wich; es schmerzte sie offenbar, daß der geliebte Sohn seine Phantasie mit derlei wüstem Zeug beschmutze. Dann jedoch lächelte sie mild und ruhig wie immer: ›Gottlob, daß es nichts weiter ist! Aber sprechen will ich doch morgen mit ihm darüber. Dichten mag er in Gottes Namen – ich glaube, er hat Talent – aber doch nicht des Nachts!‹

Am nächsten Tage rief sie ihn wirklich auf ihr Zimmer und mußte ihm wohl ernstlich ins Gewissen geredet haben, nicht so auf seine Gesundheit einzustürmen, denn die Unterredung dauerte über eine Stunde, aber welchen Erfolg hatte sie auch! Mit leuchtenden Augen, von freudiger Erregung bebend, stürzte er in mein Zimmer und warf sich an meine Brust: ›Heinz, welch ein Tor war ich, welch ein Verbrecher! Und welchen Dienst hast du mir geleistet, indem du das Manuskript lasest und es der Mutter verrietest! Sie ist die herrlichste der Frauen!‹ Der Jubel schien mir zwar ein wenig überschwenglich wie früher das poetische Fieber, aber seinen letzten Worten wenigstens konnte ich beistimmen. Die herrlichste der Frauen war sie ja wirklich.

Und das war sie auch noch vier Wochen später in meinen Augen, aber nun galt ich mir bereits selber als ein Verruchter. Da stand ich eben schon in Flammen, daß ich glaubte vergehen zu müssen vor körperlicher, vor seelischer Qual.

Wie es gekommen war?! Natürlich ohne ihr Verschulden, kein Engel war je reiner. Ich hatte auf dem Gymnasium nicht allzuviel gelesen; der Kampf ums Brot behinderte mich. Nun faßte mich die Lesewut, ich saß allabendlich im Bibliothekszimmer und verschlang einen Band nach dem anderen. Sie hatte es mir gütig gestattet und nur lächelnd gemeint: ›Nicht zu viel, Heinz, hörst du – und nur gute Bücher!‹ Nun, sittlich schlechte, oder was wenigstens der Philister so nennt, gab's da überhaupt nicht – aber bis weit über Mitternacht saß ich immer da, und oft genug trieb mich erst das frühe Licht des Junimorgens ins Bett. Und wie ich eines Abends so sitze, in den Don Quichotte versunken, und vor den Fenstern lauert die schwüle, dunkle Frühlingsnacht, fühle ich plötzlich, wie sich eine weiche, warme Gestalt an meine Schulter lehnt, daß es mich glühheiß überläuft, während mir der leise Duft des gelösten Haares den Atem benimmt, und sie ist's; mit ihrem milden, mütterlichen Lächeln greift sie nach meinem Buch, entwendet es mir und drückt mir mit ihrer weichen, heißen Hand, an der die Pulse jagen, scherzhaft die Augen zu: ›Nun aber ins Bett, Heinz, es geht auf eins.‹ Und dann, mit der Hand meine Stirn streifend: ›Du fieberst ja, Heinz!‹

Ja, ich fieberte, der Funke war mir ins Blut gefallen.

Sie ging, ruhig wie immer, mit der weichen wiegenden Bewegung, die ihren Schritt fast unhörbar machte … Ich aber saß noch eine Stunde da, bis ich auf mein Zimmer taumelte.

Die erste schlaflose Nacht meines Lebens und eine meiner qualvollsten. Was mir alles durchs Gehirn tobte: das Entsetzen über den Trieb, der urplötzlich, übermächtig in mir wach geworden war, die Zerknirschung, diese Heilige, diese Mutter mit solchen Gedanken zu beflecken, und dabei trotzdem das Begehren, das sinnlose, sinnlose Begehren … Nein, nein, Worte sagen's nicht … Denken Sie, wie jedem von Ihnen in ähnlichen Augenblicken zumut war, und denken Sie: ich war nun achtzehn, ein junger Riese und – ich rühre *sonst* nie daran, weil es mich ja nicht entschuldigen kann, aber hier muß es gesagt sein – eben mit *meinem* Blut in den Adern …

Wie's nun kam – ach, was brauche ich es erst zu erzählen! Mein Fieber wurde immer toller, ich sah sie ja täglich … Aber ich war doch daneben auch meiner Mutter Sohn, und so peinigte mich gleichzeitig die Sünde meiner Gedanken, die Qual meines Gewissens, daß sich mir zuweilen die Sinne verwirrten. Richtete sie das Wort an mich, so fuhr ich zusammen, und wich ihr aus, wo ich konnte.

Meine Veränderung fiel ihr auf, sie benahm sich nun zu mir wie in gleicher Lage zu Martin: doppelt gütig und mütterlich, nahm bei kleinen

Ausflügen meinen Arm, fuhr oft mit der Hand über meine Stirn. ›Die Reine‹, knirschte ich heimlich, ›sie ahnt nicht, welch ein Elender ich bin, und gießt nur Öl ins Feuer!‹

So auch, als ich eines Abends allein auf dem Balkon nach dem Garten zu saß. Da stand sie plötzlich neben mir, sie ging unhörbar, sagte ich schon, und auch ihre weichen Gewänder rauschten nie – wie ein Engel naht, dachte ich damals, aber auch Katzen gehen unhörbar.

›Heinz‹, sagte sie mit ihrer dunklen, etwas umflorten Stimme und faßte meine Hand, ›was ist's mit dir?! Bist du nicht wohl, oder was bedrückt dich?! Sieh mir in die Augen, Heinz‹ – sie legte mir die Hand auf die Stirn und drückte mein Haupt zurück, zu sich empor – ›und beichte!‹

Ich saß wie gelähmt, dann hoben sich meine Arme, als müßt' ich sie an mich reißen, einige Atemzüge lang flimmerte es mir vor den Augen. Schon hatte meine Hand den weichen, vollen Arm berührt, da sprang ich auf und taumelte zurück bis an die Wand.

›Nun, Heinz!‹ fragte sie nochmals und trat abermals nahe an mich heran, daß ich den Duft ihres Leibes einsaugen mußte, und ihr Atem ging über mein Gesicht. ›Bedenke‹ – ihre Stimme zitterte – ›du bist uns anvertraut!‹

Da trug ich's nicht länger und stürzte zu ihren Füßen nieder und umklammerte ihre Knie, aus schamvoller Zerknirschung, aus wahnwitzigem Begehren.

Sie ließ mich gewähren, dann aber beugte sie sich zu mir nieder.

›Mein armer Junge‹, sagte sie, ›du dauerst mich sehr. Wir sprechen darüber, wenn du ruhiger bist.‹

Sie küßte mich auf die Stirne, mir war's, als hätte mich Feuer berührt, so brennend war ihr Mund. Dann machte sie sich sanft frei und war verschwunden.

Seit dieser Szene habe ich in den nächsten Wochen nur noch auf Stunden Schlaf gefunden, und selbst dann spann sich der Schlaf nur wie ein Spinnennetz über mein zermartetes Hirn und zerriß immer wieder, und die Qual brannte und stach weiter in diesem armen Hirn und meinen Gliedern. Der Anwalt war abermals seit Wochen in Geschäften abwesend – ich mußte trotzdem immer an ihn denken, wie dankte ich ihm sein väterliches Wohlwollen! Mich rüttelte ein tiefes Grauen vor mir selbst, eine Todesangst, ich wußte nicht mehr, wo aus noch ein. Ich dachte nur immer: ›Fort, hier gehe ich zugrunde‹ – und zugleich im selben Atemzuge: ›Lieber sterben, lieber wahnsinnig werden, als sie nicht mehr sehen!‹

Und zudem: wie kurze Zeit konnte ich sie noch sehen! Sie sollte schon am sechsten Juli, zu Beginn der Schulferien, mit Fritz und ihrem kleinen Mädchen nach Kösen, dann mit ihrem Mann in die Schweiz, während für Martin und mich eine Fußreise an den Rhein geplant war; ich sah sie dann wohl erst im Herbste wieder.

Dieser sechste Juli – es gab ja auch Sekunden, wo ich mir sagte: ›Das ist der Tag, der dich errettet!‹ Aber dann kamen wieder die langen, entsetzlich langen Stunden, wo ich mit kochendem Blut, mit wirren Gedanken in meiner Stube auf und nieder taumelte und stöhnte: ›Ich ertrag's ja nicht, ich muß sie sehen, ich brauche sie, wie ich die Luft brauche, ich ersticke sonst.‹

So hatte ich die Nacht vom vierten auf den fünften Juli zugebracht. Als ich des Morgens zufällig in den Spiegel blickte, erschrak ich – da sah mir das Gesicht eines Verschmachtenden entgegen, aus dessen Augen die sinnlose Gier nach der Quelle sprüht und die Verzweiflung, sie nie erreichen zu können. Ich raffte meine Kollegienhefte zusammen und ging zur Universität – vor dem Portal kehrte ich um, ich verstand ja ohnehin seit Wochen kaum mehr, was ich nachschrieb, mir war's, als müßten mich die Mauern erdrücken. In die Anlagen rannte ich hinaus und sank auf eine Bank und saß da in wüsten Gedanken, bis die Mittagsglocken klangen. Ich raffte mich auf: ›Nun mußt du heim!‹ – und zögerte wieder. ›Wenn du sie jetzt siehst‹, dachte ich, ›so reißest du sie in deine Arme und bist verloren!‹

Dann bezwang ich mich doch und eilte heim. Die Jungfer, die mir öffnete – Agnes hieß sie und war eine kleine, blonde Person mit einem scheuen, unhübschen Gesicht, die immer mit niedergeschlagenen Augen sprach – wich zurück, als sie mich sah. ›Die Herrschaft ist schon beim Speisen‹, erwiderte sie auf meine Frage und sah mich dann seltsam an, wie mitleidsvoll. ›Wenn Sie unwohl sind‹, fügte sie leise bei, ›so können Sie ja auf Ihrem Zimmer speisen.‹

Ich schüttelte den Kopf und trat ein, auf die Hausfrau zu, mich zu entschuldigen. Sie sah mir lächelnd entgegen, und eine Sekunde, nein einen unmeßbar kurzen Moment lang schien es mir, als stünde in ihren Augen dasselbe unheimliche Licht, das mich heute Morgen in den meinen erschreckt hatte. Nur wie ein Blitz war's und ging wieder, oder vielleicht auch war's nur eine Täuschung meiner Sinne. Denn nun sagte sie, etwas strenger als sonst, aber doch noch freundlich: ›Du hast dich verspätet, Heinz. Nun – einmal ist keinmal.‹

Ich setzte mich auf meinen Platz zwischen Fritz und Martin und vermied es, sie anzusehen. Auch sie richtete gegen ihre Gewohnheit kein Wort an mich.

Ich ging auf mein Zimmer und saß da in dumpfem Brüten. ›Morgen ist sie fort‹, das war alles, was ich denken konnte, wie ja auch einer, der zum Tode verurteilt ist, nur denkt: ›Morgen wirst du hingerichtet!‹ Als Martin kam, mir seine neuesten Verse vorzulesen, schickte ich ihn fort. Da klopfte es nach einigen Stunden wieder – es war die Jungfer; die Frau Justizrat wünsche mich auf ihrem Zimmer zu sprechen. Und als ich mich mühsam aufrichtete, murmelte sie: ›Sie scheinen krank, Sie könnten sich ja entschuldigen!‹

Ich aber ging zu ihr.

Sie empfing mich in ihrem Boudoir, neben dem großen, gemeinsamen Schlafzimmer; ich hatte den kleinen, mit weichen Teppichen, Vorhängen und Sitzen ausgestatteten Raum noch nie betreten. Auch dämmerte es schon. Das Herz klopfte mir zum Zerspringen.

›Setz dich, Heinz‹, begann sie und wies auf den Fauteuil heben dem Sofa, auf dem sie saß.

Ich gehorchte. ›Mein Herr und Gott‹, dachte ich, ›erhalte mir meinen Verstand, laß mich nichts Wahnwitziges tun!‹

›Du weißt, ich reise morgen‹, fuhr sie halblaut fort, stockend, als fiele auch ihr das Reden schwer. ›Und da ist's meine Pflicht zu wissen, wie's um dich steht. Schlimm, fürcht' ich. Was ist's?‹

Da stürzte ich wieder zu ihren Füßen nieder, wie eine Woche zuvor auf dem Balkon, und begann zu weinen, zu weinen, ich glaube, ich habe nie vorher noch nachher im Leben so geweint.

Sie schien sehr bewegt. ›Ich errate‹, murmelte sie, ›o mein armer Junge, was fangen wir nun mit dir an!‹

›Schicken Sie mich nicht fort‹, schrie ich auf und umfaßte ihre Knie, ›um Gottes Erbarmung willen, nur das nicht!‹

›Und doch wird es sein müssen‹, fuhr sie fort. ›Dir geht's wirklich, wie du es mit Martin falsch vermutetest, da muß etwas geschehen! Du bist ja der einzige Sohn deiner Mutter, auch mein Mann hat dich sehr lieb! ... Ich will nicht fragen, wen du so wahnsinnig liebst – das ist gleichgültig – jedenfalls lebt sie hier, und es gibt nur eine Rettung für dich, sie einige Zeit nicht zu sehen.‹

›Erbarmen!‹ schrie ich auf. ›Ich bin ja ein Verruchter, aber es belästigt Sie ja nicht!‹

Durch ihre dunkle, vibrierende Stimme klang ein leises Lachen.

›Nicht mich, aber dich. Wir wollen's nicht so tragisch nehmen, Heinz! Du gehst morgen mit mir nach Kösen, damit basta! Dann hast du deine Sirene aus den Augen, und Fritzchen bleibt nicht ganz ohne Unterricht. Die Kollegien besuchst du ja ohnehin nicht mehr!‹

Mir wirbelte das Hirn … mit ihr nach Kösen! Diese Heilige war ahnungslos – natürlich beurteilte sie alles aus ihrer eigenen Reinheit heraus.

›Du bist wohl sehr unglücklich?‹ fragte sie und strich mir das Haar aus der Stirne. ›Aber es muß sein, und wenn du willst, so hör' ich in Kösen deine Klagen geduldig an.‹

Ihre glühenden Lippen streiften meine Stirne. ›Und nun geh und pack deinen Koffer.‹

Sie verschwand im Schlafzimmer, ich aber taumelte auf meine Stube.«

»Alle Wetter!« sagte der Sanitätsrat, »die Sorte ist auch mir unter die Finger gekommen, aber in solcher Qualität doch noch nicht!«

»Mir auch nie wieder«, sagte der Erzähler. »Ja, wenn der Mensch Glück hat, so kommt er gleich mit seiner ersten Liebe an die Rechte.

Nun, und in der Sommerfrische kam dann alles, wie es kommen mußte. Aber es ist doch des Erzählens wert, weil es, wie Sie sagten, für die Qualität bezeichnend ist.

In Kösen bezogen wir am nächsten Tage eine Villa am Ufer der Saale, nahe der ›Wilhelmsburg‹, hoch über dem Städtchen; ein sonderbar gebautes Haus mit einem Turm, rings ein schöner, großer Garten. Das Turmzimmer war mir eingeräumt. Aus meinen Fenstern öffnete sich eine herrliche Aussicht ins Saaletal, auf die Rudelsburg hin.

Ich warf kaum einen Blick darauf. Wie daheim saß ich nun hier an meinem Tische, mit geschlossenen Augen, die Fäuste geballt, daß mir die Nägel schmerzhaft ins Fleisch drangen, und dachte und fühlte und begehrte sie, nur sie.

So traf mich die Jungfer, die mich zum Abendessen rief. Ihr Blick streifte den noch geschlossenen Koffer, und dann mich, wieder, wie mir's schien, mitleidig. Das machte mich verlegen; erriet sie, was in mir vorging?! ›Ich bin noch nicht zum Auspacken gekommen‹, murmelte ich. Sie erbot sich, es für mich zu besorgen, und reichte mir eine Bürste, ich steckte noch in den Reisekleidern.

Hastig machte ich mich zurecht und trat ins Speisezimmer.

Sie saß bereits mit Fritz bei Tische und drohte mir lächelnd mit dem Finger. ›Zweimal ist einmal, Heinz. Aber du warst wohl eben im besten Dichten?!‹ ›An die Entfernte‹ – nun, ich will's noch einmal verzeihen!‹

Ich stammelte eine Entschuldigung, sie versuchte ein gleichgültiges Gespräch, erzählte unter anderem, sie habe ein Telegramm ihres Mannes aus Köln; er komme erst am zwölften Juli heim; der Ärmste würde sich dann über einen Monat in der Fremde herumgequält haben; ich gab eine zerstreute Antwort. Essen konnte ich vollends nichts, um so mehr trank ich von dem roten, schweren Ungar, der, gegen den Brauch des Hauses, diesmal auf dem Tisch stand. Als Fritzchen ins Bett geschickt war, lud sie mich zu einem Spaziergang im Garten ein.

Es war ein schwüler Abend, der Mond schien matt durchs dichte Geäst; in meinen Adern tobte das Begehren und der ungewohnte Wein. Als sie sich auf eine Bank setzte und mild, aber entschieden befahl: ›Nun beichte, Heinz‹, da tat ich's. In der Haltung, die ich ihr gegenüber einnehmen mußte, auf den Knien, das Haupt in die weichen, duftenden Falten ihres Gewandes gepreßt, stammelte ich ihr zu, was an Glut und Qual in mir war.

Sie hörte schwer atmend zu, ich fühlte auch sie beben, aber sie stieß mich nicht zurück. Erst als ich, meiner nicht mehr mächtig, sie an mich riß und mein Mund den ihren suchte, entrang sie sich mir.

›Um Himmels willen, Heinz. Laß uns gut, laß uns rein bleiben! Bedenke, ich wußte nicht, wie es um dich stand. Und wie's um mich steht, weiß ich auch erst seit diesem Augenblick. Sei barmherzig, Heinz. Wir wollen morgen darüber reden.‹

Und sie entwich ins Haus.

Am nächsten Abend hatte ich Klarheit: die Herrliche liebte auch mich. Sie hatte es nicht geahnt und für mütterliches Wohlwollen gehalten, was sie zu mir zog.

Und nun sie's wußte – was nun?!

Todesbang saßen wir im Garten, Hand in Hand – zwei arme, reine, hilflos der Leidenschaft preisgegebene Menschen, und stammelten einander zu, was uns erfüllte – jetzt den Entschluß zu entsagen, im nächsten Augenblick die Erkenntnis, daß dies für uns beide schlimmer sei als der Tod.

›Ich bin älter als du‹, sagte sie endlich, ›schuldiger als du – laß mir die Entscheidung. Morgen, Heinz, auf morgen.‹

Aber diesmal konnte sie nicht hindern, daß ich zum Abschied ihren Mund, ihr Antlitz mit Küssen bedeckte.

Jedoch auch am Tage darauf hatte sie sich natürlich noch keine Klarheit erkämpft. Das mußte selbst ich in meinem Fieberwahn verstehen. Welche Entscheidung für eine keusche Frau! Ein achtzehnjähriger Jüngling, der Schützling ihres Gatten! Und sie liebte diesen Jüngling wie er sie. Ich freilich wußte einen Ausweg: einige Stunden des Glücks und dann der gemeinsame Tod in der Saale. Aber das verwarf sie um meinetwillen, nur um meinetwillen.

Etwas anderes schlug sie vor: eine Trennung, wenn auch nur für wenige Tage. Es war Mittwoch, der neunte Juli, ich solle für einige Tage zu Mutter und Schwestern gehen, einen Besuch schuldete ich ihnen ja ohnehin.

Ich sträubte mich, ich konnte sie nicht verlassen; ich sagte schon, ich hatte dabei immer die Vorstellung, als müßte ich fern von ihr ersticken. Aber sie bestand darauf, ich müsse; schon am Montag, dem vierzehnten Juli, dürfe ich wiederkommen, aber diese kurze Frist des Besinnens verlange sie in einer Frage, die über unser beider Leben entscheide. Da gab ich nach.

Aber ich hatte mehr versprochen, als ich halten konnte. Zwei Tage war ich in Weimar, da ertrug ich's kaum mehr. Denn fast ebensosehr wie die Sehnsucht nach ihr quälte mich der prüfende, traurige Blick meiner Mutter. Sie fragte mich nur einmal, gleich nach meiner Ankunft: ›Du siehst übel aus, Heinz, bist du unwohl?‹ Ich stotterte etwas von Kopfweh und Ermüdung; es fiel mir entsetzlich schwer; gelogen hatte ich bisher nie im Leben, nun mußte es sein – ach, es war nicht das Schlimmste, was ich tat, ich Elender, der ich danach brannte, das Glück meines Wohltäters zu vernichten ... Von Stunde zu Stunde steigerte sich meine Qual – und doch, ihr mußte ich gehorchen.

Da kam Sonnabend morgens ein Telegramm. Ich öffnete es bebend und hatte Mühe, nicht umzusinken. Vom Justizrat: ›Bin morgen in Kösen, erwarte dich mittags dort.‹

Mein Hirn wirbelte; er war ja erst heute daheim eingetroffen; offenbar hatte er einen Brief von ihr vorgefunden, in dem sie ihm alles gestand; nun eilte er nach Kösen und befahl mich hin, Gericht über mich zu halten.

Wohl eine Stunde saß ich in verzweifeltem Brüten, dann raffte ich mich auf; ich mußte sofort zu ihr, da hatte ich mindestens noch heute Gewißheit.

Als ich meiner Mutter das Telegramm vorwies, atmete sie erleichtert auf, sagte dann aber doch in einem Ton so weicher, zittriger Sorge, wie ich ihn nie von ihr vernommen hatte: ›Heinz, denk' immer daran, daß du braver Eltern Kind bist und meine einzige Hoffnung!‹

Die Ärmste, wenn sie geahnt hätte, wie leicht dies rührende Wort jetzt wog! Ich fühlte, ich dachte nur eins: ich überleb's nicht, von der Geliebten zu lassen, überlebe die Schmach nicht, vor ihrem Mann zu stehen wie ein ertappter Dieb.

Auf dem Weg zum Bahnhof kam ich an einer Waffenhandlung vorbei, trat ein und kaufte mir einen Revolver samt Munition.

Gegen sechs Uhr war ich in Kösen. Auf der Saalebrücke kam mir Fritzchen entgegengelaufen, ein Papier in der Hand.

›Da bist du ja wieder!‹ rief er fröhlich. ›Morgen kommt auch Papa, ich soll ihm eben telegraphieren.‹

Und er reichte mir das Papier. ›Innigsten Dank, daß du meinen sehnsüchtigen Wunsch erfüllst. Ich erwarte dich also morgen zehn Uhr vormittags am Bahnhof. Hoffentlich kannst du erst montags zurückreisen; wo nicht, so danke ich dir schon für die wenigen Stunden. Herzensgruß von deiner Klara.‹

Es war also, wie ich vermutet hatte; er kam auf ihren Wunsch! Ich starrte auf das Blatt. Die Buchstaben änderten sich nicht: mein Todesurteil … Dann gab ich das Blatt dem Knaben und eilte nach der Villa. Sie war auf ihrem Zimmer; ich ließ mich sofort bei ihr melden.

›Warum schon heute?‹ rief sie mir mit erstickter Stimme entgegen; ihr Gesicht war blaß vor Zorn.

Ich reichte ihr das Telegramm des Justizrats.

›So – o!‹ sagte sie langgedehnt. ›Dann bist du freilich unschuldig. Und die Angst hat dich schon heute hergejagt?! Sei ruhig, er will über Martin oder Fritz mit dir reden! Nun, es ist mir peinlich genug, daß ihr morgen hier zusammentrefft, aber das muß nun getragen sein! Ich könnt' ihm doch den Besuch nicht verbieten.‹

›Keine Lüge!‹ rief ich verzweiflungsvoll und sagte ihr, woher ich die Wahrheit wüßte.

Sie aber: ›Nun wohl, dann sollst du auch alles wissen! Ja, ich habe ihn gebeten, morgen zu kommen, nicht um ihm etwas zu gestehen –

um deinetwillen, Heinz, muß ich schweigen, denn mir würde er verzeihen und dich aus dem Hause jagen –, sondern um vor der schwersten Entscheidung meines Lebens noch einmal mein Herz zu prüfen, was es für ihn empfindet. Das bin ich meinem Kinde schuldig, nach mir frage ich nicht mehr. Ich bleibe unselig, wie immer ich mich entscheide, unseliger noch, wenn ich dir entsage!‹

Und dann wild ausbrechend: ›Ich habe all die schlaflosen Nächte zu Gott gefleht, daß er mich vor dir errette, aber ich hoffe es nicht mehr!‹ Sie warf sich in meine Arme und küßte mich toll, dann stieß sie mich zurück: ›Und nun geh, und heute will ich dich nicht mehr sehen.‹

Ich gehorchte; welche Nacht ich in meinem Turmzimmer verbrachte, nein, das läßt sich nicht erzählen.

Am Morgen brachte mir die Jungfer das Frühstück. Die Frau Justizrat gehe mit Fritzchen zum Bahnhof; sie bitte mich, die Herrschaften dann vor der Villa zu erwarten.

Kurz nach zehn sah ich sie am Arm ihres Mannes herankommen, sie blickte in zärtlichem Geplauder zu ihm auf. Aber verzweifelter, als ich ohnehin war, konnte mich auch dieser Anblick nicht mehr machen.

Ich muß übel ausgesehen haben; der Justizrat schüttelte den Kopf, als er mich erblickte, reichte mir dann jedoch, nur sehr ernst, aber nicht unfreundlich, die Hand.

›Da hast du dir in deinem Leichtsinn eine böse Geschichte eingebrockt‹, sagte er. ›Komm um zwölf zu mir; die Forderung muß sich mindestens auf Säbel ändern lassen, nötigenfalls mit Hilfe des Offizierskorps!‹

Ich starrte ihn fassungslos an und wollte fragen; da sah ich einen Wink ihrer Augen und verstummte.

Einige Minuten später – ich war in den Garten gegangen – kam sie mir fliegenden Schritts nachgeeilt. ›Deine Mutter hat ihm geschrieben, daß du so verstört bist. Darum rief er dich her. Ich mußte also einen triftigen Grund erfinden. Du erinnerst dich an den Leutnant von Prillwitz?!‹

Ich mußte mich besinnen; erst als sie mir darauf half, fiel mir bei: ich hatte ihn kurz, nachdem ich ins Haus gekommen war, bei einer Soiree dort getroffen: ein blutjunger Mensch mit einem hübschen frischen Gesicht.

›Nun denn, er steht jetzt in Garnison in Weißenfels. Du hast ihn hier am Abend nach unserer Ankunft im Gasthof ›Zum mutigen Ritter‹ getroffen, ihr seid, beide etwas angezecht, in Streit gekommen, du hast ihn auf Pistolen gefordert …!‹

›Aber wenn der Leutnant gefragt wird?‹ rief ich.

›Er wird nicht gefragt; du tust, wie ich's wünsche!‹

Nun, ich tat's. Zum Glück brauchte ich nur immer ja zu sagen; der Justizrat kannte die ganze Geschichte auf das genaueste. Natürlich hielt er mir auch eine kräftige Strafpredigt. Dann jedoch schloß er: ›Nun aber, Kopf auf, Heinz! Meine Frau wird dem Leutnant schreiben, sie kennt ihn und seine Familie näher, noch, von ihrem Elternhause her. Ob sie das Duell verhindert, bleibt abzuwarten. Aber daß du heil bleibst, verbürgt sie. Und nun geh, schreib deiner armen Mutter und laß mich nie wieder solche betrunkenen Geschichten von dir hören.‹

Nach dem Mittagessen zogen sich die Gatten zurück. Ich saß auf meinem Zimmer, las die gedruckte Gebrauchsanweisung des Revolvers und versuchte die Läufe danach zu laden. Noch war ich nicht damit zustande gekommen, als Fritzchen zu mir kam: Mama habe ihm versprochen, daß ich ihm die Rudelsburg zeigen würde.

Da zeigte ich ihm denn die Rudelsburg. Kinder sind scharfsichtige Beobachter; der Junge war all die Stunden gedrückt; auf dem Rückweg blieb er plötzlich stehen und brach in Tränen aus. ›Was hast du, Junge?‹ – ›Du hast heute andere Augen bekommen – ich fürchte mich vor deinen Augen!‹

Das Abendessen nahmen wir wieder gemeinsam ein. Hätte ich bisher zweifeln können, wie sich das Herz der wahnsinnig geliebten Frau entschieden hatte, nun mußte ich es erkennen. Auch der Justizrat war zärtlicher, als ich ihn je gesehen hatte. Nach dem Abendessen nahm er von mir Abschied; er wollte noch heute, kurz vor elf zurückreisen. ›Also‹, sagte er, ›du überläßt alles meiner Frau!‹ Dann gingen die beiden noch in den Garten, ich auf meine Stube.

Ich zog wieder den Revolver und die Anweisung hervor und versuchte nochmals das Laden. Es schien zu glücken; ob es richtig war, wußte ich freilich nicht.

Das mußte vor allem probiert sein. Ich schlich mich aus dem Hause, die Höhe des Hügels empor, an dessen Abhang die Villa lag. Die Nacht war mondhell; auf der Höhe stand eine alte Linde; ich trat auf einige Schritte an den Stamm heran und drückte los.

Die Kugel fuhr tief in den Stamm; ich konnte die Stelle deutlich sehen, betastete sie auch. Die Waffe war also in Ordnung.

Dann wollte ich wieder auf meine Stube zurück; nun waren noch die Briefe zu schreiben, an meine Mutter, an sie, vielleicht auch an den Justizrat. Ja, auch an ihn, meine Schuld an ihn zahlte ich ja mit dem Leben, jedoch meinen Dank mußte ich ihm sagen. Aber vor dem Hause hielt der Wagen, der ihn zum Bahnhof bringen sollte, er stand am Schlage und wartete nur auf seine Frau.

›Du bist's?‹ fragte er erstaunt. ›Wo warst du?! Hast du den Schuß gehört?! Meine Frau ist sehr darüber erschrocken. Hier gibt's ja keine Jagd!‹

Ich murmelte etwas vor mich hin und ging. Aber auf dem Flur kam sie mir entgegen.

›Gottlob!‹ schluchzte sie auf, als sie mich erblickte. ›Du lebst! Ich weiß, was du vorhast. Ich ahne, wozu du den Schuß im Freien abgegeben hast! Erwarte mich gegen Mitternacht, wir gehen zusammen!‹

Kurz vor zwölf trat sie bei mir ein. Als sie im Morgengrauen schied, nahm sie den Revolver mit.« Der Erzähler verstummte und strich sich über die heiße Stirn. Es währte wohl eine Minute, bis er fortfuhr: »Ich weiß, Ähnliches hat sich zuweilen begeben. Das ist immer ein Unglück für einen jungen Menschen, wie ich damals war. Auch hat jeder nach solcher Erfahrung das Recht zu klagen, daß er an eine Schlechte gekommen sei, jedoch es geht vorbei und wirkt nicht nach. Mit dieser Frau aber war's doch noch was Besonderes, was Ungewöhnliches. Sie war wirklich eine Schlechteste. Und das werden Sie nun erst erkennen.

Sie hatte ihr Ziel erreicht, aber sie wollte auch ferner behaglich dahinleben, ohne alle Furcht vor tragischen Geschichten. Der Revolver ging ihr nicht aus dem Sinne; den einen hatte sie mir genommen, es gab andere zu kaufen. Und ewig konnte die Historie mit dem dummen Jungen nicht dauern, keinesfalls über die Kösener Wochen hinaus; variatio delectat, und selbst davon abgesehen, schon aus Klugheit ging's nicht länger. Er konnte sich ja nicht verstellen; kam er zum Herbst wieder ins Haus, so verriet er sich und sie in der ersten Stunde. Es galt also das Scheiden vorzubereiten, ein Scheiden ohne Lärmen, ohne Aufregung.

Sie dachte sich's wohl auch diesmal zunächst so leicht wie sonst. Auf den Rausch folgt der Katzenjammer; man ist eben einander satt geworden und scheidet mit einer wehmütigen Phrase, aber innerlich sehr vergnügt.

Nun, dazu war hier keine Aussicht, das sagte ihr ihre Schlauheit sehr bald. Ich war jung und unerfahren wie keiner meiner Vorgänger, schon das erschwerte die Sache; vor allem aber: mein Gemüt war noch so unverderbt. Ich war ihr Sklave, aber ich empfand noch wie früher. Sie war mir keine Heilige mehr, aber ein reines Weib, von demselben Blitzstrahl der Leidenschaft getroffen wie ich, zu demselben Schicksal verdammt wie ich. Wir waren schuldig geworden, ja, aber nur eben, weil wir Menschen waren. Und es gab ja eine Buße dafür, ob heute, ob in Wochen, das blieb sich gleich. Es gab eine Buße, und wir wollten sie zahlen.

Sie sah ein: dagegen war nichts zu machen, solange sie auf ihrem Piedestal blieb. Was mich an sie band, mich zu dieser unheimlichen Auffassung zwang, war ja nicht bloß mein Blut, sondern auch meine Verehrung für sie, meine Meinung, daß unsere Schuld eine ungeheure sei. Das mußte sie mir benehmen, mußte also selbst hinabsteigen und dabei mich hinabziehen, so tief, bis wir beide im Kot waren und uns da endlich richtig verstanden.

Das aber fiel ihr nicht leicht; es kostete sie einen bitteren Kampf zwischen ihrer Klugheit und ihrem – ich finde kein anderes Wort – ihrem Künstlerstolz. Ich habe nie einen Menschen gefunden, der auch nur fast ebenso gut heucheln konnte, und dabei so stolz darauf war, es zu können.

Darum heuchelte sie auch weit mehr als nötig und immer und gegen jedermann. Es gibt ähnliche, nur minder schlechte Frauen, denen es zuweilen ein ungestümes Bedürfnis ist, sich gehenzulassen, mindestens einen Menschen zu haben, dem sie sich in ihrer ganzen Verderbtheit offenbaren können; ihr fehlte jede Ehrlichkeit, selbst die des Zynismus. Sogar ihrer Zofe, die doch ihr Leben kannte, deren Hilfe sie nicht entbehren konnte, spielte sie immerzu Lustspiele und Tragödien vor, ohne jede Nötigung; das arme Geschöpf war durch einen Makel seiner Vergangenheit völlig in ihrer Hand. Und nun zwang sie das Bangen vor diesem täppischen Jungen und seiner Seele, sich zu zeigen, wie sie war. Es mußte sein, die Klugheit siegte über den Künstlerstolz.

Natürlich ging's sachte, Schritt für Schritt. Ich mag nicht alles erzählen; nur so einige Proben. Erster Tag: Sie hatte, erfuhr ich, ihren Gatten nur der Versorgung wegen genommen, obwohl er ihr immer gleichgültig gewesen sei. Zweiter Tag: nicht bloß gleichgültig war er ihr schon damals, sondern unausstehlich wie jetzt; auch liebte sie einen anderen, dessen Weib sie nie werden konnte. Dritter Tag: nur um dieses anderen willen hatte sie den Justizrat geheiratet, um dem Manne ihrer Neigung angehören zu dürfen. Er hatte sie aber bald verlassen, der Schurke.

Nun eine kurze Schonzeit, dann eine zweite Geschichte. Sie habe sich nach diesem Erlebnis all die Jahre so entsetzlich einsam gefühlt, bis vor wenigen Monaten, im Frühling, eine neue Leidenschaft in ihr Leben getreten sei. Leider wieder für einen Unwürdigen ... Auch sonst sei viel Unglück dabei gewesen: Martin habe zufällig Verdacht geschöpft, und sie habe, durch meine Entdeckung auf seinem Schreibtisch gewarnt, mit Mühe die Gefahr abgewehrt.

Wie das auf mich wirkte? Natürlich litt ich entsetzlich, vielleicht mehr als je nachher im Leben, ich glaube wirklich, es war meine schwerste Zeit. Solange ich irgend konnte, verteidigte ich sie vor mir selbst, suchte sie noch immer zu sehen wie bisher. Sie war gut und rein, aber über ihr Blut, über die Leidenschaft hatte sie eben keine Macht. Wie vollends durfte ich sie anklagen?! Sie betrog ihren Gatten, ich meinen väterlichen Freund! Freilich, verantwortlich waren wir doch für unser Handeln, Gott und unserem Gewissen und den anderen Menschen, wir mußten eben für unser Blut mit unserem Blut zahlen. Nur soweit also änderten sich zunächst meine tragischen Gedanken, daß ich nun dachte: ›So wird denn die Buße, die sie für mich zahlt, auch für die anderen gelten!‹ Aber dabei konnte es ja nicht bleiben; meine Gedanken mußten sich weiter spinnen. Die Liebe, die Leidenschaft, was waren sie im Grunde, wenn sie Menschen wie uns, ein Weib wie sie zu Verbrechern machten?! Mir begann vor dem Rausch der Sinne zu grauen – ich trank nicht mehr wie ein Verschmachtender, ohne zu denken, ich begann zu grübeln. Nein! Das war nicht allen Menschen auferlegt, andere waren eben stärker, reiner als ich, auch als sie. Dann aber wieder: stärker als sie vielleicht, aber nicht reiner! Was konnte sie dafür, daß jene beiden ersten Menschen, die sie umworben hatten, Schurken waren, daß sie meinem sündigen Begehren unterlegen war?! Dies alles stammelte ich ihr in wirren Worten zu und trank dann neuen Rausch von ihren Lippen.

Natürlich erschreckten sie diese Bekenntnisse. Der dumme Junge nahm's noch immer so schwer. So oft ich von der ›Buße‹ sprach, lachte sie gezwungen auf: ›Das findet sich, mein Junge!‹, blieb aber für einige Minuten verstimmt. Immerhin war ein kleiner Fortschritt zum Besseren wahrnehmbar: ich machte mir nun schon Gedanken über ihren Charakter. Sie mußte nur eben noch weiter hinabsteigen.

Nun nahm sie aber gleich einige Stufen auf einmal – die Zeit drängte ja, es war der achte August, in einer Woche sollte sie mit ihrem Manne in die Schweiz. Da kam nämlich die Jungfer zu mir, mich ganz aufzuklären. Das Geschöpf übernahm die Aufgabe vermutlich nicht ungern, aus Haß gegen die Herrin, aus Mitleid für mich. Ich glaubte ihr nicht, als sie mir sagte: sie habe auf meinem Schreibtisch die Briefe meiner Mutter an mich gelesen; ich dürfe schon um der armen Frau willen nicht zugrunde gehen – obwohl es wohl die Wahrheit war. Und als sie nun mit ihrem Dekameron beginnen wollte, wies ich ihr die Türe und eilte in heller Entrüstung zu der Geliebten, es ihr zu melden.

Sie hatte gerade Besuch: jenen Leutnant von Prillwitz, dem sie ihrem Manne gegenüber eine Rolle in der Komödie zugewiesen hatte. In der Besorgnis, daß sich der Justizrat an ihn wenden könnte, hatte sie ihm, wie sie mir den Tag zuvor gesagt hatte, geschrieben, ihn für heute hierher bestellt. Er war auch gehorsam aus Weißenfels herübergekommen.

Als ich nach kurzem Klopfen eintrat, unterbrach ich sie offenbar in einem erregten Gespräch. Beider Wangen flammten; besonders der junge Offizier schien vor Unwillen außer sich. Ich konnte es ihm nicht verargen; sich so in einen fingierten Ehrenhandel hineingezogen zu sehen, war niemand angenehm, am wenigsten einem Offizier.

Indes lief das Gespräch glimpflicher ab, als ich gedacht hatte.

›Es ist ja nichts weiter dabei‹, sagte sie, lachend. ›Es erfährt's ja außer uns vieren keine Seele. Meinem Manne habe ich schon geschrieben, daß die Sache durch eine Abbitte von Heinz ausgeglichen ist. Fragt er Sie danach, so brauchen Sie's nur eben zu bestätigen.‹

Er lachte verlegen auf und drehte an seinem Schnurrbärtchen. ›Na, in Gottes Namen, auf Ihren Befehl! Aber ...‹ Er warf einen Blick auf mich und räusperte sich.

›Richtig‹, sagte sie, ›Sie haben ja noch einen Auftrag Ihrer Schwester! Wenn du die Güte haben willst, Heinz. Ich lasse dich dann rufen.‹

Und ich ging.«

»Das war durchsichtig!« meinte einer der Zuhörer. »Und Sie ahnten nichts?!«

»Nein! Wie auch?! Eher hätte ich daran glauben mögen, daß die Saale bergauf fließen könne, als ihr derlei zuzumuten. Und eine Stunde später, als der Offizier endlich gegangen war, glaubte ich vollends wieder felsenfest an sie. Denn als ich ihr nun mein Gespräch mit Agnes erzählte, da siegte der Künstlerstolz über die Klugheit. Sie war in heller Entrüstung: das niedrige Geschöpf, das sie verleumdete, müsse sofort aus dem Hause. Aber beim Abendessen wartete Agnes auf, als wäre nichts geschehen, und zwei Stunden später hatte die Klugheit gesiegt.

Da kam Klara zu mir, schöner als je, und beichtete, abwechselnd totenblaß und errötend – das nämlich konnte sie nach Belieben, wie sie es technisch machte, weiß ich nicht; auch weinen konnte sie, wenn es ihr paßte –, sie sei ein schlechtes Weib, leichtfertig, meiner reinen Glut nicht würdig, aber eine Heuchlerin sei sie nicht. Sie wolle mir selbst alles erzählen. Und so erfuhr ich zu den zwei Geschichten, die ich schon kannte, drei neue. Der künstlerische Stil war nun ein anderer; leicht umrissene Novelletten, in denen von der verzehrenden Macht der Leidenschaft nicht mehr viel die Rede war.

Was ich dabei litt – aber das malen Sie sich selbst aus! Nur was mir das furchtbarste war, muß ich sagen, das war die tolle Glut in meinen Adern, während sie so dicht vor mir saß und alles besudelte, woran ich hing, vor allem sich selbst. O das Blut, das verdammte Blut.

Sie aber sagte sich, während ich so unter ihrem Blick erbebte: ›Nun verachtet er mich, das ist gleichgültig. Aber er beginnt jetzt auch sich selbst zu verachten, daß er mich dennoch begehrt, und das ist nützlich. Nur muß er das noch gründlicher tun; wer bis an die Ohren im Schlamm steckt, drückt keinen Revolver mehr los!‹

Und darum fuhr sie nun fort: ›Ich weiß, Heinz, du bist ebenso gut, wie ich schlecht bin, und darum wirst du vielleicht schon nach dem, was du jetzt von mir weißt, für immer von mir gehen. Und vollends wirst du es tun, wenn du erfährst, wie ich von Anbeginn gegen dich war, sonst wärest du nicht besser als ich. Du bist es, und weil ich dich rasend liebe, so ist's mir schlimmer als der Tod, auch dies über die Lippen zu bringen. Aber ich darf dir gegenüber nicht mehr lügen, das läßt mein Gewissen nicht zu.‹

Und nun beschmutzte sie mir jedes Wort, jeden Blick, jeden Kuß, den sie mir geschenkt hatte. Ich hatte ihr eben von Anbeginn gefallen, und sie war der Schüchternheit meiner achtzehn Jahre zu Hilfe gekommen. Das war alles!

Nun aber noch der Schlußeffekt. Wie ein dumpfes, stumpfes Weh hatten immer die Erinnerungen an den Tag, wo sie mein geworden, in einem Winkel meines Bewußtseins gelauert; ich konnte, ich wollte mir nicht erklären, warum sie ihren Mann gerufen hatte. Nun erklärte sie mir auch dies.«

Die Stimme des Erzählers brach sich, auch in der Erinnerung ging es ihm noch sichtlich nahe.

»Nun – und?« fragte der Schönbärtige. »Nun wußten Sie endlich, woran Sie waren, und sagten es ihr?!«

»Bewahre«, meinte der alte Arzt. »Nun blieb er zwei Stunden auf seiner Stube wie vernichtet sitzen, dann schlich er an ihre Türe und bettelte, bis sie ihm auftat!«

»Ja«, sagte der Direktor. »So war's. Nun hatte sie mich so tief herabgebracht, wie sie wollte.«

»So kommt's meistens«, sagte der alte Herr. »Zuweilen freilich geht in derlei Geschichten doch schließlich ein Revolver los. Eine Tragödie aus ähnlichen Beweggründen ist mir sogar aus meiner eigenen Erfahrung bekannt. Der junge Mensch war auch nicht viel älter als Sie, und aus der Liebe war eben Haß geworden. Haß gegen seine Verderberin.«

Der Erzähler nickte.

»Das kann niemand besser verstehen als ich. Und auch in meiner Geschichte ging schließlich etwas los, freilich kein Revolver, sondern – ein Säbel! Und ob es dieses Säbels bedurft hätte, um der Geschichte einen blutigen Abschluß zu geben, weiß ich auch nicht. Vielleicht hätte er trotzdem nicht gefehlt. Vielleicht, sag' ich. Denn es liegt mir wie ein Schleier über den nächsten Tagen. Ich kann nur sagen: dachte ich nicht an ihre Küsse, so dachte ich an den Revolver.

Aber da sauste der Säbel auf mich nieder und hieb alles entzwei: den Kampf in meiner Seele und die Marter im Hirn.

Es war am Sonntag, dem vierzehnten August, ihre Koffer wurden schon gepackt. Da schickte sie mich gleich nach dem Speisen mit Fritzchen nach Naumburg; ein Bürgerverein führte dort die ›Hussiten vor Naumburg‹ auf, und es war dem Knaben lange vorher versprochen worden, daß er hin dürfe. In Naumburg kreuzten sich damals die Züge aus und nach Thüringen.

In einem der Coupés nach Kösen nun sehe ich, als wir aussteigen, den Leutnant von Prillwitz; als er mich erblickt, fährt ein befriedigtes Lächeln über sein Gesicht. Er fährt davon. Ich war nie eifersüchtig auf ihn gewesen, selbst in den letzten Tagen nicht. Aber nun zuckt mir's durchs Hirn: ›Sie hat ihn zu sich bestellt – selbst diese Schmach tut sie sich und dir an!‹ Mir flimmert's vor den Augen; ich fasse die Hand des Knaben fester, wie um mich zu halten, und trete mit ihm aus dem Bahnhof.

Da aber übermannt's mich: ›Nein, das duldest du nicht, sie müssen beide sterben!‹ Ich lasse die Hand des Knaben fahren und eile, während er bestürzt zu weinen anfängt, durch die Stadt, die Chaussee nach Kösen hin. Ein glühheißer Tag und weit über eine Meile, aber in kaum einer Stunde bin ich in Kösen. Erst nah der Villa fällt mir bei, daß ich keine Waffe habe, nicht einmal einen Stock. Gleichviel, das muß sich finden.

Ich klingle, die Jungfer, die mir öffnet, schreit auf und will mir den Weg vertreten, ich schiebe sie beiseite und stürme die Treppe empor. Im Ständer des Korridors steht mein Ziegenhainer, ich reiße ihn hervor und stürze an ihre Türe. Sie ist verschlossen. Ich rüttle und rüttle, die Agnes steht heulend hinter mir, offenbar um sie zu warnen.

Von drinnen kein Laut. Da werfe ich mich gegen die Türe, einmal, zweimal, bis das Holz entzweikracht.

Im Zimmer steht der Leutnant, den blanken Säbel in der Hand, er allein; sie ist nicht sichtbar. ›Zurück!‹ ruft er. Ich dringe mit dem Ziegenhainer auf ihn ein. Da saust ein Hieb auf meinen Schädel nieder, und ich sinke hin. Mein letztes Gefühl ist das eines Stroms, der sich über meine Haare ergießt.

Als ich, wieder halb zur Besinnung kam, lag ich in meinem Bette im Turmzimmer. An meinem Kopfende stand meine Mutter und half einem kleinen bebrillten Manne den Verband auf meinem Schädel erneuern. Es wunderte mich zunächst nicht, als ich die beiden erblickte; mir war, als hätte ich sie in den letzten Tagen schon um mich bemüht gesehen. So schloß ich denn die Augen wieder, ich fühlte mich so entsetzlich matt.

Erst am nächsten Tage fragte ich meine Mutter, was mir geschehen sei; ich wußte nun, es war etwas Furchtbares; was es war, konnte ich nicht ergrübeln, der Kopf schmerzte mich zu sehr. Da erfuhr ich denn, daß ich mich am Sonntag vor drei Wochen hier mit einem Jenenser Studenten auf Säbel geschlagen hätte und schwer verwundet worden sei. Die Frau Justizrat habe mich ins Haus schaffen lassen, für einen

Arzt gesorgt und sie zur Pflege herbeigerufen. Nun sei die edle Frau mit ihrem Manne in der Schweiz.

Eine Woche später konnte ich mit meiner Mutter nach Weimar zurück. Dort pflegten sie und die Schwestern mich ganz gesund. Ihre Fragen, ihre Vorwürfe ließ ich schweigend über mich ergehen. Und als auf die Mitteilung meiner Mutter an den Justizrat, daß ich genesen sei, ein Brief von ihm eintraf, die Nachricht freue ihn, aber in sein Haus könne ich nicht zurückkehren, denn für einen Raufbold, der binnen wenigen Wochen zuerst mit einem Offizier, dann mit einem Studenten angebunden, sei darin kein Platz, beantwortete ich diesen Brief nur mit einigen Zeilen des Dankes für alles Gute, das er mir erwiesen hatte.«

Der Erzähler verstummte.

»Sie haben die Frau nie wiedergesehen?« fragte einer.

»Doch, erst im vorigen Winter, bei einem Diner im Hause des Handelsministers. Als der Justizrat, etwa zwei Jahre nach jener Kösener Geschichte, gestorben war, heiratete sie einen der reichsten und mächtigsten Schlotbarone des Westens. Sie ist noch heute eine ebenso glückliche wie allgemein verehrte Frau, namentlich um die Verbreitung des Christentums unter den Heiden hat sie sich sehr verdient gemacht. Meine Tischnachbarin war sie ja zufällig nicht, aber natürlich wurde ich auch ihr vorgestellt. Sie freute sich sehr, den Volkswirt und Parlamentarier, von dem sie schon viel gehört hatte, endlich auch persönlich kennenzulernen ...«

Er füllte sein Glas und stürzte es rasch hinab, als wollte er die Bitterkeit mit hinunterspülen.

»Und nun von der Besten«, sagte der Arzt. »Und da bin ich eigentlich noch neugieriger.«

»Mit Unrecht«, erwiderte der Erzähler, »auch solche gibt's, und auch die häufiger, als man glaubt. Freilich, so urteile ich heute und dank dieser Erfahrung. Damals hätt' ich's auch nicht für möglich gehalten. Denn wie ich war, als ich mich nach jenem Erlebnis mühselig ins Leben zurückfand, brauche ich kundigen Männern kaum zu sagen. Jeder junge Mensch muß seine Erfahrungen verallgemeinern, und nun gar die mit dem Weibe; seine Mutter, seine Schwestern bleiben dabei immer außer Spiel; daß sie brav sind, ist selbstverständlich. So also waren die Weiber, und das war die Liebe, die Leidenschaft, welche die Dichter besingen. Nun, entbehren konnte man sie nicht, aber man mußte sie eben richtig einschätzen. Rechnen Sie hinzu, daß ich ein stattlicher Mensch war, auch bald leidlich gewandt.

Kurz: ich habe es einige Jahre wüst und toll getrieben und viel Unheil angerichtet. Und da ich nun einmal davon spreche: ja, es bedrückt mir das Gewissen, und ich gäbe viel darum, wenn ich es aus meinem Leben streichen könnte. Zwang des Bluts, Unfreiheit des Willens, das sind keine Phrasen, sondern Wahrheiten, aber die Macht des Gewissens über unser Handeln ist auch eine Wahrheit. Ich nehme also alles auf meine Kappe, will mich hinter nichts verschanzen. Aber soviel ist mir gewiß: ohne diese ›erste Liebe‹ wäre ich ein anderer, besserer Mensch geworden. Und daß ich mich dann wandelte, scheint mir vollends nicht mein Verdienst, sondern das dieser ›Besten‹. Freilich – ich wandelte mich nur, soweit es eben noch möglich war. Auch von da ab habe ich mir von der Tafel des Lebens genommen, was ich erlangen konnte, aber ich habe kein Weib betrogen und keinem Manne geraubt, was er noch in Wahrheit besaß.

Die Schlechteste war eine Frau, die damals zu den obersten Zehntausend gehörte und seither gar unter die obersten Fünfhundert aufgerückt ist. Und die Beste ein armes Ding, nur eben eine Magd. Natürlich hätte ich es auch umgekehrt treffen können, aber ich traf eben beides so.

Auch damals noch war ich jung, kaum dreiundzwanzig Jahre alt. Ich hatte ein Jahr zuvor in Leipzig meinen juristischen Doktor gemacht, dann meine Dissertation zu einer Habilitierungsschrift erweitert. Durchgeschlagen hatte ich mich bis dahin als Hofmeister, zuletzt in einer adligen Familie bei Dresden.

Da schrieb mir mein Professor der Nationalökonomie, er sei durch einen glücklichen Zufall in der Lage, mir sofort eine aussichtsreiche Dozentur zu verschaffen und eine sorgenlose Stellung dazu. Freilich nur an einer kleineren österreichischen Universität, in Graz.

Ich besprach mit ihm sofort alles Nähere und griff zu. Die Grazer juristische Fakultät wünschte eine junge Kraft, weil der Ordinarius für Nationalökonomie ein alter, bequemer Herr war; gleichzeitig suchte einer der reichsten Aristokraten der Stadt einen jungen Doktor, der seinen Sohn für die Rigorosen einpauken sollte. Acht Tage später, zu Anfang Oktober, war ich in Graz.

Ich hatte aber meinen raschen Entschluß mindestens nach einer Richtung zu bereuen. Der alte Herr ärgerte sich über das ›Buberl‹, das sie ihm vor die Nase gesetzt hatten, und erklärte, ich sei ›a schlimmer Herr‹ und meine ›Büchel‹ so gefährlich wie das ›Büchel vom Marx oder das vom anderen Juden mit dem französischen Namen‹.

Das war ja nicht so ernst gemeint, denn er hatte weder meine kleine Schrift, noch das allerdings riesige ›Büchel‹ von Marx, noch die Schriften von Lassalle gelesen, aber die anderen Herren, der Statthalter und die Professoren, leider auch nicht. Auch hatte man zwar des lieben Scheines wegen einen jungen, nach dem neuesten Stand der Wissenschaft geschulten Dozenten gewünscht, aber im Ernst wollte man weder ›sozialistische Irrlehre‹ verbreitet sehen noch dem Ehrengreis wehetun.

So machte die Wahl eines Kollegs große Schwierigkeiten. Die Statistik, die man mir überlassen wollte, weil der Ordinarius noch immer die Ziffern von 1850 ablas, konnte ich nicht übernehmen, weil ich nicht Statistiker von Beruf war und mir namentlich die auf Österreich bezüglichen Ziffern erst hätte schaffen müssen. Ein anderes Hauptfach durfte ich mit Rücksicht auf den alten Herrn nicht lesen. Und so fand sich schließlich nur mühselig ein Ausweg: ein zweistündiges Kolleg über ›Geschichte der Volkswirtschaft‹, weil die Herren meinten, das sei doch gottlob nur ›historisch‹; Irrlehren von heute könnte ich da zum mindesten nicht verbreiten.

Nun, die Gefahr war auch sonst nicht so groß. Ein Kolleg zu belegen, das man für kein Examen brauchte, war, damals wenigstens, in Graz nicht Sitte. Freiwillig meldete sich ein Hörer. Dann schrieb sich aus Höflichkeit der junge Herr ein, den ich einpauken sollte, aber ›tres faciunt collegium‹ – wo den dritten hernehmen?! Endlich fand sich gegen Geld und gute Worte ein armer Kärntner dazu bereit. Es war zum Glück ein ehrlicher Junge, der den geschlossenen Pakt redlich einhielt; er mindestens kam ganz regelmäßig, und ich brauchte also nur einmal drei Wochen lang auszusetzen, als er krank war.

Hingegen gestaltete sich meine Stellung in jenem aristokratischen Hause sehr angenehm. Ich erhielt drei Zimmer angewiesen, ein Luxus, den der Graf – sagen wir Wartegg – sich und mir gönnen konnte. Denn das alte schöne Palais in der ›Raubergasse‹, ein Renaissancebau aus dem sechzehnten Jahrhundert, hatte sehr viele Räume. Die drei Stunden abgerechnet, die ich meinem Schüler widmen mußte, war ich Herr meiner Zeit, hatte meinen eigenen Diener und durfte nach meiner Wahl in meiner Wohnung oder an der gräflichen Tafel speisen.

Ich zog das letztere vor, weil mir die Herrschaften sympathisch waren. Gütige, auch innerlich vornehme Menschen. Der Graf, ein Herr um die Sechzig, früher Militär, nun eifriger Landwirt und pflichttreues Mitglied des Herrenhauses, klerikal, konservativ, aber durchaus duldsam und verständig; die Gräfin eine zehn Jahre jüngere kränkliche Dame von ungewöhnlicher Belesenheit, namentlich in der französischen Literatur, deren sie sich freilich nun, wo auch sie fromm wurde, zu schämen begann; der Sohn – zwei ältere Brüder dienten in der Armee – ein netter, nicht unbegabter junger Herr, der nur bis dahin arg gefaulenzt hatte.

Kurz, feine Menschen, in die ich mich leicht fand, wenn ich sie nur erst verstand, denn ihr Deutsch – das richtige Wiener Fiakerdeutsch – war mir zu schlecht, und ihr Französisch – ein höchst elegantes Pariserisch – leider damals noch zu gut. Nun, nach einiger Zeit sprach ich das Französische besser, das Deutsche schlechter, und das Hindernis war beseitigt.

Nur mein Herz war noch unbeschäftigt, wenn ich für jene Zeit den Ausdruck von mir gebrauchen darf. Das war teils meine Schuld, teils die der Verhältnisse. Mein gütiger Lehrer, der mich sehr genau kannte, hatte mir vor dem Scheiden gesagt: ›Noch eins, Liebster! Die Weiberhistorien hören in Graz auf. Wenn ein Ordinarius Anstoß erregt, so schafft ihm das Verdruß, aber keinen Schaden; ein deutscher Privatdozent aber, der vorwärtskommen will, muß sittlich sein. Verstehen Sie, sittlich!‹ Nun – und ich wollte vorwärtskommen. Und darum nützte es mir nichts, daß es auch hier nicht an Frauen fehlte, die mir gefielen und denen ich vielleicht nicht mißfallen hätte.

Von einer glaubte ich es sogar gewiß zu wissen. Aber von der schied mich noch obendrein die Rücksicht auf das Haus, das mich so vertrauensvoll aufgenommen hatte, und – eine Ähnlichkeit. Das war Mademoiselle Adèle, die Gesellschafterin der Gräfin, eine Belgierin, etwa siebenundzwanzig Jahre alt, eine hohe, schlanke und doch üppige Gestalt, aschblondes Haar, graue halbverschleierte Augen. Als ich sie zum ersten Male sah – es war in der frühen Dämmerung eines Oktobertags – schrak ich zusammen: das war ja Klara. Nun, unheimlich war die Ähnlichkeit trotzdem, bei hellem Licht nicht, aber immerhin groß genug, um mich stets von neuem zu bedrücken; namentlich der Blick dieser scheinbar milden oder müden Augen, der doch zuweilen so wild aufglühte, mahnte mich peinigend an jenes Weib. Mademoiselle, übrigens eine ebenso elegante wie gebildete Dame, war früher fünf Jahre Erzieherin in einem rumänischen Fürstenhause gewesen und erzählte oft von der schrecklichen geistigen Öde, in der sie dort hatte dahinleben müssen; jener Blick verriet mir, daß sie sich auch in Rumänien nicht immer gelangweilt hatte.

In den ersten Wochen bekam ich diesen Blick oft zu sehen. Und als wir eines Abends im November aus dem Landschaftlichen Theater heimfuhren, verwechselte sie meinen Fuß mit einem Schemel. Ich hielt eine Weile geduldig still, da sie aber immer heftiger drückte und ich dünne Lackstiefel trug, so zog ich endlich sachte den Fuß zurück.

Von dieser Stunde ab begegnete sie mir ebenso höflich und gemessen wie ich ihr. Aber daß sie mir nun nicht eben freundlich gesinnt war, konnte ich getrost annehmen. Ich sollte das auch in der Folge noch recht deutlich zu fühlen bekommen.

Zunächst bekümmerte es mich herzlich wenig, da ich mich schon einige Tage nach jener stummen Szene ernstlich verliebte, das heißt natürlich in der Art, die mir damals geläufig war. Die Historie ließ sich anfangs wie ein flüchtiges, aber nicht eben feines Abenteuer an, aber welche Folgen sollte sie für mein Leben haben!

Zu den kleinen Dingen, an die ich mich in Graz gewöhnen mußte, gehörte auch die Einrichtung, daß ein Portier des Nachts das Haustor öffnete und schloß; einen Torschlüssel bekam ich nicht. Als ich nun eines Abends, Ende November, kurz nach zehn, noch ins Café wollte, trat auf mein Klingeln an der Wohnung des Portiers statt des alten gichtbrüchigen Mannes ein Mädchen in den Torweg. Flüchtig glitt mein Blick über sie hin, blieb dann aber gründlich an ihr haften.

Alle Wetter, was war das für ein reizendes Ding! Kaum mittelgroß, braunhaarig und braunäugig, mit stumpfem Näschen und kirschrotem, herzförmigem Mund, Grübchen in den Wangen, und doch keine bloße Zofenschönheit. Wie fein war das Gesichtchen bei aller Fülle der Wangen, wie trug die Kleine den Kopf auf den Schultern, mit welcher Anmut ging sie vor mir her –, ›diese glücklichen Österreicher‹, dachte ich, und nicht zum ersten Male, ›hier verstehen die Mägde zu gehen wie bei uns die Geheimratstöchter nicht! Aber nun möchte ich auch die Stimme hören.‹ Und so fragte ich, ob der Grabmayr, der Portier, krank sei.

›I wo!‹ lachte sie - es klang so kindlich - ›schlafen tut er; zum Aufmachen bin ja jetzt ich da!‹

Das helle Stimmchen, der weiche Dialekt – es war zu hübsch, ich wollte mehr hören. Ob sie bei ihm diene?

Sie rümpfte das Näschen.

›Aber nein: Ich bin ja's Geschwisterkind von der Frau!‹

Das hätte ich nicht wissen können, entschuldigte ich mich; ich sei erst kurze Zeit hier.

›Weiß ich eh!‹ sagte sie. ›Sie sein ja der Herr Professor!‹ Und dann wieder lachend und zugleich redlich erstaunt: ›Aber so a junger Professor!‹

Das sei ich auch noch nicht, entgegnete ich, sondern nur Doktor.

Sie lachte wieder. ›Na, na, das weiß ich ja! Die Frau Tant' hat mir's ekschpliziert: A Doktor kuriert die Leut' oder sitzt beim Advokaten, aber bei Ihnen tun die Studenten lernen, also sind Sie a Professor! Freili, 's Geschäft geht noch net recht.‹

Aber da schlug sie sich auf den Mund und errötete; mehr war nicht aus ihr herauszubringen. Nur den Namen und das Alter erfuhr ich noch: Kathi, achtzehn Jahre.

›Also Fräulein Kathi‹, sagte ich, ›und wie weiter?‹

Sie lachte laut auf.

›Ich bin doch kein Fräul'n. Und weiter – was meinen S' da?! Ah so, wie mir uns schreiben tun? Sturzenegger!‹ Sie schüttelte den Kopf. ›Nein, was so a Preuß fragen tut!‹

Aber nun wurde sie vollends puterrot und bat um Vergebung.

Ich lachte, sie mit, und ich trat auf die Straße.

Wie schade, dachte ich, daß dieses reizende Geschöpf just meine Hausgenossin sein und zur gräflichen Dienerschaft gehören muß. Aber als ich nach einer Stunde heimging, freute ich mich doch, sie wiederzusehen.

Sie kam auch sehr rasch; die blanken, braunen Augen blinzelten schlaftrunken, das arme, junge Ding nickte wohl so in den Kleidern die ganze Nacht vor sich hin. Ich bedauerte sie, das fiele ihr wohl hart.

›I wo!‹ sagte sie. ›Und das dauert ja nur noch ein paar Monat'. Im März heirat' ich!‹

Wer denn der Bräutigam wäre, fragte ich.

›Ein sehr ein ordentlicher Mensch‹, erwiderte sie etwas gedrückt und zwar plötzlich in ihrem schönsten Hochdeutsch. ›Der Leiblakai beim Herrn Baron.‹ Den wirklichen Namen – es ist der eines ungarischen Geschlechts, kann ich Ihnen nicht nennen; sagen wir: ›Nery‹.

Ich gratulierte und ging auf mein Zimmer. Also verlobt war sie noch obendrein!

Am nächsten Tage speiste ich, da ich eine Arbeit über das englische Schecksystem für ein Fachblatt beenden mußte, auf meinem Zimmer. Mein Diener – Franz hieß er und war sonst sehr brauchbar – ließ mich eine Stunde warten, wie er mir denn auch schon des Morgens Grund zu einer Rüge gegeben hatte.

›Was haben Sie plötzlich?‹ fragte ich, und da er mich mit wirren Augen anblickte, so fuhr ich fort: ›Sind Sie krank?‹

Er schüttelte den Kopf und bat dann demütig, Geduld, mit ihm zu haben, er werde sich schon wieder ›z'sammrappeln‹. Aber gegen Abend vergaß er mir meinen Aufsatz einzuschreiben und gab ihn unfrankiert auf, und als ich ihn nun derb anfuhr, brach der junge rotbackige Mensch, der bereits seine Militärzeit hinter sich hatte, in Schluchzen aus wie ein hysterisches Frauenzimmer: er habe wohl gewußt, er werde gehen müssen, wenn die Kathi wieder zurück sei, weil er dann zu nichts mehr tauge, und so komme es nun; er wolle noch heute als ehrlicher Mensch dem Herrn Bräuer, dem Haushofmeister, kündigen.

Das habe noch Zeit, erwiderte ich, nun wieder besänftigt, aber ein ordentlicher Mensch müsse seine Pflicht tun, auch wenn er dumm genug gewesen sei, sich in die Braut eines anderen zu verlieben. Worauf er: damals sei sie ja noch nicht die Braut des Halunken, des Jean, gewesen; sie sei ja im Frühling gleichzeitig mit ihm ins Haus gekommen, ›und wie ich sie g'sehn hab, hab i mir gleich gedenkt: Die oder keine nicht!‹ Und weil ich ihn nicht unterbrach, so erzählte mir der arme Mensch in seiner Herzensnot die ganze kurze Geschichte seiner Leidenschaft.

Die Kathi könne nichts dafür. ›Sie war immer freundlich zu mir, und da hab ich Trottel mir einbild't, sie hat mich auch gern, aber sie is ja zu jedem freundlich, weil sie ja noch a halbs Kind is, und so gut und so lieb; sie lacht jeden an, wie die Sonn' jeden anlacht, und wenn sich einer an der Sonn' verbrennt, so kann ja die Sonn' nix dafür und die Kathi auch net!‹ Aber die anderen seien an seinem Unglück schuld, und die arme Kathi werde es erst recht büßen müssen ihr ganzes Leben lang. ›Nämlich der Jean von unserem Herrn Kusäng, dem Baron Nery – das heißt, unser Kusäng is ja der alte Sünder gar net, aber seine Frau is eine Cousine zu unserer Gräfin – was ist das für a Mensch! Ein

Fallott is er, ein Gauner is er, und bei was für Sachen er sein' Herrn geholfen hat – pfui Teufel.‹

Aber das Schlimmste kam noch. ›Und wissen Sie, woher er is?! Aus Czaslau is er, Jan Wodliczka heißt er, kurz: a Tschech!‹ Aber freilich, Geld genug habe er sich in den dreißig Jahren, wo er seinem sauberen Herrn diene, zusammengescharrt, und nun kaufe sich der ›alte Kracher, der keine Haar mehr am Kopf hat‹, die Kathi zur Frau. Zuerst habe er ihre Tante, die alte Närrin, herumgebracht, und dann den Grabmayr durch ›tausend Pfiffe Gespritzten‹ (Gläschen Landwein mit Sodawasser vermischt), und dann die Eltern, die ja arme Winzersleute in Radkersburg seien, und endlich mit Hilfe der vier Alten auch die Junge. ›No ja, so a Kind – die weiß viel, was heiraten is!‹ Natürlich sei aber der Jean ›eifersüchtig wie's böse Gewissen‹, und darum habe die Kathi im September für die Zeit seiner Abwesenheit zu den Eltern müssen, der Jean sei nämlich mit seiner Herrschaft in ein Bad gegangen, – unten bei die ›Katzelmacher‹ (der Spitzname, mit dem die Österreicher die Italiener belegen); ›Battaglia tut sich das Bad schreiben, und soll alte Leut' wieder jung machen, daß sie wieder springen können, aber wenn der alte Sünder, der Nery, springen kann, wenn er zurückkommt, dann will ich den ganzen Schloßberg auffressen, als wenn er ein Engelkopf wär'. Der springt nimmer, Herr Professor, der bleibt sein Leben im Rollstuhl, so daß ihn seine schöne Frau bequem betrügen kann!‹ In einer Woche kämen sie wieder, die Kathi aber habe schon jetzt aus Radkersburg zurück müssen, weil sich's der Grabmayr gern bequem mache. ›Aber damit is auch mein bissel Verstand wieder zum Teufel!‹

Und er begann abermals zu lamentieren, und unterbrach sich nur, um mich anzuflehen, seine bösen Worte über ›unseren Herrn Kusäng‹ zu vergessen. ›Er hat ja auch seinem Jean beim Grabmayr das Wort gered't‹, entschuldigte er sich, ›und da is es mir herausgerutscht.‹ Und über die Frau Baronin habe er ja nichts Böses gesagt. ›Wenn S' erst den Herrn Baron Nery sehn – so einen Mann darf man betrügen!‹

Ich war am Abend zu einer Gesellschaft beim Dekan meiner Fakultät geladen und kam nach Mitternacht halbtot vor Langeweile heim. Als ich die Klingel des Palais zog, nahm ich mir vor, mich mit der Kleinen, so gut sie mir auch gefiel, in kein Gespräch mehr einzulassen. Es hatte keinen Sinn, von allem übrigen abgesehen, konnte ich doch auch nicht gut der Rivale meines eigenen Bedienten werden.

Auch blieb ich standhaft, obwohl sie mir heute noch reizender erschien als gestern. Vielleicht weil sie blasser war und die Augen feucht schimmerten; sie mußte wohl geweint haben. Aber da trippelte sie zögernd mit ihrem Laternchen bis zur Treppe neben mir her und begann dann stockend: ›Bitt' schön, Herr Professor … aber net bös sein … net bös sein.‹

Ich blieb stehen: was sie wünsche?

›Wünschen?! O du mein Gott! Zu wünschen hab' ich doch nix, bitten möcht' ich nur, weil ich mir gar net mehr z'helfen weiß. Ach, Herr Professor!‹ Und sie brach in Tränen aus.

Ich suchte sie zu beruhigen, sie möge mir's nur getrost sagen, es sei gewiß nichts Unrechtes.

›A wo!‹ schluchzte sie, ›was Rechtes is es g'wiß! Aber ich trau mich halt net! Und jetzt schon gar net! Ich kann Sie doch nicht jetzt mitten in der Nacht eine halbe Stund' anlamentieren. Morgen komm' ich zu Ihnen und sag's. Aber das is ja auch net möglich‹, fuhr sie fort und schluchzte noch stärker. ›Da is ja der Franz im Vorzimmer.‹

Also das war's! Ich sollte ihr den stürmischen Werber zähmen helfen. Nun, warum nicht?! Da sie Braut war, so war das eine ebenso sittliche wie humane Mission. Und so strich ich ihr tröstend über das dichte, seidenweiche, hellbraune Haar und versprach, den Franz morgen um zehn auf eine Stunde fortzuschicken.

Sie haschte nach meiner Hand und hätte sie geküßt, wenn ich sie nicht hastig hinweggezogen hätte. ›Ich dank' Ihnen!‹ rief sie, ›der Franz hat recht, Sie sein a guter Herr!‹

Meine Zusage reute mich, kaum daß ich sie gegeben hatte, und nun erst am nächsten Morgen! Gerade weil mir das liebe Ding so gut gefiel und weil ich mich kannte. Indes, sein Wort muß man halten.

Um zehn war Franz mit einem Haufen Bücherzettel zur Universitätsbibliothek getrabt. Und eine Viertelstunde später trat die Kathi bei mir ein, in demselben dunkelblauen, etwas zu engen Leinenkleidchen, in dem sie nachts ihren Dienst versah. Aber weiß Gott, hübsch genug war sie auch so. Abwechselnd tiefblaß und dann dunkelrot stammelte sie schon an der Türe ihre Entschuldigungen, kam nur zögernd näher und schlug den angebotenen Stuhl aus. ›Um Gott's will'n, unsereins setzt sich net vor der Herrschaft hin!‹ wehrte sie ab und trug dann endlich ihre Bitte vor.

Natürlich handelte es sich wirklich um den armen, närrischen, schrecklichen Menschen, den Franz. Er habe ihr ja schon im Sommer oft gedroht, es werde ein schlimmes Ende nehmen, wenn sie sich mit dem Jean verlobe – sie sagte immer: ›Herr Jean‹ –, aber seit sie zurück sei, führe er vollends ›grausliche‹ Reden. Bald wolle er ihren Bräutigam erwürgen und sich aufhängen, dann zum mindesten sich selber erschießen – und ›ich kann doch gar nix tun, ich fürcht' mich halt und zitter' nur immer, aber das nützt ja net viel!‹ Wenn sie es ihrem Onkel sage, so komme der Franz sofort aus dem Hause, das wisse sie, aber dann werde er seine Drohungen erst recht ausführen. Und da habe sie, da der Franz mich so lobe, in ihrer Verzweiflung den Mut gefaßt, meine Hilfe zu erbitten. ›Er hat erst gestern abend g'sagt, Ihnen zulieb ging er durchs Feuer, und da hab' ich mir halt gedenkt, vielleicht hängt er sich auch Ihnen zu lieb net auf und tut auch dem Herrn Jean nix an.‹

Ich wolle gern das Meine tun, versprach ich, aber der Franz sei eben leider sehr verliebt.

›Ja, sehr‹, bestätigte sie treuherzig mit einem tiefen Seufzer, ›es is ganz schrecklich, wie verliebt er in mich is.‹

Ich mußte lächeln; ob sie denn aber keine Schuld daran trage, indem sie ihm Hoffnungen gemacht habe.

›Nein‹, beteuerte sie und beschwor es bei der heiligen Jungfrau und allen Heiligen des Kalenders. ›Wie hätt' ich es denn tun sollen?‹ rief sie. ›Er hat mir ja gar nie g'fallen, das war' also a Lug gewesen, und gelogen hab' ich noch niemals nicht!‹ Und wie sie so dastand und mich mit den braunen, klaren Augen anguckte, da kam mir diese Beteuerung sehr überflüssig vor, der hätt' ich und jeder auf diesen Blick hin alles geglaubt.

›Hm‹, sagte ich, ›dann ist also auch ein anderer Ausweg schwer möglich, der mir vorgeschwebt hat. Der Franz hat mir gesagt, Ihr Bräutigam sei ein älterer Mann, mit dem Sie sich nur auf Zureden Ihrer Verwandten verlobt hätten. Ist das wahr?!‹

Sie wurde rot, das Blut schlug ihr bis über die Stirn.

›Ja‹, sagte sie dann leise, aber fest. ›Das is wahr!‹

›Und haben Sie ihn während Ihres Brautstandes liebgewonnen?‹

Die Röte wich tiefer Blässe, dann schüttelte sie den Kopf.

›Verzeihen Sie‹, sagte ich unwillkürlich, ›aber ich meine es gut‹, – und in diesem Augenblicke wenigstens meinte ich es wirklich so. ›Nun denn, ließe sich diese Verlobung nicht aufheben? Der Franz liebt Sie wirklich und ist ein tüchtiger Mensch, auch wird er immer sein Brot haben und Sie anständig ernähren können.‹

›Nein!‹ sagte sie. ›Das sagt ja auch er selber immer, aber das kann net sein! Der Herr Jean – wie er is, so is er – aber mein Wort muß ich ihm jetzt halten … Wie ich das dem Franz gesagt hab‹, fuhr sie stockend fort, nun wieder abwechselnd errötend und erbleichend, ›da hat er was Schlechtes von mir geglaubt, aber das is net wahr! Net wahr!‹ wiederholte sie nun totenbleich, doch fest, und blickte mich voll an. ›Aber der Herr Jean hat meinem Vater fünfhundert Gulden auf sein Häusel geliehen, und mein Vater kann sie nie zurückzahlen – und darum muß es sein! … Und Ihnen‹, fuhr sie fort, ›will ich auch was sagen, was ich dem Franz gestern net hab’ sagen wollen, obwohl er mich so gekränkt hat, denn er is ja so gach (jähzornig), und ich hab’ Mitleid mit ihm und will ihn net ins Unglück bringen. Also: selbst wenn ich vom Herrn Jean loskäm’, den Franz nähm’ ich nimmer. Denn früher hab’ ich dummes Mädel das net so gewußt, aber jetzt weiß ich’s: verloben darf man sich nur mit einem, den man gern hat. Und den Franz hab’ ich net gern!‹

Ich kann Ihnen ja nur erzählen, was sie sagte, nicht, wie sie’s sagte, sonst würden Sie mir’s glauben, daß ich, trotz meiner jungen Jahre kein weicher Mensch, aufrichtig gerührt war. Es war keine Phrase, als ich ihr versprach, ich wolle in der Sache tun, was ich irgend könne. Sie dankte unter Tränen und ging.

Ich machte mich denn auch sofort ans Werk, aber viel erreichte ich nicht. Als ich dem Franz einige Stunden später kräftig ins Gewissen redete – natürlich verhehlte ich ihm mein Gespräch mit der Kathi nicht – war er sehr zerknirscht, versprach auch, sich zusammenzunehmen, ›aber‹, fügte er verzweifelt bei, ›ich fürcht’ nur: wenn ich den Hund seh’, fahr’ ich ihm doch an die Gurgel, und das Unglück is fertig!‹

Immerhin konnte ich die Kleine des Abends beruhigen.

›Weiß ich schon!‹ unterbrach sie mich fröhlich und faßte zutraulich meine Hand. ›Der Franz sagt, Ihnen zulieb will er sich z’sammnehmen. Ach, Herr Professor, was sein Sie für a guter Mensch! Als ob Sie ein richtiger Christ wär’n!‹

›Das bin ich ja auch!‹

›I wo!‹ Sie lachte über das ganze Gesichtchen, alles lachte mit: die braunen Augen, die runden Wangen, das Näschen, die Grübchen, nicht bloß der kleine, rote Mund. ›A Luthrischer sein S'! In die Höll' kommen S'!‹

Aber dann wurde sie wieder glührot und bat demütig um Entschuldigung.

›Nein, so a Frechheit von mir!‹ hörte ich sie noch ganz erschreckt hinter mir her sagen.

Und ähnliche Sächelchen könnt' ich Ihnen weiß Gott wie viele erzählen. Wie ein Kind, dachte ich zuweilen, oder auch: Ist das alles auch echt? Aber das kam nur davon, weil ich eben ein ›Preuß‹, ein ›Luthrischer‹ und zum ersten Male in Österreich war.

Die Kathi war kein Kind, im Gegenteil, trotz ihrer achtzehn Jahre auch seelisch reif, und nun vollends kein geziertes Geschöpf, sondern nur eben das richtige österreichische Mädel aus dem Volke. Ach, was ist das für eine reizende Gattung: gut und fröhlich, dankbar und selbstlos, warm an Leib und Seele – und die Kathi war nur eben ein Prachtstück der Gattung. Mir aber, der ich diese nicht kannte, erschien sie vollends wie ein liebes Wunder, und nach zwei oder drei Tagen war ich über Hals und Kopf in sie verliebt. Zudem waren wir ja durch ihre Bekenntnisse von Anbeginn in eine gewisse vertraute Beziehung gekommen: die Art, wie sie zu mir aufsah, schmeichelte mir, und daß ich sie immer nur nachts und unter vier Augen sprach, konnte mein Blut auch nicht eben beruhigen.

Dennoch hielt ich an mich und gab mir nur insoweit nach, daß ich sie allnächtlich zweimal sprach. Ich ging erst nach Zehn, wo das Tor geschlossen wurde, ins Kaffee, kehrte gegen Mitternacht wieder und plauderte jedesmal ein Viertelstündchen mit ihr. Worüber? Eben über nichts, es war schon Stoff genug, daß sie ein anderes Bändchen im Haar trug, oder daß der Herr Bräuer den Grabmayr heute scharf abgekanzelt habe, und vor allem, daß der Franz zwar noch immer seufze und die Augen verdrehe, sooft er sie erblicke, aber keine schlimmen Reden mehr führe.

Das war so der Hauptspaß. ›Wie macht er's denn jetzt?‹ fragte ich, und dann spielte sie's mir vor und sah dabei zum Küssen hübsch und neckisch aus.

Nun – und endlich kam's auch einmal zu einem Kuß, so fest ich mir auch vorgenommen hatte, standhaft zu bleiben.

Es war vier Tage, nachdem ich den Franz und sie ›gerettet‹ hatte, und ich war am Vormittag sehr mißmutig aus dem Kolleg heimgekommen: mein braver Kärntner war erkrankt, und ich mußte meine Weisheit für mich behalten. Auch im Palais wußte man davon durch den jungen Herrn, und das Mitgefühl, mit dem beim Abendessen Graf und Gräfin, am wärmsten aber meine Freundin, Mademoiselle Adèle, diese Unterbrechung meiner glorreichen Dozentenlaufbahn mit mir besprachen, konnte mich nicht eben aufheitern. In dieser Stimmung wechselte ich auch mit der Kleinen, als sie mir das Tor öffnete, nur wenige Worte, und erst bei der Heimkehr fragte ich wieder, um mich aus meinem Mißmut zu reißen: ›Nun, wie hat's der Franz heute gemacht?‹

Sie sah mich teilnahmsvoll an. ›Ja, das fragen S' so aus Gütigkeit. Ach, Herr Professor, ich hab' ja g'hört, was für Verdruß Sie heut im G'schäft g'habt haben! Ich versteh's nimmer, so a Herr wie Sie und die Studenten kommen net! Ihnen sieht man's doch an, daß Sie Ihre Sach' verstehn!‹

Ich mußte laut auflachen.

›Ja, Kathi, das wird nicht eher besser, bis Sie sich ins Zeug legen. Sie lassen sich bei mir einschreiben, und dann kommen die Leute schon!‹

Sie stimmte munter ein: ›Ja, so wird's gehn! Ich mach's Kraut fett!‹ – fragte dann aber gleich darauf bekümmert: ›Was könnt' da aber wirklich g'schehn?! Verzeihn S', wenn's a Dummheit is, aber könnten S' denn nicht in die »Tagespost« setzen: »A junger Professor« – und so und so. Na ja, aus nix wird nix!‹

Natürlich mußte ich über dies Mittel, mein Dozententum in Schwung zu bringen, erst recht lachen. Aber wie sie so vor mir stand, und auf dem lieben Gesichtchen wechselte die Sorge um mich mit dem Anreiz, in meine Heiterkeit mit einzustimmen, da hielt ich mich nicht länger und sagte: ›Nein, Kathi, wenn Sie mir schon auf die Strümpfe helfen wollen, so gibt's ein besseres Mittel. Geben Sie mir einen Kuß, und ich bin kreuzfidel!‹

Sie wurde purpurrot. ›Das war' grad's Rechte‹, lachte sie verlegen, fragte dann aber ganz ernst: ›Darf denn das eine Braut?‹

›Selbstverständlich! Einen Kuß in Ehren.‹

›Na, dann in Gott's Namen!‹ Und sie hielt mir den Mund hin. Ich umfaßte sie, es sollte nur ein Augenblick sein, aber dann kam's wie ein Rausch über mich, als ich den heißen Gegendruck ihrer Lippen fühlte, und einige Minuten hielt ich sie in den Armen. Sie begann zu zittern, hing mir aber willenlos am Halse. Erst, als ich sie endlich ließ, sah ich, wie blaß sie nun war.

›Kathi‹, fragte ich, ›sind Sie mir böse?‹

Sie schüttelte den Kopf.

›Nein, aber ... o Gott, mein Gott! ... So is das also, so ...‹

Und jählings überströmten die Tränen ihr Gesicht, und sie rannte davon; das Laternchen ließ sie stehen.

Kopfschüttelnd ging ich auf mein Zimmer und konnte lange nicht den Schlaf finden. Stolz war ich wirklich nicht auf mich.

Noch weniger stolz aber war ich am nächsten Abend, wo ich erkannte, was ich in dem armen Kinde wachgeküßt hatte.

Als ich aus einer Gesellschaft heimkam, blieb sie bei meinem Anblick erschauernd stehen und ließ das Köpfchen hängen, so traurig, daß sich mir das Herz rührte. Ich suchte sie zu beruhigen; ich wollte sie nie wieder küssen.

Wieder begann sie zu weinen.

›Das dürfen S' auch net‹, stieß sie schluchzend hervor, ›mir is auch so bitter genug! Ich weiß ja net mehr, wo aus, wo ein! Und erst seit gestern.‹

Da brach sie ab und preßte die Lippen zusammen. Ich wollte nicht weiter fragen, wozu auch, da mir ohnehin alles verständlich war – aber nun öffnete sich die Türe der Portiersloge: ›Kathi!‹ rief eine scharfe Stimme, ›mit wem plauschst denn schon wieder?‹ Der alte Grabmayr.

Als ich zu Bette ging, versprach ich mir: ›Derlei soll dir nie wieder passieren.‹ Aber das half mir über die Scham nicht hinweg.

Darum wies ich auch den Franz zunächst kurz ab, als er am Nachmittag darauf mit dem seltsamen Anliegen bei mir erschien, ich möge doch um Himmels willen gestatten, daß die Kathi wieder zu mir komme und mir ihr Herz ausschütte. ›Das arme Hascherl geht ja so zugrund!‹ jammerte er und erzählte dann erregt: sie habe heut morgens von dem ›Herrn Schurken‹ – er nannte den Jean immer so, als wäre das der Amtstitel des Mannes – einen Brief bekommen und sei seitdem ganz verzweifelt. Ihm wolle sie nicht sagen, was der Herr Schurke geschrieben habe, aber es müsse wohl etwas Schreckliches sein, und jemand müsse doch der Verzweifelten beistehen, das sei ja Christenpflicht. Da habe er ihr selbst angeboten, ihr eine Unterredung mit mir zu erwirken, denn auf mich halte sie ja ebenso große Stücke wie er selbst, und ich würde ihr vielleicht Rat wissen.

Wie gesagt, ich lehnte zunächst ab und ließ mich dann doch durch seine flehentlichen Bitten erweichen. Wieweit mich dabei meine Verliebtheit mitbestimmte oder der Wunsch, gutzumachen, was mein Kuß angestiftet hatte, war mir selbst nicht klar. Auch ganz gewöhnlich neugierig mag ich gewesen sein.

Nun, diese Neugier fand bei dem Gespräch mit dem armen Kinde jedenfalls bessere Befriedigung als mein Wunsch, ihr behilflich zu sein. Schon der Brief, den sie nach langem Zögern – ›ich schäm' mich zu Tod!‹ rief sie unter bitteren Tränen immer wieder – in meine Hände legte, war ein seltsames ›document humain‹. So also schrieb ein fünfzigjähriger Mann dieses Standes an seine achtzehnjährige Braut, ein braves Mädchen, das ihm bisher nur Küsse gestattet hatte. Und neben diesen wüsten, widerlichen Äußerungen seiner ›Liebe‹ standen die fürchterlichsten Drohungen, wenn sie ihn mit dem Franz betrüge. Veranlaßt war der Brief durch die Nachricht, daß sie vor ihm nach Graz zurückgekehrt sei; er selbst, schloß er, komme nächstens.

Ein abscheulicher Brief also, und ich konnte es dem armen Kinde nachfühlen, wenn es schaudernd ausrief: ›Und den soll ich heiraten!‹ Ich suchte sie zu trösten: der Mann liebe sie ja in seiner Art, worauf aber sie: das sei ihr eben das Furchtbare. ›Ich hab' bisher geglaubt‹, stieß sie zitternd hervor, ›es is immer schrecklich, wenn man einen Mann küßt, aber das glaub' ich jetzt nimmer!‹ Sie sagte es so leise, daß ich es kaum verstehen konnte, aber mir klang es dröhnend ins Ohr.

Es währte lange, bis ich mich so weit gefaßt hatte, um ihr einen Rat geben zu können. Viel war nicht davon zu erwarten, aber es war das einzige, was mir möglich schien.

Die Gräfin war eine feine, gütige Frau, die erst kürzlich bei Tische geäußert hatte, die Kathi sei ›frisch, stark und rein wie eine Feldblume‹, ich riet dem Mädchen, ihre Hilfe anzurufen. Sie schüttelte traurig den Kopf, ließ sich schließlich aber doch dazu überreden. Und weil sie ein echtes Kind ihres Stammes, also leicht beweglichen Gemüts war, so glomm, als sie von mir ging, in den braunen Augen wieder ein lichter Strahl auf.

Was mich betrifft, so tat ich mir, nachdem sich die Türe hinter ihr geschlossen hatte, in aller Stille einen Schwur. Der Kuß ließ sich nicht ungeschehen machen, aber durch mehr und anderes wollte ich die Ruhe meines Gewissens und meine Stellung im Hause nicht erschüttern.

Denn ich will mich nicht besser machen, als ich damals war, auch an dies dachte ich, und zwar recht lebhaft.

Nun, diesen Schwur mindestens habe ich gehalten. Es fiel mir auch nur in den ersten Tagen schwer; da ging ich sogar, die Versuchung zu vermeiden, des Abends nicht aus. Sah ich die Kathi tagsüber, so nickte sie mir fröhlich zu, wurde allerdings auch etwas rot dabei. Die Wolke, die über ihr hing, hatte sich so weit verzogen, daß sie den Himmel für immer blau glaubte. Es war nicht das Verdienst der Gräfin, denn noch ehe das Mädchen den Mut gefunden hatte, meinen Rat zu befolgen, war die Nachricht eingetroffen, daß Jean schwerlich vor dem Frühjahr heimkommen werde. Baron Nery war auf der Rückreise wieder an Ischias erkrankt, lag nun in Bozen fest, schlimmer als vor der Kur in Battaglia, und sein Leiblakai war ihm, nach den Reden bei Tische zu schließen, schwerer entbehrlich als seine Gattin. Denn den Jean brauchte er zur Pflege und die Baronin nur, um sie zu quälen. Namentlich die Gräfin Wartegg war so sehr gegen ihn erbittert, wie es ihr sanftes Gemüt irgend zuließ, und beklagte ihre Cousine der traurigen Weihnachten wegen, die sie in der Fremde werde verbringen müssen. ›Freilich‹, fügte sie seufzend bei, ›ihr ganzes Leben ist ja traurig.‹

Aus ihren Reden wie aus dem, was ich ohnehin aus der Geschichte Österreichs über ihn wußte, gewann ich von Nery ein nicht eben günstiges Bild. Er war zuletzt Feldzeugmeister gewesen, nun an Siebzig und längst außer Dienst, schon seit 1859, wo er mit zwei oder drei anderen Heerführern seines Schlages den Verlust der Lombardei verschuldet hatte. Unfähigkeit war übrigens noch das Geringste, was man ihm nachsagte; sein Name war auch durch die grausame Härte befleckt, die er nicht bloß in Italien, sondern 1849 bei der ›Pazifizierung‹ seiner eigenen Landsleute erwiesen hatte, und damit nicht genug: er wurde recht unverblümt schmutziger Geldgeschäfte mit Armeelieferanten beschuldigt. In Graz pflegte man ihn den ›kleinen Haynau‹ und noch häufiger ›die fünf G‹ zu nennen: ›Gamaschentum‹, ›Geldgier‹, ›Grausamkeit‹, ›Gemeinheit‹, ›Geiz‹. Geheiratet hatte der Graf erst vor zwölf Jahren, also nach seiner Verabschiedung und als grauhaariger Fünfziger; seine Gattin, die Baronin Irma, war an vierzig Jahre jünger als er und entstammte einem der berühmtesten Geschlechter Innerösterreichs, ihr Vater, nun längst tot, war der Oheim der Gräfin Wartegg, der jüngste Bruder von deren Vater. Da das Geschlecht zudem nicht bloß an Ruhm, sondern auch an Besitz viel bedeutete, so schien es rätselhaft, wie das junge Blut an den alten Sünder, der in jeder Hinsicht ein schmähliches Leben hinter sich hatte, gekommen war. ›Traurige Geschichten‹, sagte mir der junge Wartegg, als die Rede darauf kam, ›die Ärmste büßt für ihre Eltern‹. Er schwärmte von ihrer Schönheit und Güte, der Tapferkeit, mit der sie sich in ihr schweres Los gefunden habe. Ähnlich urteilte seine Mutter.

So gewann ich aus den Gesprächen über sie das Bild einer sanften, edlen Dulderin, für deren Schicksal ich mich unwillkürlich interessierte. Was mir Franz gesagt hatte, war offenbar häßlicher Dienstbotentratsch.

Da sollte ich früher als vermutet selbst über sie urteilen können. Wir saßen – etwa eine Woche vor Weihnachten war's – eben bei Tische, als ein Telegramm von ihr aus Bozen eintraf, sie komme am nächsten Morgen; ihr Mann folge ihr erst in einiger Zeit. Die Gräfin war ehrlich erfreut. ›Wie mag sie sich das durchgesetzt haben?‹ fragte sie, worauf der Graf lächelnd: ›Vermutlich auf dieselbe Weise wie früher manches andere auch!‹

Am Tage darauf wurde ich ihr vor der Mahlzeit vorgestellt. Es war ein grauer, düsterer Tag: der Salon lag im Zwielicht, in diesem ungewissen Schein sah sie ungünstig aus. Eine tiefbrünette Dame von etwa dreißig Jahren, sehr groß, aber selbst für diese Größe etwas zu stark, in der Bewegung schwer und langsam, mit nicht unhübschen, aber sehr fleischigen Zügen; der fahle Teint, von dem sich die vollen, blutroten Lippen grell abhoben, die buschigen, zusammengewachsenen Brauen, die Starrheit der Züge wirkten fast unheimlich; zudem lag in der Art, wie sie meine tiefe Verbeugung aufnahm, ein Hochmut, der mir kaum je begegnet war, am wenigsten in diesem Lebenskreise voll formaler Höflichkeit.

Anders freilich urteilte ich über ihr Äußeres, als wir im erleuchteten Speisezimmer saßen. Im Schein der Lampen erschien der Teint noch immer bleich, aber nicht mehr fahl; es lag ein eigentümlicher, sehr matter Schimmer über der Haut, wie man ihn etwa an der Birkenrinde im Frühling findet, und das tiefschwarze Haar von einer Üppigkeit, wie ich es kaum je gesehen hatte, war von einem bläulichen Hauch überflutet; wandte sie das Haupt, so flimmerte es in dem mächtigen, welligen Knoten auf, in den dies märchenhafte Haar über der niedrigen Stirn auf dem Scheitel gebändigt war. Auch nun noch erschienen mir ihre Bewegungen langsam, aber nicht ungraziös mehr; es war in der

Art, wie sie jetzt in ihrem Sessel lehnte oder den Kopf wandte, etwas Lässiges, aber die Lässigkeit ungewöhnlicher Kraft; die große, muskulöse, herrlich modellierte Hand sah aus, als könne sie einen Felsblock schleudern, und wäre doch das Entzücken jedes Bildhauers gewesen.

Ähnlich wie sie sich bewegte, sprach sie auch; langsam, mit tiefer, aber weicher, leicht vibrierender Stimme, daß man unwillkürlich lauschte; auch in ihrem Dialekt, so hart er klang, lag ein gewisser Reiz; allerdings sprach sie kein tadelloses Deutsch – ihre Muttersprache war das Ungarische – aber auch ihr Französisch war so unelegant, daß es selbst mir auffiel. Sie sprach wenig, fast nur auf Fragen; es war etwas Gedämpftes in ihrem Wesen, aber nicht die elegische Trauer, die ich nach ihrem Geschick vorausgesetzt hatte; es machte vielmehr den Eindruck mühsam verhaltener Kraft und Leidenschaft.

Schon die Art ihres Atemholens hatte etwas Aufregendes; langsam, mit halbgeöffneten Lippen, einem feineren Ohr hörbar, und tief, tief zog sie die Luft ein, daß sich der Busen sehr merklich hob, dann schloß sie die Lippen und atmete durch die Nase aus, daß die Flügel dieser starken, scharf und kühn geschnittenen Nase vibrierten. Dies konnte ich sehen, weil der junge Graf, der zwischen ihr und mir saß, sich zuweilen zurückbog; von ihren Augen bemerkte ich nur, daß sie groß und hell waren, was zu den düsteren, pechschwarzen, hart aneinanderstoßenden Brauen seltsam genug paßte. Erst als wir im Salon saßen, konnte ich diese merkwürdigen Augen studieren, die fast von Minute zu Minute anders erschienen, grau, grün, dann wieder fast dunkel.

Ich sollte aber noch an demselben Abend erfahren, was diese Augen vermochten. Meine Arbeit über das Schecksystem war nun erschienen und wurde, weil die Einrichtung damals in Österreich noch wenig bekannt war, in den Zeitungen besprochen. Der Graf sagte mir ein freundliches Wort darüber und ließ sich dann die Sache näher erklären. Während ich eifrig sprach, hatte ich plötzlich eine seltsame Empfindung; nie vorher noch nachher habe ich Ähnliches erlebt. Mir war's, als wehe mich ein schwüler Hauch an – aber nein, es war stärker: als striche mir eine heiße, schwere Hand über Stirn und Wangen und als fühlte ich an den Lidern, den Schläfen die spitzen Nägel dieser Hand … Ich stockte, fühlte mir das Blut jäh ins Gesicht schießen und sah die Baronin Irma an: ja es waren ihre Augen, die ich so fühlte, der Ausdruck kaum zu beschreiben; starre, nun ganz helle, grüne Augen, und wie loderte es in ihnen – als sähe man Feuer hinter einer Glaswand aufzucken ... Von ›einem Blick der Schlange‹ pflegen da die Dichter zu reden ... aber das sind Worte, Worte ... erlebt, gefühlt muß man's haben ... Auch währte es nur einige Sekunden, aber nun wußte ich genug von ihr ...«

Er hielt inne.

Der alte Arzt lächelte. »Und nach vierzehn Tagen kannten Sie sie ganz genau!«

Der Direktor schüttelte den Kopf, sein Gesicht war ernst, ja finster.

»Nach drei Tagen«, sagte er. »Es ist nicht klug, derlei zu erzählen, aber tut man's, so soll man nicht lügen wollen, und vollends darf man nicht schönfärben. Weichmütige, phantasievolle Menschen werden das immer tun, weil sie müssen, weil sie die Wahrheit nicht ertragen können, weil sie sich sonst vor sich selber zu Tode schämen müßten. Weh ihnen, daß sie müssen; dieser Zwang ihrer Seele macht ihnen solche Erlebnisse erst recht gefährlich, denn das innerste Wesen solcher Bündnisse bleibt doch auch für sie dasselbe; das wärmste Gemüt, die kräftigste Phantasie vermag sie auf die Dauer nicht zu adeln. Da sind die Härteren und Verständigeren besser daran; gewiß, aber das müßte kein Mensch sein, der nicht, und sei er so leichtfertig wie damals ich, zuweilen doch empfände, daß solche Beziehungen immer ihre Strafe in sich tragen. Immer – es bedarf gar nicht äußerer Katastrophen, nicht des Strafgerichts der Welt – in jeder solchen Blüte sitzt, mit ihr zugleich geboren und mit ihr wachsend, der Wurm, der sie zernagt.

Immer, sag' ich, so auch hier. Wenigstens, von mir darf ich dies versichern. Ich war sehr rasch der Versuchung erlegen, aber welche Rolle ich dabei spielte, namentlich dem Grafen Wartegg und seiner Frau gegenüber, vergaß ich doch niemals. Ich log nicht einmal Irma vor, daß ich sie liebte, geschweige denn mir selbst; auch sie heuchelte mir nicht, was sie nicht empfand. Was ich mir also sagen konnte, war nur: ›Sie ist ein schönes Weib, und hättest du dich besonnen, so wäre sie eben an einen anderen gekommen‹ – und das ist doch eigentlich, wenn man halbwegs Ehre im Leibe hat, schrecklich wenig. So wenig, daß ich mich vielleicht aus eigener Kraft aus dieser anscheinend so heißen, in Wahrheit so kalten und leeren Beziehung gerissen hätte, wenn mich nicht doch wieder einiges festgehalten hätte.

Ich meine nicht das heiße Blut der Baronin, obwohl ich auch seine Macht über mich nicht leugnen will, sondern im Gegenteil ihr kühle Auffassung unserer Beziehung. Ich habe Ihnen von ihrem Äußeren gesprochen, weil es merkwürdig war und schließlich auch diese Episode meines Lebens bestimmte, von ihrer Seele wüßte ich Ihnen nicht so viel zu sagen. Im Grunde eine Dutzendseele, nicht gut noch schlecht, dann freilich durch ihre Schicksale zum Schlechten bestimmt.

Ihr Unglück war, daß sie von Anbeginn niemand hatte achten können, die Eltern schon gar nicht. Der Vater ein Schwächling, ein Knecht seiner Leidenschaften, die Mutter nicht ohne zähe Kraft, aber ein schlechtes Weib.

Er war Rittmeister bei den Husaren gewesen, in einer kleinen Garnison im tiefen Alföld; die Zeit schlug er mit Karten und Pferden, bei der Flasche und mit Weibern tot. Das tun Hunderte seinesgleichen und kommen doch schließlich äußerlich heil davon, wenn sie nur körperlich kräftig genug sind; ihm ging's übel, weil er's nicht war; zuerst verwüstete er seine Nerven, dann sein Vermögen und schließlich auch seine Ehre; er heiratete seine Mätresse, eine Schusterstochter, weil sie es so wollte.

Natürlich mußte er nun seinen Abschied nehmen, auch seine Familie sagte sich von ihm los, und so saß er schließlich in Debreczin mit seinem Weibe in einem armseligen Häuslein fest und zehrte die Reste seines Vermögens auf. Das Elend voll zu machen, kam nun das Kind zur Welt. Da versuchte er es sogar, wieder zu arbeiten, er gab, da er nichts anderes gelernt hatte, Fechtunterricht, schrieb dann, als er immer mehr verfiel, Akten bei einem Notar ab und quälte sich durch, bis der Tod ihn erlöste.

Nun versuchte die Witwe die Teilnahme der Familie für das damals fünfjährige Kind zu gewinnen und reiste mit ihm nach Wien und Graz; die Verwandten wollten sich auch Irmas annehmen, aber natürlich unter der Bedingung, daß die Mutter ihren Rechten entsage, und davon wollte diese Frau nichts wissen; so schlecht sie sonst war, an dem Kinde hing sie. Sie lehnte die Rente ab, die man ihr als Kaufpreis bot, und kehrte mit ihrem Kinde nach Debreczin zurück. Dort schlug sie sich einige Jahre unsauber genug durch, und das Ende wäre wohl für Mutter und Kind das gleiche und entsetzliche gewesen, wenn nicht schließlich auf Betreiben der Verwandten die Gerichte eingegriffen hätten; das Kind wurde der Mutter abgesprochen und zur Erziehung in ein Kloster gebracht; die Frau kämpfte verzweiflungsvoll dagegen an, bis sie starb.

Das waren die Eltern der Baronin Nery – und ihr Gatte?! Nun der ›kleine Haynau‹, für ›fünf G‹! Als das schöne, achtzehnjährige Mädchen in die Welt trat, war sie, trotz der bösen Erbschaft im Blut, an sich nicht schlechter als jede ihrer Mitschülerinnen und hätte vielleicht einem braven, jungen Manne ein ordentliches Weib werden können – vielleicht – je älter ich werde, je mehr ich vom Leben sehe und erkenne, desto grausamer und unbezwingbarer erscheint mir die Macht der Vererbung ... Nun kam sie aber zudem an diesen Menschen, der sie nahm, weil er ein junges, schönes Mädchen aus alter Familie suchte, und dem man sie gab, weil sie eben ihrer Eltern Kind war. Und so wurde diese Ehe nach zwei oder drei Jahren, was sie nun war: es war schwer zu entscheiden, ob er sie mehr haßte und verachtete oder sie ihn. Natürlich hatte sie zunächst Schlimmes von ihm erduldet, war wirklich die Märtyrerin gewesen, wofür sie ihre Verwandten noch heute hielten oder doch – sie klagte niemals und heuchelte überhaupt nur, soweit wie sie mußte – zu halten vorgaben, aber das war längst vorbei.

Jetzt hatte sie sich, wie sie mir gleich in den ersten Tagen sagte, ›ihre Stellung ihm gegenüber gemacht‹. Wie ihr dies gelungen sei, würde sie mir schwerlich gesagt haben, wenn ich sie darum bestürmt hätte; nun hütete ich mich aber, daran zu rühren; mir sagte mein Instinkt: das waren unheimliche Geschichten; vermutlich wußte sie von ihm noch Schlimmeres als die anderen Menschen, und er fürchtete sie vielleicht mehr als sie ihn. So hatten sie ihren Pakt gemacht: sie blieb in seinem Hause, repräsentierte als Wirtin; damit mußte er zufrieden sein. Sie war mit ihm nach Battaglia gegangen, weil sich das so schickte, und war nun allein zurückgekommen, weil's ihr in Bozen zu langweilig geworden. ›Daß mein Leben verpatzt (verpfuscht) ist‹, sagte sie zu mir, ›dafür kann ich nichts; ich such's mir nun wenigstens so angenehm einzurichten, wie es noch möglich ist.‹ Und dazu gehört eben auch eine Beziehung, wie nun die zu mir. ›Das ist das einzige‹, sagte sie zu mir, ›was ich vor ihm verbergen muß. Er weiß, daß ich ihn verabscheue, und er trägt es; daß ich einem anderen angehöre, würde er nicht ertragen, das würde ihn rasend machen. Ich muß also sehr vorsichtig sein, und weil ich's sein muß, so bin ich's eben. Er hat bisher nichts gemerkt und wird es auch diesmal nicht.‹

Sie sehen, allzuviel Romantik war nicht dabei; sie erzählte niemals von meinen Vorgängern in ihrer Gunst, aber sie leugnete nie, daß es deren gegeben hatte. ›Lieber Freund‹, pflegte sie mir immer wieder in ihrer langsamen, gleichmütigen Art des Redens zu sagen, ›nur keine Dummheiten! Und Illusionen sind für Menschen in unserer Lage die gefährlichsten Dummheiten. Ich habe Sie gewählt, weil Sie mir gefallen und weil Ihre Stellung bei Warteggs jede Indiskretion Ihrerseits ausschließt. Und Sie mich, weil ich Ihnen gefallen und weil ich Sie nie kompromittieren werde.‹

Man kann wirklich nicht vernünftiger sein. Auch beim Sie blieben wir aus dem gleichen Grunde. Wir mußten ja fast täglich in anderer Beisein miteinander reden, wie leicht hätten wir uns da versprechen können … Und so ging es Woche um Woche fort, nie eine Szene, nie ein unangenehmes Wort.

Ich sagte schon: vielleicht hielt mich, wie ich damals war, gerade diese nüchterne Art an sie gekettet. Mein Gemüt war nicht aufgeflammt und konnte nicht erkalten, und daß der Rausch der Sinne fortwährte, dafür sorgte ihre Schönheit. Zudem hielt sie uns beide immer in gewissen Schranken und sorgte dafür, daß wir nie allzutief in den Schlamm gerieten. Kurz, in jeder Hinsicht ein verständiges und in seiner Art ehrliches Weib.

Trotzdem war's eine häßliche Zeit in meinem Leben; ich denke nicht einmal an die Abende in ihrer Villa am Rosenberg gern zurück, geschweige denn an die Tage auf meinem Zimmer. Ich fühlte mich nicht gerade unglücklich, aber wohl war mir in meiner Haut wahrhaftig nicht. Niemand im Hause schien etwas von der Beziehung zu ahnen; nur einmal, im Januar, machte es mich unruhig, als ich während eines flüchtigen Gesprächs mit Irma die Augen von Mademoiselle Adèle scharf und prüfend auf uns gerichtet fühlte, aber ich tröstete mich: viel las sie mir nicht vom Gesichte ab und der Baronin vollends nicht. Aber auch, wenn's niemand wußte, ich konnte meinem Schüler und namentlich seinen Eltern gegenüber ein unbehagliches Gefühl nicht loswerden.

Dazu mein Fiasko als Dozent, der Kärntner war ja nun hergestellt, und ich langweilte ihn wieder zwei Stunden wöchentlich; erhebend war die Tätigkeit gerade nicht. Mein Leipziger Gönner, dem ich's klagte, tröstete, das sei ja ein unverschuldetes Fiasko; ich hätte wirklich was gelernt und spräche auch nicht schlechter als die meisten – aber das war mir ein karger Trost, und sein Rat, auszuharren, behagte mir nun schon gar nicht. Bis zum Herbst konnte ich ja bei Warteggs bleiben, aber sollte ich dies?! In Graz kam ich als Dozent nie vorwärts, das war klar – ob anderwärts, ob ich überhaupt zum Gelehrten taugte?! Es wurde mir immer zweifelhafter; was mich zumeist fesselte, war doch nicht die Theorie, sondern die Praxis. Ich hatte infolge meiner Arbeit über das Schecksystem den Direktor des ›Steirischen Bankvereins‹ kennengelernt und volontierte nun zwei Stunden täglich auf seinem Büro; sie waren mir die interessantesten des Tages. Und als ich wieder die Feder ansetzte, wurde es keine Abhandlung für ein Archiv, sondern ein Aufsatz über das Wesen der Arbitrage für ein großes Wiener Blatt. Es wurde sofort gedruckt und blieb nicht unbemerkt, gleichwohl wurde ich das Gefühl nicht los: ›Du regst in deinem Kahn ab und zu die Arme, um zu rudern – und weißt nicht wohin!‹

Aber nicht diese große Frage, etwas anderes schuf mir in jenen Zeiten die schlimmste Pein: die arme, schöne, gute Kathi! – Sooft ich an sie dachte, regte sich das bißchen, was noch gut in mir war, und ich schämte mich. Und der schwerste Augenblick in jenen Zeiten war es wohl, wenn ich, in tiefer Nachtstunde vom Rosenberg heimkehrend, die Klingel des Palais in der Raubergasse zog. Sie machte es mir nicht schwer; behende wie immer kam sie in ihren klappernden Stiefelchen herangetrabt und öffnete mir mit freundlichem Gruß das Tor. Auch mühte sie sich immer, mir ein heiteres Gesicht zu zeigen. Ich aber mußte mir sagen, daß es auch meine Schuld war, wenn diese hellen Kinderaugen nun trüber blickten als sonst. Auch glaubte ich zuweilen in diesen Augen eine stille Sorge zu lesen, die mich beschämte. Die Kathi wußte nicht, von wem ich kam, aber auf welchen Wegen ich wandelte, mochte sie wohl ahnen … Gesprochen wurde zwischen uns seit Wochen nur noch das Notwendigste. Da traf ich sie, es war Mitte Februar, eines Nachts so blaß, so verweint, daß ich bei ihrem Anblick erschrak und unwillkürlich fragte: ›Was gibt's, Kathi?‹

Sie schüttelte den Kopf und preßte die Lippen zusammen; nur die lieben Augen füllten sich wieder mit Tränen. Erst, als ich nochmals fragte, stieß sie schluchzend hervor: ›Nix Besonderes, Herr Professor! Der Herr Jean hat mir geschrieben, er kommt nächstens zurück – es is jetzt mit sein' Herrn soweit wieder gut.‹ Und dann mit mühsam errungener Fassung: ›No ja, ewig kann er doch net in Bozen bleiben. Das hab' ich ja gewußt‹ – aber dabei schüttelte ein Schauer den jungen Leib.

Ich fühlte mich erblassen: das wußte Irma noch nicht, und wie sollte es nun zwischen uns werden?! Dann aber dachte ich auch an das arme Kind vor mir und seinen großen, großen Jammer und suchte es zu trösten: es werde wohl nicht so schlimm werden; zudem könne sie ja nun die Hilfe ihrer Herrin, der Gräfin, anrufen. Sie hörte mich gesenkten Hauptes an. ›Nein, nein‹, sagte sie dann, ›wie Gott will ... Ich tu' nix dagegen!‹

Und sie schlich auf ihre Kammer zurück.

Am nächsten Abend empfing mich die Baronin gleichmütig wie sonst.

›Hat Ihnen Ihr Mann nicht geschrieben?‹ fragte ich erregt und erzählte ihr, was ich von Kathi wußte.

›Der Brief kam heute.‹ erwiderte sie ruhig. ›Er ist nächsten Sonntag hier. Warum sind Sie so bestürzt? Das kann uns beiden ganz gleichgültig sein. Durch sein Kommen ändert sich nur so viel an meiner Lebensweise, daß ich nun, statt bei Warteggs oder allein, des Mittags mit ihm speise. Im übrigen bleibe ich hier in meinem Flügel, er drüben in dem seinigen. Abends gehe ich, wie bisher, ins Theater oder in Gesellschaft. Alles wie sonst.‹

›Und ich?!‹

›Sie kommen eben, sooft es uns paßt. Die einzige Änderung, um die ich Sie bitten muß, ist nur, daß Sie etwas später, kurz vor Mitternacht, kommen, und nicht mehr durch den Haupteingang, sondern durch den Garten, die Seitentür links, die direkt in meine Zimmer führt. Der Baron ist nachts oft schlaflos und könnte Sie sonst kommen hören.‹ – ›Und die Dienerschaft ...‹

›Lieber Freund‹, unterbrach sie mich, ›bürden Sie sich nicht meine Sorgen auf! Ich weiß nicht‹, fuhr sie lächelnd fort und tippte mit dem Finger an meine Stirn, ›welche Gedanken hinter der Wand da über mich zu finden sind. Sie sind zwar, gottlob, ein recht verständiger, weltläufiger junger Mann, aber anderseits sind Sie ein deutscher Privatdozent, der früher viel Verse gemacht hat, man kann das also nicht so genau wissen. Aber wie immer Sie mich beurteilen: für unvorsichtig haben Sie mich bisher gewiß nicht gehalten; tun Sie es auch ferner nicht.‹ Dann aber erklärte sie mir noch näher: auf die vier Leute, die sie jetzt im Hause habe, könne sie sich nach dieser Hinsicht unbedingt verlassen; ›sie haben mich gern, sind zu gescheit, ihre angenehme Stellung zu riskieren, und hassen den Baron.‹ Ihr Mann bringe drei

Leute mit: den Jean, einen Riesen von Neger, den er als Masseur habe ausbilden lassen, und einen jungen Lakaien; von ihnen komme nur der Jean in Betracht, und das sei ein Mensch, von dem nichts zu befürchten sei, wenn man ihn zu behandeln wisse.

›Er soll‹, wandte ich trotzdem ein, ›seinem Herrn sehr anhänglich sein.‹

Sie machte eine ungeduldige Bewegung, sagte dann aber lachend: ›Lieber Doktor, Sie sind heute wirklich unangenehm! Sie zwingen mich, Ihnen zu sagen, was man doch einem deutschen Jüngling nicht gern gesteht: daß Jean sich bei einem ähnlichen Anlaß gegen ein anständiges Taggeld durchaus korrekt gegen mich benommen hat. Seinem Herrn anhänglich?! Nur soweit es dem Schurken paßt.‹

Da war ich denn beruhigt. Und in der Tat ereignete sich in den nächsten vierzehn Tagen nichts, was auf eine Gefahr hätte schließen lassen. Ich war während der Zeit vier- oder fünfmal in der Villa, zu deren Gartentür ich nun den Schlüssel hatte. Die Baronin empfing mich unbefangen wie immer.

Des Barons wurde nur einmal erwähnt. Sie fragte mich, ob ich keinen Vorleser für ihn wüßte; der Mann müsse Deutsch und Französisch können. Ich versprach, Umfrage zu halten.

›Es eilt nicht‹, sagte sie. ›Zudem hat sich Mademoiselle Adèle erboten, zwei Stunden täglich auszuhelfen, bis der Richtige gefunden ist. Ich würde das aber ungern annehmen, die Person ist mir antipathisch‹, und dann: ›les ennemis de nos amis sont nos ennemis‹ – ›sie haßt Sie tödlich.‹

›So?!‹ fragte ich möglichst gleichmütig. ›Warum eigentlich?!‹

Die Baronin lachte. ›Tun Sie nicht so erstaunt! Das wissen Sie besser als ich und ebenso den Grund, ich kann ihn nur erraten … Näheres interessiert mich nicht‹, fuhr sie lustig fort, als ich sprechen wollte, ›ich möchte nicht eitel werden. Aber lassen wir das! Es ist ganz gleichgültig, ob sie Sie haßt.‹

Dieser Meinung war auch ich. Und darum nahm ich's sehr ruhig auf, als ich nach einigen Tagen erfuhr, daß sie dem Baron Nery nun ab und zu aus französischen Romanen vorlese.

Kurz darauf bekam ich diesen Herrn zufällig zu sehen. Als ich eines Vormittags mit dem jungen Wartegg an seiner Villa vorüberritt - es war ein ungewöhnlich milder Februartag, und die Sonne schien fast warm -, saß er in Pelze gehüllt in seinem Rollstuhl auf der Veranda der Villa; hinter ihm stand, gleichfalls wohl eingehüllt, der Neger, ein herkulisch gebauter Mann mit stumpfem, tierischem Gesicht. Als der Baron uns erblickte, winkte er den jungen Herrn heran; ich stieg mit ab und wurde vorgestellt. Es war mir ein peinlicher Augenblick. Scheu sah ich in das wüste Greisenantlitz mit den zerwühlten Zügen; namentlich die unsteten Augen ließen mich erschauern. Auch seine Reden machten den Eindruck, als hätte der alte Sünder die Gewalt über sich verloren.

›Also Sö san der Herr Instruktor!‹ sagte er kichernd. ›Aber dazu taugen S' eigentlich net! So a hübscher, starker Kerl! So a schöne, grade Nasen! Beichtvater sollten S' werden, für Damen natürlich, hihi! Dies wär 's richtige Geschäft für Sie!‹ Und sooft er grinste, tat's auch der unheimliche Mensch, der Neger.

Ich war froh, als wir gehen konnten.

Natürlich steigerte diese Begegnung mein inneres Behagen nicht. Von Tag zu Tag empfand ich die Lage, in die ich mich gebracht hatte, peinlicher. Und dann tat mir das liebe Mädel, die Kathi, so sehr, sehr leid.

Ich sah sie nur einmal, des Vormittags. Blaß und verstört saß das arme, junge Blut am Fenster der Portierswohnung und starrte in eine Schüssel Schoten, die sie aushülsen sollte, die Lider gesenkt, die Mundwinkel tief herabgezogen, ein Bild tiefsten Grams. Seit der Rückkehr ihres Bräutigams versah wieder der alte Grabmayr sein Amt, unter Stöhnen und Fluchen. ›Der grausliche Mensch, der Jean, is ja verrückt vor Eifersucht‹, klagte er mir, ›er leid't net mehr, daß die Kathi aufmacht!‹

Auch den ›Herrn Schurken‹, wie ihn Franz nun grimmiger als je nannte, sah ich einmal, als er mit einer Botschaft seiner Herrin beim jungen Grafen eintrat: ein widriger, verlebter Kerl mit brutalem Gesicht. Mich streifte sein Blick mit einem Ausdruck hämischer Vertraulichkeit – die Quittung über das ›anständige Taggeld‹ stand darin geschrieben – wahrlich, ich hatte Grund, stolz auf mich zu sein ...

Übrigens sollte der Mensch noch lange an diesen Besuch im Palais denken. Als er die Treppe hinabging, stieß er mit dem Franz zusammen, und dieser prügelte ihn weidlich durch und hätte ihn erwürgt, wenn nicht die anderen Lakaien hinzugesprungen wären. Natürlich mußte nun Franz aus dem Hause; der Graf, ein milder Herr, schickte ihn auf seinen Sommersitz in Obersteier; unter Tränen nahm er von mir Abschied. ›Geben S' auf die Kathi acht‹, bat er schluchzend, ›sonst geschieht ein Unglück!‹ Aber was konnte ich da machen?

So lebte ich die nächsten Tage unfroh und gequält dahin, in einer dumpfen, stumpfen Leere des Herzens und des Hirns, und alles peinigte mich: auch das Verflackern der Sinnenglut, und daß ich nicht ernstlich arbeiten konnte, und am meisten die Unfähigkeit, mich frei zu machen. Ich war entschlossen gewesen, nach dem ersten Rigorosum meines Zöglings zu gehen; nun bestand er es am ersten März, und es war gleichgültig, wer ihn für das zweite vorbereitete, dennoch blieb ich. ›Fort muß ich‹, sagte ich mir täglich, ›ich muß mit dem Grafen sprechen‹ – und täglich blieb's beim Vorsatz.

Da griff das Schicksal ein und riß mich empor und begnadete mich gegen Recht und Verdienst mit dem Segen eines inneren Erlebnisses, das mich so weit wandeln und veredeln sollte, wie dies überhaupt noch möglich war.

Ich weiß noch heute das Datum: Montag, den 5. März 1875. Ein heller, sonniger Vorfrühlingstag. Licht und Wärme und Heiterkeit, wohin das Auge blickte. Ich aber stand seufzend auf und dachte beim Ankleiden ohne Freude daran, daß ich heute kurz vor Mitternacht in der Villa am Rosenberg erwartet wurde.

Dann ging ich ins Kolleg und bewies meinem armen Mietling, welch ein bedeutender Mann Friedrich List gewesen sei. Er hielt geduldig stille, aber als ich schloß: ›Über die weitere Entwicklung der Listschen Theorie der produktiven Kräfte wollen wir, meine Herren, das nächste Mal sprechen!‹, da trat er mit dem Mut des gekrümmten Wurms auf mich zu und bat, ob ich ihn nicht für den Rest des Semesters dispensieren könne. Er wolle heimgehen und für die Staatsprüfung arbeiten. Aber wenn mir daran liege: sein Vetter, ein Theologe, sei bereit, ihn zu vertreten. Darauf verzichtete ich edelmütig und ging heim. Jener Satz aber, mit dem ich schloß, ist mir aus guten Gründen in Erinnerung geblieben; es ist der letzte, den ich im Leben von einem Katheder herab gesprochen.

Damals ahnt' ich's noch nicht, trotz des erhebenden Abschlusses, und obwohl mir mein Freund, der Bankdirektor, mittags sagte, eine große Wiener Bank, zu deren Gruppen sein Institut gehöre, suche einen Direktionssekretär; er sei bereit, mich für den glänzend bezahlten, sehr aussichtsreichen Posten zu empfehlen. Dieser Posten und ich – wir seien füreinander geschaffen. Ich dankte ihm, erbat Bedenkzeit und dachte zunächst nicht weiter daran. Ein lachendes Tal, ich aber starrte nur immer in den Nebel vor mir.

Träg schlichen die Stunden dahin; ich mochte trotz des herrlichen Tages nicht ins Freie. Trübselig saß ich auch des Abends allein auf meinem Zimmer und lauschte auf die Stimmen der eigenen Brust. Ach, sie klangen schrill und traurig genug. Von allem, was ich mir hier zu erringen gehofft hatte, war mir nichts geblieben als ein bißchen Sinnenglut, auch diese im Verflackern und von trübem Qualm umschwelt.

Gleichviel, ich durfte Irma nicht warten lassen. Als es elf Uhr schlug, schloß ich die Fenster, durch die bisher die noch immer milde Luft eingeströmt war, nahm Mantel und Hut und wollte die Treppe hinabgehen. Bei dem ungewissen Schein des Deckenlämpchens am Korridor sah ich am Pfeiler neben der Treppe eine Gestalt lehnen. Erstaunt sah ich schärfer hin. Da regte sie sich, daß der Lichtschein auf ihr Antlitz fiel, ein erregtes, totenblasses Antlitz.

›Kathi!‹ rief ich.

Sie trat wankenden Schritts vor; das arme Kind hielt sich sichtlich mühsam aufrecht.

›Herr Professor‹, stammelte sie, ›ich hab' auf Ihnen g'wartet! Ich muß Ihnen was sagen.‹

Ich sah sie fragend an.

›Sie dürfen net hin!‹ rief sie und hob die zitternden Hände empor. Im Klange ihrer Stimme, in ihrer Gebärde lag ein Ausdruck so dringlichen Flehens, so hilfloser Herzensnot, daß ich sie zunächst fassunglos anstarrte.

›Sie dürfen net!‹ wiederholte sie. ›Um Christi Barmherzigkeit willen! – Es wär' Ihr Ende!‹

Sie stieß es schrill hervor, es klang wie ein Schrei durch die Stille der Nacht.

›Pst!‹ machte ich unwillkürlich; die Treppe mündete dicht neben der Portiersloge.

›Jesus Maria!‹ murmelte sie, ›wenn mich der Onkel g'hört hätt! Er glaubt, ich schlaf. Herr Professor, machen S' Ihre Tür wieder auf und lassen S' mich zu sich ins Zimmer. Sie müssen alles wissen.‹

Ich hatte mich gefaßt. ›Liebe Kathi‹, sagte ich, ›Sie meinen es gut, aber muß es heute sein?! Ich weiß nicht, was Sie zu wissen glauben, aber dort, wohin ich gehe, erwartet mich keine Gefahr!‹

›Das größte Unglück‹, rief sie und umfaßte meine Rechte mit ihren beiden fieberheißen, zitternden Händen.

›Der Hassan, der Schwarze! Machen S' Ihre Tür auf – Sie müssen alles wissen!‹

Da tat ich, wie sie wünschte, zündete die Lampe an und ließ sie eintreten.

Nun erst, im helleren Licht, sah ich, wie verwüstet die Züge des armen Kindes waren. Ich bat sie, sich zu setzen.

Sie schüttelte den Kopf. ›Nein, kurz. Also …!‹

Aber da stockte sie wieder und schlug die Hände vors Gesicht. ›Mein Herr und Gott, wie soll ich das sagen!‹

Dann begann sie wieder stammelnd, von Purpurröte übergossen: ›Ich weiß schon seit vorgestern, mit wem Sie … wohin Sie jetzt abends so oft gehen. Der Herr Jean hat's mir g'sagt. Nämlich jeden Samstag führt er mich jetzt aus, zum Wein. Ich muß ja mit, ich bin ja seine Braut.‹

Ihre Stimme klang heiser und sank zum Flüstern herab. ›Er hofft immer, wenn ich trink' … aber … lieber sterben. Aber er selbst hat sich dann nimmer in der Hand und red't gar viel. Und da prahlt er also am Samstag: jetzt hat er auch von seiner Baronin täglich fünf Gulden extra … und wofür sie's ihm gibt.‹

Sie rang nach Worten: ›Mir … mir war sehr bitter, wie ich das gehört hab'. Net meinetwegen … nein, was dürfen Sie mich angehen?! Aber Ihretwegen! Sie, Sie …‹

Sie verstummte und schlug die Hände vors Gesicht.

Ich verstand wohl, was sie sagen wollte: ›Sie sind zu gut dazu!‹

Ich stand am Fenster und preßte die heiße Stirn gegen die Scheiben. ›Weiter!‹ sagte ich endlich …

›Ja, ja!‹ Sie strich sich mit der Hand über die Stirne. Sie lerne jetzt vormittags auf Wunsch des Herrn Jean bei der Theres' von Nerys das Kochen, esse dort und bessere nachmittags in der Stube der Mizzi, der Zofe, seine Wäsche aus. Der Herr Jean wolle zwar, daß sie das auf seinem Zimmer besorge, aber das tue sie nicht … ›Heut nach vier, wie's schon dunkel wird – er is grad' beim alten Herrn – geh' ich in sein Zimmer, die Wäsch' einzulegen. Da hör' ich ihn plötzlich kommen. In meiner Angst versteck' ich mich hinter ein' Vorhang. Er kommt mit dem Schwarzen, und da muß ich hören, was sie reden.‹

Wieder versagte ihr die Stimme. Ich mußte zureden, auch wiederholt fragen, bis ich über den Inhalt des Gesprächs im klaren war.

Der ›Herr Jean‹ habe den Hassan im Auftrage des Barons gedungen, einen jungen Herrn, der kurz vor Mitternacht durch den Garteneingang eintreten werde, vor der Pforte zu überfallen und halbtot zu prügeln. ›Ganz hin darf er net wer'n, aber mindestens die Nasen mußt du ihm entzweischlagen. Hörst?! – Die Nasen! Das will der Herr Baron. Dafür kriegst hundert Gulden!‹ Und der Hassan hatte es in seinem gebrochenen Deutsch zugesagt: ›Ja, ich tun Nasen weg!‹ Und darauf seien beide wieder aus dem Zimmer gegangen, und sie sei heimgestürzt, mich sogleich zu warnen.

Aber da habe ihr doch der Mut gefehlt. Dann habe sie sich hingesetzt, mir zu schreiben. ›Aber ich kann ja so schlecht schreiben. Und dann hat mich die Angst gepackt: vielleicht geht er doch hin. Und da hab' ich auf Sie gewartet.‹

Ich ging, während sie dies stammelte, im Zimmer auf und nieder. Wirr genug war mir im Gemüt, noch wirrer im Hirn. Ich schämte mich vor dem lieben, armen Ding, schämte mich, wie ich's kaum sagen kann. Aber wie immer ich war, ein Feigling war ich bisher nie gewesen und durfte es auch jetzt nicht sein. Freilich nützte ich vermutlich der Baronin nichts, brachte nur mich selbst in Gefahr, aber es mußte sein.

Mein Entschluß war gefaßt. Ich trat zur Kathi, ergriff ihre Hand und dankte ihr herzlich. Sie möge nun schlafen gehen.

›Und Sie!‹ schrie sie auf. ›Sie gehen doch hin!‹

Ich schwieg.

›Bei allen Heiligen‹, drängte sie. ›Antworten S' mir!‹

›Ich muß, Kathi! Ich nehme meinen Revolver mit, da geschieht mir nichts!‹

›Es darf net sein!‹ Sie stürmte zu meinen Füßen nieder und umklammerte meine Knie.

Ich hob sie sanft empor, blieb aber fest. Und da ...«

Der Erzähler hielt inne. Als er fortfuhr, zitterte seine Stimme.

»Und da, meine Herren, da erlebte ich, was mich dies Mädchen die Beste ihres Geschlechts nennen läßt.

Sie erhebt sich und wankt nach der Tür. Da bleibt sie stehen und wird glühendrot, dann totenbleich und tritt endlich wieder an mich heran. Und so, zwei Schritte von mir, die Arme schlaff herabhängend, murmelt sie: ›Herr Professor, Sie dürfen net hingehen. Die Baronin ist eine große Dame, und ich bin nur an armes Mädel. Aber lieber wie sie hab' ich Sie. Ich hätt's nimmer g'sagt, jetzt wissens S's! Lieber wie mein Leben hab' ich Sie! Und ich … ich hab' Ihnen ja auch amal g'fallen. Sehr g'fallen, sonst hätten S' mich net so geküßt. Und Sie haben's nur aus Erbarmen mit mir net wieder getan. Herr Professor, geküßt hat mich auch der Herr Jean, aber mehr net, bei Gott, mehr net! Wenn eins von uns beiden zugrund' gehen soll, so will ich's sein. Denn der Herr Jean schlagt mich dann gewiß tot, aber daran liegt nix. Herr Professor, hier bin ich … ich will mich net wehren. Aber Sie gehen net hin!‹

Ich starrte sie an, dann wich ich zurück.

So standen wir wohl eine Minute, beide zitternd, einander gegenüber.

›Gehen Sie‹, rief ich endlich. ›Ich bleibe zu Hause! Ich danke Ihnen. Gehen Sie!‹

Darauf sie: ›Herr Gott, ich dank' dir!‹ Noch einen Augenblick stand sie schwer atmend da, dann verließ sie, das Antlitz plötzlich von Tränen überströmt, aber aufrechten Hauptes, mein Zimmer.«

Wieder verstummte der Direktor, in seinen Augen war ein feuchter Schimmer. Aber als er fortfuhr, klang seine Stimme wieder ruhig wie sonst: »Sie werden mir gerne glauben, daß ich in dieser Nacht kein Auge schloß. Und das Gelöbnis, das ich mir in den qualvollen Stunden ablegte, habe ich zu halten versucht.

Am nächsten Morgen um acht Uhr brachte mir ein Knabe ein Billett von mir unbekannter, ungelenker Frauenhand: ›Seien Sie heute um zehn im Museum in der Herrengasse.‹ Nach der Beschreibung, die mir der Bote von der Frau gab, war es die Mizzi, die Zofe der Baronin. Ich ging hin; es war wirklich die Mizzi. Lachend erzählte sie mir, sie habe gestern nacht von elf bis zwei vergeblich einige tausend Schritte von der Villa auf mich gewartet, um mich heimzuschicken, wenn ich käme. Mademoiselle Adèle habe dem Baron Nery die Ohren voll gewispert und dieser darauf den Schergen gedungen, mir aufzulauern. Zum Glück habe Jean davon Wind bekommen und die Baronin rechtzeitig gewarnt. Sie habe eben ihrem Mann eine furchtbare Szene gemacht und ihm erst nach langen Bitten wieder vergeben. Natürlich dürfe ich nun zunächst nicht wiederkommen, etwa drei Wochen lang.

Ich erwiderte, daß ich überhaupt darauf verzichten müßte, da ich noch heute nach Wien abreise. Ob ich der Baronin durch ihre Vermittlung schreiben dürfe. ›Lieber nicht‹, war die Antwort. ›Sie is keine Freundin von Briefen, das dürfen S' mir glauben.‹

Und ich glaubte es ihr.

Dann ging ich zum Bankdirektor und bat, meine Bewerbung in Wien anzumelden; hierauf zum Grafen Wartegg, der meine Bitte um sofortige Entlassung gütig gewährte. Nach einem Brief an den Dekan der Fakultät, in dem ich auf die Dozentur verzichtete, blieb mir in Graz nur noch eines zu tun übrig. Ich besaß etwa tausend Gulden; das Notwendigste behielt ich davon zurück, das übrige gab ich einem Grazer Anwalt mit dem Auftrage, sich mit dem Winzer Sturzenegger in Radkersburg in Verbindung zu setzen und ihm das Geld auszuzahlen an dem Tage, wo das Verlöbnis seiner Tochter Kathi mit dem Jean Wodliczka gelöst sei.

Dies ist geschehen. Daß die Kathi ahnte, von wem das Geld komme, konnte ich nicht verhindern; sie dankte mir brieflich. Ich habe nie wieder von ihr gehört.

So – das ist alles!«

Er zog die Uhr.

»Alle Wetter, halb zwei. Gute Nacht, meine Herren!«

Ein Feigling

Ich bin im Leben viel merkwürdigeren, viel bedeutenderen Menschen begegnet als dem Manne, von dem ich hier erzählen will, aber kaum einem, dessen Schicksal mich tiefer ergriffen hätte. Und weil ich Ehrfurcht vor diesem Schicksal habe, darum schmücke ich es nicht aus und erfinde nichts, sondern erzähle schlicht, wie es sich gefügt hat. Es sind nun über zwanzig Jahre her – im Frühling 1880 war's –, als ich aus Frankfurt a.M. einen Brief erhielt, der mir den Tag vergoldete, meine Spannkraft belebte. Der Absender schrieb mir über eines meiner Bücher, das war alles. Aber wie er's tat, machte mir das Blättchen wertvoll. Es war kaum ein Lob darin, aber diese Worte hatte ein feiner, guter Mensch aus dem Herzen heraus geschrieben, und derlei ist erquicklicher als alles Lob. Von sich selber sagte er nur, daß er noch jung und Bankbeamter sei. Den wirklichen Namen mag ich nicht hierher setzen, obwohl ihn Tausende führen. Ein sehr alltäglicher Name, sagen wir Heinrich Müller.

Natürlich dankte ich ihm und verlangte mehr über ihn zu erfahren. Er antwortete, viel sei da nicht zu erzählen. Er sei der Sohn eines preußischen Hauptmanns, der Jüngste von acht Geschwistern, er habe fünf Brüder, zwei Schwestern. Die fünf Söhne habe der Vater im Kadettenkorps untergebracht, die seien nun auch Offiziere. Mit ihm, dem sechsten, sei es nicht so glatt abgegangen; man habe von oben her dem kinderreichen Manne sanft, aber entschieden bedeutet, für den müsse er selbst sorgen. Nun, das ging auch, da er nun in Gießen in Garnison stand, wo es nicht bloß ein Gymnasium, sondern auch eine Universität gab. »Über meinen Beruf hat es nie eine Debatte gegeben. Natürlich mußte ich Jurist werden, nicht weil ich besonders dafür veranlagt war – ich bin für nichts besonders veranlagt –, sondern weil ich meines Vaters Sohn war. Konnte ich dem König nicht als Offizier dienen, dann als Richter oder in der Verwaltung. So ließ ich mich als Jurist inskribieren und diente während der beiden ersten Semester mein Freiwilligenjahr ab. Aber gerade nachdem ich damit fertig war, starb mein Vater. Die Witwenpension hätte die Mutter, die Schwestern und mich nicht vor dem Verhungern geschützt, denn Wohnung und Kleider muß ja der Mensch auch haben. Meine Brüder brachten sich eben knapp durch; die konnten nichts abgeben. Da mußte denn ich verdienen – und wie sollte ich das als Student? Nun traf es sich glücklich, daß ein Bruder meiner Mutter Hauptbuchhalter einer hiesigen Bank ist. Er ließ mich herkommen, einen Kursus in der Handelsschule mitmachen und brachte mich dann in seiner Bank unter. Das war vor fünf Jahren, und heute habe ich 3600 Mark Gehalt und kann für Mutter und Schwestern, die in Gießen geblieben sind, etwas tun. Auch fertigen meine Schwestern Stickereien an, und Mutter vermietet möblierte Stuben an Studenten; so haben sie's eigentlich nicht schlechter als zu Vaters Lebzeiten. Und was mich betrifft, so bin ich auch zufrieden. Ich habe einmal irgendwo gelesen, ehrliche Liebe erwecke Gegenliebe, das gelte auch vom Beruf. Es wird wohl nicht immer so sein, aber bei mir trifft's leidlich zu. Ich habe mir fest vorgenommen, ein möglichst brauchbarer Bankbeamter zu werden, und ich glaube, daß ich es bin.«

Ich habe die Stelle hieher gesetzt, weil sie für ihn bezeichnend ist. Mir wenigstens war's damals, als kennte ich den Menschen schon daraus ganz genau: ein braver, schlichter, starker Mensch. Darum antwortete ich bald, und nun schrieb wieder er.

So blieben wir durch sieben Jahre in Verbindung. Besonders lebhaft war sie ja nicht, aber wir teilten einander doch das Wichtigste mit. So erfuhr ich von ihm, daß er sehr rasch vorwärtskam, weit über seine bescheidene Erwartung. Schon nach drei Jahren wurde er in einer Vertrauensstellung an eine Filiale seiner Bank in Koblenz beordert und hatte nun das doppelte Gehalt. Fast gleichzeitig las ich in einem rheinischen Blatte, er habe mit eigener Lebensgefahr einen alten Bettler aus einem Wirbel im Rhein gerettet und habe dafür die Lebensrettermedaille erhalten. Er selbst teilte mir dies nicht mit, und als ich ihm darüber schrieb, erwiderte er, das sei doch nur Pflicht gewesen. Wieder nach drei Jahren erhielt ich eine gedruckte Anzeige: »Ich beehre mich, meine Verlobung mit Fräulein Valeska von G., Tochter des königl. preußischen Hauptmanns Herrn Friedrich von G. und seiner Gemahlin Wladislawa, geborenen von Sz., ergebenst anzuzeigen. Koblenz, im März 1886. Heinrich Müller, Direktor der Filiale der X-Bank, Leutnant in der Reserve.« Beigefügt waren nur vier Worte in seiner schönen kaufmännischen Handschrift: »Ich bin sehr glücklich.«

Ich gratulierte herzlich. Daß er eine Adelige, die Tochter eines Offiziers gewählt hatte, konnte mich nicht wundern. Er war zwar mit Leib und Seele Kaufmann, auch in seinen Ansichten gut bürgerlich, aber dabei ein loyaler Preuße und voll aufrichtiger Achtung für den Beruf, dem der Vater angehört hatte; zudem war er in so engen Beziehungen zu seinen Brüdern geblieben, daß ihre Anschauungen ihn wohl auch beeinflussen mochten. Aus dem Manöver hatte er mir einmal geschrieben: »Das ist das Spiel, aber ich wollte, ich wäre einmal im Ernst dabei. Freilich bin ich meiner schwachen Augen wegen ein miserabler Schütze, aber darauf kommt's ja dann nicht an.« Übrigens bedurfte es all dieser Erklärungen nicht – »ich bin sehr glücklich« –, er hatte sich eben in die junge Dame verliebt und heiratete sie, weil er in der Lage war, nach seinem Herzen wählen zu können.

Dieser Anzeige folgte zunächst kein Brief mehr. Das wunderte mich nicht – ein junger, verliebter Ehemann! Dann, nach Jahresfrist, fragte ich doch einmal, als mir zufällig beim Ordnen meiner Papiere seine Briefe in die Hand kamen, bei ihm an, wie es ihm ginge. Er schrieb umgehend, entschuldigte sein Schweigen und sprach sehr eingehend über ein Buch, das ich kurz vorher hatte erscheinen lassen. Vor sich selbst teilte er nur mit, daß er nun Vater eines Töchterchens sei; seine Frau habe bei der Geburt in Gefahr geschwebt, sei nun aber wieder wohl.

Das war alles, und mir war's, da ich ihn kannte, zu wenig. Was ihn drückte, pflegte er zu verschweigen, was ihn beglückte, gönnte er anderen gern zur Mitfreude. Sollte die adelige Offizierstochter doch nicht die rechte Frau für den bürgerlichen Bankdirektor gewesen sein, der nur eben Leutnant in der Reserve war?! Natürlich sagte ich in meiner Antwort nur, ich hoffte nächstens, mehr von ihm zu hören.

Aber diese Hoffnung erfüllte sich nicht. Die Zeit verging, er schrieb nicht wieder. Und wie's nun einmal zu gehen pflegt, so fragte auch ich nicht mehr an.

Erst im Sommer 1891 schrieb ich ihm wieder. Ich wollte von Berlin über Köln den Rhein aufwärts nach Mainz gehen und fragte bei ihm an, ob er in nächster Zeit in Koblenz sein werde; wenn ja, dann wollte ich einige Stunden dort anhalten, um endlich seine persönliche Bekanntschaft zu machen. Denn wie er aussah, wußte ich nur aus einer Photographie, ein großer, blonder Mann mit männlich schönen Zügen und stattlichem Vollbart. Ähnlich hatte Kaiser Friedrich in seiner Jugend ausgesehen.

Der Brief kam zurück: »Verzogen. Unbekannt wohin.«

Natürlich fiel mir dies auf. Ich hatte an seine Büroadresse geschrieben. Wenn ein Bankdirektor so spurlos verschwindet, daß auch seine Bank nichts von ihm weiß, so kann dies eine fatale Bedeutung haben. Nun, das war ja hier ausgeschlossen. Aber Gutes mochte doch nicht dahinterstecken. Nun war ja seine Stellung ansehnlich genug, daß ich auch in Berlin hätte erfahren können, was mit ihm geschehen sei. Aber ich fragte nicht. Etwas Gutes war's nicht, und Peinliches erfährt man nie zu spät.

Vier Jahre später – im Frühherbst 1895 – lag eines Morgens wieder ein Brief von ihm auf meinem Tische. Poststempel: »Metz«. Er lese eben, schrieb er mir kurz, in der »Lothringer Zeitung«, daß ich im Metzer Verein für Erd- und Völkerkunde einen Vortrag halten würde. Da bitte er mich denn dringendst, ihm zu schreiben, mit welchem Zuge ich käme oder in welchem Hotel ich absteigen wolle und wann er mich besuchen dürfe. »Ich bin überzeugt, Sie werden mir diese Bitte nicht abschlagen, gleichviel, was Sie in der Zwischenzeit über mich gehört haben mögen.«

Ich gab ihm sogleich die gewünschte Mitteilung und fügte bei, ich hätte nichts über ihn gehört. Und ich meinerseits könne und wolle ihn nur nach dem beurteilen, was ich bisher von ihm wüßte.

Der Metzer Verein für Erd- und Völkerkunde besteht zu zwei Dritteilen aus Offizieren, zu einem Dritteil aus Beamten; die Vorträge finden im Militärkasino statt. Es ist in Deutschland üblich, daß der eingeladene Redner am Bahnhof von zwei Vertretern des Vereins in Empfang genommen wird. So war es auch hier; ein älterer Herr in Zivil, ein Gymnasiallehrer, und ein Premierleutnant begrüßten mich auf dem Perron. Als ich an ihrer Seite dem Ausgang zuschritt, gewahrte ich in einer Nische einen Herrn, der mich voll ansah. Ich hielt unwillkürlich an – das war ja wohl Heinrich Müller; so bat ich denn die Herren, mich einen Augenblick zu entschuldigen, trat auf ihn zu und nannte fragend seinen Namen.

Im nächsten Moment schon reute mich dies; er war fahl geworden wie die Wand, an der er lehnte. »Ja ...«, stammelte er. »Ich wußte nicht, daß man Sie abholen würde ...« Er warf einen scheuen Blick nach meinen Begleitern. »Wann ... wann darf ich zu Ihnen ins Hotel kommen?«

»Wann Sie wollen. Etwa um fünf; bis zum Vortrag bin ich frei.«

Ich trat wieder auf die Herren zu; sie waren plötzlich wie verwandelt. Selbst der alte Gymnasiallehrer war steif und kühl, und der Premierleutnant vollends so, als hätte er einen Ladestock verschluckt. Auch hatten sie am Ausgang nicht übel Lust, mich allein ins Hotel fahren zu lassen. Aber dann stieg der alte Herr doch in die Droschke, die sie mitgebracht hatten, und der Leutnant folgte nach kurzem Zögern.

Kaum aber war der Wagen in Bewegung, als der Gymnasiallehrer begann: »Kennen Sie den – hm – den Herrn, den Sie ansprachen – hm – näher?«

»Ich denke, ja«, erwiderte ich. »Allerdings nur brieflich. Auch habe ich in den letzten Jahren wenig von ihm gehört!«

»Dacht' ich!« sagte der Premierleutnant und hatte sich jählings des Ladestocks entledigt. »Frechheit, Ihnen aufzulauern ... So'n Mensch ... Jeschaßter Landwehroff'zier!«

»So-o? Und weswegen?!«

»Kniff vor einem Duell. Unerhört, janz unerhört ...«

»Die Details kennen Sie nicht?«

»Nee – nich genau. Is aber auch janz egal. Jedenfalls jemeiner Feigling.«

»Man müßte die näheren Umstände kennen«, sagte ich und gab dem Gespräch eine andere Wendung.

Schlag fünf pochte es an die Tür meines Hotelzimmers, und Müller trat ein. Er war nun auch sichtlich befangen; ich meinerseits mühte mich, ihm so herzlich zu begegnen, wie dies unseren einstigen Beziehungen entsprach. Zu ablehnender Kälte, dachte ich, ist's dann noch immer Zeit, wenn es eben nach meiner eigenen Auffassung sein muß.

»Bitte«, begann er, »sagen Sie mir offen: haben Ihnen die Herren vom Verein über mich gesprochen?«

»Ja!« erwiderte ich und teilte ihm auf seine Frage schonend mit, was ich gehört hatte.

Er hatte sich gefaßt. Voll und ehrlich blickten mich die blauen Augen an, als er sagte: »Es ist die Wahrheit. Ich bin mit schlichtem Abschied entlassen worden. Auch war es kein ungerechtes Urteil; die Herren konnten nicht anders. Aber auch ich konnte nicht anders. Bitte, hören Sie!«

Und er erzählte ruhig, kaum daß zuweilen ein leises Zittern der Stimme seine Bewegung verriet:

»Das Unglück meines Lebens war meine Heirat. Hat je ein Mensch den Willen gehabt, dem anderen die Wahrheit über sich zu sagen, so ich in diesem Augenblick, aber ich muß sagen: es war kein verdientes Unglück. Etwas Torheit, etwas Eitelkeit meinerseits war dabei, aber dafür war die Strafe zu hart. Ein Bürgerlicher, ein Kaufmann, verkehrte ich, als ich nach Koblenz kam, hauptsächlich mit Offizieren. Zu meiner Entschuldigung könnte ich anführen, in welcher Luft ich aufgewachsen war und daß ich in dieser Garnisonstadt sonst nicht leicht Verkehr gefunden hätte, aber das genügt mir selbst nicht, mich in meinen Augen zu entlasten. Denn ich weiß, daß es vornehmlich aus Eitelkeit geschah. Ich bildete mir was darauf ein, daß ich in Kreisen Zutritt fand, die sonst dem Bürgerlichen, auch dem Reserveoffizier, verschlossen geblieben wären. Auch tröstete ich mich damit, daß mir ein gewisser innerer Zusammenhang nicht fehle. Das war auch richtig, nur hielt ich für ein Tau, was eigentlich nur ein dünner Faden war. Es gab wenige Dinge im Leben, über die ich nicht anders dachte als die Herren, mit denen ich außerhalb des Büros fast ausschließlich umging.

Freilich, mit der Zeit bequemte ich mich in einigem ihren Anschauungen an. In dem, wo ich selbst ungetestet war und keine Erfahrung hatte. Ich war auch bis dahin kein Mönch gewesen, aber die unanständigen Frauen spielten eine geringe, die anständigen gar keine Rolle in meinem Leben; ich hatte in Frankfurt fast keinen Familienverkehr gehabt. So glaubte ich meinen Freunden gern, wer eigentlich das Ideal einer Frau war. Honorig mußte sie sein, natürlich, aber auch schick, pikant und patent; eine Sportsdame, je verwegener, desto besser. Stimmte dies, so war die Valeska geradezu das verkörperte Ideal. Ihr war kein Pferd zu wild, keine Eisdecke zu dünn, auch keine Mode zu toll. Ich glaube, in einem anderen Kreise hätte ich mich nur eben in sie verliebt, denn sie war sehr schön; eine herrliche Gestalt, feine, kapriziöse Züge, braunes Kraushaar und blitzende graublaue Augen, nur der Mund etwas zu groß, die Lippen zu dick. Aber ans Heiraten hätte ich nicht gedacht, gewiß nicht. Hier dachte ich daran, und weil sie's wollte, so waren wir im Handumdrehen verlobt.

Daß sie's wollte, war kein Wunder. Ihr Elternhaus wäre einem feinfühligen Geschöpf unerträglich gewesen, aber peinlich war es auch ihr. Der Vater war ein armer Hohlkopf, den die Geldsorgen niederdrückten, wenn er sie nicht wegtrank; die Mutter, eine Polin, ein hartes, verschwenderisches Weib von bedenklichem Ruf. Herr von G.

stammte aus einer höchst verdienten Familie, gleichwohl war's fast ein Wunder, daß er den blauen Brief noch nicht erhalten hatte. Die Eltern mied man auch, wo man konnte, aber die Tochter war sehr beliebt. Sie konnte eben jedem den Kopf verdrehen, selbst Frauen, und nun gar jedem Manne. Mich vollends stellte sie unter eine Art Kreuzfeuer, denn sie war nun vierundzwanzig und hatte es schon ein halb dutzendmal bis hart an die Verlobung gebracht, aber nicht weiter. Dann kam der Mann zur Besinnung oder – oder ...«

Er zögerte und wechselte die Farbe.

»Es muß alles gesagt sein«, stieß er dann hervor. »Also: ... oder er erkundigte sich im Posenschen, wo sie bis vor einem Jahre gelebt hatten ... Ich erkundigte mich nicht ... So wurden wir Brautleute und nach vier Wochen Mann und Weib ...«

Wieder atmete er tief auf und fuhr dann ruhiger fort: »An wen ich da gefesselt war, wußte ich schon nach einigen Monaten. Ich will nicht davon reden, daß sie, ihr bißchen Französisch abgerechnet, nichts, gar nichts gelernt hatte, nicht einmal davon, daß sie eine schlechte Wirtin und eine Verschwenderin war, das steckte ihr im Blute wie die Koketterie. Aber daß es ein Weib von gleicher Herzenskälte und Herzensroheit geben könnte, hätte ich nicht für möglich gehalten, bis ich's an dem Weibe meiner Liebe erfuhr: ich glaube, das einzige Geschöpf, für das sie was empfand, war das Pferd, das ich ihr gekauft hatte. Und das war nun meine Gefährtin fürs Leben ...! Mein ältester Bruder Fritz, der damals nach Ehrenbreitstein in Garnison kam, sah entsetzt, an wen ich da gekommen war. Befreien konnten er und seine brave, gute Frau mich nicht; Valeska trug mein Kind unter dem Herzen. So suchten sie mir wenigstens zu helfen. Mein Schwiegervater und seine Frau nahmen meinen Beutel so stark in Anspruch, daß ich selbst in Verlegenheit geriet; sein Oberst hatte, als ihm's mein Bruder vorstellte, ein Einsehen und schickte ihn in ein kleines Nest im Osten; da hatte ich leidlich Ruhe vor ihm. Aber als meine Geschwister nun auf Valeska zu wirken suchten, als ich sie zähmen wollte, da machten wir's nur schlechter; aus einem ungezügelten, launischen Weibe wurde sie dann eine Rasende ... Als mein würdiger Schwiegervater von mir Abschied nahm, schlug er mir das Geschäft vor, mir für dreihundert Mark das Geheimnis zu verkaufen, wie ich Valeska zur Vernunft bringen könnte. Nun, die dreihundert Mark mußte ich ihm ja jedenfalls geben, damit er abreisen konnte; da enthüllte er mir das Wundermittel: Prügel ...

Das nützte mich nichts, prügeln konnte ich meine Frau nicht ... Wie sie war, dafür nur ein Beispiel. Sie stand hart vor ihrer schweren Stunde, der Arzt hatte ihr bereits aufgetragen, das Haus nicht mehr zu verlassen; meine alte Mutter war aus Gießen zu ihrer Pflege herbeigeeilt. Da erhalte ich eines Vormittags von meiner Mutter ein Zettelchen ins Büro: ›Valeska ist eben ausgeritten!‹

Ich stürze heim, die Richtung zu erkunden, einen Wagen zu schaffen, in dem ich ihr folgen kann. Aber nach einer Viertelstunde bringen sie mir ein paar Schiffsknechte auf einer Tragbahre bewußtlos ins Haus. Sie war den Rhein entlanggeritten, auf dem Pferde von den Wehen überrascht worden und hinabgefallen ... Drei Tage schwebte sie zwischen Leben und Sterben, dann war sie gerettet; auch das Kind blieb am Leben, ein Mädchen ... Was ich dabei empfand, als ich das winzige blonde Dingchen mit den blauen Augen mir zum ersten Male zulächeln sah, beschreibt kein Wort ...«

»Ihr Kind«, sagte ich, »das läßt sich denken!«

»Oh«, sagte er dumpf, »es war nicht das allein. Freilich, mein Kind! Aber wissen Sie, was ich gleichzeitig dachte: ›Nun bleibe ich ewig an dieses Weib gefesselt!‹ Ich kämpfte dagegen und starrte das Kind an, bis mir die Tränen überquollen, und während sie auf sein Antlitz fielen, stieß ich laut hervor: ›Lebe ... lebe ...!‹ Als wollte ich jene andere Stimme in mir niederschreien ... Aber sie klang mir dennoch in den Ohren.«

Er atmete tief auf.

»Ihnen sage ich eben alles, auch die Dinge, deren ich mich schämen muß ... Denn wenn ich so dachte, so war das nicht bloß ungerecht gegen das arme, schuldlose Geschöpfchen, sondern ich belog mich auch selbst. Ich wäre von der Frau nicht losgekommen, auch wenn wir kinderlos geblieben wären. Wie sehr ich durch sie litt, ich sagte mir doch immer wieder: ›Sie handelt, wie sie als ihrer Eltern Kind, nach ihrem Temperament, ihrer Erziehung handeln muß. Und daß sie sich für keinen ›gedruckten Blödsinn‹ interessiert, sondern nur für Pferde und Hunde, hast du ja sogar im vorhinein gewußt! Iß die Suppe, die du dir eingebrockt hast!‹ Also Gerechtigkeitsgefühl, Fatalismus oder wie Sie's nennen wollen! Aber das war nicht das Wichtigste ... Ich verachtete sie, aber ich begehrte sie wie in der ersten Stunde, wo ich sie gesehen hatte ... Und wenn sie mich trat, ich duldete es, weil ich die Stunde nicht entbehren konnte, wo sie mich küßte ... Und dann verachtete ich mich selbst meiner Schwäche wegen … Ich war sehr unglücklich …«

»Das Mädchen blieb Ihr einziges Kind?« fragte ich.

»Nein, in zweiten Jahre folgte ein Schwesterchen. Und das war ein Unglück und ein Glück zugleich. Ein Unglück, weil mich die Art, wie Valeska den beiden holden, blonden Engelchen begegnete, täglich, stündlich von neuem schmerzte und empörte. Sie kümmerte sich nicht um sie, überließ sie der Wärterin und mir; führte ich sie ihr zu, so schob sie sie zurück. ›Was willst du?‹ sagte sie. ›Ich kann mich nicht verstellen, ich kann nun einmal die Quietschen nicht leiden. Aber dich liebe ich, das muß dir genug sein!‹ Nur das erste war Wahrheit, das letzte Lüge. Sie liebte niemand als sich selbst. Ich war der Mann, der ihren Luxus bestritt; eine andere Rolle spielte ich nicht in ihrem Leben … Das war so sichtlich, daß es jedermann merken mußte, der mit uns verkehrte. Wie unsere Bekannten dachten, konnte ich mir denken. Sie kamen des Champagners wegen; mich kannte keiner näher. Als mein Bruder nach Straßburg versetzt wurde, stand ich ganz allein. Gern hätte ich meine Mutter im Hause behalten, aber das gab täglich widrige Szenen; so kehrte die alte Frau nach Gießen zurück; kurz darauf starb sie … Und da war's ein Glück für mich, daß ich die Kinder hatte. Sie waren meine Freude, mein Trost, meine Hoffnung; sie ließen das Gute in mir nicht sterben …

So verstrichen die drei ersten Jahre unserer Ehe. Die Kinder gediehen prächtig – und man gewöhnt sich auch an die Hölle; ich wurde allmählich ruhiger. Aber es lag nicht bloß daran, wenn ich von da ab leichter atmete. Valeska wurde sichtlich milder, sanfter, verständiger. Sie gab sich Mühe, meinen Wünschen zu entsprechen; dazu gehörte auch, daß wir nun stiller lebten. Wir hatten sehr viele Offiziere und einige Beamte bei uns gesehen, dazu ein paar Geld- und Sportsleute; auch paßten mir einige gar nicht. So namentlich ein Herr von B., ein Mann in den Dreißigern mit den Manieren eines Stallknechts, der sich auf allen Rennplätzen herumtrieb. Wovon er lebte, wußte man nicht und zischelte allerlei darüber – ein gewerbsmäßiger Wetter und Spieler –, aber er verkehrte in Offizierskreisen, war selbst Hauptmann in der Landwehr. Und da er ein guter Reiter und ein unübertrefflicher Pistolenschütze war – er traf auf dreißig Schritt Entfernung das kleinste Ziel mit unfehlbarer Sicherheit –, so spielte er eine gewisse Rolle. Mir aber waren jene Gerüchte unangenehm, auch die dreiste Art, wie er in der ersten

Zeit, da wir ihn kennenlernten, meiner Frau den Hof machte, paßte mir nicht. Nicht etwa, daß ich auf ihn eifersüchtig gewesen wäre. Nicht auf ihn noch auf einen anderen. Das war die einzige Folterqual, die ich nicht erlitt.

Valeska war kokett und kokettierte mit jedermann, weil sie mußte, mit achtzigjährigen Greisen und bartlosen Jünglingen, mit Generälen und Schiffsknechten, sie konnte eben nicht anders. Daß sie sich ernstlich vergehen könnte, hielt ich für ausgeschlossen; sie war zu klug dazu, und daß ich mir da nichts gefallen ließe, wußte sie. Nun, ein Wort von mir, und Herr von B. wurde nicht mehr geladen. Schon vorher aber waren in jenem Winter manche aus unserem Salon verschwunden, gegen die ich nichts hatte, sogar einige, die mir die relativ Liebsten waren, durchweg verheiratete Herren, darunter ein Major von S., ein naher Freund meines ältesten Bruders. ›Warum lädst du die nicht mehr ein?‹ fragte ich. Die Frau sei ungezogen gegen sie gewesen, war die Antwort. ›Übrigens – wie soll ich's denn machen? Lade ich Leute ein, ist dir's nicht recht, und tue ich's nicht, so bist du auch unzufrieden.‹ Daran war ja was Wahres, und ich schwieg. Übrigens taten die Leute uns wie wir ihnen: Mitten im Karneval lebten wir einsam; es kam kaum eine Einladung. Das fiel mir auf, ich fragte meine Frau. ›Wer nicht lädt, wird nicht geladen‹, war ihre Antwort. ›Entbehrst du's? Ich nicht!‹ Und da sie so sanft, so zärtlich war wie nie zuvor, so war auch ich zufrieden ...«

Wieder hielt er inne und fuhr dann hastig mit gepreßter Stimme fort: »Und nun das letzte ... Sie werden wohl schon geahnt haben, was da spielte ... Eines Vormittags im März – fünf Jahre war ich nun verheiratet – trat mein Bruder aus Straßburg bei mir ein. Er hatte vor wenigen Wochen seine Frau verloren; ich war sehr erstaunt, als er kam. ›Mir ist‹, sagte er, ›von einem ehrenwerten Manne geschrieben worden, daß deine Frau dich mit Herrn von B. schamlos betrügt. Sie treffen sich jeden Vormittag elf Uhr bei der Medistin deiner Frau, die ihnen eine Hinterstube eingeräumt hat.‹ – ›Verleumdung!‹ brach ich aus. ›Das ist unmöglich!‹ – ›Es ist möglich, denn es ist so. Warum auch nicht? Vor vier Tagen habe ich zufällig erfahren, welchen Ruf sie drüben im Osten schon als ganz junges Mädchen hatte. Übrigens – überzeugen wir uns. Es ist nach elf.‹ Wir gingen.

Nun, es war keine Verleumdung. Als wir die Tür jener Hinterstube erbrachen, fanden wir die beiden ... Ich war sinnlos vor Zorn und

Schmerz; meinem Bruder danke ich's, daß es zu keinem lauten Worte kam. ›Gehen Sie‹, sagte er zu Herrn von B., das war alles, und als er gegangen war, brachten wir die Frau nach Hause. Dort unterschrieb sie ein Schuldbekenntnis, willigte in die Scheidung, verzichtete auf die Kinder. Alles ohne Kampf, nachdem ihr tausend Mark Reisegeld nach Posen auf den Tisch gezählt waren. Ihre letzte Frage war: ›Wer erzieht denn die Kinder?‹ Darauf mein Bruder, das ginge sie nichts an. – ›Freilich nicht‹, sagte sie. ›Ich frage nur so aus Neugierde. Der Heinrich ist ja ein toter Mann. Den schießt morgen Herr von B. eine Kugel mitten ins Herz. Pech für euch, daß ihr mich nicht schon im Herbst erwischt habt. Das war einer, der überhaupt nicht schießen konnte.‹ Und sie ging. Ich habe es mit eigenen Ohren gehört«, fügte er knirschend hinzu.

»Natürlich reiste sie nicht nach Posen«, fuhr er ruhiger fort, »sondern zog zu jener Modistin; in Koblenz hatte sie ja Bekannte … Eine halbe Stunde, nachdem sie gegangen war, griff mein Bruder wieder zu Mütze und Säbel. ›Hast du bezüglich deiner Zeugen Wünsche?!‹ fragte er. Ich war so vernichtet vor Ekel und Entrüstung, daß ich nicht denken, nicht antworten konnte. ›Dann bitte ich den Major von S. darum, der mag einen zweiten Offizier wählen.‹ Er ging. Ich blieb allein, eine Stunde oder länger. Auch nun stachen mir die Gedanken nur wie glühende Pfeile durchs Hirn: keiner klar und faßbar, ich war betäubt. Einmal trat die Bonne der Kinder, ein braves altes Mädchen, ins Zimmer und fragte, ob ich nichts essen wolle. Ich wies sie hinweg. Ihr mochte von meinem Blick bange geworden sein; nach einer Weile schob sie mir die Kinder ins Zimmer. Die Älteste, Ännchen, lief lustig auf mich zu, das dreijährige Linchen kam hinterdrein. Da riß ich sie an mich, und die Tränen brachen mir aus den Augen wie ein Strom. Die Kleinen wurden ängstlich, sie suchten sich mir zu entwinden, ich hielt sie fest und weinte. Als ich sie ließ, da konnte ich wieder denken …

Das Duell – das mußte ja sein – natürlich! Ich war ja Offizier und Herr von B. auch. Ich war ja moralisch tot, wenn ich ihn nicht forderte. Es stand hundert gegen eins, daß ich morgen ein toter Mann war. Und was wurde dann aus meinen beiden Kindern?! Ich hatte keinen Pfennig Vermögen; die tausend Mark hatte ich mir eben von der Bank als Vorschuß auf mein Gehalt holen lassen. Meine Brüder konnten nichts für sie tun, sie brachten sich alle kümmerlich durch, auch der älteste, der drei Söhne hatte. Meine Schwestern, zu denen die Kinder dann wohl kamen?! Die lebten ja von dem, was ich ihnen zuwandte. Verzweifelt taumelte ich im Zimmer auf und nieder. Mußte es sein? Ja, die Ehre gebot es! Aber welche? Die falsche, die Scheinehre, der ich all die Jahre nachgetaumelt war, dem Abgrund zu, in dem ich nun zerschmettert lag! Die wahre Ehre, die Ehre als Mensch und Vater, gebot das nicht! Wie lag der Fall wirklich? Ein gewerbsmäßiger Spieler hatte sich mit einer Dirne eingelassen wie der und jener vor ihm. Und weil diese Dirne damals meinen Namen trug, darum mußte ich mich von ihm totschießen lassen und meine Kinder ins Elend stoßen. Und wie ich mir dies sagte, wurde ich plötzlich ruhig. Ich mußte handeln, wie mir die Pflicht, das Gewissen und nicht die ›Ehre‹ gebot. Mein Bruder kam zurück.

›S. hat's übernommen‹, sagte er, ›und hat Hauptmann K. gebeten, ihn zu begleiten. Über die Bedingungen ist ja gar nicht zu reden; zehn Schritte Distanz, Kugelwechsel bis zur Abfuhr.‹

Darauf ich: ›Ich schieße mich mit B. nicht!‹

›Unsinn‹, sagte er. ›Weil er in üblem Ruf steht? Auch S. sagte: »Ein Lump!« Aber er weiß auch, daß ein Ehrengericht in Wiesbaden B. erst vor sechs Wochen für satisfaktionsfähig erklärt hat. Natürlich können wir auch hier ein Ehrengericht verlangen, aber nur, wenn du neue Beweise gegen ihn hast. Sonst ist's nutzlos und sieht unschön aus!‹

›Nein‹, erwiderte ich, ›ich lehne das Duell überhaupt ab.‹ Und ich sagte ihm, warum.

Er wurde totenfahl und konnte sich vor Entsetzen kaum aufrecht halten. ›Mensch‹, rief er, ›das ist ja Wahnsinn! Alles muß man für seine Kinder tun, aber einen moralischen Selbstmord darf man auch um ihretwillen nicht begehen. Noch dazu nutzlos. Daß du morgen fällst, ist möglich, meinetwegen wahrscheinlich, aber kneifst du, so ist gewiß, daß du dein Leben lang ein verfemter, bemakelter, ehrloser Mensch bleibst. Einen Platz an der Sonne hast du dann verwirkt und kannst irgendwo als Buchhalter in einem Nest vegetieren. Und dann haben's deine Kinder so hart, wie wenn du morgen fällst. Ich flehe dich nicht an, an unseren Vater im Grabe, an deine Brüder zu denken, aber denke doch an dich! Du kannst nicht vor der Welt als Feigling dastehen! Du bist's ja nicht! Du hast ja dein Leben eingesetzt, ein anderes zu retten!‹

Darauf ich: ›Ich darf eben nicht an mich denken! Dürfte ich's, so würde ich mich morgen über den Haufen schießen lassen. Was ist der

Tod gegen ein Leben, wie es mich erwartet? Ob mir's auch materiell so geht, wie du prophezeist, weiß ich nicht. Aber moralisch bin ich für die meisten ein toter Mann. Nun, es muß eben sein.‹

Und dabei blieb ich, was immer er mir sagte. Noch bat, noch beschwor er mich, als die beiden Herren erschienen und meldeten, das Duell sei für morgen früh in einer Kasematte auf dem Ehrenbreitstein verabredet. Ich erklärte ihnen meinen Entschluß. Welche Szene nun folgte, ersparen Sie mir zu berichten …

Ich hatte nun keinen Bruder mehr, aber meine Kinder hatte ich. Und darum raffte ich alle Kraft zusammen und ging meinen Pflichten nach. Wie meine Handlungsweise beurteilt wurde, erfuhr ich deshalb doch, aus den Mienen meiner Bekannten, aus den Zeitungen, sogar aus dem Betragen meiner Untergebenen. Schon nach vier Tagen erhielt ich die Ladung vors Ehrengericht meines Regimentes: Ich legte schriftlich meine Motive dar. Darauf kam nach abermals vier Tagen die schimpfliche Entlassung. Und als ich fast gleichzeitig ein Telegramm von meiner Bank in Frankfurt erhielt, mich dort einzufinden, so wußte ich, was dies bedeutete.

Nun, ich hatte richtig geahnt. Der erste Direktor, ein kluger, milder Mann, sagte mir so schonend als möglich, auf meinem Posten könne ich nicht bleiben. Es sei ja ein Vertrauens- und Repräsentationsposten. Und ein anderer sei bei der Bank nicht für mich frei. Ich ward mit einer reichlichen Abfertigung entlassen. Ich suchte einen anderen Posten, gleichviel welchen, und fand eine Stelle als Hauptbuchhalter in einem westfälischen Bergwerk in W. Da war ich zwei Jahre, und da es im Ort keine Garnison gab, auch niemand meine Geschichte kannte, so ging's mir gut. Da starb der Besitzer, und sein Sohn, ein junger, schneidiger Herr, Premierleutnant in der Reserve, der zufällig erfuhr, wer ich sei, entließ mich.

Wieder fand ich einen anderen Posten, aber hier in Metz. Ich wußte, was meiner hier harrte; hier liegt ja die stärkste Garnison im Reich. Nun, es ist gekommen, wie ich's voraussah. Aber meine Kinder gedeihen, und ich kann ihnen eine gute Erziehung geben. Mein stetes Bestreben ist, drüben in Amerika eine auskömmliche Stellung zu finden. Bis jetzt ist's mir nicht gelungen, und auf gut Glück darf ich nicht hinüber. Aber ich gebe die Hoffnung nicht auf, daß es mir gelingen wird. Es war seit langem meine Absicht, Ihnen dies alles zu schreiben, aber dazu entschließt man sich doch so schwer. Darum danke ich dem

Zufall, der Sie hergeführt hat. Ich bitte Sie nicht, ein Urteil über mich zu sprechen. Und wenn mir gleichviel wer sagen würde: ›Du hast ehrlos gehandelt, du bist ein Feigling!‹, ich würde es nicht glauben. Ich bin kein Feigling.«

Nun sagte ich ihm, wofür ich ihn hielt: für einen Helden.

Wiedergesehen habe ich ihn niemals mehr. Er lebt seit langem in Amerika, und es geht ihm gut.

Unser Hans

Das hat wohl die Mailuft getan, du lieber, treuer Mensch, daß ich in den letzten Tagen jählings wieder so oft habe deiner gedenken müssen – diese lieblich tückische Frühlingsluft, welche Sieche tötet und Kinder fröhlich gedeihen läßt und in jedem geprüften Herzen dieselben seltsam wechselnden Stimmen weckt, welche einst um diese Jahreszeit geheimnisvoll die Haine von Hellas durchtönte: die wildaufjauchzenden, todesbang schluchzenden Sänge der Adonisfeier ... Ach, wie eigen geschieht es dem Herzen in diesen Tagen, da allerwärts süß-kräftiger Duft ist und freudiges Blühen; gern jauchzt es mit, sein kühnstes Hoffen dünkt ihm nicht mehr töricht, und sein Geschick will es nur nach dem messen, was es noch zu gewinnen träumt – und siehe! vielleicht dieselbe Stunde weckt tiefe Wehmut in demselben Herzen, und es muß seiner Toten gedenken und sein Geschick nach dem messen, was es bereits verloren! ... Das hat wohl die Mailuft getan, stiller Hans, daß ich wieder deiner gedenke.

Was könnte es auch sonst gewesen sein? Noch liegt mir ja die eigene Jugend nicht ferne genug, um in der Erinnerung gern immer wieder auf jene engen Pfade zurückzuflüchten, welche so kühl und schattig waren, weil sich die Palmen der Ideale darüber wölbten und rechts und links das Baumwerk der Jünglingsträume aufschoß, hoch, in den Himmel hinein. Und du selbst, Hans, du hast mich nicht wieder an dich erinnert, seit langen zehn Jahren, seit jenem häßlichen Herbsttage, da wir dich zur Grube senkten – du hast mir kein Zeichen geschickt, Hans, obwohl du es versprochen, feierlich versprochen mit Wort und Handschlag. Und weil du hier, unter uns, immer ein ehrlicher Worthalter gewesen bist, so vermute ich, daß dein Schweigen triftige Gründe hat und daß wir uns nimmer wiedersehen, nicht hüben, nicht drüben!

Nimmer – und es ist gut so! Wer den Gedanken der Unsterblichkeit tröstlich findet, gleicht dem Kinde, welches sich an dem blanken Dolche erfreut, weil er sein Bild zurückstrahlt. Aber die glänzende Klinge ist deshalb doch kein harmloser Spiegel, sondern eine verwundende Waffe – die Unsterblichkeit der Seele wäre die Unsterblichkeit des Schmerzes ...

Ich weiß wohl, was Triftiges sich dagegen sagen ließe. Nicht etwa der flache Gemeinplatz, daß die Unsterblichkeit der Seele auch die Unsterblichkeit der Wonnen wäre. Denn es gibt keine glücklichen Menschen – der eine empfindet den Schmerz der Kreatur allerorts und allimmer, wie eine graue Wolkendecke, die über der Erde hängt; der andere empfindet ihn nur dann, wenn aus diesen Wolken der Blitz auf sein eigenes Haupt niederfährt – das ist aber auch der einzige Unterschied zwischen dem Feinfühligen und dem Rohen; empfinden muß ihn jeder. Aber man könnte mir einwenden, daß es Schmerzen gibt, an welche man in der Folge mit Stolz zurückdenkt, die man, wenn sie durchlitten, aller Welt als Schmuck zeigen darf, wie etwa der Invalide die Kugel, die ihn getroffen, in goldener Fassung an seine Uhrkette hängt. Und ferner könnte man mir sagen, daß es auch hehre, heilige Schmerzen gibt, welche wir freilich im tiefsten Herzen bergen, die sich jedoch allmählich klären und verklären und endlich sogar sanftes Licht ausstrahlen, wie die Wolke, die den Tag über grau und düster am westlichen Himmel gestanden, mit sinkender Sonne rosig zu strahlen beginnt und tröstlich fortleuchtet in die Dämmerung hinein. Ja! Es gibt stolzes und heiliges Menschenleid, aber so düster ist diese Erde, daß selbst solches Leid spärlich gesät ist – die meisten Schmerzen sind widrig und gemein, sind häßlich und, was das Schlimmste, oft auch lächerlich. Von solcher Art ist dein Weh gewesen, mein armer Hans, und darum ist es gut, daß du es nicht mehr nachfühlst, und darum war es vielleicht sogar gut, daß du dir selbst die Zeit abgekürzt, wo du es nachfühlen mußtest ...

Vielleicht! Denn nur ein allgerechter Gott könnte über den Selbstmord richten, und unter den Menschen wagen es nur engherzige Toren. Wir sind ja allesamt so furchtbar einsam und wissen allesamt so wenig voneinander – wie könnte da der eine sich's herausnehmen, dem andern die letzte Rechnung nachzuzählen und seinen Befund darunter zu schreiben? Ich will nicht entscheiden, ob du recht getan, Hans, ich will nur erzählen, wie dich das Leben gestaltet und dann zernichtet.

Wer noch vor kurzem in der Dämmerstunde die Währinger Straße zu Wien hinabschritt, dem fiel zur Rechten aus dem Erdgeschosse eines alten Hauses heller Lichtglanz ins Auge, und er vernahm laute Tanzmusik, dazwischen heiseren Gesang und Gläsergeklirre – »Walhalla« stand in Flammenschrift über der Tür, und aus den Fenstern guckten arme, freche Walküren mit heißen oder müden Augen auf die abendliche Straße. Es war ein Haus, wo der Fusel der Freude ausgeschenkt wurde, und wer da vorbeiging, mochte traurig werden bei dem Gedanken, wieviele Tausende von Menschen dahinsterben, die nur solchen Fusel verkostet und nie den klar goldigen Wein der Freude. Oder er mochte mitleidig darüber lächeln, in welcher sonderbaren Art die armen toten, ohnmächtigen Götter unsterblich bleiben unter den Menschen – »Walhalla«, »Olymp«, »Elysium«, wer weiß, welche neue Namen für solche Vergnügungslokale noch nach zweitausend Jahren hinzutreten werden? … Aber wer vor etwa zehn Jahren Student zu Wien gewesen und nicht so entartet, sich des Kneipens zu enthalten, der hatte, wenn ihn sein Weg später an der »Walhalla« vorbeiführte, die besondere Empfindung, die ihm niemand neiden wird: der sah eine Stätte seiner Jünglingsjahre, um welche ihm die Erinnerung leuchtende Schimmer gewoben, mit Unrat besudelt. Denn in derselben Halle, wo unsaubere Lippen die jüngsten, frechsten Gassenhauer krächzten, da sind einst die schönen kräftigen Lieder erklungen, welche Karl Follen, Arndt und Schenkendorf deutscher Jugend gedichtet – hier war einst die besuchteste Studentenkneipe des Wiener »Lateinischen Viertels«, der Alservorstadt.

Das Gemüt hat doch wohl ein besser Gedächtnis als der Verstand: mein Romanum aus jener Zeit habe ich so ziemlich vergessen, selbst die berühmte Novella CXVIII geht nur zuweilen noch, wie ein schrecklicher Alb, durch meine Träume, aber wie's in jener Kneipe aussah und herging, das weiß ich noch, als wäre ich heute dort gewesen. Wer von der Straße eintrat, hatte zuerst die »Schwemme« zu durchschreiten, einen dunklen, behaglichen Raum, dem es nie an stillen und lauten Zechern fehlte. Die Lauten waren einige Fiaker, welche hier den Staub der Straße hinabschwemmten und, wie die Zahl der Gläser bewies, leider insgesamt vom Schicksal verdammt waren, immer nur die staubigsten Straßen Wiens durchfahren zu müssen; die Stillen aber einige Kleinbürger aus der Nachbarschaft, feuchte und nachdenkliche Männer, welche hier vom frühen Morgen bis zum späten Abend in stillen Seufzern den Niedergang des Kleingewerbes beklagten und sich mit sanfter Ergebung dem Armenspittel nähertranken. Zwischen den Tischen aber wandelte des Vormittags eine mächtige, lieblich gerötete Nase hin und her, und des Nachmittags leuchtete sie dunkelrot hinter dem Schenktisch, bis sie sich mit dem sinkenden Abend immer tiefer neigte und endlich am Estrich lag. Das war der alte Herr Andreas, unser freundlicher Wirt, den törichte, engherzige Menschen einen Gewohnheitstrinker nannten, obwohl er nur ein Held und Märtyrer seiner Geschäftsehre war. Denn was ihm so oft das Glas an den Mund führte, war seine feste Überzeugung, daß nur dort das Bier gut sei, wo man täglich mehrere Male ein frisches Fäßlein auflegen könne, und nach dieser Überzeugung handelte er, still, rastlos und mutig. Übrigens ist es immerhin möglich, daß er zu ehrgeizig war, denn ich wenigstens habe den alten Herrn niemals nüchtern gesehen. Das Hauswesen nahm deshalb doch seinen stillen, geordneten Gang; dafür sorgten Schwester, Tochter und Gattin des eifrigen Greises.

An die »Schwemme« schlossen sich zwei kleine, lichte Stuben, in welchen einladend weiß gedeckte Tische standen, aber diesem Winke ist meines Wissens nie ein Mensch gefolgt. Nur zwei lebende Wesen hab' ich all die langen Monde in den freundlichen Räumen hausen sehen: die alte graue Hauskatze und die junge blonde Haustochter, die Nanni, die hier im guten Lichte über einer Weißnäherei gebückt saß oder auch mit geröteten Wangen über einem Wiener Volksroman. Die Gäste aber, die zahlreichen und allezeit getreuen Stammgäste, waren anderswo zu finden: in der mächtigen, gewölbten, breit und weit gestreckten Halle, welche das ganze Erdgeschoß des rechten Hofflügels füllte. Nur im Hochsommer war der riesige Raum der Kühle wegen behaglich; sonst lag darin wie festgeballt eine kalte, dumpfe, schwere Luft, die Fenster gaben spärliches Licht, und an den rissigen, grauen Tapeten saß grünlicher Anflug. Und doch waren wir wohl an die Hundert, die sich hier pünktlich zusammenfanden: Leute mit bunten Mützen oder spießbürgerlichen Zylindern, mit goldgestickten Cerevis oder fadenscheinigen Hüten, Studenten aller Fakultäten. Denn das Bier war gut, das Essen billig, und das wichtigste: hier waren immer gute Gesellen zu finden, von der zehnten Morgenstunde an, wo die Fleißigsten zum Frühschoppen anrückten, bis in die tiefe Nacht hinein, wo noch die »Edleren« zusammenrückten und eine »würdige Tafelrunde« bildeten, »nachdem sich der Schwarm verlaufen hat«.

Die fröhlichen Lieder, die guten Gesellen! Wenn ich ihrer gedenke, dann scheint mir jener düstere Raum der schönste, in dem ich je geweilt, und mich reut jedes Wort, welches ich zu seinem Tadel gesprochen. Nein, es war eine frischkräftige Luft, in der wir dort gesungen, gestritten und gekneipt, und licht war's um uns, so licht wie später nirgendwo im Leben! Die guten Gesellen! Mir ist's, als träte ich wieder, wie einst, in die Halle und spähte nach dem Tische, um den ich sie versammelt weiß – er ist der vierte Tisch rechts von der Tür, und er steht in einer halbdunklen Nische; aber heute sehe ich mir die liebvertrauten Züge deutlich entgegenleuchten, so deutlich, als begegnete ich ihnen im klarsten Sonnenlichte.

Da sitzt der dicke blondlockige Eduard mit dem großen Durste und dem tiefen Gemüte, welcher damals Geschichtsschreiber werden wollte und heute in der Tat neueste Geschichte schreibt, in einer alten Ostseestadt und für ein altes Blatt; der schwarze Max, der schon damals viel auf seine Kleidung hielt und heute der eleganteste Frauenarzt dieser Erde ist; der wilde Georg, der sich fast allnächtlich so große Verdienste um die Glasermeister und Schildermaler der Residenz erwarb und heute in einem Winkel Böhmens still und sanft den Cornelius Nepos interpretiert; der braune, trotzige Fritz, der nach Texas gegangen und dort verdorben und gestorben ist; der kleine Wilhelm mit dem Knabengesichte, der doch so männlich und energisch war und heute diese Energie dazu braucht, um als Bezirksrichter den wilden Huzulen im Karpatenwalde Respekt vor der k. k. Themis beizubringen – und endlich du, geliebtester von allen, mein lieber, treuer, unglücklicher Hans! Ich sehe dein schönes, ruhiges, vornehmes Antlitz, in welchem der Mund so selten lacht, seltener als die klaren, blauen Augen; ich höre den tiefen, leise vibrierenden Ton deiner Stimme .... Aber wie ich so starr vor mich hinblicke, das Bild der Erinnerung festzuhalten, da ändern sich deine Züge: die Augen sind geschlossen, das Antlitz fahl, und wie festgemeißelt liegt darauf ein entsetzlicher Ausdruck: tiefer Ekel, furchtbare Müdigkeit. So habe ich dich gesehen, ehe wir den Sarg schlossen und dich hinausgeleiteten, ein Häuflein Gefährten, ohne Priester und Gebet …

Hans v. M. war der letzte Sprosse eines alten deutsch-böhmischen Geschlechtes, welches einst reich begütert gewesen, dann langsam hinabgeglitten und schließlich von all seinen Burgen nur noch jene besaß, die weder verkauft noch verpfändet werden konnte: das weiße Mauerwerk im blauen Schilde, welches ihm Karl IV. als Wappen verliehen. Mit wehmütigem Lächeln wußte uns der junge Mann von den Resultaten einer Ferienreise zu erzählen, welche er darauf gewendet, in den Adels- und Stadtarchiven Böhmens Spuren seines Geschlechtes aufzusuchen. Nicht fruchtlos! – hier hatte er einen Tauschvertrag ge-

funden, wonach ein Ahn für ein Fäßchen Tokaier eine Mühle hingegeben, dort die Quittung, daß ein anderer seine Spielschuld durch ein
halbes Dorf eingelöst – und was solcher ruhmvoller Taten mehr waren.
»Es war ein großer Durst in meinen Ahnen«, pflegte er zu sagen, »auch
in meinem Vater, nur daß dieser freilich nicht nach Met und Tokaier
dürstete.« Wenn er von seinem Vater sprach, dann zitterte seine
Stimme, und aus den Worten voll rührender Liebe, die sich, wie jedes
echte Gefühl, nur selten, halb verhüllt und wie verschämt äußerte, trat
uns eine Gestalt entgegen, wie sie so fleckenlos und edel wohl nur
selten über die Erde gegangen. Friedrich v. M. war ein unglücklicher
Mensch gewesen, ein gehetztes Wild vor dem Jäger Not, hilflos aller
Unbill des Schicksals und, was noch tausendmal schlimmer, aller Unbill
der Menschen hingegeben – aber sein Herz war dennoch gut geblieben
und sein Sinn hochstrebend. Das klingt nicht stolz und gehört doch
zu dem Höchsten, was von einem Menschen ausgesagt werden kann.
Denn das Unglück ist der schlimmste Herzverderber, und wer eine
schwere Last auf dem Nacken trägt, ist selten stark genug, den Blick
dennoch zu den Sternen zu heben und nicht, wie die grausame Last
es will, zum Schlamm sinken zu lassen.

Friedrich v. M. war so stark; durch die Wüste ging sein Pfad, aber
er bepflanzte ihn mit Rosen und labte sich an ihrem Duft, obwohl die
Klugen dieser Erde sein Gärtlein verhöhnten und für eitel Unkraut
hielten. Von der Ahnen Art war nichts auf ihn gekommen, weder ihr
Durst noch ihr Leichtsinn, nicht einmal die reckenhafte Gestalt. Ein
blasser, verschüchterter Knabe, war er in dem verfallenden Schloß an
der Eger aufgewachsen, das Wissen war sein einziger Trieb, seine einzige Freude, und der rohe, gutmütige Vater respektierte dies, er
schaffte ihm gute Lehrer und Bücher. Noch konnte es der alte Rittmeister aufbringen, denn er hatte nach seiner Heimkehr aus dem Franzo-
senkriege mit seinem Besitze getan, wie man mit einer ausgetrunkenen
Flasche tut: man stellt sie auf ihren Hals, und siehe, aus dem anscheinend geleerten Gefäße fließt noch eine ganze Menge Tropfen hurtig
hintereinander, als sollt’ es kein Ende nehmen. Aber das Ende kommt
jäh: ein unheimliches Glucksen, ein letzter Tropfen, und die Flasche
ist nun wirklich leer, ganz leer.

Als dieser unheimliche Ton durch das Schloß seiner Väter ging,
weilte der Jüngling, wie bereits seit mehreren Jahren, auf der Berliner
Hochschule, tief vergraben in das Studium altdeutscher Sprache und

Dichtung. Eilends kehrte er heim, den Vater traf er tot, die spärlichen Reste des Besitzes in fremden Händen. Betäubt, fühllos vor Übermaß des Fühlens, verbrachte er die nächsten Wochen, wie der Wanderer, vor dessen Fuße der Blitz eingeschlagen, versteinert dasteht! Und als nun allmählich seinem geistigen Auge die Sehkraft wieder kam – wie weh ward ihm! Sein Studierzimmer war ihm die friedliche Insel gewesen, in welche nur halbverweht das Geräusch des Lebens gedrungen, wie sanft bewegter, harmonischer Wellenschlag; nun war die Insel versunken, und die erzürnten Wogen trieben mit dem Hilflosen ihr Spiel. Nicht um Brot zu gewinnen, hatte er das Feld des Wissens durchpflügt, nicht regelrecht, wie ein Berufsmensch, die Furchen gezogen – nun mußte er gleichwohl zu erwerben suchen, nicht bloß des eigenen Unterhaltes willen, sondern um die Schulden zu tilgen, die der Vater hinterlassen. Nicht das Gesetz, nur sein eigen Herz legte ihm diese Verpflichtung auf, und eben darum war sie ihm heilig. Und so ergriff der weiche, verwöhnte, weltfremde Jüngling einen Beruf, der so viele innere Würde fordert und dabei verzichtet auf jegliche äußere: er ward Hauslehrer, zuerst bei einem reichen Hopfenhändler der Saazer Gegend, dann bei einem Braumeister an der Elbe, einem Gastwirte in Teplitz – der Ärmste kam aus dem Bierdunste gar nicht heraus und, was noch schlimmer, aus dem Dunste hoffärtiger Gemeinheit. Das Martyrium dieses Standes ist noch nie von einem großen Dichter wahr und erschöpfend dargestellt worden, der Erzieher im Romane ist entweder der Liebhaber der Haustochter oder ein komisch ungelenker Kauz – wollte sich einmal ein echter Poet gütigen Herzens zu diesem armen Taglöhner des Geistes neigen, von welchen Leiden könnte er erzählen, von welcher Kraft des Entsagens, aber dabei auch von welchen schönen, stillen Freuden! Friedrich v. M. war dreißig Jahre lang Hauslehrer; hundertfach von Undank oder Roheit verwundet, von keiner Hoffnung gelabt, übte er Tag um Tag seine harte Pflicht, stets gleich freudvoll, weil sein Herz unergründlich gut war und weil er's der Not abtrotzte, einige Stunden täglich jenen Studien zu leben, denen seine Jugend geweiht war. Dies war kein Glück für die Wissenschaft, wohl aber für ihn. Heil dem, der sich täglich, eine andere Art Antäus, von der Erde hinweg in eine höhere Region erheben kann und daraus Kraft schöpft zur mühevollen Wanderung auf der Erde!

Erst mit ergrauendem Haare fand der Mann auch ein anderes Glück; er war zuletzt Erzieher im Hause eines reichen, kurz vorher geadelten

Mannes in einer größeren deutschböhmischen Stadt gewesen, und neben ihm seufzte und erzog ein blasses, alterndes Mädchen. Die Einsamen fanden sich. Die Liebe ward ihnen nicht zum schäumenden Göttertrank, wie sie es der Jugend ist, aber doch zum klaren, frischen Quell, aus dem sie Hoffnung tranken und den Mut, auch einmal um ihretwillen zu leben, nicht bloß für andere. So gründeten sie in jener Stadt ihr eigen Heim; er gab seine Sprachstunden weiter, sie ihre Klavierlektionen; aber die Not kam nicht über ihre Schwelle und das Glücksgefühl nicht aus ihren Herzen.

Dieser Eltern Sohn war unser Hans und ihre Eigenart der Schlüssel zu der seinen. In dem engen Hauswesen der Provinzstadt, wo so wenig Geld zu finden gewesen und so viele ideale Weltanschauung, war er geworden, wie er uns entgegentrat, rein, gut und hochstrebend. Ein Original wurde er häufig genannt, wohl nur deshalb, weil er bereits als Jüngling, was sich naturgemäß so selten findet, ein festgefügter Charakter war, und anders gefügt, als es die meisten später werden. Fleißige, ernste Jünger der Wissenschaft gibt es überall, darum auch in Wien, wenn auch hier vielleicht seltener als an kleineren Hochschulen; aber die einen werden durch die Notwendigkeit gespornt, die anderen durch den Ehrgeiz; selbstlos um des Wissens willen, hat unter denen, die ich gekannt, nur er gestrebt.

Gleich seinem Vater hatte er sich germanistischen Studien ergeben, gleich diesem mit größter Ausdauer und mit besonderer Vorliebe für wenig begangene Seitenpfade, aber auch gleich ihm nicht in der Hoffnung, durch das mühsam Erworbene einstens glanzvoll dazustehen vor den Menschen. Über das bescheidene Amt eines Gymnasiallehrers gingen seine Hoffnungen nicht hinaus, und auch dies Ziel hielt er nur deshalb fest, weil ihm des Vaters Geschick warnend vor Augen stand. Wer ihm näher trat, konnte nur ein einziges Nebenmotiv gelten lassen, um sich die Ausdauer zu erklären, mit der er seine guten, doch keineswegs außerordentlichen Gaben der erwählten Wissenschaft zuwendete – das flammende Nationalgefühl, welches ihn spornte, dem Dichten und Denken seines Volkes in entlegener Vorzeit nachzuspüren … Und ferner: brave und sittenreiche Jünglinge gibt es überall, gab es auch in unserem Kreise, aber es war keiner darunter, der so glühend wie er jede Frivolität und Pflichtvergessenheit haßte, dem jede Zote so gründlich ekel war, der sich mitten in der leichtlebigen Großstadt so rührenden Respekt vor dem Weibe bewahrte. Es ist schwer, einen

Charakter durch Vorführung seiner einzelnen Elemente glaubhaft und lebensvoll hinzustellen; wer das Gesagte zusammenfaßt, wird vielleicht an blanken Marmor denken, an eine kalte, klare Idealgestalt, ein anderer gar nur an einen pedantischen Stubenhocker und Sittenprediger. Von beiden hatte unser Hans keinen Zug, weil er ein schlichtbescheidener, warmherziger Mensch war, weil eine harmlose Gutmütigkeit den strengen Adel seines Wesens menschlich und selbst dem Sünder erträglich machte. All meine Tage bin ich keinem Menschen wieder begegnet, dessen Vorzüge andere so wenig drückten. So war er jedem zur Freude, keinem zum Verdruß, und unter den vielen, mit denen ich später über ihn und sein Ende gesprochen, ist kaum einer gewesen, der nicht gesagt hätte: »Er ist mir eine Lichtgestalt meiner Jugend, und sein häßlicher Tod ist mir noch heute unfaßlich!« Häßlich? Vielleicht! Aber unfaßlich? Wenige Taten auf Erden lassen sich so leicht verstehen wie jener Schuß in ein edles, von einem furchtbaren und doch zugleich lächerlichen Schmerze durchwühltes Herz …

Mit Freuden ist noch niemand von dieser schönen Stadt geschieden, und wer je Student in Wien gewesen, denkt sein ganzes Leben wehmütig an diese hohe Schule anmutiger Heiterkeit zurück. Aber die ersten Wochen nach der Ankunft sind keinem angenehm. Da steht der arme Junge aus der stillen Provinz verschüchtert mitten im tollen Treiben der Weltstadt, und sein junges Herz weiß kaum, wie es sich vor Bangen und Staunen fassen soll. Die himmelhohen Häuser, das Dröhnen und Tosen der Wagen, das Hasten der Menschen, die teuren Preise bedrücken das Gemüt, und der verschüchterte Jüngling ist froh, wenn ihn sein Weg an einem Garten vorbeiführt; die Bäume mindestens sehen nicht anders aus als drüben im kleinen stillen Neste, in dem er flügge geworden. Wohl hat er sicherlich viele Schicksalsgenossen – aber wie sollt' er sie erkennen? Bunte Kappen tragen die wenigsten, und an die traut er sich gar nicht heran, denn erstens sehen sie so herausfordernd drein, und zweitens hat ihm sicherlich irgend ein Onkel schauerliche Geschichten von den »Couleurs« erzählt. Was aber die ungeheure Mehrzahl, die »Finken« betrifft, so sind sie eben gleich ihm versprengte Tropfen in diesem Menschenmeere. Erst in den Kollegien knüpfen sich die ersten Bekanntschaften, aber bis dahin – lächelt nur, die ersten Wochen sind bitter. Ich spreche aus Erfahrung, das bängliche Gefühl jener ersten Oktobertage ist mir unvergeßlich, und es milderte sich nicht, als ich nach acht Tagen die erste Bekanntschaft eines Kollegen machte.

Das war freilich ein seltsamer Kommilito, dieser Herr Severin B. Ich lernte ihn im Stadtparke kennen, der damals noch von Natur war, was er heute durch weise Gärtnerkunst wieder geworden ist: schattenlos nämlich. Aber gerade in jenen Tagen konnte man das leicht vertragen; es war ein kühler Herbst, und die Sonne ließ nur zuweilen ihre Strahlen auf die entlaubten Bäume und auf die zärtlichen Paare fallen, die auf den Bänken beisammen saßen. Die glücklichen Liebesleute hatten keine Wärme nötig, manchen wäre sogar eine künstliche Abkühlung heilsam gewesen, mich aber fror es, auch im Innern. Und während ich so betrübt dasaß, strich besagter Severin an mir vorbei, blickte mich prüfend an und setzte sich zu mir. »Sie sind auch Student?« fragte er. »Auch!« Es klang mir wie Gesang der Cherubim! Binnen zehn Minuten wußte er von mir, was sich irgend über mich berichten ließ, und ich von ihm, daß er Jurist im letzten Jahrgange und aus Böhmen gebürtig sei. Dieses letztere hätte ich mir nach dem Dialekte selbst sagen können, aber die Würde eines akademischen Bürgers war dem gefälligen Menschen wahrhaftig nicht anzumerken. Denn nicht der sanctus spiritus der Wissenschaft hatte seinen Stempel auf die Züge gedrückt, sondern ganz gemeiner Sprit.

Sah etwas bedenklich aus, der Herr Kollege, ein wenig verlumpt und verkommen. War aber gleichwohl ein Kollege, kein Zweifel, denn er wußte alle Professoren der juridischen Fakultät zu nennen, von Arndts und Pachmann bis zum jüngsten Dozenten herab, und fügte jedem Namen eine Kritik bei, die von imponierender Unabhängigkeit des Urteils zeugte. Ich atmete erleichtert auf, als er damit fertig war und menschlicher wurde, so menschlich, daß er mich zum »Marokkaner« begleitete. Dort aßen wir vergnügt zu Abend, und weil der Vater ihm das Monatsgeld noch nicht geschickt hatte, so zahlte ich für uns beide. »Wissen Sie«, erklärte er mir, »mein Alter ist so vergeßlich!«

Das ging so einige Tage fort, ohne daß sich der »Alte« erinnert hätte. Mein Beutelchen wurde immer schwindsüchtiger und mein Herz immer ahnungsvoller, denn obgleich es sehr vergnüglich war, mit einem so kundigen Führer allabendlich ein anderes Bier zu verkosten, so stiegen mir doch bezüglich der sonstigen Qualitäten dieses fidelen Menschen stille Bedenken auf. Und an einem Abend beim »goldenen Engel« wurden diese Bedenken zur Gewißheit.

Es war dies eine alte, gemütliche Bierstube auf der Landstraße, die längst samt dem Hause, das sie beherbergt, vom Erdboden verschwunden. Heute öffnet sich dort die Seidlgasse. Es ließ sich dort gut sitzen in den lauschigen Nischen, und wer nicht übermäßig schrie, wurde von den Nachbarn in der nächsten nicht gehört. Nun war aber der gute Severin an jenem Abend zu geräuschvollen Mitteilungen aufgelegt: er schimpfte mit Stentorstimme auf die gesamte Menschheit und die Vergeßlichkeit seines »Alten« insbesondere.

Da – plötzlich – verstummte er, wurde bleich und erhob sich respektvoll. Ich faßte es nicht, denn vor uns stand ja nur ein junger Mensch, offenbar ein Student wie wir. Seine blauen Augen blitzten in zorniger Glut, aber er hob die Stimme nicht, als er sagte: »Severin! Du bist und bleibst ein unverbesserlicher Lump. Die Lektion, die ich dir im vorigen Semester abgetreten, hast du nicht gegeben, warst auch gar nicht inskribiert!«

»Hans«, stammelte mein Begleiter, »verzeih!«

»Wir beide sind fertig miteinander! Aber ich kann nicht ruhig zusehen, wie du jemanden beschwindelst. Du bist kein Student mehr, du hast von niemand Geld zu hoffen, also trolle dich!«

»Das ist mein Freund!« sagte Severin trotzig.

»Das ist ein Grüner, an den du dich gehängt, um ihm die Taschen zu leeren!« –

Wie mir bei diesem Zwiegespräch zumute war, läßt sich unschwer vermuten; zu einer Äußerung kam ich erst, als Severin wirklich gegangen war und der andere freundlich sagte: »Verzeihen Sie die Störung. Aber es ist so, wie ich vermutet?«

»Ja!« sagte ich kleinlaut. Meine Miene mochte wohl große Verlegenheit und Betrübnis offenbaren. Denn der Student lächelte abermals so recht gütig und teilnahmsvoll, holte sich sein Glas vom nächsten Tische und setzte sich zu mir.

»Hans v. M.«, stellte er sich vor. »Ich bin Student der Philologie. Sie erlauben mir wohl, Ihnen eine Weile Gesellschaft zu leisten. Es ist ja gewissermaßen meine Pflicht, Ihnen die verlorene Gesellschaft zu ersetzen und eine bessere Meinung von Ihren Kommilitonen beizubringen.« Dann erkundigte er sich um meine Studien, erzählte mir von jenem Severin, der trotz großer Begabung schon damals auf schlimmen Wegen war und, nebenbei bemerkt, später auf die abscheulichsten geraten ist, die ein Mensch gehen kann, und orientierte mich über die studentischen Verhältnisse der großen Stadt. So hob sich meine gedrückte Stimmung bald, und ich taute auf.

Das war mein erster fröhlicher Abend in Wien und der erste, den ich mit Hans verbracht …

Es sind ihm noch viele gefolgt, sehr viele, aber ich will nicht des breiteren davon erzählen. Denn was mir jene Stunden unvergeßlich macht, da ich unter Guten und Glücklichen gut und glücklich war, da mir jedes Menschen Pfad als eine schön gebahnte, nicht zu verfehlende, von der Sonne des Ruhms beglänzte Straße zum Höchsten schien, und nicht als das, was diese Wanderung in Wahrheit ist: ein mühseliges Emporklimmen im Zwielicht und an schauerlichen Abgründen vorüber – was mir jene Stunden bedeutsam macht, gilt nicht für andere: es ist jene heiße, wehmütige Liebe, mit der jeder von uns die eigene Jugend liebt – und nicht um meinetwillen schreibe ich diese Blätter … Freilich wäre noch anderes von den Kneipgesprächen dieser Zeit zu berichten: sie waren kräftiger, tiefer und erregter als jene, die unsere nächsten Vorgänger und Nachfolger geführt. Wer in den Jahren zwischen Königgrätz und Sedan an deutsch-österreichische Hochschulen gekommen, hat da eine sonderbare, fast berauschende Luft eingesogen; sie hat aus manches Jünglings Hirn die trüben Nebel des Kosmopolitismus hinweggefegt und ihn auf jenen Platz gestellt, den jeder rechte Mann nie verlassen soll: als treuer Kämpfer für sein Volk … Wir wußten, in welcher großen Zeit wir lebten, und das gab unserem Denken größere Tiefe, unserem Fühlen größere Wärme, als sie vielleicht zu anderer Zeit zu finden gewesen, es war ein guter Geist, der in jener düsteren Halle der Währinger Straße regierte.

Dort fanden wir uns, wie erwähnt, des Abends zusammen, obwohl mancher auf den Hin- und Rückgang eine gute Stunde wenden mußte, darunter ich, der ich mich in einem Stübchen der Gärtnergasse eingemietet. Er fiel mir oft hart, dieser Weg durch die Winternacht, von den Weißgerbern gegen Lichtental und wieder zurück, aber gleichwohl fiel mir nie bei, anderswo einzukehren. Denn gutes Bier und lustige Gesellen waren wohl auch in anderen Kneipen zu finden – aber unser Hans nur eben in jener Halle. Denn es ging auch mir mit ihm wie allen anderen; wer ihm näher getreten, liebte ihn und empfand es als einen Stolz, zu seinen Freunden gerechnet zu werden. Wie sich dies erklärt, habe ich bereits angedeutet, so weit es sich eben erklären läßt; ein Überschuß des Rätselhaften bleibt immer übrig, wo ein einzelner auf seine Umgebung nur durch seine Persönlichkeit stärkste Wirkung übt. Aber wie dem auch gewesen: wir liebten ihn und achteten ihn, und sein Wort galt uns als Evangelium, mit einziger Ausnahme dessen, was er über die Liebe sagte und dachte. Wir hörten es ruhig an, was er gelegentlich an puritanischen Sprüchen darüber vorbrachte, bekehrten ihn nicht und ließen uns nicht von ihm bekehren.

Man darf aber hiebei an nichts Böses denken oder doch zum mindesten an nichts Schmutziges. Denn in einem ist Wien einzig: in der Art, wie hier das junge Herz seine Maienblüte erlebt, in der Art und Form der Liebe; einzig freilich nur vor anderen deutschen Städten. Denn wie Liebe in Wiens lateinischem Viertel wird und wächst, lacht und weint, welkt und stirbt, das erinnert lebhaft an den Brauch des »quartier latin« drüben an der Seine. Auch Wien hat seine »Grisetten«; die verwandte geistige Atmosphäre hat eine ähnliche Frucht gezeitigt, eine ähnliche, nicht die gleiche. Nini und Fifine sind doch ganz andere Mädchen als die Kathi und die Mali. Besonders ersetzt sich hier die wilde Grazie durch einen anderen Zauber: die Gemütlichkeit, wohl auch zuweilen durch einen edleren, ein tiefes Gemüt. Die Hauptzüge aber sind dieselben: um ein bißchen Liebe schenkt sich die Kleine hin, aber so gar nicht um ein großes Stück Geld; sie ist überaus genügsam; ein Band fürs Haar, ein Ausflug ins Grüne, ein durchtanzter Abend macht sie für Wochen hinaus selig, und endlich: hier wie in Paris wird nichts tragisch genommen, gar nichts, weder wenn dem Pärchen das Geld, noch sogar wenn ihm die – Liebe ausgeht. Leicht knüpft sich das Band, auf der Straße, bei einem Tanzkränzchen, durch die Nachbarschaft oder in sonniger Stunde auf irgend einem Pfade des Wienerwaldes, und sie lieben und küssen und machen einander so selig, als sie's vermögen, und wenn die Trennung dazwischentritt oder ein Erkalten der Gluten – nun, dann geht's wohl nicht ohne Tränen ab, aber sicherlich ohne tiefstes Herzeleid, ohne Reue und Vorwurf ... Werte Herren und gestrenge Damen! Ich weiß nicht, was ihr dabei denkt und in welche strenge Falten ihr eure Gesichter legt, aber so haben wir's gehalten, und ich denke, wir haben alle miteinander keinen sittlichen Schaden dabei genommen ...

Unser Freund hielt es anders, und nicht bloß seines gesetzten, im ganzen wortkargen Wesens wegen, sondern auch im Hinblicke auf diese einsame Lebensführung hieß er uns der »stille Hans«. Wir respektierten dies gegenseitig; er predigte uns keine strenge Moral, und wir ihm keinen holden Leichtsinn. Wohl aber war es natürlich, daß wir darüber grübelten, aus welchen Gründen der hübsche, starke Jüngling dahinlebte wie ein Mönch. »Er hat eine heimliche Beziehung«, meinten die einen, »und ist nur eben nicht so offenherzig wie wir.« – »Er trägt eine reine, heiße Liebe im Herzen«, vermuteten die anderen, »und darum scheint es ihm Sünde, ein loses Band zu knüpfen.« Das letztere schien wahrscheinlicher, denn er war auch sonst nicht danach geartet, seine Empfindungen in kleiner Münze auszugeben. Und es kam die Stunde, wo mindestens ich dies klar erkennen sollte …

Es war dies an einem heißen Julitage, dem letzten, den ich in Wien verbringen durfte. Mein zweites Semester war zu Ende, ich mußte heim und schied mit der Gewißheit, daß ich meine Studien an einer anderen Hochschule würde fortsetzen müssen. Um vieler Ursachen willen fiel mir der Abschied schwer, und nicht die geringste darunter war eine kleine, rundliche Ursache, die blonde Zöpfe trug; aber am schwersten fiel es mir doch, von meinem Hans zu lassen. Darum hatte ich mit ihm verabredet, den letzten Tag gemeinsam zu verbringen, und wir wanderten schon in der Morgenfrühe in den Prater.

Wir sprachen wenig, und auch unter den Bäumen war es recht still und wurde immer stiller, je weiter wir von den gebahnten Wegen ab dem Donauufer zustrebten. Da ließen wir uns nieder und – schwiegen fort. Es war eine lauschige Stelle; hoch und dicht stand das Laubwerk zu unseren Häupten, kein Sonnenstrahl stahl sich in diese grün-goldige Dämmerung, aber fern auf dem Spiegel des Stromes, der zwischen den Stämmen zu uns hinüberlugte, spielten seine blendenden Lichter …

An dieser Stelle nun, und ohne daß eine Anspielung, eine Frage vorangegangen, trat ihm plötzlich sein Geheimnis über die Lippen, nicht in leiser, verschämter Andeutung, sondern so stark und klar wie sein Empfinden selbst. Mich rührte diese jähe Enthüllung aufs tiefste; ich fühlte, in welchem Sinne sie gemeint war; die anderen hatten mir zum Abschied ihr Bild gegeben oder einen bemalten Pfeifenkopf; dieser treue Mensch schenkte mir das Beste, was er zu gewähren hatte: den Einblick in sein Herz.

Ich lauschte teilnahmsvoll; aber so jung und weltfremd ich damals war, rechte Freude konnte ich an dem, was er mir erzählte, nicht haben.

Er liebte ein junges, schönes Mädchen seiner Heimat, eine Enkelin des Mannes, in dessen Hause einst Friedrich v. M. seine Lebensgefährtin gefunden, die Tochter seines ältesten Schülers. Hans kannte sie seit seiner Kinderzeit, und fast ebenso lange war sie ihm teuer. Das war alles, denn wie er von ihr erzählte, den Ton, den Blick, den Ausdruck seiner Züge kann ich doch nicht wiedergeben. Wie klang das anders als jene Geständnisse, die ich bisher vernommen oder selbst von mir gegeben – zum erstenmal erkannte ich es, beschämt und ahnungsvoll durchschauert, daß es doch ein ander und groß Ding sein müsse um eine echte Liebe.

»Ist sie so schön?« fragte ich verwirrt.

Er zog ein Bild hervor und hielt es mir vor die Augen, in Aquarell gemalt, offenbar von keiner sonderlich geschulten Hand, aber die herrliche Natur blickte sieghaft durch den trüben Schleier, den diese Künstlerei darum gewoben. Mir war's, als ob ich all meiner Tage kein schöneres, stolzeres Mädchenantlitz gesehen – »wie eine Königin!« rief ich unwillkürlich. In der Tat hatte der Ausdruck dieser Züge etwas Gebietendes, die großen braunen Augen blickten fast herrisch, und die schweren Flechten des dunklen Haares legten sich wie ein Diadem um die freie Stirne.

»Sie ist wohl sehr stolz?« fragte ich.

»Sie ist, wie man sie erzogen«, erwiderte er, »und wozu sie ihre Schönheit macht. Die einzige Tochter eines hochmütigen Mannes, unseres ›Krösus‹, und ohne ebenbürtige Rivalin in der kleinen Stadt – wie hätte sie demütig werden sollen? Aber – ihr Herz ist gut, ich weiß es!«

»Und liebt sie dich?«

»Sie weiß um meine Liebe und ist von ihr gerührt, mehr ist von einem verwöhnten achtzehnjährigen Mädchen nicht zu verlangen!«

»Und ihre Eltern?«

»Die Mutter ist tot. Der Vater aber ahnt meine Verlobung und ist heftig dagegen; was liegt daran?«

»Wie?«

»Was liegt daran?! Ich kann nicht dafür, daß sie reich ist. Ich werde um sie kämpfen, wie eben ein Mann um sein Lebensglück zu kämpfen verpflichtet ist. Bin ich ihrer Liebe sicher, so kann uns keine Gewalt trennen. Denn sie ist tapfer und mutig und wird nach ihrem Willen handeln!«

Das war alles, was er mir in jener bewegten Stunde sagte, ich mochte nicht weiter fragen. Denn wie die Verhältnisse lagen, konnte ich mir selbst ausmalen. Die stolze, herrische Tochter des Krösus und der Sohn des armen Erziehers, der stille Jüngling, der sich für einen bescheidenen Wirkungskreis ausbildete – es war ein Paar, so ungleich, wie es nur ein Romandichter zum Entzücken empfindsamer Leserinnen ersonnen. Die Romanhelden siegen immer; aber, fragte ich mich bang, wie wird es diesem stillen, ernsten, ein wenig ungelenken Menschen ergehen?

Wir schieden.

Bald darauf ging auch er in seine Heimat. Als ich im Oktober auf der Durchreise nach Graz einen Tag in Wien verweilte und ihn aufsuchte, war er noch nicht zurück. Einige Wochen später erhielt ich einen Brief von ihm. Ich habe dieses Blatt mit den kleinen, festen lateinischen Zeichen, das einzige, welches ich von seiner Hand besitze, treulich aufbewahrt und setze einige Zeilen hierher: »Denke nur, ich bin ehrgeizig geworden! Du weißt, wie meine Absichten nicht über das Lehramt an einer Mittelschule hinausgegangen, nun will ich Doktor werden, Dozent, Professor. Ich habe mich mit der Geliebten verständigt, ich bin es ihr schuldig, ihr den Kampf mit dem Vater nach Kräften zu erleichtern. Auch denke ich, es wird gehen. Professor Tomaschek hat mich sehr ermuntert und meint, es könne mir gar nicht fehlen.«

Es gelang wirklich, so viel an ihm lag. Als ich ihn im nächsten Juli wieder sah, hatte er das Doktorat gemacht und das erste Heft einer gelehrten Schrift publiziert, welche in Fachblättern sehr günstig rezensiert wurde.

Seine Augen leuchteten freudig, als er mir diese Blätter vorwies. »Wie wird mein Vater jubeln!« sagte er. »Aber ich will mich nicht besser machen, als ich bin, und wenn's eine Sünde ist, so nehme ich sie auf mich: – mehr als um meiner Eltern willen freut mich dieser kleine Erfolg, weil er mich der Geliebten näher bringt!«

»Du hast nun bestimmte Hoffnungen?«

»Mehr als dies: Gewißheit! Malvine liebt mich! Ich denke mir in den nächsten Wochen ihr Jawort zu holen. Du sollst der erste sein, der die Verlobungsanzeige empfängt.«

Aber diese Anzeige traf nicht ein; der Herbst kam und ging, der Winter brach ein, Hans ließ nichts von sich hören. Ich wagte nicht zu fragen, mir ahnte Schlimmes, und mit Recht.

Im Februar 1870 begegnete ich auf dem historisch gewordenen »Dreieck« vor der Universität zu Graz einem gemeinsamen Freunde, der als Gerichtspraktikant in jener böhmischen Stadt lebte und nach Graz gekommen war, seine Rigorosen zu machen.

»Der arme Hans!« sagte er. »Es ist eine alte Geschichte, man könnte sogar keine Novelle mehr daraus machen. Die stolze Malvine hat ihn als Spielzeug benützt, bis sie ein anderes fand, das ihrem Hochmute besser gefiel. Sie denkt an den stillen Gelehrten nicht mehr, sondern an einen Kavallerieoffizier, der sehr laut und daneben Graf ist. Ältester Reichsadel, Titel ›Erlaucht‹ – das blendet. Aber eben darum ist es fraglich, ob er die Tochter des geadelten Fabrikanten wird heiraten mögen. Ich meinerseits gönne es dem herzlosen Geschöpf, daß es in Schimpf und Schande sitzen bleibt!«

»Und Hans?«

»Ist unglücklich und sucht seinen Trost in der Arbeit. Im übrigen – du kennst ja dies große Kind! Weil er selbst ohne Falsch ist, glaubt er auch anderer Falschheit nicht. Er ist noch immer fest überzeugt, daß sich das Mädchen nur scheinbar dem Willen des Vaters fügt. Nun – er wird unsanft erwachen, aber das wird ihm heilsam sein.«

Etwa zwei Monate waren seit jener Begegnung vergangen, als ich eines Tages ein Schreiben erhielt, dessen Adresse endlich wieder jene kleinen lateinischen Buchstaben aufwies. »Armer Junge!« dachte ich, »er wird sich das Herz erleichtern wollen.« Aber wie erstaunt war ich, als mir aus dem Blatte keine eigenhändigen Schriftzeichen entgegensahen, sondern die lithographierten Zeilen: »Ich beehre mich, Sie zu meiner Trauung mit Fräulein Malvine v. B. einzuladen, welche am 16. April 1870, nachmittags 4 Uhr, in der römisch-katholischen Pfarrkirche zu S. stattfinden wird. Dr. Hans v. M.«

»Gottlob!« dachte ich erfreut. »So hat sich denn das ›große Kind‹ diesmal doch scharfsichtiger erwiesen als ihr weltklugen Leute!« Und in dieser Herzensfreude eilte ich heim und schrieb einen langen, langen Glückwunschbrief.

Am 5. September 1870, drei Tage nach Sedan, führte mich eine studentische Angelegenheit wieder nach Wien. Wir Grazer Studenten hatten eine Siegesfeier veranstalten wollen, waren auf Hindernisse gestoßen, und es galt den Versuch, dieselben »höheren Orts« zu beseitigen. Es gelang nicht; müde und mißgestimmt trat ich mit sinkender Dämmerung den Weg in die Währinger Straße an, um nachzusehen, ob sich vielleicht in der »Halle« einer der alten Kumpane finden lasse.

Auf der »Freiung«, mitten im Gedränge, tauchte plötzlich eine wohlbekannte Gestalt vor mir auf.

»Hans!« rief ich.

Er wendete sich nicht um, zweifelnd suchte ich ihn einzuholen, die Gestalt war dieselbe, aber die Bewegungen ganz anders, das Haupt gebeugt, der Gang müde und schleppend. Ich trat dicht an ihn heran – er war's doch, und seine Züge belebten sich, als er mich erkannte. Ich aber erschrak, als ich ihm ins Antlitz blickte, wie furchtbar hatte er sich verändert! Tiefe Furchen lagen um den Mund, die Augen blickten trüb aus ihren tiefen Höhlen, die Wangen waren hager und fahl.

»Hans!« rief ich, »warst du krank?«

»Sehr krank«, erwiderte er, »bin's noch, hoffe aber bald zu genesen!«

»Was ist's denn?«

»Ein Herzleiden!«

»Oh! Du warst doch kerngesund?! Und wie geht es dir sonst? Ist deine Frau mit hier?«

»Nein, daheim!« Er wurde rot und gleich wieder noch fahler als bisher.

»Und du?« fragte er dann. »Was tust du hier?«

Ich sagte es ihm.

»Ja, es ist eine große Zeit!« erwiderte er. »Es wäre schön, in dieser Zeit einen ehrlichen Tod für sein Volk zu sterben! Mir ist's nicht gegönnt, ich habe nicht die Kraft dazu!«

»Hans!« rief ich, »was ist dir? Du bist sehr unglücklich?«

»Es wird durch Klagen nicht besser«, erwiderte er. »Wohin gehst du?«

»Ich wollte in der Halle nachsehen ...«

»Das ist ja jetzt eine schmutzige Kneipe.«

»Das tut mir leid, es befleckt mir die schöne Erinnerung!«

»Ja«, sagte er, »es ist ein großer Schmerz, mit Unrat befleckt zu sehen, was man einst heilig gehalten hat.«

Er sagte es im Tone tiefsten Wehs; es kam mir überschwenglich vor angesichts der doch nur geringfügigen Veranlassung, und ich blickte ihn verwundert an.

Er schien es nicht zu verstehen. »Der Fritz und der Wilhelm kneipen nun allabendlich im ›Riedhof‹«, sagte er. »Da triffst du sie.«

»Du gehst nicht mit?«

»Nein, verzeih – aber – mein Herzweh meldet sich wieder!«

Er drückte mir die Hand und verschwand im Gedränge. Erstaunt und betrübt setzte ich meinen Weg fort, nun zum »Riedhof«. Da saßen richtig der braune Fritz und der kleine Wilhelm mit dem Knabengesicht.

»Was ist's mit Hans?« fragte ich.

»Eine traurige Geschichte«, erwiderten sie. »Seine Frau ...«

»Nun?«

»Hat einen Knaben geboren, vor drei Wochen!«

»Oh!« rief ich entsetzt, »er wird die Schmach nicht überleben!«

»Doch! In den ersten Tagen war er furchtbar erregt, aber nun ist er ruhiger.«

Ich schüttelte den Kopf, mir wollten die Anspielungen nicht aus dem Sinne, die ich jetzt erst verstand.

Am nächsten Morgen gegen die elfte Stunde saß ich ungeduldig in einem Cafe am Schottentor und harrte auf Fritz, der mir da ein Stelldichein gegeben. Eben wollte ich gehen, als er hastig hereinstürzte, todbleich und zitternd.

»Komm«, sagte er, »du wirst ihn noch einmal sehen wollen.«

»Wen?«

»Unseren Hans. Er hat sich heute nacht durchs Herz geschossen ...«

Nur ein allgerechter Gott könnte über den Selbstmord richten, und unter den Menschen wagen dies nur engherzige Toren. Ich wollte nicht entscheiden, ob du recht getan, Hans, ich wollte nur erzählen, wie dich das Leben gestaltet und dann zernichtet. Ave, pia anima! Du hast es nicht verdient, daß dich der häßliche Schmutz der Erde beflecke, und du hast ihn weggespült mit deinem Blute.

Ave, ave, pia anima!

Die Freunde

»Also dir geht's gut?!« sagte der Oberlandesgerichtsrat nach einer Pause. »Natürlich, ein solcher Name, solche Aufträge! Gibt's eine europäische Majestät, die du noch nicht gemalt hast?! Und deine Frau?!«

Der Maler zog einen Augenblick die feinen Brauen zusammen. »Der … geht's hoffentlich auch gut«, erwiderte er leichthin, doch klang die Stimme etwas heiser. »Wir haben uns seit Jahren nicht mehr gesehen. Sie lebt auf ihrem Gut, oben bei Danzig, mit den beiden Kleinen …«

»Oh … Pardon!« Der Beamte war verlegen, wirklich verlegen, er verbrauchte einige Wachshölzchen, bis die Frühstückszigarre in Brand war. »Wenn man in Celle lebt.« Er blickte wie suchend um sich, offenbar nach einem Gesprächsstoff. Sie saßen im Café Gotthard in Luzern; die Augustsonne brannte auf den Quai nieder, daß ein Dunsthauch über den Bäumen und Häusern lag. »Kaum acht – und schon so heiß! Das wäre ein Tag für den Rigi.« Und er deutete auf den Dampfer an der Landungsbrücke, kaum zwanzig Schritte von ihnen. Aus dem Schornstein stieg eben der erste Rauch.

Der Maler konnte wieder lächeln. »Dann komm mit. Ich fahre um neun hinauf. Übrigens, das vorhin, du brauchtest nicht so verlegen zu werden. Mein Gott; wenn man in Celle lebt. Auch sind's schon drei Jahre her! Und wenn du etwa neugierig bist …« – »Nein, Heinrich!« Das steife, magere, etwas mißfarbene Amtsgesicht belebte sich. »Neugierig? Da tust du mir unrecht! Wenn man sich so lange kennt – fast so lang, als wir leben –, und dann: ich kenne *sie* ja auch. Vor sieben Jahren, du hast's vielleicht vergessen.«

Der Künstler schüttelte den Kopf. »Ich seh' dich noch an unserem Tische sitzen«, sagte er halblaut, den Blick auf die Tasse vor ihm geheftet. »Unser erster Gast! Es muß Ende März gewesen sein: am 16. war unsere Trauung. Du warst von ihr entzückt, natürlich, wer auch nicht?! Und was du mir dann im Rauchzimmer sagtest, weiß ich noch ganz genau.«

»Ich werde dir wohl gute Lehren …«

»Nein, Karl, es war mehr.« Und wie er nun den Kopf in den Nacken warf und den Jugendfreund bewegt anblickte, mußte dieser wieder einmal denken, wie in all den Jahren so oft: »Welche Prachtleistung der Natur! Welch ein schöner Mensch!« Er sah kaum jünger aus, als er war. Das braune dichte Haar an den Schläfen war leicht ergraut. Aber unvertilgbar lagen Kraft und Anmut über den scharf geschnittenen Zügen, und die Augen leuchteten unter den langen Brauen wie dunkle Sterne. Die Gestalt mittelgroß, elastisch, von jener männlichen Grazie, der man an den Bildwerken der Alten so oft, aber heut im Leben kaum je begegnet.

»Du sagtest mir damals: ›Du bist der glücklichste Mensch, den ich kenne, und ich gönn' es dir, obwohl es mir schwerfällt. Denn du weißt, ich halt' es mit dem Recht, nicht bloß von Berufs wegen, sondern aus innerster Überzeugung. Ich glaube sogar, daß den meisten Menschen in letzter Linie so geschieht, wie sie verdienen, und das wirfst du mir um, denn dir geschieht tausendfach besser. Nicht in deiner Kunst, du stehst genau da, wohin dich deine Begabung, dein Fleiß gestellt haben. Aber dies herrliche Geschöpf – wie verdienst du, vierzigjähriger Schwerenöter, eine solche Frau! Verdien sie mindestens hinterdrein! Sag nicht, wie sonst, die Weiber liefen dir nach, und wir armseligen Kamele mit angeborenem Höcker könnten dem Tiger seinen Wuchs, seine Kraft und seine Krallen nie verzeihen. Etwas ist dran, sogar nicht wenig, genau so viel, als im Menschen vom Tier steckt. Aber eine Bestie ist der Mensch nicht – Seele, Gewissen, auch das ist nicht eitel Dunst. Und dies Gewissen muß dir sagen: Verdien sie dir nun! Nicht etwa bloß durch Treue, das ist selbstverständlich, nein! Durch eine Liebe ohne Grenzen!‹ So etwa hast du damals gesprochen, Karl, kein Wunder, daß ich's noch weiß.«

Der Beamte schwieg; nur seine Augen fragten.

»Nun … und ich habe sie eben nicht verdient. Aber noch schlimmer. Sag nichts«, fuhr er hastig fort, als der Freund zum Sprechen ansetzte, »kräftigere Reden, als ich mir selber zuweilen halte, bringst du auch nicht fertig!«

Darauf war es eine Weile still. Am Nebentisch nahmen neue Gäste Platz. Der Rat blickte auf und zog grüßend den Hut. Ein Herr und eine Dame, er unförmlich, mit dunklem Gesicht und weißem Haar, sie eine schöne, brünette Person mit schwarzen Glutaugen und beweglichen Nüstern. Nur die Formen etwas zu voll, und die Toilette etwas zu grell.

»Tischgenossen vom ›Luzerner Hof‹«, flüsterte der Rat dem Maler zu, der flüchtig hinübersah. »Ein ehemaliger rumänischer Justizminister und seine Tochter.«

Heinrich nickte. »Aus dem wilden Winkel. Man merkt's auch an der Toilette. Rot-gelb-blau.« Dann starrte er wieder dem Rauch seiner Zigarette nach.

Der Rat räusperte sich. »Also –«, begann er und verstummte wieder. »Also vor drei Jahren schon?« fragte er endlich.

»Ja. Kurz hat das Glück gedauert, kaum vier Jahre. Wirklich ein Glück, Karl, ein volles Glück, für sie und mich. Ich hatte keinen anderen Wunsch als sie, kein Wunder! Daß sie jung, schön, anmutig war, weißt du ja – aber wie gut war sie auch, wie klug, welcher prächtige Kamerad! Dazu unsere beiden süßen Mädels. Wer mir damals gesagt hätte: ›In einigen Wochen verdienst du das alles nicht mehr‹ – erwürgt hätt' ich den Menschen. Und doch.«

Der andere rückte näher. »Die Versuchung war wohl sehr stark?«

»Das schon. Ein schönes Weib, schlank, blond, Mitte der Zwanzig, anscheinend kalt. Champagne frappé – die Gattung war mir immer die gefährlichste. Wenn das so zu tauen, zu schäumen beginnt. Schon bei der zweiten Sitzung wurde mir's schwül.«

»Ein Modell?«

»Bewahre! Das tut selbst ein junger Maler nur, wenn er ein gemeiner Kerl ist. Blaues Blut, sehr raffiniert, so halb und halb Pariserin. Auch waren wir auf ihrem Schloß allein, während der Mann, ein plumper häßlicher Pferdemensch, mit seiner Kokotte in Monte Carlo saß. Zudem machte sie's mir leicht, sie hat mich, glaub' ich, in ihrer Art wirklich geliebt. Du siehst, es kam etwas viel zusammen, aber ich will mich nicht entschuldigen. Genug, es geschah, wurde ruchbar, ein richtiger Skandal – wie, ist ja gleichgültig. Natürlich erfuhr's auch meine Frau.«

»Und was sagte sie dazu?«

»Zunächst nichts. Sie war betäubt, ihr Himmel war eingestürzt und hatte sie unter seinen Trümmern begraben. Dann schien sie entschlossen, für immer mit mir fertig, reiste mit den Kindern auf ihr Gut. Ich wehrte ihr nicht, hielt auch die Freunde ab, zu vermitteln, bat nur selber und – hoffte. Sie war ja so gut und klug, liebte mich so sehr, dazu die Rücksicht auf die Kinder. In der Tat schrieb sie mir nach einigen Wochen, ich möge kommen, mich mit ihr auszusprechen.«

»Und trotzdem versöhnt ihr euch nicht?« fragte der Rat und rückte noch näher. Sein Blick streifte dabei den Nachbartisch, und die kleinen Augen wurden groß. Da saß die üppige Bojarin und starrte den Künstler wie behext an, mit feuchten Augen, geblähten Nüstern, den Mund halb geöffnet, daß man die spitzen weißen Zähne sah. Den Beamten überlief's. »Und er ist so alt wie ich!« dachte er neidvoll. »Bald achtundvierzig!«

Aber der Maler bemerkte sie nicht. Er starrte wieder vor sich hin. »Trotzdem nicht«, antwortete er. »Überhaupt – es kam alles anders, als ich gedacht hatte. Sie weinte nicht, zürnte nicht, blieb ruhig und freundlich. Ich hatte ja schon früher geahnt, welche Kraft in ihr war, in jener Stunde sah ich's. ›Ich komme zurück, wenn du mir dein Wort gibst, daß du dich und mich nie wieder entehrst. Den Schwur am Altar hast du gebrochen – band er dich nicht genügend, täuschtest du dich über deine Kraft, gleichviel! Nun kennst du dich besser, und dein Wort wirst du halten, soweit kenn' ich dich. Prüf dich, ob du es geben kannst, und sag mir morgen Bescheid!‹ Damit schickte sie mich auf mein Zimmer, das Gastzimmer, ich kannt' es von meinen Bräutigamstagen her. Wie oft hatte ich die blauen Gentianen auf der gelben Tapete gezählt, wenn mich mein wildes, ungeduldiges Blut nicht einschlafen ließ. Es war Dämmerung und im Dezember, als ich es nun wieder betrat, und als ich mich fortschlich, schimmerte draußen das Morgenrot durch die beschneiten Bäume – zwölf Stunden oder länger bin ich in der Stube auf und nieder getaumelt und habe mit mir gekämpft, gekämpft – o diese Nacht! Und alle Qual umsonst und alles Grübeln, fortgestohlen hab' ich mich, aus dem Haus und zur Station, zurück nach Berlin!«

Der Rat sah ihn verblüfft an. »Ohne sie gesprochen zu haben? Unbegreiflich! Sprechen ist in derlei Fällen ...«

»... klüger als schreiben, das einzig richtige usw. Oh, gewiß! Aber wenn man sich zu sehr schämt, seiner Schwäche wegen, und weil es gar zu brutal wäre, derlei auch noch ins Gesicht hinein zu sagen?! Denn was hätt' ich ihr damals antworten können?! ›Versprechen kann ich dir jetzt nur, daß ich mit der Bestie in mir ringen will, auf Tod und Leben, aber ob ich Sieger bleibe, weiß ich noch nicht. Ich hoffe, die Stunde kommt, wo ich auch dies weiß, wo ich mein Wort geben kann. Ich hoffe darauf, wie ein Verdammter auf seine Erlösung, aber noch ist sie nicht da! – Gib mir längere Bedenkzeit.‹ Derlei schreibt man, wenn man muß, und das tat ich, aber man sagt es nicht seiner Frau.«

Der Richter räusperte sich. »Das freilich nicht. Aber schon die Bedenkzeit war unklug. In derselben Sekunde, wo sie ausgesprochen hatte, mußtest du auch zu ihren Füßen liegen: ›Ich gelobe.‹ Und dann hättest du auch deinen Schwur gehalten, weil er dich gehalten hätte. Hoffentlich wenigstens!«

»Hoffentlich!« rief der Maler und dämpfte seine Stimme dann wieder zu zitterndem, leidenschaftlichem Flüstern. »Da eben liegt's. Wenn du sie damals gesehen hättest, die blauen Kinderaugen so groß, so durchdringend, als wären sie durch die vielen Tränen hellsehend geworden, das liebe, braune, abgehärmte Gesichtchen so rührend ehrlich – nein! da durfte man nicht aufwallen, man mußte ehrlich sein wie sie und sich prüfen und ...«

»... das Tier in sich siegen lassen«, ergänzte der Rat. Er bemühte sich ehrlich, entrüstet zu scheinen, aber das Behagen, das er dabei empfand, so schelten zu können, klang doch durch. »Aber natürlich wird's dir auch an Sophismen nicht gefehlt haben: ›Die Natur hat dem Weibe allein die Folgen aufgebürdet; das Weib braucht den Mann als Ernährer und Beschützer seines Kindes; die Natur also hat das Weib monogamisch, den Mann polygamisch geschaffen!‹ Nicht wahr, mein Guter, auch daran hast du damals gedacht in dem Zimmer mit der Gentianen-Tapete?!«

»Nein! Damals nicht! Aber vorher und nachher, gewiß! Und es ist ja auch so!«

»Ist nicht so!« rief der Richter und sammelte sich sichtlich zu einer längeren Rede. Aber da fing er wieder einen der Blicke auf, die vom Nachbartisch zu dem Manne an seiner Seite herüberflogen, und der verdarb ihm das Konzept. Er rückte seinen Stuhl, so daß nun weder er die Rumänin, noch diese den Maler sehen konnte. »Ist nicht so!« wiederholte er dann etwas minder fest. »Angenommen aber, daß man's für wahr hält, so darf man als ehrlicher Mann eben nicht heiraten oder muß doch vorher seine Braut fragen, ob ihr mit einem untreuen Gatten gedient ist. Beides hast du nicht getan!«

»Weil ich damals nichts wußte und nichts wollte als sie. Du weißt, ich bin nie ein frommer Katholik gewesen, und daß ich dann meiner Braut oder richtiger ihren Eltern zulieb Protestant wurde, stimmte mich auch nicht eben frömmer. Und dennoch kann nie ein Mann sein Ja am Altar feierlicher und fester gemeint haben als ich!«

»Dann hättest du's auch halten müssen!« Die Entrüstung ward immer polternder, aber eben darum jenes Behagen immer sichtlicher. »Gar so schwer war's doch nicht für dich. Nimm an, die Natur hätte dich wirklich zum Polygamen bestimmt. Nun, dann durftest du dir sagen: ›Ich habe diese Bestimmung bis in mein fünfundvierzigstes Jahr so voll erfüllt, daß ich es nun getrost mit der Monogamie versuchen kann. Besonders an der Seite dieser Frau, die so schön und zwanzig Jahre jünger ist als ich!‹ Ja, ja, mein Lieber!«

Der Künstler wollte heftig erwidern, dann bezwang er sich. »Nicht übel – so aus deiner Natur heraus gesprochen. Und für andere haben tugendsame Menschen noch peinlichere Grundsätze als für sich selber. Aber im Ernst, Karl, du hättest deinen Beruf verfehlt und wärest ein jämmerliches Stück Gerechtigkeit auf Erden, wenn du noch immer nicht erkannt hättest, daß jeder aus seiner Natur heraus denkt und handelt, und darum jeder nicht wie er will, sondern wie er muß. Du mißachtest mich um meiner Schwäche willen, das heißt, soweit du mich nicht um die angenehmen Folgen in aller Stille beneidest. Ich aber verdiene nicht das eine noch das andere. Neid gebührt dem Vorzug, Mißachtung dem Laster. Was mir auferlegt ist, ist keines von beiden, sondern ein Schicksal. Und dem gebührt Verständnis. Freilich, bei dieser Verschiedenheit der Naturen.«

»Kamel und Tiger!«

»Hab' ich vor dreißig Jahren gesagt, und es hat dich seither gewurmt, sooft du daran dachtest, weil es – so wahr ist. Oder doch annähernd wahr. Denn dem Kamel ist auferlegt, niemals mordgierig zu sein, und dem Tiger, es immer zu sein, und auf die Gier oder, sagen wir, das Begehren kommt's ja bei dem Gegensatz zwischen Menschen meines und deines Schlages so wenig an! Ich weiß ja, Karl, du bist immer ein sehr vernünftiger Herr gewesen. Auf der Universität und dann als Referendar ab und zu ein heimlicher Trunk aus der Pfütze, dann die Heirat, aus Neigung selbstverständlich, aber auch höchst vorteilhaft. Und kleine, wirklich nicht nennenswerte Seitensprünge auf Reisen usw. abgerechnet.«

Der Rat hob feierlich abwehrend die Hand.

»Schwör nicht, Karl, sonst muß ich lachen, und danach ist mir jetzt wahrhaftig nicht zumut. Also ein Mustermensch warst du, und dennoch sage ich es dir auf den Kopf zu: Du hast viel mehr Frauen im Leben begehrt als ich, hast in Gedanken unendlich mehr Unheil angestiftet als ich in Wahrheit, und daß es bei den Gedanken geblieben ist, ist nicht dein Verdienst. Tu nicht so entrüstet, wahr ist's doch, zudem meine ich gar nicht dich und mich, sondern die Gattungen, denen wir zugehören. Ihr genießt weniger, und darum begehrt ihr mehr. Also darauf kommt's wenig an, wenig auf die Wirkung, welche die Frauen auf uns üben, sondern das Begehrtwerden entscheidet unser Schicksal, die Wirkung, die wir auf die Frauen üben. Begehren und sich bezwingen – leicht ist es auch nicht, aber es ist ein Kinderspiel gegen dies andere: verzichten, wenn man von einer begehrt wird, die uns das Blut sieden macht. Und darum: Gerechtigkeit, du weiser Daniel! Es ist nicht dein Verdienst, wenn du ein Mustermensch bist, und nicht meine Schuld, wenn ich keiner bin!«

»Nun, so ganz kann ich das doch nicht zugeben«, sagte der Rat. »Überhaupt, die Unfreiheit des Willens – eine Theorie wie ein Komet: kuriose Bahn, dünner Kern, viel Phrasendunst, freilich auch viel Flimmerglanz. Aber als dein Richter fühle ich mich ja überhaupt nicht, nur als dein Freund! Sieh, ich habe mir ja selbst in meiner Jugend niemals gewünscht, ein Tiger zu sein, aber wenn ich nun sehe, wohin es führt … hm!« Er räusperte sich und streckte dann dem Künstler mit sehr teilnahmsvoller Miene die Hand entgegen.

Dieser schlug ein, aber leicht, und ein seltsames Lächeln um die Lippen. »Sei's! Obwohl viel Heuchelei dabei ist.«

»Aber Heinrich!«

»Doch, mein alter Junge. Nicht einmal, tausendmal und dein ganzes Leben hindurch hast du dir gewünscht, ein Tiger zu sein, und während du jetzt hier sitzest, denkst du an nichts anderes. Denn das will jeder Mann sein, und das ist so natürlich! Es ist ja hübsch, so aus vollen Krügen zu trinken – nein, es ist berauschend, mit das Höchste, was dies arme Leben bieten kann, und es gibt Stunden, wo ich nur eine Empfindung habe: ›Natur, ich danke dir, daß du mich schufst, wie ich bin – trotzdem und alledem –, ich danke dir!‹ Aber andre Stunden gibt's, wo ich alles drum gäbe, ein Kamel zu sein, ich meine ein Mensch, der glücklich ist, sich ein braves Weib errungen zu haben und die anderen Weiber in Ruhe läßt, weil sie sich nicht um ihn scheren, Stunden, wo ich meinen Namen drum gäbe, Jahre meines Lebens, was weiß ich. Nur mein bißchen Können als Künstler nicht, aber sonst wirklich alles. Du lächelst?! Oh, es ist doch so! Und ich glaube sogar, es geht vielen Leuten meines Schlages ganz ebenso. Nicht allen, nicht jenen, die so vom Menschen nur das Gesicht haben, aber uns andern. Wie du ja damals selbst sagtest: ›Seele, Gewissen, auch das ist nicht eitel Dunst!‹ Ich hab's gespürt! In jener Dezembernacht, aber auch vorher, nachher und jetzt eben. Du verstehst mich nicht, aber so dunkel fühlst du, wie es in mir aussieht, und weil du sie gekannt hast, so empfindest du jetzt neben sehr viel Schadenfreude wirklich auch ein bißchen Mitleid für mich!«

»Nun ja, viel verdienst du ja nicht«, erwiderte der Rat. Er gab sich nun sichtlich Mühe, die Tonart des anderen nachzuahmen.

»Und selbst dies wenige wende ich dir nur zu, weil ich sie gekannt habe. Ich hab' sie ja damals nur einige Stunden gesehen und gesprochen, dennoch ist mir klar: dieses Weib verloren zu haben, ist wirklich ein Unglück. Aber freilich, eben darum fasse ich es auch nicht, wie du damals zögern konntest. Einer Marotte wegen sein Glück vernichten!«

»Das nennst du eine Marotte?! Nur ein Lump gibt sein Wort, obwohl er zweifelt, daß er's wird halten können. Und welche Gemeinheit wär's vollends gewesen, zu denken: ›Mein Wort? Bitte, sehr gern! Aber nun sehen wir zu, wie weit wir damit kommen; wenn nur ein paar Schritte, so wird derlei doch nicht immer sofort ruchbar!‹ Bleibt also nur die Frage: ›Warum konnt' ich mein Wort nicht geben?‹ und darauf nur die Antwort: ›Weil ich, so wie ich nun einmal bin, eben nicht konnte!‹ Ein Schicksalsgenosse, sofern er daneben auch ein Gewissen hat, kann mich vielleicht verstehen, du nicht!«

Der Rat lächelte, etwas krampfhaft freilich, so, als ob er mit eisernem Striegel gekitzelt würde. »Versuchen wir's dennoch! Interessiert mich wirklich. Du sagtest, begehren und trotzdem verzichten, das ginge leicht?«

»Nein, schwer, aber es geht. Auch wenn man sich sagen muß: ›Nur noch eine Stunde, und auch drüben schlägt die Flamme empor!‹ – man beißt die Zähne zusammen und überwindet's. Und nun gar, wenn man selber kalt geblieben ist – da kostet's ja keinen Kampf, das tut man einfach als anständiger Mensch nicht.« – »Auch wenn das Weib jung und schön ist?«

»Auch dann. Man darf sich auch durch Jugend und Schönheit nicht – kaufen lassen.«

»Nun, nun!« Aber trotz des spöttischen Tons wußte der Rat ganz genau: Der Mann heuchelt nicht. So hat er's immer gehalten. ›Und trotzdem‹, dachte er neidvoll, ›wieviel hat er trotzdem genießen können!‹ Laut aber sagte er: »Also nur wenn man begehrt und begehrt wird – ›zwei Seelen und ein Gedanke‹ usw. –, wäre Widerstand unmöglich? Oder doch fraglich? Aber hast du dabei nicht an deine Jahre gedacht, und wie das Blut immer kälter wird?!«

»O du Glücklicher, wenn du das ehrlich und aus eigener Erfahrung sagst!« rief der Künstler, nicht spöttisch, nein, leidenschaftlich, ja schmerzvoll. »Ich habe Grund zu glauben, daß man erst im Schwabenalter recht erkennt, was Begehren und Beglücktsein heißt! Seltener kommt die Glut als zwanzig Jahre zuvor, aber dann ist's auch Fieberglut. Unsinn, Karl, ein junger Mensch kann vielleicht auch lechzend verzichten – du lieber Gott, auf was alles kann er noch hoffen! –, aber wer sich so im September seines Lebens fühlt?! Der Winter steht ja vor der Türe, die entsetzliche Zeit, wo alles zu Ende ist: die eigene Glut und die Fähigkeit, andere erglühen zu machen. Sich abwenden, wenn man sich sagen muß: ›Es ist vielleicht dein letzter Sieg, und dann wird's kalt um dich!‹ – wer bürgt mir, daß ich das gekonnt hätte?!«

»Und um nicht den letzten Sieg zu versäumen, hast du dein letztes Glück zertrümmert?!«

»Nein! Sondern weil ich vor solchem Pyrrhussieg zitterte, meine Frau nicht nochmals betrügen mochte. Aber wozu erst wiederholen? Für dich sind's Phrasen, und für mich war's der Zwang meiner Natur und darum mein Schicksal!« Er zog seine Uhr und blickte zum Dampfer hin.

»Oh, du hast noch Zeit«, sagte der Rat. »Noch eine halbe ...« Das letzte Wort blieb ihm in der Kehle stecken, so sehr interessierte ihn das Schauspiel, das sich ihm nun bot. Der Blick des Malers war endlich dem der Rumänin begegnet und blieb in ihm haften. Seine Züge spannten sich und wurden einen Schatten bleicher, er atmete rascher. ›Wie ein Jäger‹, dachte der Rat, ›dem unvermutet ein Reh aufstößt!‹ Aber der Vergleich paßte schlecht. Die junge Bojarin wurde glührot, den üppigen Körper überflog ein Zittern, aber die runden schwarzen Augen lachten dreist. Noch einen Augenblick, und der Maler wandte sich ab. Um den weichen Mund zuckte es wie Widerwillen. »Gehen wir!« Und er erhob sich.

Der Rat folgte ihm. »Du entfliehst der Versuchung?« fragte er lächelnd. »Aber es wäre auch nutzlos! Ein Fräulein, die Tochter einer Exzellenz.«

»Es wäre nicht nutzlos«, sagte der Maler kühl, ohne Betonung. »Aber sie gefällt mir nicht. Und es ist unangenehm, so mit Blicken betastet zu werden, wenn man selbst kalt bleibt.«

»Zuerst schien's nicht so.«

»Ich mußte sie mir doch erst ansehen. Eben nicht mein Geschmack. Aber nun mußt du mir auch von dir erzählen!«

»Oh, was wäre da viel zu sagen! Ein Philister, ein glücklicher Gatte und Vater! Aber du – du bist mir ja noch den Schluß deiner Geschichte schuldig. Was erwiderte deine Frau auf jenen Brief? Nichts? Natürlich! Und ließ sich sofort scheiden?«

»Nein. Gerichtlich geschieden sind wir auch heute noch nicht. Zunächst wartete sie auf meine Antwort, fast ein Jahr.« – »Alle Wetter!« rief der Rat. Wie muß sie dich geliebt haben!«

»Ja. Aber es war noch etwas anderes dabei: Verständnis. Eine richtige Frau, die gut ist, versteht alles. Sie ahnte wohl: Das ist nicht Frivolität, sondern der Kampf eines Menschen mit seinem Schicksal. Im Grunde ein tragischer Kampf, sie mochte nicht eingreifen, hoffte auf einen Sieg des Gewissens. Auch mögen ihr unsere Freunde geschrieben haben, wie es um mich stand. Ich arbeitete wie ein Rasender, lebte wie ein Mönch; ich habe mir für jene Zeit nichts, gar nichts vorzuwerfen. Und dennoch, sooft ich zur Feder griff, ihr zu schreiben, ich wagte es doch nicht. ›In einigen Tagen‹, dachte ich, ›nein, morgen schon hast du dich soweit.‹ So tat denn endlich sie, was ihr ihre Menschenwürde gebot. Auch in diesem Brief stand kein zorniges Wort. Milden Tons, fast mitleidsvoll schrieb sie, daß nun zwischen ihr und mir alles aus sei. Wünschte ich die gerichtliche Scheidung, so sei sie dazu bereit, aber auch nur dann. Die Mädchen müßten ja unter allen Umständen ihr verbleiben, sie verspreche, ihnen das Bild des Vaters ungetrübt zu erhalten, soweit dies möglich sei.«

»Und damit war's aus?! Ich an deiner Stelle wäre sofort hingereist. Ich bin überzeugt ...«

»Da irrst du. Das war das Ende. Sie hätte mir nun ihre Arme nicht mehr geöffnet, und wenn sie gewußt hätte, daß ich mich sonst sofort vor ihren Augen erschießen würde. Ein Herz von Gold, ein Wille von Stahl.«

»Aber warum hat sie sich dann ihre Freiheit nicht von dir zurückgeben lassen?!«

»Weil sie nach mir keinen anderen lieben kann. Oder weil sie an der einen Erfahrung genug hat. Wie du willst! Übrigens ist das eine so richtig wie das andere.« – »Aber die Kinder siehst du zuweilen?«

»Nein. So sehr ich mich nach ihnen sehne. Sie kennen mich ja nicht mehr – was sollen sie bei einer flüchtigen Begegnung mit dem fremden Menschen denken, was empfinden?! Nein, für sie ist's besser so. Für mich freilich eine Strafe mehr, aber –« Er biß die Zähne zusammen und atmete tief auf. »Indes, wie's heute ist, man trägt's. Aber welch ein Leben soll das in zehn, in zwanzig Jahren werden! Weiß ich's denn, ob ich nicht dazu verdammt bin, so lange zu leben? Welch ein Alter!« Es klang wie ein Angstruf aus tiefster Brust. »Welch ein Alter!«

»Nun«, sagte der Rat, »ich hoffe noch immer.« Sie gingen während dieses Gesprächs am Quai auf und nieder und blieben stehen, als von drüben die Schiffsglocke das erste Signal gab.

»Ich kann leider nicht mit, Heinrich. Heut ist ja Dienstag! Drüben im Hotel erwarten mich die Briefe von Weib und Kindern. Sie schreibt mir täglich, die Kinder jeden Sonntag. Und derlei will sofort genossen und erwidert sein.«

»Wieviel Kinder hast du?«

»Zwei, einen Sohn, eine Tochter. Der Junge studiert schon, in Bonn, Jura natürlich. Schneidiger Kerl, Korpsstudent. Kostet viel Geld, aber was tut man nicht für die Zukunft seiner Kinder? Solche Verbindungen aus dem Korps, weißt du, nützen dann mehr als das beste Examen. Auch können wir's ja gottlob tun; du weißt, mein Schwiegervater ist so'n Schlotbaron drüben bei Dortmund. Die Fabrik wächst noch immer. Na, und das Mädel ist natürlich noch bei Muttern, gerät prächtig. Ja, Heinrich, ich darf mich nicht beklagen! Was die Karriere betrifft, die nächste Vakanz als Präsident ist mir sicher – und so weiter. Weil's dir Spaß machen wird, mein Alter: Ich bin überzeugt, daß du mir noch zur Exzellenz wirst gratulieren können. Aber was wäre dies alles, wenn ich das beste nicht hätte: das häusliche Glück.«

Sie waren nun auf der Landebrücke, mitten im Gewühl. »Ja«, fuhr der Rat trotzdem fort, es war ihm offenbar ein Herzensbedürfnis, auch dies noch zu sagen, »mein trautes Heim! Mein liebes Weib! Du kennst sie ja, nun, die Schönste war sie ja nicht eben, aber welch ein Gemüt! Übrigens jetzt, wo sie stark geworden ist, eine sehr stattliche Erscheinung. Und ich bin noch heut in sie verliebt wie als Bräutigam. Wahrhaftig ja. Siehst du, Heinrich, es wäre ja fast des Glücks zuviel, aber ich bin mir bewußt, es zu verdienen. Das darf ich sagen! Ich ...«

Da stockte er, wurde dunkelrot und stand fassungslos da. Wie immer hatten sich auch einige Damen am Dampfersteg eingefunden, die nicht mitfahren, im Gegenteil den und jenen Ausflügler zum Dableiben veranlassen wollten. Und eine von ihnen, ein robustes Frauenzimmer mit bemalten Wangen, hatte ihn mit einem Blick freudigen Wiedererkennens begrüßt und tat nun den Mund auf, als wollte sie ihn auch noch ansprechen.

Der Künstler sah es, es zuckte um seine Lippen. Dann aber sagte er nur: »Ja, du verdienst dein Glück. Es wird jedem, wie er verdient. Auf Wiedersehen, Karl!«

Und er bestieg den Dampfer, der gleich darauf vom Ufer abstieß.

Biographie

1848 *25. Oktober:* Karl Emil Franzos wird in Czortków (Galizien) als Sohn des jüdischen Arztes Heinrich Franzos und seiner Ehefrau Karoline, geb. Klarfeld, geboren.

1854 Nach dem Tod seines ersten Lehrers Heinrich Wild besucht Franzos die Klosterschule der Dominikaner in Czortków.

1858 Tod des Vaters.

1859 Umzug der Familie nach Czernowitz, der Hauptstadt der Bukowina.

Besuch des Gymnasiums in Czernowitz (bis 1867).

1867 Abitur in Czernowitz.

Franzos hat den Wunsch, Altphilologie zu studieren und hofft angesichts seiner schlechten finanziellen Lage auf ein Stipendium vom Staat. Dieses wird jedoch Juden nicht erteilt.

Studium der Rechtwissenschaft, Philosophie und Geschichte in Wien und Graz (bis 1871).

1871 Als Sprecher der progressiven Burschenschaften zieht sich Franzos einen Gesinnungsprozeß zu.

Aus politischen Gründen und wegen seiner jüdischen Konfession erhält Franzos trotz eines guten Studienabschlusses keine Anstellung im Staatsdienst.

Franzos verzichtet auf die Eröffnung einer Anwaltspraxis. Er wird freier Schriftsteller und Journalist.

Mitarbeiter der Zeitschrift »Über Land und Meer«.

1872 Feuilletonredakteur der Tageszeitung »Ungarischer Lloyd« (bis 1873).

Veröffentlichung erster Erzählungen und Skizzen in Zeitschriften.

Als Journalist unternimmt Franzos in den folgenden Jahren ausgedehnte Reisen durch England, Frankreich, Italien, die Schweiz, Deutschland, Ungarn, Rußland, die Türkei, Kleinasien und Ägypten (bis 1877).

1876 Franzos lebt in Wien (bis 1886).

Reporter und Redakteur der »Neuen Freien Presse« in Wien.

»Aus Halb-Asien. Kulturbilder aus Galizien, der Bukowina, Südrußland und Rumänien« (Skizzen, 2 Bände).

1877	Eheschließung mit der Schriftstellerin Ottilie Benedikt, die unter dem Pseudonym Franzos Ottmer publiziert.
	Die Novellensammlung »Die Juden von Barnow« erscheint. Sie wird zu seinen Lebzeiten in sechzehn Sprachen übersetzt.
1878	»Vom Don zur Donau« (Skizzen, 2 Bände).
1879	Franzos gibt Georg Büchners »Sämtliche Werke« zusammen mit dem handschriftlichen Nachlaß heraus, darunter erstmals den »Wozzek« (in einer verstümmelten Fassung).
	»Junge Liebe« (Erzählungen).
1880	»Moschko von Parma« (Roman).
1882	»Ein Kampf ums Recht« (Roman).
1883	»Das Ghetto des Ostens« (Schilderungen).
1884	Franzos wird Herausgeber und Chefredakteur der »Wiener Illustrierten Zeitung« (bis 1886).
1886	Herausgeber und Chefredakteur der in Stuttgart erscheinenden literarischen Halbmonatsschrift »Deutsche Dichtung« (bis zu seinem Tod 1904), in der er u.a. Novellen von Theodor Storm und Ferdinand von Saar erstveröffentlicht und zugleich einen heftigen Kampf gegen den Naturalismus führt.
	»Tragische Novellen«.
1887	Übersiedlung nach Berlin.
	Fortsetzung der journalistischen Tätigkeit.
1888	»Aus der großen Ebene« (Skizzen, 2 Bände).
1891	»Judith Trachtenberg« (Roman).
	Franzos tritt in Berlin dem »Zentralkomitee für die russischen Juden« bei, das Geld für die verfolgten Juden in Rußland sammelt.
1893	»Der Wahrheitssucher« (Roman, 2 Bände).
	Aus Enttäuschung über die gesellschaftliche Situation, in der sein Wunschtraum einer deutsch-jüdischen Kultursymbiose nicht zu verwirklichen ist, veröffentlicht Franzos seinen fertiggestellten autobiographischen Roman »Der Pojaz« nicht. Er erscheint erst nach seinem Tod (1905).
1897	Franzos gibt die Sammlung »Briefe und Aufzeichnungen aus dem 19. Jahrhundert« heraus (4 Bände, bis 1900).
1903	»Deutsche Fahrten« (Reise- und Kulturbilder, 2 Bände).
1904	»Neue Novellen«.
	28. Januar: Karl Emil Franzos stirbt in Berlin.